◆

어느 날 당신도 깨닫게 될 이야기

◆

어느 날 당신도 깨닫게 될 이야기

엘리자베스 길버트 · A. J. 제이콥스 · 제니퍼 이건 등저

래리 스미스 편 | 박지니 · 이지연 공역

라이팅하우스

순간에서 순간으로

2006년 내가 〈스미스 매거진 SMITH Magazine〉을 창간했을 때 그 전제가 된 것은 다음과 같이 간단한 생각이었다. 즉, 사람들은 누구나 자기만의 이야기를 갖고 있으며 모두가 그 이야기를 털어놓을 공간을 가져야 한다는 것이다.

뉴욕타임스 베스트셀러가 된 스미스 매거진의 책 『여섯 단어 회고록(140자 제한의 트위터처럼 단 여섯 개의 영어 단어로 자기의 인생을 이야기하는 프로젝트 —옮긴이)』 시리즈의 후속 취재 때문에 전국 방방곡곡을 여행하면서 내가 가장 많이 들었던 말은 바로 이것이었다. "이제 와서야 깨닫게 된 일이지만, 꼭 들려주고 싶은 이야기가 있답니다." 이렇게 시작된 고백들은 대개 인생의 전환점이 된 어느 특별한 순간의 깨달음에 대한 이야기인 경우가 많았다. 그리고 도저히 여섯 단어로는 줄일 수 없는 것들이었다. 그때 나눈 대화를 통해 나는 스미스 매거진 웹사이트에 '깨달음의 순간 The Moment'이라고 이름 붙인 별도의 공간을 마련하는 것이 좋겠다고 생각했다. 그리고 그곳에 "당신 인생의 전환점이 된 순간은 무엇입니까?"라는 짧은 질문 하나를 올려놓았다.

그러자 각계각층에서 이야기가 쏟아져 들어오기 시작했다. 이름만 대면 알 만한 유명 작가와 예술가는 물론 대학교수, 변호사, 기업인, 저널리스트 등 다양한 사람들이 인생의 전환점이 된 순간들을 들려주었다. 그리고 그 질문이 저녁 식탁에서, 카페나 공원 그리고 학교에서, 대화를 자극하는 강력한 원동력이 되고 있다는 소식을 들었다. 특히 토론토 라이어슨대학의 라모나 프링글 교수가 진행하는 인터랙티브 디자인 수업과 암허스트에서 크리스틴 브룩스가 진행하는 글쓰기 강좌를 포함한 다수의 강의 현장에서 '깨달음의 순간' 이 학습 과제로 채택되었다는 말을 들었을 때 우리는 반가워 마지않았다. 공개된 지면에 한 번도 글을 발표해본 적 없는 이들의 글과 퓰리처상 및 전미비평가협회상 수상 작가 제니퍼 이건의 글이 이 책에 함께 실려 있다는 것은 우리가 이 프로젝트를 시작하게 된 전제가 실로 옳은 것이었다는 것을 새삼 상기시킨다. 정말이지 모든 사람은 누구나 자기만의 이야기를 갖고 있는 것이다. 그리고 그 점은 나 역시 그러하다.

사우스저지의 고향 집 침실에서 체중계 위에 올라섰을 때, 사실 나는 입고 있던 트레이닝복 속에 3킬로그램짜리 아령을 감추고 있었다. 곁에서 굳은 얼굴로 계기판을 지켜보시는 아버지와 눈물이 그렁그렁한 채 안절부절못하시는 어머니를 보고서야, 나는 더 이상 이 짓을 계속할 수 없다는 것을 깨달았다. 얼마쯤은 더 부모님을, 어쩌면 친구들까지도 속일 수 있었을 것이다. 그러나 나 자신까지 속일 기력은 더 이상 없었다. 그때 나는 이제 인생의 다른 단계로 나아가야 할 때라는 걸, 그 순간 이전의 나와 이후의 나는 전혀 다른 사람이 되리란 걸 어렴풋이 깨달았다. 나는 거식증을 앓던 십 대 소년이었다. 나 혼자서 병을 극복하는 것은 불가능했고, 전문가의 도움을 받자는 부모님의 요청에 굴복하지 않는 한, 병에서 빠져나올 방법은 전혀 없었다. 부모님을 속여 왔던 그때의 내게 불현듯 닥친 그 깨달음의 순간이 결국 내 생명을 구했고, 또한 가족들이 더 비참해지는 것을 막아 주었다. 나는 치료 받기를 선택했다. 그 순간은 수십 년이 지난 지금까지도 나와 함께하고 있다. 나는 굶주렸던 청소년기의 경험 덕분에 성인이 되어서도 단호한 식습관을 지킬 수 있었고, 신체상의 문제를 지닌 사람들에게 특별히 공감할 수 있게 됐다고 믿는다. 그리고 뜻밖으로 들릴지 모르겠지만, 이 책에 글을 실은 작가들 중 많은 이들이 섭식장애에 걸렸던 청소년기의 이야기를 털어놓은 나처럼 자신의 이야기를 독자들 앞에서 최초로 공개했다.

　그들의 아름다운 고백들은 우리가 지금 살고 있는 세상에 대한 깨달음을 제공한다. 우리 중에 앞으로 전쟁 지역에 발을 들여놓게 될 사람은 거의 없겠지만, 애런 휴이의 〈오늘 죽지 않고 살아난다면, 내일 당장 크리스틴과 결혼하리〉는 지금 당장 실행해야 할 일에 대한 생각으로 독자의 정신을 번쩍 들게 만들 것이다. 자신의 실수로 감옥에서 십여 년을 보내야 했던 한 남자를 마주한 경험을 다룬 제니퍼 톰슨의 〈용서〉는 자신의 잘못과 화해하고 다음 걸음을 떼어야 했던 각자의 순간들을 상기시킨다. 또한 생각지도 못했던 타인으로부터 경력 혹은 열정을 포기하지 않도록 격려를 받았던 경험이나 첫 키스의 순간처럼 모든 이들이 간직하는 아름다운 순간에 대해서도 여러 명의 저자들이 자신의 이야기를 풀어놓았다. 이 맛깔난 회상들 속에서 독자 여러분은 좋은 것이든, 나쁜 것이든 혹은 당황스러운 것이든 여러분 인생의 조각들을 발견하게 될 것이다.

키스와 친절, 잊지 못할 사람들, 예기치 않은 만남, 용서할 수 없는 죄악, 부당한 일들, 실망과 환희, 탄생과 죽음에 관한 이 모든 이야기들에 대해, 나는 인생의 전환점이 된 순간을 기꺼이 함께 나눠 준 모든 분들께 진심으로 감사드린다. 언젠가는 털어놓을 수밖에 없는 사적인 비밀이 그렇듯, 자신의 인생을 좋거나 나쁜 쪽으로 전환시킨 순간의 깨달음을 공유하는 것은 하나의 선물이 될 수 있다. 특히 우리가 일상적인 생활 속에서는 느끼기 힘든 타인의 고통을 함께 나누는 순간은 정말 마법과도 같은 치유의 순간을 제공해 준다.

이 책은 스미스 매거진에 투고된 이야기들 중 아주 일부를 묶은 것에 지나지 않는다. 글이나 그림, 심지어는 트위터를 통해 보내진 수백 편의 다른 이야기들은 스미스 매거진 홈페이지www.smithmag.net/themoment에서 더 읽을 수 있다. 사람들은 누구나 자기만의 깨달음의 순간을 갖고 있다. 독자 여러분도 이 책을 읽고 여러분만의 이야기를 나누고픈 충동을 느꼈으면 하는 바람이다.

래리 스미스
브루클린에서

목차

chapter 1
모든 순간이 최고의 순간인 것을 — '지금'의 철학

chapter 3
인생의 전환기에는
그때마다의 깨달음이 필요하다 — '성숙'의 시간

chapter 4
떠나보내기 전에 알았더라면 좋았을 것들 — '이별'의 준비

chapter 5
우리 모두는 각자 있어야 할 곳에 도착해 있다 — '숙명'의 철학

chapter 6
닫힌 문 앞에서 홀로 울지 마라 __ '가족'의 가치

chapter 7
삶은 무한하지 않다
자신만의 인생을 살아라 ─ 행복을 선택할 '용기'

chapter 8
이 모든 아름다운 순간들 — '순간'의 미학

모든 순간이
최고의 순간인 것을

...

'지금'의 철학

동서양의 수많은 고전과 현자들이 말하는 최고의 깨달음은 바로 지금, 여기 이 '순간'에 머물라는 것이다. 오지 않은 미래에 안달하지 않고, 되돌릴 수 없는 과거에 집착하지 않는 삶. 『어느 날 당신도 깨닫게 될 이야기』의 참여 작가들 중 많은 이들이, 그냥 흘려보낼 수도 있었던 '순간'을 놓치지 않고 끌어안아 자신의 인생을 특별하게 만든 이야기를 들려주었다.

오늘 죽지 않고 살아난다면,
내일 당장 크리스틴과 결혼하리

·

애런 휴이

    탈레반의 매복공격을 당한 당일, 나는 무려 20킬로그램짜리 방탄조끼를 입고 있었고 헬멧은 쓰지 않은 상태였다. 함께 파견됐던 다인코프(DynCorp International Inc.: 미국의 민간 군사기업. 이라크에 용병을 파견하고 경찰 훈련 계약을 맺기도 함 ―옮긴이) 용병들과는 이미 멀리 떨어진 채 숨통을 죄는 듯한 공포를 느끼며 텅 빈 마을을 질주하는 동안 내 몸은 조끼의 무게에 짓눌리고 있었다. 생포한 탈레반 포로 한 명을 이끌고 전장 깊숙이 진격하면서 칼릴 소령은 무전기에 대고 연신 고함을 질러댔다. 양귀비 밭을 내달리는 동안에는 바지가 생아편 얼룩으로 물들어 갔다. 동료 기자인 존 리 앤더슨과 함께 도랑 속에 납작 엎드려 있으면서, 나는 아군이 공습을 퍼붓기만을 빌고 또 빌었다. 민간 피해 따위는 내 알 바가 아니었다. 다만 공습부대가 마을을 초토화시켜 주기만을 바라고 바랄 뿐이었다. 그 순간, 양귀비제거부대(Afghan Eradication Forces, AEF)와 탈레반군이 핏빛 양귀비 밭을 사이에 두고 총격전을 벌이는 그때, 진창을 기어 도망치면서 내 카메라나 〈뉴요커〉 지, 저널리스트로서의 경력 따위는 반 푼어치 값어치로도 느껴지지 않았다.

그리고 총탄이 빗발치던 그 과수원에서 우리가 타고 있던 포드 F250 의 좌석 너머로 존 리의 손을 잡고 있었던 일을 기억한다. 나는 그에게 무섭다고 말했다. 그는 알고 있다고 했다. '무섭다'는 말을 그날 하루 동 안만 수차례 되뇌었던 것이다. 하지만 지금 하는 말은 전혀 다르다고 나 는 말했다. "이번엔 정말 무섭다고." 그러자 그는 좌석 너머로 손을 뻗어 내 손을 잡아 주었다.

총격은 세 시간 전에 시작됐는데 우리는 그때껏 빠져나갈 길을 찾지 못하고 있었다. 무장 안 된 포드 F250의 뒷좌석에는 통역관과 다인코프 위생병이 타고 있었고, 나는 그들 사이에 끼어 앉아 총탄이 날아오더라 도 그들이 방패막이가 되도록 가능한 한 바닥 가까이에 몸을 웅크렸다. 그러던 중 아군 헬기 한 대가 날아와 50구경 기관총으로 길 양편을 사정 없이 할퀴다가 기체에 총탄을 맞고 기지로 회항한 일이 있었다. 그때 그 기관총 소리는 내게 뽁뽁이 포장지를 공처럼 뭉칠 때 나는 소리마냥 평 화롭게 들렸다. 고백하건대 나는 그 소리를 좀 더 오래 듣고 싶었다. 총 탄이 바닥날 때까지 엄호 사격을 해 주기를 바랐던 것이다. 그래서 내가 그곳에서 무사히 걸어나갈 수 있도록.

존 리는 내게 사진을 계속 찍으라고 말했다. 사실 나는 촬영에 대한 열 의가 이미 식은 상태였다. 탈레반의 사격 연습용으로 나 자신을 내놓으 면서까지 흔들리지 않은 사진을 찍겠다고 오기를 부릴 생각은 없었다. 강에 다다른 트럭이 진창에 빠져 버리면서 우리는 둑에 발이 묶이고 말았다. 비좁은 탈출로 하나를 제외하고 전면 포위당한 상황이었다. 람보처럼 완전무장한 용병 다섯이 둑을 따라, 혹은 강물에 다리를 담그고 섰다. 그들은 사륜오토바이와 우리가 타고 온 비무장 트럭을 엄폐물로 삼아 총격을 벌였다. 그들은 침착하게 맡은 직무를 수행했다.

나는 둑 위에 세워진 트럭 바퀴 밑에 웅크려 몸을 감췄다. 존 리는 꽤나 천연덕스런 사람이었다. 그는 우리가 곤경에 빠진 것을 알았지만, 공포에 질린다고 해서 도움이 되지는 않는다는 것 또한 알고 있었다.

"남편이 아내한테 물었어." 존 리가 입을 열었다. "'여보, 내가 웃다가 울 만한 얘기 뭐 하나 할 수 있을랑가?' 그러자 아내가 이렇게 말했대. '도련님 거시기가 별 볼 일 없더만요.'" 이미 그에게서 한 번 들은 얘기였지만, 매복 상태에서 듣고 있자니 왠지 더 우스웠다. 나는 소리 없이 입만 씰룩댔다. 탈레반군은 점점 더 바짝 다가와 우리를 에워싸기 시작했다. 벌써 네 시간 동안 그렇게 포위되어 옴짝달싹 못하고 있으면서 이제 곧 끝나겠거니 생각할 때마다, 드디어 그쳤구나 싶어질 때마다, 포격은 두 배의 강도로 재개되었다. 그러더니 이내 기하급수적으로 더 무시무시하고 탈출 불가능한 수준으로 치달았다.

죽음이 임박했다는 것을 깨달았을 때 정확히 어떤 느낌이 드는지 묘사하고 싶지만 내 필력으로는 힘에 부치는 일이다. 그건 입안에 감도는 어떤 맛처럼 느껴진다. 그리고 허망한 느낌. 나는 내가 목에 칼이 들이대인 채 앉아 있는 유튜브 동영상을 상상했다. 알라 오 아크바르('오, 알라는 위대하시도다'라는 뜻 —옮긴이).

나는 더 이상 내가 아니게 되는 순간에 대해 생각했다. 육신이 없어진

내 목숨은 여기서 끝장날 것이다.
그 순간 내 머릿속에 떠오른 것은 가족도 친구들도 아니었다.
내가 떠올린 것은 다름 아닌 크리스틴이었다.

다는 것에 대해. 여태껏 내가 저지른 잘못에 대해. 그러자 가장 절실히 생각난 것은 한 여인에 대해서였다.

나는 그녀와 5년이나 붙어 다녔다. 지독히도 멍청한 녀석. 어째서 항상 그녀가 먼저 다가와 주기만을 기다리고 있었던 거지? 왜 그렇게 겁쟁이 노릇을 하고 있었냐고. 자기밖에 모르는 이 속 좁은 얼간이 같으니. 우리는 하려고만 했다면 그동안 결혼을 세 번이라도 할 수 있었을 것이다.

내 목숨은 여기서 끝장날 것이다. 그 순간 머릿속에 떠오른 것은 가족도 친구들도 아니었다. 집이나 애완견에 대한 생각도 들지 않았다. 내가 떠올린 것은 다름 아닌 크리스틴이었다. 그녀가 바랐던 유일한 것은 내가 그녀를 있는 그대로 받아들이는 것, 그녀를 전적으로 온전히 사랑해 주는 것이었다. 그런데 나는 나만을 사랑하느라 그녀를 돌볼 마음의 여유가 없었다. 나는 더이상 그녀를 볼 수 없고, 그녀의 눈을 바라보며 사랑한다고 말할 수 없게 되리라는 생각에 그 순간 가슴이 찢어질 듯 아팠다.

두 명의 사망자를 내고 전투가 종결되었을 때, 운 좋게도 나는 그 두 사람에 포함되지 않았다.

다시 돌아온 카불에서:

도시 동쪽의 잘랄라바드로(路)는 아프간 군사기지를 지나 뻗어 있다. 그 기지 뒤쪽으로 각종 금속 잔해들이 널브러진 공터가 있다. 그곳은 폐기된 탱크, 사륜오토바이, 지프차들의 묘지다. 그리고 카불에서 몇 안 되는 호젓한 곳이기도 하다.

나는 크리스틴에게 그곳에서 촬영을 해야 한다고 말했다. 버려진 탱크 사이로 무성한 풀숲을 뚫고 난 길을 걷는 동안, 그녀는 우리가 지뢰를 밟지나 않을까 겁을 먹었다. 나는 탱크 하나를 골라 앉을 자리를 마련한 뒤, 금반지 두 개가 든 작은 붉은색 상자를 그녀에게 내밀었다. 크리스틴은 어깨를 한번 으쓱해 보이고는 활짝 웃었다.

"당연히 예스지." 그녀는 말했다. "여기서 식을 올리자는 거야?"

"응."

그 전날 밤 인터넷으로 속성 사제 서품을 받은 존 리는 내가 써둔 한 페이지짜리 서약서를 낭독했다. 우리의 운전기사와 통역관은 남녀가 키스하는 모습을 이전까지 한 번도 본 일이 없었다. 그들은 얼굴을 붉히며 우리 둘을 외면했다. 우리가 나눈 반지는 싸구려였다. 우리는 이튿날 그 것을 보석상에게 되팔아 버렸다.

이 글을 쓰고 있는 지금, 크리스틴 무어는 내 아내다.

고맙소, 탈레반.

작가 소개 : 애런 휴이Aaron Huey는 종군 사진기자이자 〈내셔널 지오그래픽〉, 〈하퍼스 매거진〉, 〈뉴요커〉, 〈스미소니언 매거진〉, 〈뉴욕타임스〉에 정기적으로 기고하는 프리랜서 포토저널리스트이다. 2007년에는 다인코프 용병들이 호위하는 아프간 양귀비제거부대와 아프가니스탄을 동행해 마약소탕작전을 취재했다. 당시 총격전 상황에서 총상을 입게 된 그는 며칠 뒤 오랜 연인이었던 크리스틴 무어에게 청혼했고, 이 글은 바로 그에 관한 이야기다(옮긴이).

다리가 아니라 가슴으로 달려라

·

딘 카르나제스

내 인생의 방향을 돌려놓은 그 순간을 만든 주범을 꼽으라면, 나는 바로 이것, 그날 마신 형편없는 데킬라를 꼽겠다. 사실 더 깊은 곳에서 작용한 힘이 있었겠지만, 내 행동을 촉발한 것은 분명 그날 연거푸 들이킨 데킬라였다.

때는 서른 살 생일을 하루 앞둔 날, 자정이 가까운 시간이었고, 나는 혈기왕성한 미국 남성 대부분이 자신의 서른 살 생일에 할 법한 일에 심취해 있었다. 요컨대 친구들을 모아 놓고 고주망태가 되도록 퍼마시고 있었다는 말이다.

축하할 일은 물론 많았다. 나는 안락한 대기업에서 전문직으로 일하는 여피족이었다. 달마다 들어오는 급료도 두둑했다. 푹신한 회사 차를 몰고 다녔고, MBA 수료자라는 위상에 걸맞은 온갖 화려한 특전을 제공받았다. 한마디로 나는 성공한 인생을 살고 있었다.

하지만 나는 불행했다. 내 삶에는 열정도, 긴장도 없었고, 투쟁할 대상이나 이루고 싶은 높은 목표도 없었다. 매일이 안일하게 흘러갔다. 사회가 행복을 가져다주리라 약속했던 것들은 내게 허망함만 남겼을 뿐이었다. 그래서 나는, 바로 그 순간, 이 모두를 바꿔 버려야겠다고 결심했다.

"난 간다!" 나는 일행 앞에 공표했다.

"어딜 가는데?" 친구들이 물었다. "이봐, 아직 초저녁이라고."

나는 내가 서른 살이 된 것을 자축하기 위해 밤새 48킬로미터를 달릴 생각이라고 말했다. 그들은 웃어 젖혔다. "네가 마라토너인 줄 알아? 너 취했어."

"알아, 취했어. 그래도 뛸 거야."

그렇게 말을 남기고, 나는 술집에서 걸어 나와 속옷만 빼고 모두 벗어 버린 채 남쪽을 향해 달리기 시작했다. 실크로 된 팬티 한 장만 걸치고 달리자니 내 인생을 옥죄어 온 덫들을 모두 떨쳐 낸 것처럼 해방감이 느껴졌다. 덧붙이자면, 당시 나에게는 육상용 반바지가 없었다. 운동화가 있었느냐면 그것도 아니었다. 그래서 나는 정원에서 신는 작업화 같은 낡은 신발 한 켤레를 신고 달렸다.

소년 시절 이후로는 달려본 적이 없는 나였다. 그러나 한바탕 뛰고 났을 때 가슴이 터질 듯한 행복감과 충만감을 느꼈던 것을 기억하고 있었다. 그 기분을 다시 느껴 보고 싶었다. 그래서 계속 달렸다.

24킬로미터 지점에 이르자 과연 이게 잘하는 짓인가 하는 의구심이 들기 시작했다. 술기운이 가시자 체력이 떨어지는 것이 역력히 느껴졌다. 하지만 나는 계속 달렸다. 달리고, 또 달렸다…….

출발점에서 멀어질수록, 통증이 심해질수록 기분이 고양되는 것을 느껐다. 나는 그렇게 밤새 달렸다. 내가 목표한 대로 술집에서 48킬로미터 떨어진 어느 마을에 다다랐을 때는 이제 막 아침 해가 떠오르고 있었다. 땀으로 목욕을 한 나는 완전히 초췌한 몰골에 파김치가 되어 있었다. 피부가 쓸려 벗겨진 다리와 물집 잡힌 발을 내려다보았다. 미소가 지어졌다. 그토록 행복한 순간은 처음이었다.

그날 나는 출근하지 않았다. 내 인생의 행로는 이미 돌이킬 수 없이 틀어져 있었다. 고등학교 시절 크로스컨트리 코치 선생님은 내게 이런 말씀을 자주 했었다. "다리로 달리려 하지 말고 가슴으로 달려라." 그날 밤 마침내 나는 그 말뜻을 깨달았다. 그리고 이 깨달음을 있게 한 주범은, 다시 말하지만 바로 호세 쿠엘보(데킬라 상표명 — 옮긴이)였다.

작가 소개 : 딘 카르나제스Dean Karnazes는 〈타임〉지 선정 '세상에서 가장 영향력 있는 100인'에 포함된 베스트셀러 작가다. 지난 2006년, 그는 50개 주에서 개최된 50건의 마라톤 경기에 50일간 연속으로 참가해 모두가 불가능하다고 생각했던 일을 달성해 보였다.

인생

.

타오 린

    아버지의 재판 첫날 판사는 곯아떨어졌다. 배심원 중 한 사람도 마찬가지였다. 변호사가 "이의 있습니다!"라고 소리치자 판사는 깜짝 놀라 눈을 떴다. 어머니가 들려주신 이야기다. 아버지의 변호사는 형과 나에게 재판장에는 나타나지 말고 선고 당일에 출석하라고 조언했는데, 내 생각에 그건 그렇게 해야 판사와 배심원단으로부터 동정표를 얻을 수 있으리라는 꼼수였던 것 같다.

    판결이 내려지던 날, 나는 뉴욕대학 중국어 강의를 듣다 말고 나와 지하철 N선을 타고 브루클린 법원으로 향했다. 어머니와 형은 벌써 도착해 있었고, 나는 그 옆자리에 앉았다. 아버지는 변호사와 함께 계셨다. 당신은 우리에게 손을 흔드셨고, 진지하고 초연한 모습이셨지만 나는 아버지께서 몹시 불안하시리라 생각했다. 나도 침착해 보이려 애쓰며 손을 흔들어 보였다.

    아버지는 당신이 발명한 레이저 시력교정기를 판매하기 위해 '서지라이트Surgilight'라는 회사를 설립하셨는데, 회사 주가를 인위적으로 끌어올리기 위해 사기성 보도자료를 발표했다는 것이 기소 이유였다. 내 생각에 아버지는 기껏해야 몇 가지 구문적인 실수를 저지르신 것이 전부였다. 나는 아버지가 의도적으로 누군가에게 해를 입히거나 부당한 이득을 취할 만한 위인이 아니라고 믿고 있었다. 아버지는 한 번도 "사랑한다"는 말을 한 적이 없고 누가 시키지 않는 한 형이나 나를 안아 주거나 키스해 준 적도 없는 분이셨지만, 회사가 기울어 적자를 면치 못하는 상황에서도 직원들을 해고하지 않았고, 돈을 돌려받지 못할 수 있다는 것을 알면서도 돈을 빌려 주는 분이셨다. 하지만 배심원들은 아버지가 유죄라고 보았고, 이제 판사가 형을 선고하려 하고 있었다. 나는 판사의 얼굴을 바라보며 이런 분위기에서 어떻게 졸 수 있었을까, 하고 생각했다.

그가 70개월형에 처한다고 말했을 때, 그것이 5년이라는 것을 안 나는 머릿속이 하얘지는 느낌이었다. 아버지에게 마지막 변론의 기회가 주어졌다. "감옥에 있으면 더 이상 사회에 기여할 수가 없게 됩니다. 감옥에 있으면 전 쓸모없는 사람이 되죠…… 저는 제 평판과 무죄 사실, 그리고 제 이름을 위해 끝까지 싸울 겁니다." 그 말을 하는 동안 아버지는 의도적인 것 같기도 하고 무의식적으로도 보이는 몸짓으로 경직된 몸을 움찔거렸다. 법정 전면의 텅 빈 자리에 홀로 서 계셨지만 마치 무언가와 몸싸움이라도 벌이고 있는 사람처럼 말이다. 검사가 말을 끊자 아버지는 항의했다. "이보세요! 제가 말할 기회 좀 주시겠습니까? 당신은 여태까지 내내 거짓말만 하지 않았소!" 아버지는 붉으락푸르락해져서 몸을 떨고 있었다. 그 모습을 보면서 나는 기절했다 정신을 차릴 때처럼 어지럽고 혼란스러웠지만 마음을 굳게 먹었다. 울음이 터질 것만 같았다.

선고가 내려진 뒤에, 나는 형을 바라보았다. 그는 복잡한 심경에 온몸이 마비된 것처럼 보였다. 이미 눈물로 젖어 충혈된 눈을 한 어머니는 뇌졸중 환자 같은 흐릿하고 어색한 미소를 지어 보이셨다.

그것은 4월에 있었던 일이다. 7월에 어머니는 차를 몰고 아버지를 플로리다 주 콜맨에 있는 연방 교정 기관 단지까지 태워다 주셨다. 뒤이은 수개월 동안 형과 나는 뉴욕에서 아버지께 편지를 써 보냈다. 어머니는 올란도의 집에서 한 시간 거리에 있는 수감소까지 차를 몰고 일주일에 두 번씩 면회를 가셨다.

아버지는 우리에게 보낸 편지에서 그곳 생활이 만족스럽고 심지어는 행복하기도 하다고 말씀하셨다. 음식도 좋다고 하셨다. 아버지는 동료 수감자들에게 중국어를 가르치셨다. 특허도 새로 두 건을 출원 신청하셨고, 안과학 논문도 예닐곱 편을 쓰셨고, 물리학 박사 학위자의 지식으로 동료 수감자가 UFO가 나오는 소설의 한 장(章)을 쓰는 것을 돕기도 했다.

수감되신 뒤 두 달이 지나 아버지가 내게 보내신 편지 말미에는 이런 서명이 적혀 있었다. "사랑한다. 애비가." 당신이 내게 "사랑한다"는 말을 건넨 것은 그것이 처음이었다. 나는 아버지의 필체를 알아보고 울음을 터뜨렸다.

나는 언제나 아버지가 금욕적이고 외곬인 과학자라고 생각했었다. 사람들에게 친밀한 감정을 표현하는 것을 어려워하시는 혹은 그렇게 하는 것이 불가능하신 분이라고 말이다. 출장을 떠나 집에 안부전화를 하실 때면 아버지는 우리가 기르던 개들이 잘 있느냐는 질문만 하셨다. 형이

나 어머니, 내 안부에 대해서는 일언반구도 없이 말이다.

몇 주가 지나 어머니는 내게 이메일을 보내 아버지가 편지를 써 보내주셨다는 이야기를 하셨다. "진짜 편지야. 20년 만에 처음으로 받아보는 친필 편지라고." 그 편지에서 아버지는 당신이 일에만 정신이 팔려 있었고 어머니와 다른 사람들에게 마음 쓰는 것을 잊고 살아왔다고 고백하셨다는 것이다. "이 어미가 옛날에 알던 네 진짜 아버지가 돌아오셨구나. 그렇게 변하신 게 정말 좋다." 어머니의 이메일에는 그렇게 쓰여 있었다. "마음이 북받쳐서 한참을 울었지 뭐냐."

어머니의 이메일을 읽고, 나 또한 한참을 울었다.

작가 소개 : 타오 린Tao Lin은 '뉴욕의 무라카미 하루키'로 불리는 소설가다. 뉴욕대학 문예창작상, 'One Story' 단편 공모전 상 등을 수상했다. 『어떤 이는 갈색머리로 태어나고 어떤 이는 외롭게 태어난다』, 『Eeeee 사랑하고 싶다』를 비롯한 여섯 권의 소설 및 시집을 냈다.

때로는 벽이 벽이 아닐 수도 있다

·

스티븐 토보로스키

나는 LA로 나와서 배우가 되었다. 정말 불가능해 보였던 일이다. 나는 일자리도 얻지 못하고 에이전트도 구하지 못했다. 공짜로 일하겠다고 해도 자리가 없었다. 내가 공연했던 어느 쇼는 캐스팅해 주는 대가로 프로듀서에게 100달러를 지불해야 했다. 그러나 그 100달러는 제값을 못했다. 첫날 객석에는 아무도 없었으니까.

한 가지 좋은 면을 꼽자면 함께 고생하던 다른 배우들과 친구가 되었다는 것이다. 그중 한 명은 LA 레이커스의 새 코치인 팻 라일리와 친분이 있었다. 그해 LA 레이커스는 플레이오프까지 진출했고 내 친구는 자신과 함께 열 번째 줄에 앉아 게임을 볼 수 있게 티켓을 구해 주었다. 천국이었다.

내 차는 폐차 직전의 찌그러진 올즈모빌이었다. 차 안에는 히터가 없었고 와이퍼도 작동하지 않았다. 창문은 손으로 돌려 열어야 해서 높이가 들쑥날쑥했는데 그나마 운전석 옆의 창문은 내린 상태에서 완전히 고장이 나 올라오지 않았다. 완전히 내려간 상태는 아니었고 유리가 3센티 미터 정도 올라와 있었는데 그걸로는 아무것도 막아주지 못했다. 어디로 운전을 하든 추위를 잊으려면 라디오의 로큰롤에 맞춰 몸을 움직이는 수밖에 없었다.

운동장으로 가던 그날 밤은 얼어 죽을 만큼 추웠다. 나는 라디오 채널을 카스Cars의 〈셰이크 잇 업Shake It Up〉에서 게임 중계방송으로 돌렸다. 아직 시작 15분 전이었다. 나는 주차장으로 가는 긴 차량 행렬 뒤에 차를 댔다. 그제야 나는 내가 혼자가 아니라는 것을 알아챘다. 차 안에는 나방 한 마리가 있었다. 나는 손을 내저어서 고장 나 열려 있는 창 쪽으로 나방이 날아가게 하려고 애썼다. 놀랍게도 나방은 유리창이 삐죽 올라와 있는 부분까지 갔다가 다시 내 얼굴로 되돌아왔다.

나는 조용하고 위엄 있는 목소리로 나방에게 말했다. "이봐. 여기서 나가. 나가라구." 이제 경기 시작 10분 전이었고 차량의 줄은 움직일 줄을 몰랐다. 나는 창밖으로 고개를 내밀고 "갑시다!"하고 소리쳤다. 그리고 경적을 한 번 울린 후 다시 자리에 앉았다. 나방은 내 머리 주위를 펄럭였고 나는 다시 나방을 창문에서 떼어내려고 애썼다. 나방은 또다시 3센티미터 밖에 안 남은 유리에 가서 부딪히더니 열린 부분을 찾지 못했다. 그리고 그 짓을 계속 반복했다. 나는 중얼거렸다. "바보 같은 나방 같으니. 무슨 이런 멍청이가 다 있어."

라디오에서는 선수들을 소개하기 시작했다. 이제 나는 공황 상태였다. 저 앞에 뭔가 문제가 있는 것이 틀림없었다. 어쩌면 누군가 잔돈이 없는 것일 수도. 아니면 주차장이 꽉 찬 것인지도 몰랐다. 나는 경적을 울리며 소리치기 시작했다. "이봐요! 가요!" 나방은 또다시 내 코 위에 앉으려고 했다. 나는 말했다. "이봐 나방. 창문이 이렇게나 크잖아! 완전 열려 있다고! 가! 아니면 죽여 버릴 테니."(나는 종종 곤충에게는 거친 말을 쓰곤 한다.)

경기가 시작되었다. 나는 분을 못 참고 비명을 질렀다. 그리고 마침내 차에서 내려 대체 무엇 때문에 차들이 꼼짝 않는 것인지 보러 갔다. 그리고 나는 경악스럽게도 내가 주차된 차들 뒤에서 기다리고 있었다는 것을 발견했다. 나는 아무도 타고 있지 않은 차들에 대고 경적을 울리고 소리를 지르고 있었다. 더 살펴보니 심지어 그 앞쪽에는 출입구도 없었다. 경기장 입구는 오직 나의 염원의 산물이었다.

나방이 또다시 창을 향해 날았다. 그때 나는 알았다. 우리가 완전히 똑같다는 것을. 나방과 나는 똑같았다. 나방은 열려 있는 창을 보지 못했고, 나는 내가 주차된 차들 뒤에 서 있다는 것을 보지 못했다. 모든 것은 관점의 문제였다.

이후로도 삶은 내게 무수한 벽들을 던졌다. 어려움도 많고 장애도 많았다. 하지만 내 친구 나방 덕분에 나는 벽이 벽이 아닐 수도 있음을 배웠다. 각도를 달리해서 보면 벽은 다리일 수도 있었다.

작가 소개 : 스티븐 토보로스키Stephen Tobolowsky는 〈데드우드〉, 〈히어로스〉, 〈커뮤니티〉, 〈글리Glee〉등 많은 TV 쇼에 출연한 배우이다. 영화 〈사랑의 블랙홀〉에서 맡았던 네드 라이어슨 역할로 가장 잘 알려져 있다.

사랑을 택할 것인가? 공포를 택할 것인가?

·

멜리사 에서리지

내가 무언가를 선택하고 그 선택이 내 인생행로에 대단히 큰 영향을 미친 경우는 여러 차례 있었다. 그 각각의 시기에 내가 내려야 했던 결정은 사랑을 택할 것이냐 아니면 공포를 택할 것이냐였다. 공포에 무너지거나 항복하지 않는 쪽을 택할 때마다, 그러니까 사랑을 택할 때마다 나는 망설였지만 이제는 그런 순간이 닥쳐도 답은 분명하다. 왜 굳이 두려운 행로를 택하겠는가?

유방암 진단을 받았을 때도 그런 순간 중 하나였다. 일을 쉬어도 생계를 걱정할 필요가 없었던 나는 본격적인 수준의 화학요법을 받았다. 그렇게 하는 것이 재발을 방지할 수 있는 최선의 방법이라는 의사들의 조언에 따라 가장 격심한 형태의 화학요법을 택했던 것이다. 나는 그야말로 화학요법의 지옥 속에서 살고 있었다.

그렇게 지내던 시절, 연휴가 끝난 직후에 나는 매니저로부터 전화 한 통을 받았다. 내 노래 〈브리드Breathe〉가 그래미상 베스트 록 보컬 부문에 후보로 지명되었다는 것이었다. 나는 생각했다. 오, 그래미상 시상식은 2월에 열리잖아. 그때도 내 상태는 좋지 않을 텐데. 그냥 집에 앉아서 텔레비전으로 시청해야겠다. 나는 당연히 당시의 내 상태로는 시상식장 근처에도 가지 못하리라 생각하고 있었다. 그때 매니저가 다시 전화를 걸어와 프로듀서들이 바로 그날 재니스 조플린에게 공로상을 수여할 예정이라 공지했다는 소식을 전해왔다. 그들이 내가 그 무대에서 〈피스 오브 마이 하트Piece of My Heart〉를 불러 줬으면 한다는 것이었다.

선택의 여지가 없는 듯 보이는 순간이 있다. 상황은 분명했다. 두려운 생각들이 있는 대로 치밀었다. 나는 암환자다. 나는 대머리에 창백하고 부종을 겪고 있다. 비참하고 겁먹은 모습이다. 어떻게 이 몰골로 사람들 앞에서 노래를 부르겠는가? 그러고 나서 다른 쪽, 사랑의 편, 양지바른 쪽을 바라보자 기회가, 내가 빠져나갈 수 있는 문이 보였다. 나는 내가 살아있다는 것을 나 자신에게 입증해 보일 수 있을 것이다. 내가 괜찮다는 것. 내가 괜찮으리라는 것. 내게 공연할 힘이 있다는 것. 유방암 치료는 날 죽이지 않았고 날 좌절시키지도 못했다는 것을.

나는 그 무대에 서서 내가 경애하는 여성, 내게 엄청난 영향을 준 사람, 내가 25년 동안 불러온 노래를 불렀던 여성을 위해 내가 진심으로 하고 싶은 일을 하고 싶었다. 그 노래에는 정말 자신이 있었다. 전혀 수고롭지 않은 일이었다. 그저 얼굴을 내밀고 노래만 하면 되는 일이었다.

그때 또 다른 생각이 떠올랐다. '잠깐만, 난 곧 대머리가 될 텐데'.

화학요법과 암에 대한 내 경험상, 여성 환자가 겪을 수 있는 최악의 공포 중 하나는 머리카락을 잃는 것이다. 내가 무대에 서지 않기로 한다면,

탈모가 부끄러워 기회를 저버린다면, 나는 어떤 사람이 되고 그렇게 얻은 허영에는 얼마나 큰 가치가 부여될 것인가?

매니저의 전화를 끊고 나서 나는 생각에 잠겼다. 나는 내면으로 들어가 내 영혼의 목소리에 귀 기울이고, 그 상황의 사랑과 공포의 측면을 살펴보았다. 나는 이것이야말로 내가 무대로 되돌아갈 기회라는 것을 알고 있었다. 나는 내 영혼, 내 로큰롤 정신이 떠나거나 죽지 않았다는 것을 알고 있었다. 나는 여전히 그때까지 항상 그래 왔던 내 모습 그대로였고, 재능과 에너지도 그대로였다. 없어진 것은 다만 머리카락뿐이었다.

매니저에게 다시 전화를 걸어 "할게요. 2005년 그래미상 시상식에서 공연하는 걸로 해요. 〈피스 오브 마이 하트〉를 부를게요"라고 말하던 순간의 내 목소리와 그 여운은 지금까지 내 안에서 반향을 일으키고 있다.

거의 6년이 지나서도 매주 누군가는 꼭 그날의 공연에 대해 이야기한다. 나는 그 공연과 이후 거듭 재방영되는 그날의 영상이 사람들에게 희망의 원천이 되었다는 사실을 깨달았다. 암투병 사실을 수백만의 사람들 앞에서 공개하자는 결정을 내린 것이 결국에는 그날의 한순간, 사랑과 공포 사이에서 선택을 내려야 했던 순간 그리고 마침내 내가 사랑을 택한 순간에서 비롯됐다고 생각하면 가슴이 뿌듯해진다.

작가 소개 : 멜리사 에서리지 Melissa Etheridge는 그래미상에서 후보로 15차례 지명되었고 그중 2회에 걸쳐 '최우수 여자 록 보컬상'을 수상했으며 2007년에는 아카데미 주제가상을 수상하기도 한 뮤지션이다.

나는 동물원에서 새 인생을 찾았다

•

앨런 라비노비츠

어릴 적 나는 아주 심각한 말더듬이였다. 내 말더듬증이 나를 둘러싼 모든 것을 규정했다. 공기가 막힐 때 생기는 말더듬증이었기 때문에, 내가 경음을 발음하려 할 때마다 목구멍이 닫혀 버렸다. 불행히도 내가 발음하기 가장 어려웠던 말 중 하나는 바로 내 이름 라비노비츠였다.

열세 살 혹은 열네 살 때였는지는 확실치 않지만, 내 인생을 바꿔놓은 당시의 어느 하루에 대한 기억은 아직도 생생하다. 당시는 1960년대였고, 퀸즈의 파로커웨이에 살고 있던 우리 가족은 고객이 미리 전화로 주문을 하면 점원이 해당 제품을 준비해 놓고 기다리는 상점에서 장을 보곤 했다. 어머니는 내게 상점 카운터에서 우리 이름으로 주문한 물건을 찾아오라는 심부름을 시키셨다. 나는 당황했다. 그 상품들을 찾아오려면 내 이름을 말해야 했다. 내가 'r' 발음을 간신히 해낸다 해도 다음에 나오는 'b'가 나를 가로막을 것이었다. 그 경음들은 재앙이었다.

카운터에 늘어선 사람들 틈에서 불안하게 기다린 뒤에, 마침내 내 차례가 돌아왔다. 나는 입을 다문 채 내 이름이 붙은 게 보이는 비닐봉지 한 보따리를 손으로 가리켰다. 이름을 말하려고 했지만 두려움에 목구멍은 막혀 들기 시작했다. 그 폐색 현상을 이겨 보려다 나는 결국 경련하는 사람처럼 머리를 홱 움직이고야 말았다. 여전히 한 마디도 내뱉지 못한 채, 나는 그 비닐봉지들만 뚫어져라 노려보면서 손으로 카운터를 두들겨 댔다. 거기에 있던 사람들 전부가 날 쳐다보고 있는 것이 느껴졌다.

카운터의 여자 점원은 당연히 당황스러워했다. 그녀는 고개를 빼고 줄 선 사람들에게 이렇게 말했다. "죄송합니다. 좀 양해해 주세요. 이 애는 지진아인 것 같아요."

말을 더듬는 사람들은 언제나 도망칠 방법을 찾는 법이다. 그래서 나는 지진아가 할 법한 행동을 연기하기 시작했다. 나는 조 코커(Joe Cocker: 영국의 록가수로 거친 음색과 희한하게 흔드는 팔 동작으로 유명하다―옮긴이)가 무대에서 하는 식으로 팔과 다리를 미친 듯이 흔들어 댔다. 그런 다음 카운터 뒤로 가서 그 비닐봉지들을 집어 들고 상점을 뛰쳐나왔다. 제법 멀리까지 달려왔을 때 나는 봉지들을 바닥에 내동댕이쳤다. 갑자기 치밀어 오르는 분노로 몸이 떨리기 시작했다.

나는 어른들의 세계가 또 한 번 나를 평가하도록 내버려 뒀고, 설상가상으로 이번에는 내가 그들의 판결에 굴복해 버렸다. 카운터의 점원이나 줄을 서 있던 사람들에게 화가 난 것이 아니었다. 나 자신이 혐오스러웠다. 지구상에서 가장 저열한 존재처럼 느껴졌다. 그 순간 내 손에 칼이 들려 있었다면 나를 찔러 버렸을지도 모른다. 나는 외치듯 되뇌었다.

"다시는 그 누구도 날 마음대로 판단하게 내버려 두지 않을 거야."

그 다짐은 내가 그때껏 느껴본 그 무엇보다 나를 사로잡았다. 나는 바닥에 흩어진 식료품을 차분히 주워 모아 집으로 돌아왔다.

나는 그 순간 그 누구보다 더 나은 사람이 되겠다고 결심했다. 그들이 내가 할 수 있으리라 생각하는 것 이상을 해내겠다고. 그리고 다른 이들의 규칙에 맞춰 살지 않기로 마음을 굳혔다. 나는 내가 하는 모든 일에서 평균보다 훨씬 탁월한 성과를 낼 것이었다. 나는 그날, 그 순간을 내 어린 시절의 그 어떤 순간보다 더 생생히 기억한다. 그 순간이 당시부터 지금까지 내 인생을 규정해왔다.

그러나 결심만으로 인생이 돌연 쉽게 풀릴 리 만무했고, 내 말더듬증도 나아지지 않았다. 나에 대한 타인의 인식이나 기대에 맞춰 살려고 노력하는 데 지쳐 버린 나는 사람들과 소통하려는 노력을 아예 포기해 버렸다. 나는 말을 더듬지 않고 이야기할 수 있는 유일한 생명체들에 관심을 돌렸다. 뉴요커들이 즐겨 기르는 작은 애완동물들에게 말이다. 매일 학교를 파하고 돌아오면 햄스터, 바다거북, 카멜레온 같은 것들을 모두 데리고 침실 옷장 구석으로 숨어들었다. 그 어둠 속에서 나는 나 자신과 대면할 필요가 없었다. 그 대신 동물들에게 말 걸고 속 깊은 이야기를 쏟아 낼 수 있었다.

아버지는 동물에 대한 나의 애정을 일찌감치 눈치채셨다. 내가 동물들에게 의지하는 것을 완전히 이해하지는 못하셨지만, 당신이 할 수 없는 방식으로 동물들이 나의 마음을 연다는 것을 깨달으셨다. 학교에서 특히 우울한 한 주를 보내고 나면, 아버지는 나를 브롱크스 동물원의 고양잇과(科) 우리로 데려다 주셨다. 거기서 나는 각각의 동물 우리 앞에 서서 그들의 강건함과 힘을 받아들였다. 이리저리 어슬렁거리는 이 아름다운 야수들은 사면이 철근으로 가로막힌 우리에 갇혀 있었고, 자신들이 어떤 대우를 받고 있는지, 혹은 그들이 정말 원하는 것이 무엇인지를 인간 세상에 말할 도리가 없었다. 나는 그들에게서 깊은 동지애를 느꼈다. 그들이 갇혀 있는 물리적 우리는 무쇠 걸쇠로 잠겨있는 내 마음과 다를 바 없었다. 그리고 그 야수들은 바로 나였다. 내 방 옷장을 제외하고 내가 편안하게 느꼈던 세상 유일한 장소는 바로 그 동물원이었다.

나는 애완동물들에게 이야기할 때처럼 우리 가까이에 다가가 호랑이와 재규어들에게 이야기했다. "우리가 같이 살 곳을 찾아낼게."

수년이 지날 때까지 나는 그 약속을 잊지 않았다. 나는 동물학자가 되었다. 동물들에게, 특히 그 고양이들에게 내가 했던 약속을 지키기 위해서는 그에 합당한 공부와 학문적 신임을 갖춰야 한다는 것을 알았기 때문이다. 나는 인간 세상을 벗어나 정글에 있는 것을 좋아했다. 거기서는 말할 필요가 없었으므로. 30년이 넘게 동물을 연구해 오면서 나는 세계에서 가장 야생적인 지역에 있을 때 오히려 고향에 와 있는 것 같은 느낌이 들었다. 심지어 아내와 가족이 있는 지금도 나는 동물들의 세계와 인간 세상 사이에서 내게 위안이 되는 공간을 찾으려 노력 중이다. 나는 동물들과 내 목소리가 영영 사라지기 전에 동물들에게 그들의 목소리를 돌려주려 애쓰고 있다.

작가 소개 : 앨런 라비노비츠 Alan Rabinowitz는 '야생동물 보호의 인디아나 존스'로 불리는 동물학자이다. 전 세계 36종의 살쾡이 종을 보호하는 일에 매진하는 비영리 환경보전단체 판테라Panthera의 대표 겸 CEO로 일하고 있다.

#7
에덴으로부터의 추방

·

엘리자베스 길버트

아마 세 살이었을 것이다. 나는 우리 옛날 집 위층 복도에 깔린 카펫 위에 엎드린 채 바비 인형이 마치 레이스카라도 되는 양 바닥에 엎어 놓고 놀고 있었다. 식사는 끝났지만 잠자리에 들기에는 이른 저녁이었고, 집은 천천히 하루를 마감하고 있었다. 나는 부모님이 아래층에서 움직이는 소리, 살림살이의 부드러운 소음을 들을 수 있었다.

그때 내 귀에는 어머니가 아마도 지하실에 내려가 계셨을 아버지를 부르는 소리가 들렸다. "존! 잠깐 괜찮으면 당신 좀 빌려야겠어요!"

누가 봐도 자명한 일이지만 그건 그저 무해한 대화였다. 아내가 남편에게 일상적인 집안일 하나를 도와달라고 부탁한 것이 전부였다. 그러나 어머니가 그렇게 아버지를 찾는 목소리를 듣고 나니 그 무엇보다 기이하고 불안한 깨달음이 내 마음을 채웠다. 저 두 사람, 내 부모님은 나와는 떨어져 존재하고 있었다. 나는 생전 처음 그 사실을 깨달았다. 그들에게는 둘이 있을 때 서로를 부르는 이름(존과 캐롤)이 있었고, 그건 내 생에서 그들이 맡은 역할인 아빠와 엄마와는 전혀 무관한 이름이었다. 그들은 내가 같이 있지 않을 때조차 서로에게 말을 하고, 심지어는 나와 전혀 무관한 이야기까지 주고받았다.

이를 표현할 좀 더 미묘하고 세련된 방식이 있었으면 싶지만, 그 순간 내가 깨달은 것을 곧이곧대로 쓰자면 이렇다. 나는 세상의 중심이 아니었다. 하느님 맙소사, 심지어 나는 그 집에서조차 중심이 아니었다.

신생아들은 물질세계를 자신의 신체가 연장된 것으로 믿는다는 이야기를 들어본 적이 있다. 아기는 자신이 어디서 끝나고 제 어머니(혹은 담요, 혹은 애완견)가 어디서부터 시작되는지를 구별하지 못한다는 것이다. 하지만 나는 그 극단적인 우주적 연계에 대한 느낌에 유아기가 한참 지나서까지 고착돼 있었던 것 같다. 어머니가 사적인 순간에 아버지를 부르는 것을 엿듣고 그 두 사람이 내 사지가 아니라는 사실을 절감한 1973년 그날 저녁때까지 말이다. 그 깨달음과 더불어 찾아온 것은, 당연히도, 나는 철저히 혼자라는 깊고 갑작스러운 느낌이었다.

이것은 내 인생에 일어난 에덴으로부터의 추방, 소외 의식의 깨침, 유아기의 종말이라 부를 수 있으리라. 모두 어느 정도는 옳은 이야기지만, 전부 암담하게만 들릴 뿐이다. 사실은 이렇다. 그것은 한 인간으로서 내 삶이 시작된 순간이었다.

그리고 그 기저에서 내가 느낀 것은 다름 아닌 설렘이었다.

작가 소개 : 엘리자베스 길버트Elizabeth Gilbert는 『먹고 기도하고 사랑하라』, 『결혼해도 괜찮아』, 『마지막 미국인The Last American Man』, 『순례자들Pilgrims』을 비롯한 픽션과 논픽션을 쓴 작가다. 그녀가 보내온 〈여섯 단어 회고록〉은 "나는 세상을 본다! 나는 이야기를 쓴다!(Me see world! Me write stories!)"이다.

우연이 인생을 살 만한 것으로 만든다

댄 고긴

　내 최초의 〈넌센스Nunsense〉 공연이 1985년 그리니치빌리지의 인적 드문 어느 유서 깊은 소극장 오프브로드웨이 무대에 올랐을 때, 나는 티켓 현장 구매가 공연의 성패를 얼마나 좌우하는지를 모르고 있었다. 찾아온 관객들은 공연을 만족스러워했지만, 관객 수는 그리 많지 않았다. 첫 달이 끝나갈 무렵 우리는 적자를 내며 힘겹게 공연을 올렸다. 그런데 얼마 후 극장 측에서 한마디 상의도 없이 일방적으로 공연장 임대 계약을 취소해 버렸다. 살아남기 위해 고투하고 있던 우리는 그들이 그런 결정을 내린 것을 도저히 믿을 수가 없었다. 그리고 갑자기 닥친 위기 앞에서 이 공연을 계속 올려야 하나 말아야 하나 깊은 고민에 빠졌다. 하지만 그것이야말로 마침내 우리 공연을 히트시킬 수 있는 '순간'이었다.

　당시 메인 교차로에 있는 극장에 걸렸던 공연 하나가 곧 내려질 것이라는 소문이 돌았다. 비록 수는 많지 않지만 공연을 본 관객들은 환상적인 반응을 보여 주었기 때문에 우리는 〈넌센스〉 공연을 무대에 계속

'신의 중재'가 실로 내 인생과
수백 명의 미래 '수녀들'의 삶을 바꿔 놓은 것이다.

올리기 위한 노력을 포기할 수 없었다. 결국 우리는 2,000달러를 대출받아 인파로 붐비는 교차로에 있는 극장으로 무대를 옮겼다. 첫날 공연에서 우리는 현장 판매된 티켓으로 2,500달러를 벌어들였다!

무대를 옮긴 결정은 문자 그대로 절멸할 뻔한 공연을 살려 냈다. 초연을 올렸던 극장에서 우리를 쫓아내지 않았더라면 우리는 애만 쓰다가 결국에는 사라져 버렸을 것이다. 그 일이 있었던 것은 지금으로부터 25년 전의 일이다. 그 이래로 〈넌센스〉 공연은 8,000건이 넘는 프로덕션과 7회에 이르는 후속 뮤지컬로 세계 전역의 무대에 올려져 5억 달러가 넘는 총수입을 거둬들였다. '신의 중재'가 실로 내 인생과 수백 명의 미래 '수녀들'의 삶을 바꿔 놓은 것이다.

작가 소개 : 댄 고긴 Dan Goggin은 〈넌센스〉 뮤지컬 시리즈의 제작자다. 그의 공연은 8,000건이 넘는 프로덕션과 20개국 언어로 세계 각지의 무대에 올려졌다.

#9 내 목숨은 아홉 개

• 피터 쿠퍼

1961년 뉴저지 주 밀번

계단에서 굴러떨어졌는데
소파의 뾰족한 모서리가 노출되어 있었다…

방석 부분은
세탁소에

이마에 영구적 흉터가 남았다.

1964년 클리블랜드

자전거 타고 가다가 손으로 철봉 붙잡기
게임을 했다. 손이 미끄러졌다…

CRASH!

기절했다. 아마도 뇌 손상?

1969년 이스라엘 네게브 사막

고문서를 발견하겠다고 동굴들을 헤매고
다니다가 낙석을 만났다.
하마터면 하느님을 만날 뻔했다…'

엄마!

외상은 살짝 긁힌 정도였지만 심장마비를 겪었다.

1972년 뉴욕 사우스 브롱크스

약에 취한 커플에게서 환각제를 구입한 후
차를 얻어 탔는데 정신을 차려보니
사우스 브롱크스(우범지대)였다.

어디로
간다고?

무슨 일이 있었던 건지 아직도 정확히 모른다.

작가 소개 : 피터 구퍼Peter Kuper는 미국의 만화 잡지 〈월드워3 일러스트레이티드World War3 Illustrated〉의 공동 창간자이다. 그는 세계 곳곳의 출판물에 기고해 왔고 1997년부터 매달 〈매드 Mad〉에 〈스파이 대 스파이〉를 연재하고 있다.

철의 장막을 벗어나

·

아틸라 칼라마르

1979년, 에바 이모와 사촌 티보 그리고 나는 다뉴브 강을 운항하는 유람선을 타고 2주간 여행할 수 있는 허가를 받았다. 그 배를 타면 우리는 루마니아를 벗어나 철의 장막을 빠져나갈 수 있었다. 차우셰스쿠 집권 시기에 그런 여행 허가를 받아 내는 것은 대단히 어려운 일이었고, 특히 열일곱 살에 불과했던 나로서는 새삼 말할 것도 없었다.

우리가 미에르쿠레아치우크의 고향에서 출발한 것은 4월 중순, 봄이 막 트란실바니아의 카르파티아 산맥을 기어오르고 있을 무렵이었다. 8시간에 걸친 기차와 버스 여행 끝에 우리는 투르누머구렐레 하항에서 배에 올라탔다. 여행의 첫 번째 기착지로 벨그레이드, 부다페스트, 체코슬로바키아의 브라티슬라바 등지에 잠시 머문 배는 드디어 철의 장막을 벗어났다. 닷새째 되던 날 우리는 비엔나에 도착했다. 거기서 이틀간 정박해 있을 예정이었다.

우리는 첫날 하루를 이런저런 상점과 쇼핑센터를 방문하는 데 할애했다. 철의 장막 건너편의 생활방식이 우리와 그토록 다른 것을 나는 믿을 수가 없었다. 이편에 사는 사람들은 모든 것을 갖고 있는데 반대편의 우리는 거의 빈털터리로 살고 있다고 생각했던 것이 기억난다. 우리 쪽에 사는 사람들은 줄을 서서 기다려야 밀가루와 식용유를 얻을 수 있었다. 작고 우중충한 상점 밖으로 긴 줄이 뻗어 있기라도 하면 우리는 거기서 팔고 있는 것이 무엇이든 우리에게도 그것이 필요하리라는 짐작에 무작정 줄을 섰다. 심지어 치과에서 노보카인을 구하지 못해 마취제 없이 이를 뽑아야 한 적도 있었다.

나는 비엔나의 풍족함에 압도되었다. 뒤에 자전거를 매단 승용차를 몰고 가는 사람을 보았고, 그가 굳이 그렇게 하는 이유를 알 수 없었다. 그건 마치 비행기 뒤에 행글라이더를 싣는 것과 마찬가지로 보였다. 아무래도 이해할 수 없는 일이었다. 긴 하루를 보내고 우리는 배로 돌아왔다. 그러나 그날 본 것들 때문에 나는 잠드는 데 애를 먹었다. 무언가 잘못됐다는 생각이 들었다. 우리는 왜 장막의 반대편에서 상대적인 빈곤을 감내하며 살아야 하는 것일까? 여기 사는 이들은 우리보다 나은 사람들인가? 아무래도 답이 나오질 않았다.

이튿날 아침, 우리는 동선자 중 일부가 쇼핑 여행에서 돌아오는 대신 절호의 기회를 이용해 도피를 감행했다는 것을 알게 됐다. 선장은 나머지 승객들이 비슷한 생각을 하지 못하도록 우리의 여권을 모두 압수했다. 아침을 먹은 뒤, 우리는 비엔나 외곽에 있는 쇤브룬 궁전을 관광하기 위해 버스에 올랐다. 차를 타고 가는 동안에도 나는 동요하는 마음을 진정시킬 수가 없었다. 주위 풍경의 아름다움도 내 주의를 빼앗지 못했다.

무언가 잘못돼 있었다. 그걸 바로잡아야 했다.

궁전에 도착한 우리 일행은 건물에 들어가기 위해 줄을 섰다. 나는 내가 줄의 맨 끝이라는 것을 알았고, 계단을 오르는 동안 왼쪽으로 들어간 곳에 화장실이 있는 것을 눈치챘다. 잽싸게 나는 그리로 혼자 들어갔다. 볼일을 마치고 나오자 이모와 사촌을 포함한 여행객들은 이미 자리를 떠난 뒤였다.

그것은 내 몫의 절호의 기회였고 내 삶을 영원히 바꿔놓을 거듭남의 순간이었다. 나는 한번 떠나면 그 결정을 번복할 수 없다는 것을 알고 있었다. 그것은 새로운 인생을 향한 편도승차권이었다. 주머니에 든 10실링을 빼면 몸뚱이 하나밖에 가진 것이 없는 채로 나는 궁전을 빠져나와 정원을 가로질러 걸었다. 몇 시간을 그렇게 걷는 동안 나는 옛 인생으로부터 점점 더 멀어져 갔다. 마침내 걸음을 멈추고 아드레날린도 바닥났을 때에야 나는 깨달았다. 내가 낯선 곳에 혼자 와 있으며, 나는 독일어도 영어도 하지 못한다는 것을. 내가 아는 것이라고는 미국에 가는 것이 내 소원이라는 것, 그리고 열일곱 살에 이루지 못할 것은 아무것도 없다는 것뿐이었다.

지금 나는 미국에 살고 있으며, 내 차 뒤에 자전거도 하나 매달고 있다. 인생은 좋은 것이다.

작가 소개 : 아틸라 칼라마르 Attila Kalamar는 전 공군 하사로, 현재는 설계기사로 일하고 있다. 그는 아내 패티와 함께 뉴저지 주 프랭클린에 살고 있다.

#11 고마워요, 라이오넬 리치

• 맷 도즈니

IN **APRIL 2005,** I decided to try and write a novel. I wrote whenever I could find the time: on the weekends, and early in the morning before work, and after work, late at night. ● By April 2008, I'd written about 650 pages (double-spaced) and there was no end in sight. My book had become sprawling and cumbersome and semi-plotless, and I was beginning to secretly suspect that I had no business writing anything at all and that I should quit while I was ahead. One morning around that time, I was sitting on the subway on my way to work, reading a printout of my novel and feeling dispirited and sleepy and slightly hungover. I was having trouble concentrating because the woman next to me was having a sneezing fit, and also because a homeless guy had just gotten on at the far end of the train and was semi-tunelessly singing an unrecognizable song in a weird high-pitched voice and asking for change as he slowly made his way towards my end of the train. I did my best to block him out as I read my story: a secondary character in my book named Mr. Horse Richie and was about to get onstage and perform. The homeless guy was getting closer to me now, and I dimly noticed that his voice was actually weirdly beautiful—it was tremulous and halting and pleasingly sorrowful, and reminded me a bit of the jazz singer Little Jimmy Scott. I redoubled my efforts to ignore him, and focused on reading the text—my character had begun to sing a Lionel Richie song, and I'd excerpted some lyrics: "Because I'm easy/I'm easy like Sunday morn-ing/Because I'm easy/ I'm easy like Sunday morning." And, as my eyeballs scanned those words printed on the page I held in my hands, a bizarre and remarkable thing happened: at that same exact moment, the homeless guy—who was now directly in front of me—was singing those identical lyrics as I read them silently to myself, as if he were looking over my shoulder and singing my novel aloud to the subway car. He'd been singing "I'm easy" the whole time he'd gotten onto the train, and I just hadn't realized it. The hair stood up on the back of my neck, and I started crying a little bit, and I gave him a five dollar bill, and then he got off the train. ● Soon thereafter, I took a month-long leave of absence from work, which turned into a six-month leave of absence, and eventually I cut and fixed the book and sent it to a few literary agents including a woman whom I'd met at a party and had told this story to. She agreed to represent me. ● My novel is going to be published in **APRIL 2012.**

THANK YOU LIONEL RICHIE

2005년 4월, 나는 소설을 써보리라 마음먹었다. 주말이든, 출근하기 전의 이른 아침이든, 퇴근하고 나서든, 밤 늦게든, 시간이 날 때는 언제든 글을 썼다. 그래서 2008년 4월 무렵에는 대략 650페이지(한 행씩 띄어 타이핑한 페이지로)를 작성했지만, 얼마쯤 더 써야 소설이 끝날지는 막연한 상황이었다. 책은 내용이 자꾸 늘어나 지루해지고 구성도 희미해졌고, 결국 내가 무언가를 쓰는 일과는 거리가 먼 사람이 아닌가, 일찌감치 포기해야 하는 건 아닌가 하는 의심이 들기 시작했다.

그러던 어느 날 아침, 나는 회사 방향으로 가는 전철에 앉아 내 글을 프린트해 온 것을 읽고 있었다. 이미 낙심한 상태에 졸리기도 하고 숙취도 약간 느끼고 있었다. 게다가 내 옆의 여자가 재채기를 해대는 바람에 도무지 집중하기가 어려웠다. 그때 노숙자로 보이는 사내 하나가 열차 저쪽 끝에서 알 수 없는 노래를 아예 곡조를 무시한 채 기묘한 고음으로 부르면서 내가 앉은 열차 끝으로 천천히 걸어오며 잔돈을 구걸했다. 나는 원고 다발에 얼굴을 박고 그를 무시하려 최선을 다했다. 이름이 '미네소타 종마'인 내 소설의 조연 캐릭터가 이제 막 라이오넬 리치Lionel Richie로 분장하고 무대에 올라 공연을 하려는 참이었다. 노숙자 사내는 이리로 점점 더 가까이 다가오고 있었고, 어렴풋이 나는 그의 목소리가 묘하게 아름답다는 것을 깨달았다. 가늘게 떨리며 자꾸 끊어지는 목소리는 심금을 울리는 슬픔을 담고 있었고, 재즈가수 리틀 지미 스코트Little Jimmy Scott를 연상시키기도 했다. 나는 그의 목소리를 쫓아내기 위해 두 배의 노력을 기울이며 내 소설을 읽는 데 집중했다. 미네소타 종마는 이제 막 라이오넬 리치의 노래를 부르기 시작한 참이었고, 나는 가사의 일부를 거기에 인용해 놓고 있었다. "왜냐하면 나는 편한 사람이기에/ 일요일 아침처럼 편하기에/ 왜냐하면 나는 편한 사람이기에/ 나는 일요일 아침처럼 편하기 때문에." 내 손에 들린 종이 위에 인쇄된 그 글귀를 눈으로 훑고 있는데 기묘하고 놀라운 일이 일어났다. 같은 순간, 바로 내 앞에까지 당도한 그 노숙자 사내가 마치 내 소설을 곁눈질로 읽어 전철 승객들에게 큰 소리로 일러 주고 있는 것처럼, 내가 묵독하고 있던 똑같은 가사를 노래하고 있는 것이 아닌가! 그는 열차에 오른 이후로 죽 〈나는 편한 사람〉을 부르고 있었는데, 내가 그걸 깨닫지 못하고 있었던 것이다. 등골이 오싹해지고 살짝 눈물도 북받친 나는 그에게 5달러짜리 지폐를 건넸고, 그는 곧 열차에서 내려 사라져 버렸다. 그 일이 있은 뒤, 나는 회사에 1개월 휴가를 냈고, 휴가 기간은 곧 4개월로 늘어났으며, 그렇게 해서 마침내 소설을 완성한 나는 출판 에이전트 몇 사람에게 원고를 보냈다. 그중에는 내가 어느 파티에서 만나 바로 그날 있었던 일을 들려준 적 있는 여자 에이전트도 있었다. 바로 그녀가 나를 위해 일해 주기로 했다. 내 소설은 2012년 4월에 출간될 예정이다. 라이오넬 리치. 고마워요.

작가 소개 : 맷 도즈니Matt Dojny는 작가 겸 일러스트레이터로 브루클린에 살고 있다. 그의 데뷔 소설 『세속적 기쁨의 축제Festival of Earthly Delights』는 결국 2012년 디장크출판사Dzanc Books에서 출간되었다.

12

무혈 쿠데타

.

데보라 코파켄 코간

시아버지는 정통파 유대교 신자였다. 그분의 장례식 날, 10대 소녀였던 딸아이는 줄무늬 미니스커트에 카우보이 부츠를 신고 나타났다. 어쩔 수 없는 상황이었다. 2년 전 친정 아버지가 와병 중일 때 딸에게 사준 검정 드레스는 이제 더 이상 사이즈가 맞지 않았다. 게다가 95세였던 시아버지는 바로 조금 전까지 아무렇지도 않게 계시다가 갑자기 돌아가셨기 때문에 옷을 살 시간이 없었다.

유대교도 유대교지만 특히나 정통파는 알아줘야 하는 부분이 있다. 시아버지의 시신은 본인이 모리아파 회당에 미리 예약해 두었던 바로 그 장소에 24시간 이내에 매장되어야 했다. 모리아파는 맨해튼 북서부에 정통파 회당을 운영했는데 시아버지는 나치를 피해 10년을 숨어다니다 이 회당에 합류했다. 시아버지는 미국에 도착한 지 얼마 되지 않아 이 구역을 매입했다. 히틀러가 죽었다 해도 나치들이 무슨 일을 벌일지는 아무도 모른다고 생각한 것이다.

시아버지가 숨을 거두고 몇 시간 뒤 모리아파 대표는 시어머니를 찾아와 넌지시 얘기했다. 본인들이 오역해 놓은 유대교 율법에 따르면 여자들은 묘지에 함께 갈 수 없다고 말이다. 예상 못했던 일은 아니었지만 슬픔에 잠긴 시어머니에게 이것은 받아들이기 힘든 얘기였다. 협상을 벌이기 위해서 시어머니의 랍비가 소환되었다. 다른 대부분의 유대인들처럼 이 랍비도 고인의 무덤에 흙을 한 삽씩 덮는 일이 애도의 과정에서 꼭 필요한 첫 단계라고 믿었다. 양측의 협상은 밤까지 계속되었고 마침내 모리아파 랍비가 양보하여 여성 문상객들도 시신을 따라 묘지에 와도 좋다고 동의하게 되었다. 단, 무덤의 4분의 3이 채워질 때까지 여성들은 눈에 띄지 않도록 차 안에 있어야 한다는 조건을 달았다. 그 이유에 대해서는 생리혈이 시신을 오염시킬 가능성이 어쩌고 하는 설명을 들었다. 도대체 무슨 페티시 포르노를 떠올리지 않고서야 어떻게 그런 오염이 일어날 수 있다는 것인지, 나로서는 도무지 상상이 안 가는 일이었지만 말이다.

다음날 아침 묘지로 향하는 차의 뒷좌석에 앉아 있던 나는 문득 이 협상에 대해 아이들에게 설명해 주지 않았다는 것을 깨달았다. 그래서 무덤의 4분의 3이 채워질 때까지 여성들은 눈에 띄지 않도록 차 안에 있어야 한다는 협상 내용을 말해 주었다.

"지금이 무슨 구석기시대예요?" 열다섯 먹은 아들 녀석의 말이었다.

딸아이는 기가 막혀서 말조차 제대로 내뱉지 못했는데, 그때 딸아이의 표정은 차마 믿지 못하겠다는 유의 불신과 가축들에게 놓는 진정제가 왜 발명되었는지를 알게 해 주는 유의 분노를 표출하고 있었다. 바로 그랬다. 여기 있는 이 소녀, 혹은 처녀는 열세 살이 될 때까지 얼토당토않은 남녀차별이라는 것을 단 한 번도 겪어보지 못한 세대였다. 그 옛날 우리 엄마가 내게 말한 것처럼 가족 중에 아들만 대학에 보내 준다든가 하는 얘기는 한 번도 들어보지 못한 세대 말이다. 딸아이에게 투표권은 원래부터 신성불가침으로 주어져 있는 권리였다. 딸아이가 다니는 학교는 여자애들 스포츠에 쓸 예산은 없다든가 하는 소리는 꺼낼 수가 없었다.

"말도 안 돼요!" 딸아이의 말이었다.

"나도 알아. 그런데 그게 협상 결과라서 따를 수밖에 없어." 내가 타일렀다.

묘지에 도착해 자동차 창으로 내다보니 검정 양복을 입은 뚱뚱한 남자들이 시아버지의 묘 주변을 둘러싸는 게 보였다. 먼저 앞뒤로 몸을 흔들며 기도를 하고 나서 남자들은 매장이라는 고된 노역을 시작했다. 나는 화가 난 딸의 주의를 다른 데로 돌려 보려고 할아버지 얘기를 하기 시작했다.

"너 다섯 살 때 기억나니? 할아버지가 너한테 제일 좋아하는 샌드위치가 뭐냐고 물으니까 네가 '햄 앤드 치즈'라고 했잖아. 그래서 할아버지가 '율법에 어긋나'라고 하니까 네가 '율법이 뭐예요? 하고 물었잖아."

시어머니는 20년 전 어느 아침을 회상했다. 시아버지는 모두가 성공하지 못하리라 생각하는 수술을 받기 위해 휠체어를 타고 수술실로 가면서 커다란 목소리로 프랑스 국가를 불렀었다. 시누이는 아버지가 홀로코스트에 수감되어 있던 시절 얘기를 꺼내 놓았다. 시아버지는 영성체를 받으면서도 거짓임을 들키지 않고 '신부님, 제가 죄를 지었나이다'라고 했더란다. 앞으로 60년 뒤 누군가는 지금 우리의 이런 감금 상태를 아이러니하다고 생각하게 될까. 여성이라는 완장을 찢어 버리지 못하고 안일하게 차고 다녔던 이들에 대해 말이다.

우리가 숨은 위치에서 보자니 마침내 무덤의 4분의 3이 채워진 것 같았다. 우리는 차에서 나와 흙더미 쪽으로 걷기 시작했다. 40명이나 되는 여자들은 대부분 긴 스커트에 정통파 유대교에서 기혼녀임을 나타내는 머리 두건을 쓰고 있었다. 그 순간 어디서 나타났는지 검정 모자에 턱수염이 허옇게 난 랍비가 한 명 나타났다.

"뭣들 하는 겁니까?" 랍비는 소리를 지르더니 급기야 차로 도로 들어가라는 시늉을 하며 우리 쪽으로 뛰어오기 시작했다. 그리고는 더 이상 그 어느 여자도 무덤 가까이 접근하지 못하도록 자기 몸으로 막고 섰다. "이러면 안 됩니다! 차에 도로 타세요! 도로 타시라고요!" 아무도 그에게 지난밤의 협상 내용에 대해 전해 주지 않은 모양이었다. 시어머니는 엉엉 울기 시작했다. 다른 여자들은 충격에 휩싸여 아무런 말도 하지 못했다.

그때였다. 150센티미터도 안 되는 키에 미니스커트와 부츠 차림인 딸아이가 랍비 앞으로 뚜벅뚜벅 걸어갔다. 그리고 이렇게 말했다.

"실례합니다만, 우리 할머니가 남편을 보내드리려고 하세요. 우리는 양해를 받았고요. 그러니 부디 비켜 주세요."

딸아이는 뒤도 돌아보지 않고 랍비를 밀치며 지나쳤다. 그리고 곧장 흙더미 쪽으로 걸어가 자기 아빠의 손에 들려 있는 삽자루를 빼앗더니 흙더미 깊숙이 밀어 넣었다. 나머지 여자들은 어찌할 바를 몰라 꼼짝없이 제자리에 서 있었다. 우리의 나이 어린 여성운동가는 용서될 수도 있을지도 모른다. 딸아이는 열세 살이지만 열 살 정도로밖에 안 보였기 때문이다. 누가 보면 아직 생리를 시작하지 않은 나이라고, 혹은 랍비는 그렇게 생각할 거라고 여길 수도 있다.

"어서 오세요!" 딸아이가 손짓을 하며 우리를 재촉했다.

묘지 측에서 나온 랍비는 주장을 굽히지 않았다. "예법에 어긋납니다! 차에 도로 타세요!"

딸아이는 삽을 드느라 조그만 몸을 구부리고 있었다.

딸아이가 거기 암흑의 바다 한가운데서 전투를 위해 무장하고 서 있는 것을 본 나는 시어머니의 손을 잡고 랍비를 크게 빙 둘러 무덤으로 다가갔다. 시누이가 뒤를 따랐다. 몇 초 후에는 긴 치마 차림의 여자들 전체가 무덤 쪽으로 발길을 옮겼다. 이렇게 해서 무혈 쿠데타는 완성되었고 우리는 삽을 들고 흙을 뜨기 시작했다.

작가 소개 : 데보라 코파켄 코간Deborah Copaken Kogan은 종군 사진기자로서의 경험을 담아 베스트셀러가 된 회고록 『셔터베이브Shutterbabe』를 펴냈다. 『4월이 되기까지Between Here and April』와 『다른 부모들도 그럴까Hell Is Other Parents』, 소설 『레드북The Red Book』을 썼다.

13

우리는 키스라는 것을 해 보기로 했다

스콧 무스카

그것이 일어난 것은 1999년 가을 오후였다. 그해는 클린턴이 모니카 르윈스키 사건에서 무죄 판명을 받고, 리키 마틴이 미국 그리고 아마도 전 세계 여성들의 마음을 사로잡기 위해 무대를 달구던 해였다.

나는 '그것'을 위해 하루 종일 준비하고 있었다. 독자들은 내가 실로 얼마나 긴장했었는지를 믿지 못할 것이다. 혈연이 아닌 여자와 생애 최초의 키스를 앞두고 있는 열두 살짜리 소년이 되어 본 적이 없다면 말이다.

쪽지가 교환됐다. 뭔가를 써 보낼 일이 거의 없던 내가 자신감과 허세를 발휘해 브리트니 ― 6학년이었던 내 눈에 누구보다 사랑스럽게 보였던 여자아이 ― 에게 보내기 위해 2교시 사회수업 시간에 쓴 쪽지에 나는 '그것'을 어렵게 언급했다. 미리 숙제를 시작하라고 몇 분간의 자율학습 시간이 주어졌는데 나는 그 틈을 빌어 쪽지를 작성한 것이다. 나는 브리트니에게 내가 굉장히 좋아하고 있으며 같이 키스하고 싶다고 썼다. 그것은 사내가 이따금 자신이 실제 어떤 일을 일으킬 수 있을지 알아보기 위해 행하는 충동적인 일들 중 하나였다. 나는 3교시에 브리트니와 같은 수업을 듣는다며 그때 자기가 전해주겠노라 나선 친구에게 쪽지를 건넸고, 점심시간이 다 끝나도록 이리저리 초조하게 걸어 다녔다. 그때 브리트니가 답장을 건넸다.

성공이었다. 브리트니는 날 좋아했고, 역시 키스하고 싶다고 했다. 그래서 우리는 키스라는 것을 해 보기로 했다. 다름 아닌 그날 당일에 말이다. 브리트니는 우리가 그것을 방과 후 집에 가는 길에 할 수 있을 거라고 말했다. 그 애가 언니의 차가 세워진 쪽으로 걸어가고 나는 버스에 올라타기 전, 우리가 작별인사를 하게 될 인도에서 말이다.

그 쪽지를 읽고 난 순간이야말로 내가 하늘을 향해 힘차게 주먹을 날린 일생 최초의 순간이었다고, 나는 비록 100퍼센트는 아니더라도 상당히 확신하고 있다.

그날 수업이 끝나고, 우리는 중학교 건물을 나서 마치 한 사람이 기도 드릴 때 하는 식으로(이는 좀 더 친밀한 방식의 손잡기다) 서로 깍지를 끼고 걷기 시작했다. 그때 내 손이 땀으로 얼마나 축축했는지를 기억한다. 손에서는 계속 땀이 났지만, 날은 그보다 덥고 습할 따름이었다. 그 애는 침착했지만, 그게 도움이 되었다.

우리는 내가 탈 버스에서 몇 걸음 떨어진 지점, 우리가 잡고 있던 손을 놓고 매일 그러하듯 헤어져야 할 지점에 도착해 서로를 마주 보고 섰다. 둘 다 아무 말도 하지 않았다. 나는 바보처럼 조금 키득거렸고, 그녀는 그저 나를 올려다보고는 발돋움했다. 나는 살짝 몸을 굽혔고, 우리의 입술은 1초 동안 맞붙었으며, 그것은 내가 그 순간까지 영위해 온 일생 동안 느껴본 최상의 것이었다. 나는 첫 키스란 고로 그렇게 한번 입술을 대고 마는 것이고 앞으로 서너 해 안에 내 형이 줄기차게 말하는 그 완전한 키스를 시도해 볼 수 있으리라는 생각에 몸을 일으켰다. 아니, 붕 떠서 뒤로 움직였다고 해야 맞겠다.

하지만 브리트니의 생각은 달랐다. 그 애는 자기 입술을 다시 내 입술에 붙였고, 우리는 최소한 5초 동안 또 한 번 키스했다. 나는 그 5초를 다음 5년 내내 살아도 좋다고 생각했다. 나는 그 애의 닥터페퍼 맛이 나던 립스매커 립밤의 맛을, 그렇게 가까이 다가선 그 애가 얼마나 아름다울지 보기 위해 실눈이라도 뜨고 싶었던 마음을 기억한다(물론 나는 그러지 않았다. 왜냐하면 나도 한두 가지 키스 에티켓쯤은 알고 있었기 때문이다). 혀를 어떻게 하지는 않았고, 그저 어린애 둘이서 입술을 맞닥뜨리고 그 입술을 살짝 비빈 것이 전부였다. 그러나 그건 굉장한 기분이었고, 마침내 그 애와 헤어져 버스가 있는 곳으로 걸어가는 동안 나는 거의 기절해 버릴 것 같았다. 버스에 탄 나는 20분 동안 바보처럼 실실대며 앉아서 단짝 친구 에반에게 방금 무슨 일이 있었는지에 대해 열심히 설명해 주었다.

그 순간에 모든 것이 바뀌었다고 나는 의심 없이 말할 수 있다. 내가 전혀 다른 사람이 된 것은 아니지만 내 안의 무언가는 틀림없이 되돌릴 수 없이 변화했다. 여자아이에게 키스하는 것은 정말 멋진 일이었고, 곧장 내 인생에서 가장 중요한 일이 되었다. 사실 그건 싱거운 일이다. 한 사람의 입술이 다른 사람의 입술을 건드리는 것뿐이니까. 하지만 그와 동시에 그렇게 간단치만은 않은 일이기도 하다.

작가 소개 : 스콧 무스카Scott Muska는 펜실베이니아 주 색손버그 출신으로, 그곳은 그가 처음 글을 쓰고 첫 키스를 한 곳이기도 하다. 그는 현재 메릴랜드 주 오션시티에서 언론인 겸 문필가로 활동하고 있다.

• 〈스미스 매거진〉 커뮤니티에서 인용한 키스에 관한 순간들 •

첫 키스를 하려고 서른두 해를 기다렸네.
• 크리스티 킹 Kristi King •

첫 키스. 교회에서. 이해해 주세요, 예수님.
• 조던 H. Jordan H. •

내 첫 키스 상대는 그녀의 언니였다.
• 조지프 P. 몰리나리 Joseph P. Molinari •

첫 키스… 연극무대에서 한. 그런 공포는 또 없었다.
• 리사 버넷 Lisa Burnett •

여자를 두려워했네. 첫 키스를 하기 전까지는.
• 마크 로젠블룸 Mark Rosenblum •

첫 키스로 '가장 친한 친구'의 정의가 달라지다.
• 젠 J. Jen J. •

최초의 댄스파티가 첫 키스로 이어지다.
• 카일라 S. Kayla S. •

첫 키스는 끔찍하다. 훈련이 완벽을 만든다.
• 주니어 K. Junior K. •

14

삶의 운전대를 잡다

·

파이퍼 커먼

"운전하고 싶어?"

그 질문은 내 어린 자아를 순식간에 뒤흔들어 놓았다. 나는 웃자란 풀과 야생화들이 이제 막 여름 땅거미 속으로 사라지기 시작한 드넓은 초원을 바라보고 있었다. 나는 눈을 돌려 엄마의 형제들 중에 가장 키가 크고 멀쑥한 삼촌을 바라보았다. 우리는 단둘이 그의 차에 타고 있었다. 삼촌은 운전석에 앉고 나는 조수석에 앉았다. 우리는 우리 집안이 대대손손 매 여름마다 모였던 뉴잉글랜드의 작은 만으로 이어지는, 조명 없는 시골길인 쇼스로드를 따라 덜컹거리며 달리고 있었다. 길은 금세 자갈밭으로 변하고 날은 이미 어두워져 삼촌은 헤드라이트를 켜야 했고, 우리 앞에 뻗어 흔들리는 빛줄기는 어린 토끼들을 놀라게 했다.

"뭐라고요?" 나는 내가 제대로 들었는지 의심스러웠다.

"차를 몰아보고 싶냐고."

나는 그때껏 운전대 앞에 앉아본 적도 없었고, 임시 면허증을 따려 해도 최소한 1년은 더 기다려야 하는 나이였다. 나는 그 너무도 익숙하면서도 미스터리한 자동차의 작동방식을 배우고 싶다는, 그러니까 나와는 아예 동떨어져 보이는 영역에 발을 들이고 싶다는 생각을 해 본 적이 없었다. 열네 살짜리는 운전을 하는 게 아니었다. 그건 어른들의 규칙에 명백히 반하는 일이다. 그러나 불현듯 나는 다른 무엇보다 바로 운전이 하고 싶어졌다.

엄마의 남동생들은 차를 좋아했는데, 그 애정은 아마도 외할머니로부터 물려받았을 것이다. 외할머니는 당시까지도 수십 년 전에 몰았던 파란색 컨버터블에 대해 아쉬운 어조로 이야기하시던 분이셨다. 나는 엄마와의 나이 차보다 나와의 나이 차가 더 적게 나는 삼촌이 그의 차를 내가 운전하게 해 주리라는 것을 믿을 수 없었고, 부모님이 이 일을 아시면 절대 승낙하지 않으시리라는 생각이 들었다. 희미한 조명 속에서 나는 앞 좌석의 삼촌을 건너다보며 그가 아까의 제안을 없던 일로 하자고 할 때를 기다렸다. 그러나 그는 그러지 않았다.

"좋아요." 잠시 뒤 나는 그렇게 말하고 있었다.

삼촌은 차를 길가로 몰고 가 시동을 켜둔 채 주차시켰다. 그런 다음 차에서 내려 차 뒤쪽으로 돌아와 조수석의 문을 열어 주었다. 나는 깡충 뛰어나가 헤드라이트 빛을 뚫고 돌진해 운전석 위로 뛰어올랐다. 백미러에는 멀리 떨어진 석조 농가의 모습이 비쳤다. 볼보의 카세트 플레이어가 돌고 있었고, 아마도 폴리스 아니면 엘비스 코스텔로의 노래가 흘러나오는 동안 나는 바닥의 낯선 페달 쪽으로 발을 뻗었다. 나는 내가 지금 무엇을 하고 있는지를 깨닫지 못하고 있었다.

삼촌이 지도해 주는 대로 나는 불안하게 액셀러레이터를 밟으며 차를 아스팔트 위로 돌려놓았다. 시야에 다른 차는 보이지 않았고 사람도 없었다. 다만 돌연 거대하게 느껴지게 된 차를 통제하려고 애쓰고 있는 조그마한 십 대 소녀 한 명과 차가 갈팡질팡하며 시골길을 달리기 시작하자 이제는 불안해하는 게 역력한 소녀의 삼촌뿐이었다. 내가 길을 벗어나 풀밭으로 돌진했다면 삼촌은 운전대를 낚아채 차를 곧바로 돌려놓았을 것이다. 어쨌든 나는 대단한 크기의 호를 그리며 우회전해서 만 끝에서 빛을 밝히고 있는 오두막들을 향해 비탈진 자갈길 위로 차를 몰았다.

10분 전만 해도 어른의 차에 탄 조그만 꼬마 승객에 불과했던 나는 이제 완전히 다른 사람이 되어 있었다. 내가 강력한 엔진을 가동시킨 그 영예롭고 신 나던 순간에, 나는 또한 좋든 싫든 스스로의 운명의 방향을 정하는 어른이 되는 길을 향해 전진했던 것이다. 만에 거의 다다랐을 때 삼촌은 내게 길 한쪽에 차를 대라고 말했고, 우리는 애초에 앉았던 대로 좌석을 도로 바꿔 앉았다.

"엄마한텐 말하지 마라." 삼촌은 시동을 끄고는 씩 웃으며 말했다.

작가 소개 : 파이퍼 커먼Piper Kerman은 재단 및 비영리 기관과 일하는 커뮤니케이션 회사 스핏파이어 스트래티지스Spitfire Strategies의 부사장이다. 그녀는 회고록 『오렌지색은 새로운 검은색 : 여성감옥에서 보낸 한 해 Orange Is the New Black : My Year Inside a Women's Prison』의 저자이기도 하다.

chapter 2

사랑을 검으로
유머를 방패로

...

'유머'의 가치

『개미』로 잘 알려진 베르나르 베르베르의 여러 작품들 속에는 "사랑을 검으로, 유머를 방패로!"라는 말이 등장한다. 스페인의 속담이라고 하는 이 말은 우리에게 사랑과 유머의 가치를 일깨운다. 이 장의 이야기들은 삶이 주는 모욕과 구차스러움을 사랑과 유머로 바꿔 버리는 마법과 같은 반전의 순간을 들려준다.

그런 거 헛간에도 하나 있다

·

콜린 니산

우리 집 뒤에는 헛간이 한 채 있었다. 그냥 헛간이 아니라 마법의 헛간이었다. 자라는 동안 나는 무언가를, 그러니까 새 셔츠, 액션피겨, 자전거 따위를 사고 싶을 때마다 아버지로부터 똑같은 대답을 들어야 했다.

"그런 거 헛간에도 하나 있다." 아버지는 아주 확신을 갖고 말씀하셨고, 마치 그것이 보관된 정확한 위치를 기억해 내려는 것처럼 한 곳을 계속 응시하고 계시는 것이었다.

이 이야기의 뜨악한 부분은 아버지가 내가 그런 물건들을 사지 못하게 하셨다는 것이 아니라 사실상 아버지의 말씀이 옳았다는 데 있다. 어찌 된 일인지 결국에는 내가 찾던 물건을 헛간에서 찾을 수 있었던 것이다. 오래되고 망가져 거미줄이 미라처럼 뒤덮인 자전거일지언정 어쨌든 있기는 있었다. 그리고 바로 그 때문에 나는 아버지의 말에 반박할 수가 없었다. 조를 수는 있어도 따질 수는 없었다.

나는 어릴 때부터 많은 것을 요구하지 않는 법을 배웠다. 헛간에 있던 것을 갖느니 그것 없이 지내는 편이 대체로 더 나았기 때문이다. 심지어 가족 중 누가 어떤 물건을 사러 '시장에' 갈 거라는 말만 들어도 아버지의 기억력에는 시동이 걸렸다. 색깔이며 사이즈며 스타일이며, 아버지는 우리가 무엇을 원하고 있는지를 귀신같이 알아내는 것이었다.

헛간에 있던 물건들은 토요일 오전에 열리는 벼룩시장에서 수년에 걸쳐 모은 것들이었다. 교외의 보물 사냥꾼인 아버지가 매사추세츠 주 콩코드 전역에 걸쳐 종이에 그려 붙여진 화살표를 따라다니며 차 트렁크를 꽉꽉 채워 와서 풀어낸 다른 이들의 폐물들이었다. 이 빠진 와인 잔, 쓸모없는 오디오 장비, 조각 몇 개가 분실된 낡은 보드게임 등등, 아버지는 당신의 눈에 가치 있어 보이는 것은 무엇이든, 어떤 때는 가령 금속처럼 그저 가치 있어 보이는 자재로 만들어진 것이기만 하면 무엇이든 마치 그걸 녹여서 무언가 엄청난 것을 주조할 계획이라도 있는 것처럼 헛간에 모으고 쌓아 두셨다.

콩코드에서 성장하면서 나는 우리 가족이 가난하다고 느껴본 적이 없었다. 어떻게 보아도 부자는 아니었지만 우리는 퍽 남부럽지 않게 살고 있었다. 가끔씩 우리가 정말 잘살고 있는 건지 의심이 들었던 것은 콩코드에는 우리에 비해 돈이 넘쳐나는 사람들이 많기 때문이었다. 메르세데스 벤츠나 BMW가 우리 곁을 쌩하고 지나가며 우리 고물차에 붙어있던 테이프를 휘날릴 때면 이따금씩 나는 우리의 형편에 대해 생각하게 되곤 했다.

아버지는 바그다드에서 소수민족인 이라크계 유대인으로 태어나 가난하게 성장하셨고, 당신의 본능에 내재된 중동의 장터 멘털리티로 그에 대해 무방비인 콩코드의 귀족주의에 응대하는 것을 자랑스러워 하셨다. 어떤 거래든 흥정 없이 이루어지는 적은 없었고, 그 대화를 듣고 있자면 고작 열 살밖에 되지 않았던 나도 발가락이 오그라들도록 부끄러워지는 것이었다.

"하지만 선생님, 선생님이 말씀하신 가격은 다소 높게 잡으신 겁니다. 이 근사한 퐁뒤 세트에 포크가 하나도 아니고 두 개나 빠져 있으니 말입죠."

모든 협상은 동일하게 끝났다. 1달러어치의 쓰레기는 25센트가 깎여 낙찰되고, 콩코드 주민은 얼떨떨해하는 와중에 우리 아버지의 얼굴에는 승자의 미소가 떠오르는 것이다.

나는 뒷좌석의 우리가 산 물건들 사이에 아슬아슬하게 끼어 앉은 채 집에 돌아오는 내내 백미러에 비친 아버지의 미소 띤 얼굴을 볼 수 있었다. "그런 보물을 내놓다니 얼마나 바보들이냐…… 게다가 그런 가격에 말이다." 되돌아보면, 그때 아버지는 진심으로 행복해하셨고 그 물건들의 가치를 실로 높이 치셨던 것 같다.

재미난 것은, 그런 폐물들을 모으러 다니던 처음 몇 년 동안 나는 아버지가 정말로 가치 있는 것을 식별할 줄 아는 노련한 쇼핑객이라고 확신하고 있었다는 점이다. 마치 어느 귀한 집안의 가보를 찾으러 교외에 파견된 소더비 경매장의 바이어처럼 말이다. 아버지는 당신이 산 물건들에 대해 경건한 어조로 아주 상세히 설명하셨기 때문에 나는 달리 생각할 이유가 없었다. 물론 우리가 주말마다 트렁크에 실어온 것을 꺼내놓을 때 어머니가 보이셨던 뚱한 반응만 빼면 말이다.

"이 황동 돌고래상을 여기 두면 멋지지 않겠어?" 그렇게 제안하면서, 아버지는 그걸 어머니에게 보여 주려고 식탁 위에 올려놓으시는 것이다.

그런 물고기상은 이따금 실내에 받아들여지기도 했지만 아버지의 노획물 중 90퍼센트는 곧바로 헛간에 처넣어졌다. 거기에 물건을 가져다 넣는 것은 쉬운 일이었다. 그러나 그걸 꺼내려 하면 문제가 커졌다. 그건 위험한 추출 작업이요, 일종의 원정이었다. 천하의 리처드 리키(Richard Leakey : 케냐 출신의 보수 정치인으로, 유명한 고고학자 부모 사이에서 태어난 인물— 옮긴이)도 땀깨나 흘릴 발굴 작업이었다. 세월이 흐른 지금도 나는 눈을 감으면 헛간문의 금속 걸쇠를 건드릴 때 느꼈던 녹슨 쇠의 냉기가 느껴지는 듯하다. 뻑뻑한 문이 열릴 때 나던 소름 끼치던 소리도 귓가에 쟁쟁하다. 나는 지금도 헛간 안에 떠다니던 수많은 낯선 이들의 추억의 냄새를 맡을 수 있다.

나는 친구네 집에 놀러 갔다가 그 애들이 사는 집 헛간에는 연장들이 페그보드에 걸려있고 상자들은 세심하게도 이름표가 붙여져 쌓여 있는 것을 보았던 기억이 난다. 우리 집에서는 뭔가를 쌓거나 목록을 만든 적이 없었다. 신착품에 대한 세관 수속 따위는 필요 없었다. 물건들은 그냥 던져지고 끼워지고 들어맞을 만한 곳에 찡겨지거나 지난주에 구입한 물건들 위에 시소처럼 불안하게 얹혀서 누가 자신을 찾아 주기만을 기다리고 있었다. 타이어들은 우리에게 없는 자동차를 기다리고, 나비넥타이는 앞으로 10년 뒤에나 있을 고등학교 무도회를 기다리고, 크리스마스 장식은 우리 가족이 개종할 날을 기다렸다.

우리 집 뒤 울창한 숲 속에 자리 잡은 헛간 문을 열 때마다 내가 떨쳐

내지 못했던 두려움은 미쳐 날뛰는 설치류가 내 얼굴에 들러붙어 내가 그걸 뜯어내 땅에 내리꽂지 않으면 눈알을 뽑아내지나 않을까 하는 것이었다. 헛간 안에 빼곡한 이상한 둥지들, 거미줄, 고치들, 천장에서 뚝뚝 떨어지는 것들을 감안하면 내 공포는 근거 없는 것이 아니었다. 헛간은 더 이상 아버지의 재산이 아니었다. 대자연이 자신의 것으로 선포해 버린 것이다. 마치 스스로 그 내용물을 평가한 뒤에 아무도 여기에 관심을 갖지 않으리라 판단한 것처럼.

어느 토요일, 우리는 가족 여행을 떠날 준비를 하고 있었는데 트렁크가 두어 개쯤 모자랐다. 아버지와 형, 그리고 나는 트렁크를 발굴하기 위해 집을 나섰다. "헛간 뒤쪽을 뒤지면 가죽으로 된 멋들어진 걸 몇 개 찾을 수 있을 거다." 아버지는 말씀하셨다. "색깔은 금빛 나는 갈색이고 말이야."

옥스팜Oxfam 공중투하 현장의 구호 근로자들처럼 상자를 주거니 받거니 하면서 한두 시간쯤 길을 낸 뒤에, 우리는 갈색을 띤 무언가를 발견했다. 아버지가 말씀하신 대로 금빛이 나는 갈색이었다. 몇 분 더 고생한 끝에 우리는 그것들을 건져 냈다. 형은 그중 가장 큰 것을 끌어내 뒷마당에 옮겨 놓았다.

형의 얼굴이 하얗게 질린 건 바로 그때였다.

형은 가방을 내려놓고, 마치 그 안에서 시한폭탄이 째깍거리는 소리라도 들은 것처럼 뒤로 물러났다.

"왜 그래?" 내가 물었다.

"이게…… 움직여." 형은 말했다.

"무슨 소리야? 움직인다고?" 아버지는 무언가가 당신의 비밀스러운 창고의 봉인을 깼을지도 모른다는 사실을 도저히 믿지 못하겠다는 어조로 말씀하셨다.

트렁크는 잔디 위에 마치 한 시간째 버려진 것처럼 놓여 있었고, 우리 셋은 멀찍이 떨어져 그 주위만 맴돌고 있었다. 지켜보고, 무슨 소리가 나나 들어 보고, 돌멩이를 던져 보고, 긴 막대기로 살살 찔러 보기도 하면서.

내가 그것을 본 것은 바로 그 순간이었다.

마호가니 가죽 밑이 출렁거렸다. 박동 치듯 들썩이고 뭔가가 쭉 뻗고 물결이 일었다. 아버지가 트렁크에 다가가셨다. 당신은 여전히 뭔가가 잘못될 수 있다는 것을 받아들이지 못하고 있었다. 아버지는 조심스레 그 곁에 무릎을 꿇고, 손을 지퍼에 가져가 그것을 열었다.

트렁크 밖으로 출몰한 것은 바다를 이룬 쥐떼들이었다. 잿빛에 겁에 질린, 빛 없는 곳에서 살아온 설치류 수백 마리가 조류를 이뤄 팜플로나(Pamplona : 스페인 북부의 도시, 산 페르민 축제의 소몰이 행사로 유명하다―옮긴이) 정오의 소떼들처럼 우리를 향해 쇄도해 왔다.

내 최악의 공포가 현실이 된 것이다. 헛간은 내내 의심해온 대로 공포의 집이었다. 우리 세 사람은 일곱 살짜리 애들처럼 소리를 지르며 걸음아 나 살려라 줄행랑쳤고, 그때 내 머릿속을 채운 생각은 오로지 이것뿐이었다.

'아버지가 원했던 게 이거셨어요? 그래서 이제 행복하세요? 이런 빌어먹을 아버지 같으니라고!'

떼를 이룬 작은 분홍색 발들이 끈질기게 내 뒤를 쫓아왔던 바로 그 순간 모든 것이 명확해졌다. 토요일마다 반복됐던 그 모든 요상한 구매와 그것을 변호하려 했던 아버지의 단호한 논리 왜곡에 대한 생각이 내게 홍수처럼 밀어닥쳤다. 아버지가 노련한 공예품 감정가라는 믿음을 붙들고 있어야 할 미미한 단서조차 단숨에 사라졌다. 다른 사람들은 토요일을 그런 식으로 보내지 않았다. 다른 사람들은 쇼핑도 그렇게 하지 않았다.

그 장식품들을 통해 아버지는 콩코드의 부유한 가족들이 갖고 사는 것의 작은 일부라도 획득한 것 같은 기분을 느끼셨을 것이다. 그들은 웅장한 집과 멋진 차를 갖고 있었지만, 아버지가 그들의 반 토막짜리 초를 사면서 75파운드를 깎는다면 그때는 아버지가 승자가 되는 것이었다.

헛간은 당신에게 아메리카 그 자체, 기회의 공간이었다. 그곳에는 당신이 이라크에서 성장하며 한 번도 가져 보지 못한 모든 것, 우리에게 언젠가는 필요하리라고 뼈저리게 느낀 모든 것을 저장할 수 있었다. 그곳은 수천 번의 작은 승리로 채워진 조그만 방이었고, 아버지는 그런 승리 중 하나라도 내버릴 수가 없었던 것이다.

작가 소개 : 콜린 니산 Colin Nissan은 텔레비전 광고, 맥스위니스 등지에서 출간하는 책에 들어갈 유머 에세이, 그리고 단행본을 집필한다. 솔직히 말하자. 책은 아직 한 권만 냈다. 그의 책 『그런 놈은 되지 마라 Don't Be That Guy』는 2009년에 출간됐다.

#16 E-3 : 1986년 10월 25일

• 몰리 로리스

때는 1986년, 나는 '사랑'에 빠져 있었다.

열한 살의 나

불행히도 내 애정의 대상은 보스턴 레드삭스였다.

아버지는 내게 야구라는 세상을 알려 주었고 그런 아버지와 함께 경기를 보는 것은 언제나 신 나는 일이었다. 하지만 아버지는 본인의 임무를 진지하게 여겼다. 본인이 다음 세대에게 결함이 있는 '레드삭스 유전자'를 물려주었음이 분명해지자, 아버지는 나에게 '얘기'를 좀 해야겠다고 생각했다.

아빠, 우리가 올해는 월드시리즈에서 우승할까요?

아주 근접할 수는 있어. 하지만 막상 네 내는 구나 하고 네가 생각하는 순간 선수들이 경기를 망쳐 버릴 거야.

왜요…?

그냥 원래 그래.

하지만 이미 늦은 일이었다. 레드삭스의 팬들이 지난 70년간 그래 왔던 것처럼 나 역시 흔해 빠진 그 망상의 희생자가 되어 버렸다.'

올해는 해낼 거야!

1919   1986

·자랑스러운 전통·

그리고 상황은 꼭 그렇게 될 것처럼 보였다.

분명히 회선은 다한 걸 거야!

저런 게으름뱅이들이 있나요

순진했던 나는 선수들이 아무리 심한 슬럼프에 빠져도 그들을 의심하지 않았다.

마지막으로 레드삭스가 월드시리즈에 진출했던 것은 1975년이었다. 당시 나는 생후 1개월 된 아기였는데 전설에 의하면 아버지는 칼튼 피스크 Carlton fisk의 공이 페어라인 안쪽에 들어와 홈런이 되자 환호성으로 나의 단잠을 깨웠다고 한다.

그래! 그거야! 유후—!

우와~~~

여보! 제발 좀!

물론 레드삭스는 그해 월드시리즈에서 결국 패했다.

작가 소개 : 몰리 로리스Molly Lawless는 작가이자 일러스트레이터이다. 보스턴에서 태어났으며 현재는 버지니아 알링턴에 살고 있다. 그녀는 현재 레이 챔프먼Ray Chapman을 다룬 논픽션 그래픽 작품 『사구Hit By Pitch』를 작업 중이며 이것은 그녀의 첫 번째 책이 될 것이다. 그녀의 작품은 tyrnyx.wordpress.com에서도 볼 수 있다.

그리고 이제 정확히 11년 후, 아버지와 나는 나란히 소파에 앉아 우리 선수들이 월드시리즈 승리에 그 어느 때보다 가까이 다가선 것을 지켜보고 있었다. 1918년 이후 처음이며 무려 뉴욕 메츠를 이기고 올라서는 것이다. 제6차 경기였고 레드삭스는 3승 2패로 앞서고 있었다. 이번 경기만 이기면 된다.

아웃 하나만 더 잡으면 돼.

···원 스트라이크···

그때 그 일이 일어났다.

1루수 쪽을 향한 손쉬운 땅볼이 1루수의 다리 사이로 쏙 빠져 버린 것이다.'

경기는 패배였다. 제7차 경기도 있었다. 하지만 팬들만큼이나 사기를 잃어버린 선수들은 그 경기마저 내주었다.

그 후로는 어떤 것도 예전 같지 않았다. 우주가 우리를 실망시킨 것이다. 인생이란 원래 공정하지 않은 것이었던가?

무언가를 아무리 간절히 바란다 해도 그 일이 이루어지는 것과는 무관한 것인가?

이후로 나는 그 무엇도 그토록 간절히 바라지 않았다. 따라서 그토록 망연자실하게 실망하는 일도 없었다.

너 괜찮아?

아니

2004년 레드삭스가 마침내 월드시리즈에서 우승했을 때 나는 물론 행복했다. 하지만 동시에 그것은 완전히 맥 빠지는 일이기도 했다.'

아빠!

믿어지세요?!

HONK HONK

1986년 나는 우리가 곧 기적을 목격하게 되리라 믿었다. 하지만 2004년 나는 이미 어른이었고 기적이란 존재하지 않음을 알고 있었다.

#17

오프라 윈프리의 전화

·

레이 리치먼드

2004년 10월 초 나는 재선을 향해 뛰는 G. W. 부시 대통령과 존 케리 상원의원의 대통령 선거전에 온통 마음을 빼앗기고 있었다. 그때쯤 선거 운동 싸움은 "너네 엄마, 너네 아빠도 똑같아!"식의 비방 단계에 이르러 있었고 건설적 토론 대신 욕설이 난무했다. 똥통에 빠지지 않으려면 슈퍼히어로라도 나타나야 할 판이었다.

"어디 갔었어요, 오프라 윈프리? 우리나라는 이제 편견에 찬 시선을 당신에게 돌리는 중이에요."

〈할리우드 리포터〉에 내가 매주 연재하던 〈더 펄스The Pulse〉 칼럼에 이 질문을 제기했던 바로 그날이었다. 그날 나는 이뿐만 아니라 다른 질문들도 잔뜩 쏟아 냈다. 오프라는 왜 자신의 쇼에서 대선에 대해서는 언급하지 않으려 하는가? 오프라는 왜 후보들을 전화 연결해서 "상원의원님, 좀 더 웃지 그러세요?" 보다 더 무게 있는 질문을 하지 않는가? 그녀는 다가오는 선거로부터 일부러 발을 빼려는 것처럼 보였다. 그녀는 미국을 걱정하지 않는 것인가?

그날 오후 2시 30분쯤 집에 있는 사무용 전화기의 벨이 울렸다.

"레이 리치먼드 씨 부탁합니다."

"접니다."

"오프라 윈프리예요."

누가 장난치는 게 아니라는 것을 즉시 알 수 있었다. 워낙 개성 있는 목소리가 아닌가. 불가해하고도 초현실적인 일이지만 높으신 오프라께서 분명 1번 회선에서 말을 하고 있었다. 조수가 "오프라 씨 바꿔드리겠습니다"라고 말한 것이 아니라 그녀 자신이 직접 건 것이었다.

"안녕하세요, 레이." 오프라가 쾌활하게 말했다.

나를 레이라고 불렀다! 성이 아니라 이름을 불렀다!

"음…… 안녕하세요, 오프라."

"저는 지금 저희 프로듀서 네 명과 함께 전화를 걸고 있어요. 오늘 레이 씨가 쓴 칼럼을 읽었는데 매우 흥미롭더군요. 대통령 후보들을 초대한 쇼에서 우리가 뭘 해야 한다고 생각하는지 레이 씨 의견이 궁금했어요."

"진지하게요?"

오프라가 "아, 물론이에요"라고 대답하고 나서야 나는 내가 목소리를 높이고 있었음을 깨달았다.

나는 갑자기 얼굴이 붉어졌다. 유체이탈을 경험하는 기분이었다. 어쩔 줄 모르는 나 자신을 위에서 내려다보고 있는 기분이었다. 나는 정신을 좀 차리고 생각을 해 보려고 전화를 잠시 내려놓았다. 그래, 나는 제정신이었다. 나는 무급 컨설턴트로 오프라의 스토리 미팅에 참여하게 될 참이었다.

나는 갑자기 속옷 바람의 너저분한 프리랜서 저널리스트에서 오프라 1세 여왕이 찾는 사람이 되어 있었다.

하지만 잠깐.

"그러면 제가 이해한 게 맞는지 좀 알려 주세요. 제가 하고 싶은 말에 정말로 관심이 있는 겁니까, 아니면 '잘난 양반, 당신이 가진 그 대단한 생각이 뭐요?' 라는 식으로 조롱하려는 겁니까?"

솔직히 나는 나 자신의 대담함을 믿을 수가 없었다. 정신을 똑바로 차리고 오프라에게 대뜸 이것이 어느 미디어 샌님을 비하하고 겁주려는 방편은 아니냐고 질문할 수 있었다는 게 말이다.

"아니에요, 정말로 당신이 하려는 말에 관심이 있는 겁니다." 오프라가 나를 안심시켰다. "당신 칼럼을 보고 우리는 여러 생각이 들었어요. 그러니 당신 생각을 좀 얘기해 주시겠어요?"

정말 상상도 할 수 없는 일이었다. 오프라는 공식적으로 내 의견을 어떤…… 뭔지는 몰라도…… 가치가 있다고 생각하는 것이었다. 인생은 내게 오프라를 건넸고 나는 다음 15분간 일사천리로 오프라와 그 수하들에게 쇼를 어떻게 운영해야 할지에 대해 늘어 놓았다. 한 주는 부시. 한 주는 케리. 방청객 질문을 많이 하고. 전국적으로 주민 모임을 중계하고.

그들은 모두 내가 하고 싶었던 말을 이해하는 것 같았다. 오프라는 내게 시간과 아이디어를 내주어 고맙다고 했다. 오프라는 내 아이디어들을 진지하게 고려해 보겠다고 하고 작별 인사를 했다.

그러고 나서 그녀는 아무것도 진행하지 않았다.

2007년 5월로 와 보자. 오프라는 2008년 대통령 선거에서 일리노이 상원의원인 버락 오바마를 지지한다고 공개 선언했다. 오프라는 선거전에 뛰어들었을 뿐만 아니라 선거가 무려 18개월이나 남은 시점에서 그런 결단을 내렸다. 오프라는 백악관을 차지하게 될 이 남자를 위해서 1인 여성 홍보 기계가 되었다.

이런 갑작스러운 정치적 열정과 열의는 어디서 나온 것일까? 전에는 당파성과 TV가 교회와 정부라도 되는 듯 엄격히 구분하던 여자가 말이다. 그게 오바마 진영에서 비롯된 것이라고, 오바마가 일리노이 출신이라는 점과 케네디처럼 젊고 활력 있는 후보이기 때문이라고 짐작하는 사람도 있을 것이다.

혹은 2004년 10월에 한 저널리스트와 오프라가 나눈 전화 대화를 다시 생각해 볼 수도 있을 것이다. 그 저널리스트가 오프라를 불러내서 그녀의 양심을 자극하고 책임감을 일깨웠다고 말이다. 그래서 그녀가 다음번에는 달라지겠다고 결심하게 된 계기가 되었다고 말이다. 후자의 결론을 따르면서 오프라의 지지가 오바마의 백악관 행에 핵심적인 도움을 제공했다고 말할 수 있다면 그건 아마 내가 자유세계의 방향을 바꾸었다는 의미가 될 것이다.

그래 뭐, 그렇게 믿기로 하자.

감사라니 별말씀을.

작가 소개 : 레이 리치먼드Ray Richmond는 저널리스트이자 4권의 책을 펴낸 작가이다. 그의 책 중에는 베스트셀러 『심슨가족 가이드The Simpsons: A Complete Guide to Our Favorite Family』도 있다.

#18 첫눈에 반한 사랑 • L. 니콜스

작가 소개 : L. 니콜스L. Nichols는 브루클린에 살고 있는 예술가 겸 디자이너로 www.dirtbetweenmytoes.com 에 매일 새로운 만화를 싣고 있다.

#19

우리 어머니 선정 역대 최고의 영화

·

크레이그 A. 윌리엄스

계약에 따라 디즈니에서는 귀빈과 나를 로스앤젤레스공항에서 케네디공항까지 일등석으로 모실 의무를 졌다. 여기서 귀빈이란 당시의 내 여자 친구로, 뉴욕 토박이였던 그녀는 내가 두 장 남은 시사회 입장권을 그녀의 가족이 아니라 내 친한 친구들에게 주었다는 사실에 황당해하고 있었다. 하지만 나는 내 인생 최고의 순간을 맞이하고 있었다. 수십 번의 시도 끝에 생전 처음으로 내가 집필한 영화가 개봉을 앞두고 있는 것이었다.

〈언더독Underdog〉은 2007년 8월 3일 북미에 개봉되었다. 동명의 만화영화를 기반으로 한 그 영화는 컴퓨터 개가 살아 있는 인간을 만나 벌어지는 이야기를 다루고 있었고 캐스팅부터가 짱짱했다.

언더독의 목소리 연기는 제이슨 리

폴리 퓨어브레드의 목소리 연기는 에이미 애덤스

사이먼 바시니스터의 목소리 연기는 피터 딘클리지

사이먼의 멍청이 부하 캐드의 목소리 연기는 패트릭 워버튼

폴리의 주인 몰리의 목소리 연기는 로커로 변신하기 전의 테일러 맘슨

그리고 제임스 벨루시까지.

10년 전이었더라면 케빈 스미스Kevin Smith의 영화 출연진이 되었을 수도 있는 명단이었다. 물론, 말하는 개도 한 마리 포함시켜서 말이다.

헐리웃의 패션이 그렇듯 시나리오는 이미 원안이 나와 있었다. 나와 함께 대본 작업을 한 조Joe는 그 시나리오를 8주에 걸쳐 리라이팅해 마침내 영화화할 수 있을 만한 시나리오로 만들어 냈다. 리라이팅은 영화 제작 전반에서 식음료 조달과 같은 급으로 여겨지는 업무라, 비행 중에 내 쪽에서 통로 하나 건넌 좌석에 앉은 사람이 우리가 다시 작성한 시나리오의 원작자라는 것을 알았을 때 솔직히 마음이 편치만은 않았다. 그는 할 수 있는 한 친절하게 우리를 대해 주었다. 우리는 비행 내내 '우리의' 영화 얘기를 하는 대신에 시나리오를 쓰면서 제정신을 유지하는 방법과 회사 돈으로 술 마시는 일의 즐거움에 대해서만 이야기했다. 그 둘은 물론 서로 같은 이야기이기도 했다.

콜택시 한 대가 케네디공항에서 우리를 픽업해 포시즌스 호텔로 데려다 주었다. 옷을 갈아입을 시간밖에 없었던 우리는 서둘러 호텔을 나섰는데, 호텔 밖에는 이미 타운카(town car: 유리문으로 앞뒤 자리를 칸막이한 문이 4개인 자동차 —옮긴이)들이 일렬로 대기하고 있었다. 계획은 간단했다. 우리 작가들은 레드카펫에 제일 먼저 등장할 것이다. 그것이 기자들과 사진기자들의 주목을 받을 유일한 방법이었다. 우리 뒤로 감독과 프로듀

서들이 입장하고 맨 마지막으로 배우들이 입장할 것이었다.

나는 여자 친구를 따라 타운카 뒷좌석에 몸을 실었고, 조와 그의 아내는 우리 앞차를 탔다. 우리는 이스트 57번가를 출발해 타임스스퀘어에 있는 극장으로 이동했다. 나는 맨해튼에 살아본 적은 없어도 타임스스퀘어가 어디에 있는지 알 만큼은 그 지역에 익숙했다. 내가 그곳의 유명한 올리브가든 레스토랑의 팬이어서가 아니라 타임스스퀘어는 말 그대로 타임스스퀘어가 아닌가? 누가 타임스스퀘어의 위치를 모르겠는가?

바로 우리가 탄 차의 운전기사가 그랬다.

우리는 제자리만 맴돌았을 뿐 교통체증에 걸려 움직이지 못했으며, 뒷좌석의 나는 바로 내 영화의 시사회에 시간 맞춰 참석하지 못하리라는 생각에 겁에 질려 땀을 비 오듯 쏟아 냈다. 나는 조가 보내 준 문자 메시지로 실시간 상황을 알 수 있었다. "지금 방금 〈데일리뉴스Daily News〉하고 인터뷰했어", "UPI에서는 개가 어떻게 말을 하는지 알고 싶어 하더라", "다들 우리 영화가 애니메이션이라 생각하는 듯한데."

30분 뒤에 기사는 타임스스퀘어의 어느 극장 앞에 멈춰 섰다. 그곳에서는 한창 〈제너두Xanadu〉의 연극 무대를 준비하고 있었다. 나는 차창을 열고 끈끈한 맨해튼 공기 속으로 목을 뻗었다. 브로드웨이 건너편에서, 나는 정말로 시사회가 열리고 있는 극장을 볼 수 있었다. 나는 기사에게 그쪽을 가리켰다. "차양이 쳐 있고 레드카펫이 깔린 것, 리무진들이랑 사진기자들이 보이시죠? 저긴 것 같아요." 그는 마지못해 그곳을 쳐다보아 주었다.

안전요원이 수신호로 우리를 안내해 차 문을 열어 주었고, 나는 레드카펫을 밟았다. 플래시가 터졌다. 기자들은 영화 관계자들의 인용구를 따내기 위해 홍보 담당자들을 불러 세웠다. 내 앞에는 언더독과 폴리를 연기한 개들이 가만히 앉아 카메라 불빛에 눈만 끔벅이고 있었다. 그리고 내 뒤에는 제이슨 리가 그가 등장할 차례라는 큐사인을 기다리고 있었다. 나는 어깨를 한번 으쓱해 보인 뒤 카오스를 유유히 뚫고 무명으로 사라져 주었고 극장에 들어가 내 자리를 찾아 앉았다.

영화 자체는 그다지 강렬한 인상을 남기지 못했다. 시나리오 리라이팅 작업이 촬영 시작과 동시에 중단되는 것은 아니라고만 말해 두자. 그리고 나는 이해할 수 있었다. 이 영화는 우리 어머니가 선정하신 목록을 제외하면 역대 최고의 영화 목록에 그리 자주 이름을 올리지 못하리라는 것을. 비록 개가 등장하는 영화 가운데 역대 가장 큰 수익을 낸 영화 목록에서 15위를 차지하기는 했지만 말이다 (슬리퍼를 물고 그렇게 득의만만한 표정 짓지 말거라. 장장 14위를 한 〈베토벤〉 2탄아). 그러나 영화가 끝나자, 내게도 길치 운전기사들이 멀리 데려갈 수 없고 케이프를 두른 귀여운 비글들도 훔칠 수 없는 순간이 다가왔다. 엔딩 크레딧 두 번째 줄 밑에 바로 이렇게 적혀 있었던 것이다.

시나리오: 조 피스카텔라, 크레이그 A. 윌리엄스

작가 소개 : 크레이그 A. 윌리엄스 Craig A. Williams는 『엄마, 내 가죽바지 보셨어요?Mom, Have You Seen My Leather Pants?』의 저자다. 그는 캘리포니아주 산타모니카의 집에서 집필한다.

메멘토 모리

•

아담 테론리 렌쉬

아버지가 어떻게 돌아가셨느냐고 묻는다면 나는 이렇게 대답할 것이다. "넘어져서 머릴 다치셨어요." 그리고 이렇게 덧붙일 것이다. "혈관 파열로 돌아가셨죠. 30초 만에 벌어진 일이었어요." 왜냐하면 검시관이 그렇게 말했기 때문이다. 나는 말할 것이다. "사실 어쩌다 그렇게 되셨는지 모르겠어요." 왜냐하면 당시의 일을 목격한 사람은 아무도 없기 때문이다. 아버지는 그저 혼자셨고, 메모 한 장 남기질 않으셨다. 혹시 남기셨다면 이렇게 쓰셨으리라. "우째 이런 일이!" 당신은 늘 부적절한 시점에 그런 말을 남기는 위인이셨다. 현기증에 쓰러지셨을 수도, 아니면 머리부터 제대로 다이빙을 하셨던 것일 수도 있다. 나는 다만 상상할 뿐이다. 커피테이블, 핏자국, 그리고 카펫에 남은 토사물 얼룩. 이따금 나는 아버지의 죽음이 간단치 않은 문제라고 말하겠지만 그건 단지 부분적으로만 진실일 뿐이다. 원한다면 어떤 문제든 복잡한 문제가 될 수 있으니까. 그건 모두 당신이 무슨 이야기를 듣고 싶으냐에 달려 있다. 비극이

냐, 미스터리냐, 스릴러냐, 로맨스냐에 말이다. 아버지의 죽음은 그 모든 것이었다. 내가 좋아하는 버전은 코미디다. "우스운 얘기예요" 하고 나는 말할 것이다. 그러나 이 말을 듣고 웃음을 터뜨리는 사람은 없었다.

"제가 실수로 아버지를 돌아가시게 했어요. 그냥 구해드리려고 했던 건데."

이야기는 이렇다. 양어머니가 암에 걸리셨다는 진단이 내려지자 아버지는 폭음을 시작하셨고 결국에는 걸어 다니는 식물인간이 되셨다. 슬로 모션으로 자살을 감행하셨던 것이다. 어머니가 돌아가신 뒤, 나는 아버지가 주무실 때 혹은 탈출을 계획하는 사람처럼 아파트 안을 맴도실 때 당신을 감시하는 식으로 아버지를 '돌봐드리기' 시작했다. 나는 아버지의 술값을 댔다. 내가 당신이었더라도 그런 상황에서는 안 마실 수 없을 거라고 내 행동을 정당화하면서. 아버지의 폭음은 수 주 동안, 가끔은 몇 달 동안 계속됐으며, 그런 다음 당신은 아무 길거리에서 수신자 부담으로 내게 전화를 걸어와 다 끝났다고, 인생을 다시 추스르려 한다고 말씀하시곤 했다.

마지막 폭음 기간 중에 아버지는 아파트를 엉망으로 만들어 놓으셨는데, 그것은 처음 있는 일이 아니었다. 당신은 돌아가시기 전날 밤 내게 전화를 걸어 좀 와달라고 말씀하셨다. "네가 이 꼴을 한번 봐야 할 것 같다." 내가 그곳을 방문한 동안 두 가지 일이 일어났다. 첫째는 아버지가 넘어져서 머리를 찧으신 것이다. 그 장면이 아직도 눈앞에 생생하다. 거기 서서 이야기하시던 모습, 갑자기 눈빛이 반짝이고 몸이 경직되신 것, 팔을 뻗어 보려고도 하지 않고 그대로 벽에 부딪치시던 모습까지. 아버지는 곧 몸을 일으켜 앉으시더니 날 보고 어깨를 으쓱하며 이렇게 말씀하셨다. "이게 뭔 일이냐? 난 괜찮다." 두 번째로 일어난 일은 아버지가 정상적인 생활을 회복하지 못하시리라는 것을 내가 처음 깨달은 것이었다. 그럼에도 불구하고, 어쩌면 바로 그 때문에, 나는 이튿날 아침에 돌아와 청소를 도와 드리겠다고 말씀드렸다.

약속한 대로 돌아와 보니 아버지는 깨진 술병이 널린 방에 쓰러져 주무시고 계셨다. 내가 깨우자 아버지는 너저분한 침대로 기어들어 가셨다. 그 침대를 제외하면 방에는 수십 개의 빈 병과 부서진 스테레오 한 대뿐이었다. 나는 할 수 있는 대로 정리를 시작했지만 한 시간 뒤에 포기하고 말았다. 한 사람이 하기에는 할 일이 너무 많았고, 쓰레기 봉지는 자꾸 찢어졌으며, 악취는 도저히 참을 수 없는 지경이었다. 아파트를 나서기 직전, 전날 밤 아버지가 넘어지시던 장면이 뇌리를 스쳤다. 더 생각할 것도 없이 나는 가구를 옮겨 당신이 또 넘어지더라도 다치지 않도록 공간을 비워 두었다. 그로부터 한 시간 뒤, 아버지는 휘청거리며 방에서 나와 넘어지면서 내가 구석으로 옮겨 놓은 커피테이블에 머리를 부딪치셨다. 그 충격이 두뇌 속 무언가를 터뜨렸고, 아버지는 그 자리에서 즉사하셨다.

나는 그때 당시를 수차례 다시 떠올렸다. 탁자를 옮기고 아버지가 계신 방을 돌아보던 일, 밤새 내린 폭설이 그치고 바야흐로 집안 가득 아침 햇살이 쏟아지던 모습을. 이런 내 회상 속의 그 집에는 어떤 목소리 하나가, 아버지가 내게 남긴 마지막 말씀의 유령이 머문다. 이 유령은 코미디언이다. 그는 이야기가 어떻게 끝날지를 알고 있다. "갈 때 운전 조심해라." 그는 그렇게 말한 다음, 자조 섞인 웃음을 날리며 아이러니한 목소리로 그의 육신이 그를 놓아준 곳을 가리키며 말하는 것이다. "나는 앉을 때 조심할 테니."

작가 소개 : 아담 테론리 렌쉬Adam Theron-Lee Rensch는 사라로렌스대학에서 문학석사 학위를 받았고 야도 재단Yaddo Foundation의 장학금을 받기도 했다. 그는 오하이오와 뉴욕을 오가며 살고 있으며, 현재 회고록과 소설 한 편씩을 집필중이다.

• 에밀리 스타인버그

그래, 그런 글을 쓰는 게 현명한 짓은 아니었다고 인정한다.

하지만 가끔은 진실이 새어나갈 때가 있는 법이다...

예상치 못하게

쥐꼬리만큼의 미술장학을 아무도 모르고 넘어갈 수도 있었다. 그냥 블로그 사이트에 홀로 걸려 있을 수도 있었다.

그랬다면 모든 게 만족스러웠겠지.

하지만 내 글은 미술 수업을 싫어하던 시골학교 열세 살짜리에게 발각되고 만다.

그 녀석은 글쎄 포털 사이트에서 나를 검색해 내 블로그를 찾아낸 것이대.

그리고는 의기양양하게 나의 문제성 글을 학교 측에 건네고 말았다.

믿을 수 없을 만큼 치켜 올린 헤어스타일 때문에 헬멧 머리라는 별명을 가진 교장선생님은 교칙 회의에 나를 불러냈고

그 자리에서 나를 해임했다.

작가 소개 : 에밀리 스타인버그Emily Steinberg는 예술가이자 작가이다. 그녀의 만화 소설 〈그래픽 테라피Graphic Therapy〉는 〈스미스 매거진〉에 게재된다. 그녀의 새로운 만화들을 보고 싶다면 http://emilycomics.blogspot.com 을 참조.

#22

나는 이 세계에 속한다

·

패트릭 소어

1999년이었다. 나는 대학원을 졸업한 지 3년이 지났고, 서른이 되었으며, 프리랜서 팩트 체커(fact checker: 기사 내용에 오류가 없는지 검토하는 사람—옮긴이)로 일하던 잡지 〈맥시멈 골프〉(골프! 맥주! 젖가슴! 골프!)가 문을 닫는 바람에 실업자가 되었다. 팔지 못한 영화 대본이 쌓여 있었고 사랑하는 아내가 집세를 내고 있었으며 돈을 받는 유머 작가가 될 거라는 꿈이 실현되는 것은 요원해 보였다. 아주 먼 알음알음으로 스티븐 콜베어를 만나서 그가 진행하는 TV 프로그램 〈스트레인저스 위드 캔디Strangers With Candy〉에 일자리를 얻으려고 애써 봤다. 연락처를 주고받은 후 소식을 기다리다가 〈데일리 쇼The Daily Show〉에 쓸 만한 멋진 아이디어가 떠올랐다.

『독서모임을 시작하기 위한 왕초보 가이드』의 저자인 나는 콜베어에게 오프라의 북클럽을 패러디해 보면 어떻겠냐고 제안을 했다. 언더그라운드의 컬트 추종자들이 좋아하는 『터너 일기The Turner Diaries』 같은 책을 다루는 것이다.

콜베어는 이 아이디어를 마음에 들어 했고 나를 메인 작가와 PD에게 연결시켜 주었다. 그들은 내게 헤드라인 문구 3개를 보내 달라고 하면서 48시간을 주었다. 나는 주말 내내 쭈그리고 앉아 쓰고, 또 쓰고, 피드백을 구하고, 수정한 후 성공을 기원하며 초조하게 '보내기' 버튼을 눌렀다.

그중 두 개는 다음과 같았다.

헤드라인 : 자메이카인들 성나다

주제 : 밥 말리의 고향 킹스턴에서 정치적 비호를 받는 라이벌 갱단 사이에 폭력 소요 발생

농담 샘플 : "연기로 꽉 차 있던 평화로운 행복이 이번 주에 산산조각이 났습니다. 숙적 버팔로 솔저스Buffalo Soldiers(흑인들만으로 구성되었던 미국의 옛 부대 — 옮긴이)와 드레드록 라스터스Dreadlock Rastas(자메이카의 종교 단체 — 옮긴이) 사이에 총격전이 벌어졌다고 합니다."

헤드라인 : 광대들을 내보내라

주제 : 사랑 받아 온 시카고 텔레비전 광대 보조Bozo의 은퇴 소식

농담 샘플 : "앤디 교수는 일리노이 주립대 광대학과 학장직을 수락했다고 발표했습니다."

내 인생에서 가장 길었던 한 달을 기다린 후 프로듀서와 나누었던 전화통화를 기억나는 대로 재구성해 보았다.

프로듀서 : '최루탄이 없으면 눈물도 없다' 라는 표현이 맘에 들었어요… 급료는 얼마 안 됩니다… 광대학과 농담이 좋았어요… 존 웨인 게이시(John Wayne Gacy(미국의 연쇄 살인범으로 그의 별명이 광대였다 — 옮긴이) 농담은 다들 알아들었을 거예요.

(나는 내가 숨을 안 쉬고 있음을 깨닫는다.)

프로듀서 : 여기 보내신 글에는 분명 좋은 것들이 있어요. 하지만 솔직히 말해 당신의 코믹 요소는 우리가 갖고 있는 거랑 비슷해요. 나는 완전히 다른 감각을 가진 사람을 찾고 있습니다.

(이 시점에서 나는 기존의 〈데일리 쇼〉처럼 들려야 채용될 것 같아서 내 진짜 목소리는 숨겨 두었노라고 말할까 잠깐 생각했다. 하지만 말도 안 되는 변명 같아서 관뒀다. 나는 다시 돌아와 짧게 일자리를 간청했다.)

나 : 혹시 제가 다른 작가의 보조를 할 수 있지는 않을까요? 아니면 현장 촬영 대본을 쓴다든지요?

프로듀서 : 프로듀서와 통신원이 대부분 현장 대본을 써요. 여기는 보조 작가는 없답니다. 미안해요.

(긴 침묵)

나 : 음, 제가 보내드린 내용을 시간 내서 봐 주셔서 감사합니다. 언젠가 또 만날 날이 있겠지요.

프로듀서 : 그럼요. 선전하세요.

(우리는 전화를 끊었다.)

대단원 : 나는 조용히 그 자리에 잠시 앉아 있었다. 흔히 그렇듯이 따끔한 거절의 말 다음에 다시 불러 세우지 않을까 하는 기대를 했다. 하지만 그

런 일은 벌어지지 않았다.

이야기의 교훈 : 중요한 순간이 비껴간 것이 아니라 이것이 바로 내 인생의
순간이었다.

모든 게 잘될 것이다.

물론 그게 오늘은 아니었다. 하지만 내일일지도 몰랐다. 또는 그다음
날일 수도 있었다. 언제가 되었건 그 일은 일어날 것이다. 나는 〈데일리
쇼〉와 함께 링 위에 섰고 두들겨 맞았고 피투성이가 되었다. 하지만 내가
해야 할 일은 오로지 인내를 갖고 참는 것이었다. 그러면 결국에는 승자
가 될 것이다. 대중 문화적 용어로 쉽게 풀어서 얘기하면 나는 영화 〈록
키2〉의 곡선을 그리고 있었다. (존 스튜어트Jon Stewart가 나의 에이드리언이
되었다고나 할까?) (존 스튜어트는 스티븐 콜베어처럼 유명한 TV 쇼 진행자이며, 에이
드리언은 영화 록키에서 피투성이가 된 록키가 애타게 불렀던 애인의 이름이다. 에이
드리언은 록키2에서도 좌절한 록키를 일으켜 세우는 역할을 한다 ―옮긴이) 나는 내
미래가 보였다. 큰 그림에서 보았을 때 더 이상 진로 선택에 대해 후회하
는 일은 없을 것이다. 매일 좋은 글을 쓰지 못할까 노심초사하지도 않을
것이다. '노출도'를 높이기 위해 무료로 글을 주는 일도 없을 것이다. 아
내에게 용돈을 받아 친구들에게 술을 사지도 않을 것이다. 값비싼 대학
원 학위의 가치를 의심하지 않을 것이다. "작가가 되기를 희망하고 애쓰
고 있습니다"라는 말도 더 이상 하지 않을 것이다.

아이러니하게도 〈데일리 쇼〉에서 거절당한 후 나는 마치 온 세계라도
정복할 수 있을 것 같은 기분이었다. 모든 작가들은 두들겨 맞을 때가 있

다. 하지만 이것은 스티븐 콜베어라는 슈퍼스타를 향해 달려가는 길목에서 빗맞은 펀치에 불과했다. 충분히 이해 가능한 일이었다. 애당초 내가 이 분야에 발을 들이게 된 것도 스티븐 콜베어 덕분이었으니 말이다.

나는 아직 목적지에 도달하지 못했을지도 모른다. 아니 아직 아무 곳에도 이르지 못한 것일 수도 있다. 하지만 그 거절의 순간, 나는 내가 이 세계에 속한다는 것을 알았다.

10년이 지났고 나는 여전히 〈데일리 쇼〉를 본다. 그리고 기다린다.

작가 소개 : 패트릭 소어Patrick Sauer는 프리랜서 작가로서 〈패스트 컴퍼니〉, ESPN, 〈허핑턴 포스트 유머〉, 〈윔 쿼털리 Whim Quarterly〉, 〈미스터 벨러스 네이버후드 Mr. Beller's Neighborhood〉 등에 글을 싣고 있다. 그의 다른 글들은 patricksauer.com에서도 만나 볼 수 있다.

23

전쟁 대신 사랑을

·

제레미 토백

전날 밤, 나는 필라델피아 리빙아트 극장의 우중충한 분장실에서 아내 파비엔에게 전화를 걸어 별거하자는 얘길 꺼냈다. 그러고 나서 흐느껴 울었다. 제법 로큰롤다운 인생이었다.

나는 밴드 브래드Brad의 멤버로 투어 중이었고, 좋은 사람들로 만석이 된 큰 클럽에서 공연하며 고지서 요금을 전부 지불할 수 있을 만큼 돈도 벌었다. 그렇게 상승세를 타는 것은 늘 꿈꿔 오던 일이었지만, 모든 게 끝난 것 같은 절망감이 느껴지기 시작했다. 나는 우리가 프로모션하고 있던 앨범에 확신이 들지 않았고, 공연과 공연 사이의 빈 시간마다 내 솔로 음악의 방향을 고심하고 있었다. 그동안 파비엔은 로스앤젤레스에서 한 살 반 된 우리 아들을 돌보고 있었고, 화물차 휴게소나 로비에서 내가 거는 전화를 받았고, 희망의 징후가 보이지나 않을까 귀를 기울이고 있었다. 그녀가 낙담하고 실의에 빠져 있다 해서 누가 그녀를 비난할 수 있었겠는가? 그러나 나는 그녀를 탓하고 있었다.

이튿날이던 2002년 10월 26일(워싱턴DC의 내셔널몰 공원에서 이라크전 반대 집회가 있던 날—옮긴이)의 이른 아침, 나는 워싱턴 DC의 9:30클럽 앞에서 잠을 깼다. 눈꺼풀을 내렸다가 다음날 아침 어느 모를 곳에서 눈을 뜨는 것은 그런 투어의 묘미다. 스톤과 나는 묵은 대마초 냄새가 아직 감도는 방을 누가 깨거나 말거나 조심성 없이 더듬거리며 나와 택시를 잡아타고 내셔널몰로 향했다. 나는 평화옹호 노래를 합창하는 사람들 속에서 목청을 높여 노래했고, 이라크 침공 위협에 반대하는 장광설에 내 분노를 집중했으며, 희망의 징후를 찾을 수 있기를 기대했다. 나는 카페인의 힘으로 대담해진 수만 명의 얼굴과 상투적인 구호가 적힌 플래카드들이 내가 이미 알고 있던 사실, 전쟁을 막기 위해 우리가 할 수 있는 것은 아무것도 없다는 것을 숨기고 있는 것을 보았다. 그 전쟁은 불법이었고 인명을 살상할 것이며 대단한 예산을 삼켜 버리겠지만 어쨌든 일어날 것이었다. 그 순간 나는 내 전 매니저 빌 레어폴드가 했던 말을 떠올렸다. "네 힘으로 통제 가능한 것을 통제하라고." 그 모든 상황 속에서 나는 얼핏 미소를 짓고 말았다. 하나님은 그러고 싶으면 그토록 우회적이고 아이러니한 방식으로 메시지를 전하는 분이다. 그리하여 나는 젖은 잔디를 걷어차고 주머니에서 휴대전화를 꺼내 파비엔에게 전화를 걸었다. 워싱턴 시위대가 내는 소음과 동해안의 새벽안개를 뚫고 소리 질렀다. "우리 이 상황을 헤쳐 나가보자." 내 말은 그녀에게 깊은 확신 같은 것을 심어 주었던 것 같다. 그녀가 동의했으니 말이다.

그 형편없던 10월 어느 날 가능해진 두 가지 진짜 기적이 있다. 첫째는 이렇다. 나는 삶이란 내가 그것을 있는 그대로 받아들일 때 훨씬 흥미로 위진다는 것을 깨닫기 시작했다. 여전히 나는 그런 생각에 반항하고 싶어하고 삶과의 투쟁에서 얻는 얼마간의 달콤한 고통에 탐닉하기를 좋아하지만, 승리란 결국 포기하는 데 있다는 것을 이제는 안다. 그리고 두 번째 기적, 이런 세계관이 세속적인 결과를 도출시킨다는 것을 증명한 구체적인 증거는 2006년 2월 22일에 태어난 내 아들 에즈라 킹이다. 옆방에서 〈전쟁〉이라는 카드게임을 하고 있는 그 아이는, 지금 내가 타이핑한 '전쟁'이란 단어를 믿을 수 없이 아름다운 말처럼 들리게 해 준다.

작가 소개 : 제레미 토백Jeremy Toback은 그룹 펄잼Pearl Jam의 멤버 스톤 고사드Stone Gossard와 함께 시애틀에 기반을 둔 밴드 브래드를 결성한 창립 멤버다. 그는 현재 어린이를 위한 음악을 만드는 듀오 르네와 제레미 Renee & Jeremy로 활동 중이며, 최근에는 얼터너티브 아트록 그룹 촙 러브 캐리 파이어Chop Love Carry Fire를 결성했다.

#24
그날 밤 나는 티파니가 좋아지기 시작했다

•

사라 러브레이스

티파니한테서는 담배 연기와 파마액 냄새가 났다. 그 애는 트레일러에서 살았다. 본데 있게 자란 나는 파자마 파티에 오라는 그 애의 초대를 차마 거절하지 못했고, 그날 밤 파티에 모습을 나타낸 여자애는 나 혼자뿐이었다. 처음 몇 시간은 티파니가 울며불며 파티에 오지 않은 여자애들은 '잡년'이고 '나쁜 년'이라고 욕을 해대는 통에 그냥 지나갔다. 그 애는 자기가 가장 좋아하는 프로그램 〈히호Hee Haw〉가 그날 밤에 방송될 거라고 내게 이야기했다. 나는 〈히호〉를 본 적이 없었고, 스타크런치 파이를 먹어 본 적도, 혹은 '나쁜 년'이라는 말을 들어 본 적도 없었다. 그 모두가 내게는 진기한 것들이었다. 그날 밤 나는 티파니가 좋아지기 시작했다. 동시에 내가 티파니를 좋아한다는 사실이 두렵기도 했다. 티파니와 친해지면 학교생활이 평탄치 못할 터였기 때문이다. 티파니와 나머지 모든 아이들 사이에서 내가 선택을 내려야 한다는 것을 나는 알고 있었다.

티파니의 오빠 더스틴이 캔 맥주 하나와 담배 한 대를 들고 트레일러로 들어왔다. 고작 우리 둘이서 파티를 하고 있는 것을 본 그는 요망한 아이들과 계집애들, 선생들, 상사들, 세상 모든 것과 모든 사람들에게 욕을 퍼부었다. 여동생의 쓸쓸한 파자마 파티는 이 세상은 잔인한 곳이라는 사실을 다시 한 번 입증하는 증거일 뿐이었다. 그는 5달러 지폐를 꺼내 우리 앞에 흔들어 보이며 주유소에 데려가 줄 테니 사탕이나 마음껏 사 먹으라고 말했다.

쉐보레 카마로에 오른 더스틴은 차창을 모두 내리고 카세트 데크의 볼륨을 있는 대로 높였다. "자, 이게 바로 내 인생의 배경음악이다." 그는 말했다. 그건 머틀리 크루의 〈스모킹 인 더 보이즈 룸Smokin' in the Boys Room〉, 그때까지 나는 듣도 보도 못한 밴드요 노래였다. 나는 당시의 내가 과보호 속에 곱게 자란 아이였다고 묘사하지는 않으련다. 아마도 체로 한 번 걸러진 환경에서 자랐다고 해야 할 것이다. 그때까지 나를 둘러싸고 있었던 것은 몬테소리식 교육, 피터 폴 앤 메리의 노래, 〈프리 투 비 유 앤드 미Free to Be⋯ You and Me〉 같은 것들이었다. 아쉬울 것 없는 환경이었지만, 그 결과 나는 머틀리 크루 같은 음악에는 몹시 취약해져 버렸다. 나는 낯선 것에 대한 갈망을 느끼고 있었다. 부모님은 내가 그 갈망을 대학에 진학한 뒤에 어느 우수한 해외 교환학생 프로그램으로 충족시키기를 바라셨다. 그러나 그렇게 되지 않았다.

그 순간 나는 머틀리 크루의 음악을 귀청이 찢어지도록 틀어 놓은 이 카마로의 세계에 속해 있다는 것, 우아한 프랑스 궁정 무용은 내 미래가 되지 못하리라는 것을 느끼고 있었다. 물론 그날 밤 내가 티파니네 집에 가지 않았더라도 일어났을지 모를 일이지만, 정말 그럴 수 있었을지는 의심스럽다. 내가 파자마 파티에 나타난 유일한 아이였다는 사실이 티파니에게 일종의 연대감을 느끼게 했다. 우리는 아웃사이더였다. 비록 그녀는 태어나길 그렇게 태어났고, 나는 내 선택으로 그렇게 된 것이지만.

　다른 아이들도 내가 티파니네 집에 갔었다는 것을 알고 있었고, 월요일 학교 점심시간에 내가 그들 옆에 자리를 잡고 앉자 그들은 아예 다른 테이블로 옮겨 버렸다. 티파니가 자기 식판을 들고 이쪽으로 오고 있었다. 오오 제발! 나는 그 애를 무시하고 싶었지만 그럴 수 없었다. 그 애는 자리에 앉아 플란넬 치마 앞주머니에서 스타크런치 파이를 꺼냈다. "이거지 같은 과자도 이젠 진력난다." 그 애는 말했다. "반씩 나눠 먹을래?" 나는 나에게 다가오는 반쪽 운명을 체념하듯 받아들인다.

작가 소개 : 사라 러브레이스Sara Lovelace는 여행 작가이자 영화 제작자, 요가 수행자이기도 하며, 시카고 예술학교에서 작문을 전공해 석사 학위를 받았다. 그녀는 전국 각지에 사는 여러 친구들의 집 소파와 에어매트리스를 거처로 삼아 살고 있다.

25

계절의 인사

·

앨런 잰첸

2010년 크리스마스 이전에는 일리노이 브리스 양로원에 계신 시어머니를 방문할 때마다 그곳 사람들의 눈을 피하곤 했다. 마치 노화 과정이라는 것이 '옮기라도' 하는 것처럼, 그래서 눈을 마주치지 않으면 면역이 되기라도 하는 것처럼 말이다. 하지만 중년에 들어서면서 나는 젊었을 때보다 끝이 더 빠르게 다가온다는 것을 알게 되었다. 양로원에서는 그 과정을 아주 생생하게 볼 수 있었다. 신체 활동력과 정신 기능은 희미해졌고 피부에는 주름이 가고 흰머리도 늘었다.

크리스마스 때 나는 파티에 가는 것이 내키지 않았지만 남편의 마음을 위로해 주기 위해 함께 참석했다. 그때 뭔가 변화가 일어났다. 나는 양로원의 노인들이 가족들과 만나는 것을 보며 그 노쇠한 신체 안에도 아직 인간성이 살아 있음을 본 것이다. 그래서 카메라를 꺼냈다.

나는 가능한 방해가 되지 않도록 플래시도 없이, 그리고 그들의 프라이버시를 보호하기 위해 얼굴을 알아보기 힘들게, 이 사진들을 찍었다.

이 사진들 속에 숨기지 않은 것은
사랑, 기쁨, 유머, 삶에 대한 열의다.

작가 소개 : 앨런 젠첸Ellen Jantzen은 세인트루이스에서 활동하는 사진작가이다.

chapter 3

인생의 전환기에는
그때마다의 깨달음이 필요하다

...

'성숙'의 시간

어린 나이에도 충격적으로 각인되어 평생을 지배하는 순간이 있고, 오랜 시간이 지나고 나서야 자신에게 특별한 전환점이었음을 깨닫게 되는 순간도 있다. 그러나 유년기의 기억이야말로 한 개인의 삶 전체에 드리우는 가장 심층적인 것임을 우리는 이 장을 통해 깨닫게 된다.

26

폭죽과 함께 날아간 1년

아서 사이담

다섯 살 때였다. 꼬마들과 밖에서 놀다가 폭죽 한 다발을 발견했다. 아직 터뜨리지 않은 것이었다. 당시에 만화책을 보면 코요테가 끈을 묶어둔 다이너마이트를 갖고 달려가다가 터지는 장면이 자주 나왔다. 그래서 우리는 터지지 않은 폭죽에 끈을 묶고 성냥을 찾아서 불을 붙이려고 했다. 그런데 그때 한 줄기 바람에 끈이 내 옷 쪽으로 날려 왔다. 옷에 불이 붙었다. 나는 신체 50퍼센트 이상에 화상을 입었다.

머리부터 발가락까지 미라처럼 붕대를 감고 1년을 병원에 누워 있었다. 사람들은 내가 죽을 거라고 생각했다. 1년 후, 살아남은 나는 걷는 법부터 다시 배워야 했다. 그리고 그때부터 항상 내 인생에서 1년을 잃어버린 것 같은 기분을 느껴야 했다. 나보다 한 살 어린 아이들과 함께 자라야 했기 때문이다. 나는 그 잃어버린 1년을 보상하고 싶었고, 결국 경쟁적인 성격이 되었다. 그해 내가 병원에 있을 때 부모님은 내게 만화책을 가져다주었다. 퇴원 후에 나는 그 만화책을 베끼기 시작했다.

15년 후 성인이 된 나는 직업 만화가가 되어 있었다.

작가 소개 : 아서 사이담Arthur Suydam은 예술가이자 작가, 음악가여서 〈헤비메탈〉에서 〈내셔널 램푼National Lampoon〉에 이르기까지 다양한 잡지에서 그의 작품을 접할 수 있다. 또한 그는 『배트맨』, 『코난』, 『타잔』등의 만화책 작업에도 참여했다.

27

차이를 받아들이면

•

로리 사비안

"수업 끝나고 우리 집에 놀러 갈래?"

일곱 살짜리 여자아이에게 그것은 사회적 성공의 정점이었다. 한 무리의 잘나가는 여자애들로부터 방과 후에 같이 꿍꿍이를 꾸미자는 초대를 받는 것은 금덩이를 손에 쥐는 것이나 다름없었다. 평범한 일곱 살짜리 여자애처럼, 나는 온갖 재미난 일들을 상상하며 설레는 마음을 어쩔 줄 모르고 있었다. 바비 인형을 갖고 놀까? 종이인형 옷 입히기를 할까? 기사들과 오즈의 마법사, 공주님들이 나오는 놀이를 할까?

마침내 학교가 파하고, 우리 네 명은 초대해 준 아이의 집으로 향했다. 집안에 들어서자 키블러 쿠키, 코코아 버터, 프라이드치킨 냄새가 풍겼다. 우리 집은 방이 모두 큰데 그 집은 구석구석이 다 작았다. 우리 집은 사위가 환한데 그 집은 어두웠다. 우리는 우리 집이었다면 쓰레기와 함께 소각돼 버렸을 트윙키, 팝타르트, 작은 요정이 그려진 쿠키 같은 것들을 먹었다. 나로서는 슈퍼마켓 진열대나 텔레비전 광고에서나 엿볼 수 있었던 군것질거리가 그 집에는 널려 있었다. 실제 사람들이 그런 식으로 살고 있다는 것을 그날 나는 처음 알았다. 나는 거기 낀 것이 행운이라고 느꼈고 그들과 한통속으로 어울릴 준비가 되어 있었다.

그리하여 그날 오후의 프로젝트는 미용실 놀이로 결정이 났다. 특히 굵게 땋은 머리, 기름 바르기, 그리고 콘로 스타일 머리 만들기가 핵심이었다. 우리 넷은 열성을 다해 작업에 임했다. 바셀린 병이 꺼내져 왔다. 색깔별로 구색을 갖춘 고무줄, 머리핀, 리본들이 진열되었다. 한 명이 앉으면 셋이 거기 매달려 머리를 땋고 가르마를 내면서 정교한 스타일을 만들었다. 가끔씩 두피가 약한 여자애가 아픈 걸 못 참고 꺄꺅 비명을 내지르기도 했다. 그러면 우리는 서로 시선을 교환하며 그 불쌍한 두피에 웃음을 터뜨리고, 바셀린을 한주먹 더 바른 뒤에 할 일을 계속했다.

내 차례는 맨 마지막이었다. 그러나 시작부터 내 머리카락은 기대대로 움직여 주질 않았다. 바셀린을 더 발랐다. 고무줄도 더 꺼내왔지만 머리는 말을 듣지 않았다. 우리는 내 매끄러운 직모를 여러 줄로 가느다랗게 땋아 그대로 유지시키기 위해 최선을 다했다. 도대체 무엇이 문제인지를 알 수가 없었다. 바셀린 한 통을 다 비운 뒤에야 우리는 포기했다. 나는 두피가 약한데다 머리카락마저 갈색이어서 어쩔 수 없다는 것이 우리 넷이 내린 결론이었다. 그런 머리는 땋기가 정말 곤란한 머리지만 갖고 노는 것은 여전히 재미있었다. 우리는 다음번에 다시 시도해 보기로 했다. 미용실 놀이는 대성공이었다.

저녁때에 맞춰 집에 돌아간 나는 식사를 빨리 끝내고 오래 걸려 목욕을 했다. 어머니와 나는 거의 15분 동안 공을 들여 바셀린을 씻어 냈다.

욕조에 앉아 그날 오후에 있었던 일을 신 나서 이야기하면서, 나는 점차 내가 친구들과 많은 점이 다르다는 것을 깨닫기 시작했다. 나는 머리색이 달랐다. 눈동자 색깔도 달랐다. 우리 집 부엌에는 예수님 그림도 걸려 있지 않았다. 일요일에만 매고 나가는 리본 같은 것도 없었다. 음식이나 가족은 둘째 치고, 나는 피부색부터 달랐다. 한 마디로 나는 유대계 백인 소녀였고, 내 친구들 같은 흑인이 아니었던 것이다. 전에는 누구도 그 점을 지적해 준 적이 없었다. 사실을 깨닫게 된 순간, 나는 당황스러움과 실망감, 경외감이 뒤섞인 이상한 감정을 느꼈다.

그것은 중요한 순간이었고, 그날 느낀 복합적인 감정은 내가 평생에 걸쳐 교육과 협력, 포용이라는 가치를 추구하는 데 연료가 되었다. 바로 그 깨달음 덕분에 나에게 차이는 타인과 연계하는 하나의 방법이 되었다. 또 차이는 학급 안에서 아동과 어른 사이의 관계를 개통하는 방편이 되었다. 차이는 기존 커리큘럼을 넘어선 심도 있는 학습 경험으로 변화했다. 사람들에 대한 내 가장 기본적인, 그러나 보다 핵심적인 이해는 그날 우리가 땋으려다 실패한 콘로 머리를 통해 찾아왔다. 그리고 나는 지금도 그 콘로 머리를 해 보고 싶다.

작가 소개 : 로리 사비안Lori Sabian은 풀타임 부모이자 아동과 성인을 가르치는 파트타임 교육자다. 현재 그녀는 두 직업의 불가측성을 포용하는 일에 몰두하고 있다.

28

진짜 수업

·

A. J. 제이콥스

　내가 4학년 때 우리 과학 선생님이셨던 캠벨 씨는 머리부터 발끝까지 어른 냄새를 풍기는, 어른 중에서도 상어른이셨다. 그렇고말고. 어떻게 안 그럴 수 있겠는가? 직업부터가 선생님이셨는데 말이다. 증거가 더 필요하다고? 그분은 턱수염도 길렀다. 최소한 당시 내 눈에는 범접할 수 없는 어른이었다. 그러나 돌이켜 보건대, 그때 그분은 어쩌면 대학을 갓 졸업한 스물세 살짜리 초보 교사였을 뿐, 그 숱이 적고 성긴 수염은 그저 폼으로 기르고 있었는지도 모르겠다.

　캠벨 선생님은 과학을 가르치셨다. 지질, 기후, 일식이나 월식 같은, 학교에서 으레 가르치는 것들 말이다. 혹은 그런 것들을 우리에게 가르치려고 애를 쓰셨다고 하는 게 맞을 것이다. 우리에게 의자에 궁둥이 붙이고 앉아 있으라거나 입으로 방귀 뀌는 소리 내지 말라고 잔소리하는 데에만 꽤 많은 시간이 허비됐기 때문이다. 여느 4학년 학급에서처럼 말이다.

하루는 우리가 유난히 소란을 떤 적이 있었다. 하지만 그때까지도 나는 어떤 일이 벌어질지 전혀 예상치 못하고 있었다. 그 일은 스티븐 피셔라는 놈이 "쉬잇!" 하는 종작없는 구호를 열네 번째 외친 직후에 일어났다. 바로 캠벨 선생님을 제대로 건드린 것이다. 퇴적암의 성질에 대해 판서하고 있던 선생님은 칠판으로부터 몸을 홱 돌리더니 들고 있던 분필을 곧장 스티븐의 이마로 날려 버리셨다.

그러나 분필이 손가락에서 떠나자마자 캠벨 선생님의 낯빛이 변했다. 당황스러운 표정이셨다. 짐짓 불안하신 듯했다.

"미안하다." 당신은 그렇게 말했다. "그래서는 안 되는 거였는데."

뭐, 뭐라고? 참으로 믿기 힘든 일이었다. 선생님이 우리한테 사과를 하시다니. 게다가 분필은 스티븐한테 맞지도 않았다. 그냥 녀석의 어깨 너머로 날아가 떨어진 참이었다. 다 큰 어른들이 악을 쓰고 고함을 지르며 이성을 잃는 광경은 이미 본 적이 있었지만 어른이 꼬마 애들한테 미안하다고 하는 건 생전 처음이었다. 게다가 그 말을 할 때 선생님의 얼굴에 떠올랐던 새끼사슴같이 겁에 질린 표정이라니!

그것은 어른들이라고 해서 항상 결점 없는 권위자로 행세할 수 있는 건 아니라는 사실을 내가 처음으로 체득한 순간이었다. 어른도 자신이 지금 무엇을 하고 있는지 모를 때가 많다(내 경우에는 열에 여덟은 그런 것 같다). 어른도 자신의 행동이 초래할 결과를, 이를테면 장기 징계 같은 것을 두려워한다(그리고 보면 캠벨 선생님은 운이 좋은 분이셨다. 우린 그분이 화를 낸 일을 누구에게도 고자질하지 않았으니 말이다).

나는 캠벨 선생님이 화성암과 퇴적암 형성에 관해 가르쳐 주신 내용을 다 잊어버렸다. 하지만 어른도 실수할 수 있다는 교훈만큼은 지금껏 생생히 간직하고 있다. 그날의 진짜 수업 덕분에 나는 어른을 대할 때도 마치 4학년짜리 꼬마를 대할 때처럼 의심 반 연민 반으로 대해야 한다고 믿게 되었다.

작가 소개 : A. J. 제이콥스 A. J. Jacobs는 뉴욕에서 태어난 괴짜 저널리스트 겸 작가로, 백과사전을 통독하고 쓴 『한 권으로 읽는 브리태니커』, 실제로 성경 말씀을 실천에 옮겨 본 뒤 그 후기를 적은 『성경 말씀대로 살아 본 1년』, 전혀 새로운 상황에 뛰어들어 다른 삶을 살아 본 이야기를 쓴 『나는 궁금해 미치겠다』 등의 저서를 발표했다.

29

블랙 라이크 미*

·

헤일리 해럴

쉬는 시간이었다. 겨우 정오가 지났을 뿐인데 싸움은 이미 시작돼 있었다. 무슨 일로 일어난 싸움이었는지는 기억나지 않는다. 내가 기억하는 것이라고는 여름 오후의 열기와 너른 들판에 두 편으로 갈라선 5학년 여자애들의 모습뿐이다. 나는 내 단짝 친구와 서너 명의 다른 여자애들과 한 편이었다. 내 친구는 들판 저 끝에 서 있는 밝은 빨강 머리의 한 여자애와 싸우고 있었다. 갈색 머리를 한 말수 적은 여자애도 하나 거기 있었는데, 그 애는 어쩔 수 없이 양편을 오가는 메신저 역할을 하고 있었다. 휴식 시간은 영원히 끝나지 않을 것처럼 길게 느껴졌다.

나는 포스퀘어 놀이(four square: 지면에 사각형을 그리고 사등분을 한 뒤에 서로 공을 패스하는 놀이의 일종—옮긴이)를 하러 가고 싶었지만 단짝 친구를 그

---

* Black like me: 존 하워드 그리핀의 1961년작 논픽션 『블랙 라이크 미: 흑인이 된 백인 이야기』에서 빌려 온 제목. 책의 내용은 백인인 그리핀이 흑인 분장을 하고 당시 인종차별이 극심했던 미국 남부를 여행하며 겪은 일들을 다룬다(옮긴이).

냥 두고 갈 수는 없었다. 나는 바닥에 드러누워 하늘을 바라보았다. 하늘은 아주 맑았다. 구름이 간간이 흩어져 있는 연한 파란색 하늘이었다. 풍경 속에서 넋을 놓고 있던 나는 메신저 역할을 맡은 그 말 없는 아이가 우리 쪽으로 달려오는 것도 모르고 있었다. 그 애가 온 것을 알고 마침내 몸을 일으킨 나는 그 애의 행동이 어색하다는 것을 눈치챘다. 단짝 친구가 전할 말이 있으면 어서 말하라고 닦달하는데도 그 수줍은 여자애는 그저 머리를 가로젓고만 있었다. 그 애는 녹음 짙은 풀밭을 내려다보며 이렇게 중얼거렸다. "너에 관한 얘기가 아니야." 그 말에 단짝 친구는 그 애 쪽으로 다가섰다. "그럼 누구 얘긴데?" 메신저 아이는 재빨리 눈을 들었다 내렸지만 그 잠깐 동안 그녀의 시선은 분명 내게 맞춰져 있었다. 내 친구는 목소리를 높였다. "헤일리에 관한 이야기면 나한테 얘기해야 해. 왜냐하면 우린 단짝이고 어쨌든 헤일리는 네가 한 말을 나한테 털어놓을 테니까." 메신저는 한숨을 쉬었고 분위기는 무거워졌다. 잠시 뒤 그 애는 한 걸음 앞으로 다가와 조용히 말했다. "저 애가 그랬어. '난 헤일리가 싫어. 흑인이잖아. 난 흑인이 싫어.'"

가슴이 철렁했다. 그 애가 날 싫어한다고? 단지 내 피부색 때문에? 난 이해할 수 없었다. 나는 항상 내가 흑인과 이탈리아인의 피를 반반씩 물려받았다고 말해 왔었다. 그런데도 그 여자애는 내 절반의 인종 때문에 내 전부를 미워한다고 선언했다는 것이다. 내 몸은 바닥으로 꺼져 내렸고 모든 눈이 나를 보고 있다는 것이 점점 더 뚜렷이 느껴졌다. 나는 울고 있었다. 쉬는 시간 감독 선생님이 불려 오셨다. 소동이 일어났다. 비록 내가 분명히 기억할 수 있는 것은 그때 내가 느낀 혼란뿐이지만 말이다. 내가 그들같이 생기지 않았다는 이유만으로 누군가가 날 싫어한다는 것이 가능한 일일까? 나는 그 애와 같은 것을 좋아했고, 학교 성적도 그 애만큼 좋았으며, 우리는 같은 친구들을 사귀고 있었고, 나도 그 애와 똑같은 말로 똑같이 이야기했다. 유일한 차이점은 피부색뿐이었는데 그 애는 그것 때문에 날 싫어하기로 작정한 것이다. 나는 내 피부가 다른 애들보다 검다는 것을 알았지만, 우리 엄마의 피부색은 다른 애들처럼 희었으므로 내 일부는 그 애들과 똑같다고 믿고 있었다. 초등학교를 졸업하고 중학교에 다닐 때까지 나는 아이들이 날 싫어할 명분을 발견하지 못하도록 다른 아이들과 똑같이 행동하려 노력했다.

8년이 흐르고 나서야 나는 내 완전한 인종 정체성을 간신히 받아들이게 되었고 내가 물려받은 두 가지 문화를 인정할 수 있게 되었다. 하지만 이따금 그날 오후의 일이 떠오를 때마다 내게는 언제고 그때 느꼈던 미움과 공포, 당황스러움, 억울함과 슬픔의 강렬한 감정이 되살아난다.

작가 소개 : 헤일리 해럴Haylee Harrell은 유타대학교 신입생이다.

#30

인생이란 외로움과의 끝없는 투쟁

•

로빈 와서먼

합리적이고 현실을 직시하고 문화를 이해하는, 성숙하고 안정된 어른이라면 응당 알 만한 것들이 있다. 이를테면 열두 살짜리 소녀는 딱 두 종류라는 것이다. 단짝 친구를 버리려는 소녀와 버려지게 될 소녀.

태어날 때부터 내게 에징된 것은 버려지는 소녀 역할이었다. 유치원 때부터 벌써 조용하고 책을 좋아하며 커다란 안경을 쓰고 다니던 나는 선생님의 칭찬을 받기 위해서라면 무엇이든 신 나게 뛰어드는, 전형적인 그런 아이였다. 나는 쉽게 끌리고, 쉽게 속는 아이였고 개구쟁이들이 언제라도 갖고 놀 수 있게 준비돼 있는 아이나 마찬가지였다.

『빨강머리 앤』을 항상 끼고 다니며 자란 나는 '동질감'을 갈망했고, 나만의 단짝 친구를 너무나 갖고 싶었다. 그러다 마침내 단짝을 갖게 되자 나는 마치 운동부 남자 친구를 갖게 된 50년대 치어리더가 된 기분이었다. 이 새로운 지위에 내가 집착했던 것은 물론이다. 팀 이름이 적힌 재킷이나 클럽 배지, 커플링 대신 나는 우정 팔찌, 과학 숙제 함께하기, 친구 집에서 자기에 심취했다. 깨질 수 없는 우정의 징표로 반씩 쪼개서 목에 걸고 다니는 우정 목걸이도 만들었다. 그 모든 것 뒤에 숨어 있던 생각은 하나였다. 이런 것들이 부적이 되어 줄 거야. 내가 더 이상 '나'가 아니라 '우리'라는 것을 온 세상에 증명해 줄 거야.

하지만 오해는 마시길. 나는 실제로 내 단짝 친구를 많이 좋아했다. 다만 어떤 친구가 되었건 단짝이 있다는 사실 자체에 더 빠져 있었던 것뿐이다. 늘 겁에 질려 있고 형제자매가 없던 내게 단짝이란 늘 갖고 다니며 만지고 잠드는 아기 담요 같은 존재였다. 혼자서 내일을 맞이하지 않을 거라고 온 우주가 보증해 주는 약속이었다. 그 친구는 나의 거울이기도 했다. 다만 내 방문 뒤에 걸려 있는 거울보다 훨씬 더 멋있게 나를 비춰 주는 거울이었다. 그 친구의 존재 자체가 내가 '그' 못생기고 사랑받지 못하는 아이일 리가 없다는 증거였다. 친구는 완벽했고 완벽한 그 아이가 나를 좋아했을 뿐 아니라 '가장' 좋아했으니까 말이다.

그러니 6학년의 어느 날 항상 그렇듯 운동장 구석에 처박혀 있다가, 그 아이가 자신의 새로운 추종자들에게 "아냐, 걘 내 단짝 아냐. 대체 누가 그렇게 생각한단 말이야?"하고 말하는 것을 우연히 들었을 때, 나는 얼마나 놀랐을까.

그게 끝이었다. 극적인 절교 장면 같은 건 연출되지 않았다. 책을 집어 던지지도 않았고, 아이들 사이에 소문을 낸다거나, 식당에서 자리를 피한다거나, 얄궂은 장난을 걸지도 않았다. 그리고 어찌 보면 이게 더 나빴다. 내게 강한 적개심이라도 보였다면, 그건 최소한 내가 한때는 그 아이의 단짝이었음을 인정하는 것이었을 테니 말이다. 하지만 그 모든 것 대신, 그 애는 그냥 그 순간부터 나를 없는 사람 취급했다.

살면서 동질감이라는 게 지속되지 않을 수도 있다는 것, 우정의 징표로 얼마나 많은 부적을 모았건 상관없이 인생이란 외로움과의 끝없는 투쟁일지도 모른다는 걸 생각하게 된 건 그때가 처음이었다. 삭막한 고교 생활을 끝낸 후 내게는 새로운 단짝들이 생겼다. 더 좋은 친구들이었다. 하지만 나는 그 우정을 굳게 믿는 만큼, 그 우정을 당연하게 여기지는 않게 되었다. 실제 세상에서는, 어른들의 세상에서는, 사람들이 떠나기도 하고 죽기도 한다. 어떤 때는 그냥 지겨워져서 운동장의 다른 쪽으로 옮겨가기도 한다. 무슨 일이든 생길 수 있다.

열두 살짜리 소녀라면 누구나 알고 있는 기본적인 것들이 있다. 우리 어른들은, 아무리 현명한 사람들일지라도 이미 잊어버린 것이지만 말이다. 바로 마젤란이 탔던 배의 이름, 체세포분열과 감수분열의 차이, 정육면체의 부피를 구하는 공식, 그리고 영원한 우정이라는 말이 결코 반어법이 아니라는 사실이다.

모든 사람이 항상 함께일 수는 없음을 알았기에 나는 다른 이들에게 더 좋은 친구가 될 수 있었다. 그리고 너저분한 우정 팔찌며 플라스틱 목걸이들을 버렸기에 패션에 제대로 눈을 떴다.

하지만 이것만은 인정하겠다. 영원할 거라고 믿었던 때가 더 좋았다는 것.

작가 소개 : 로빈 와서먼 Robin Wasserman은 『스킨드 Skinned』, 『해킹 하버드 Hacking Harvard』, 7대 죄악 Seven Deadly Sins 시리즈 등의 아동 청소년 문학을 쓴 작가이다.

31

참을 수 없는 걸 참아서는 안 된다

·

비비언 첨

나는 텍사스에 있는 어느 공립학교의 7학년생이었다. 어느 날 아침, 치직거리는 학교 스피커에서 공지가 흘러나왔다.

"7학년에 재학 중인 소수인종 학생들은 한 사람도 빠짐없이 학생식당에 모이기 바랍니다." 그건 언뜻 들어도 괴상한 주문이었지만, 우리는 요구대로 움직였다. 우리는 스피커에서 나오는 명령에 따르는 데 익숙해져 있었다.

학생식당에는 교장과 부교장 ― 모두 백인이었다 ― 이 우릴 기다리고 있었다. 흑인, 히스패닉, 그리고 우리 아시아인 학생들이 긴 테이블마다 자리를 잡고 앉느라 몇 분간 식당은 소란스러웠다.

"여러분이 오늘 조회에 소집된 것은 텍사스 표준 학업능력평가Texas Assessment of Academic Skills에서 여러분이 얻은 결과에 대해 논하기 위해섭니다." 교장 선생님이 말씀하셨다. 그는 우리의 TAAS 성적이 백인 학생들의 점수에 비해 저조하다는 이야기를 하려는 것이었다.

스크린에는 시험의 읽기, 수학, 쓰기 부문에서 백인 학생들과 비백인 학생들의 TAAS 점수를 비교한 막대그래프가 투사되었다.

"여기 제시된 것은 백인 학생들과 소수인종 학생들이 거둔 성적을 그룹별로 취합한 점수입니다. 백인 학생들의 성적은 이 중 어느 쪽일까요? 이 막대가 바로 여러분의 점수입니다. 이것이 여러분의 읽기 점수고요. 이건 백인 학생들이 낸 점수입니다. 자, 이번엔 수학 성적을 볼까요?"

나는 식당 안을 둘러보았다. 7학년 중에서 최상의 성적을 내고 있으면서도 단지 흑인, 히스패닉, 아시아인이라서 거기 있는 아이들이 눈에 띄었다. 나는 내가 그리 잘 알지는 못하던 아시아계 혼혈아인 맷과 눈이 마주쳤다. 그 애의 얼굴에는 내가 느끼고 있던 것과 똑같은 분노가 서려 있었다.

7학년이 되기까지 우리 모두는 역사 시간을 통해 인종차별에 대해 배워왔다. 즉, 우리는 인종차별이라는 말에 대해 알고 있었던 것이다. 우리는 나치와 KKK에 대해서도 알고 있었다. 역사책에서도 여섯 단원 정도가 온전히 노예무역이라는 주제에 바쳐져 있었다.

그럼에도 불구하고, 나는 이 조회를 납득할 수가 없었다. 우리는 정확히 말해 족쇄에 채워지거나 린치를 당하고 있는 것도 아니었고 우리에게 욕설을 하는 사람도 없었다. 그럼 어째서 나는 이런 기분을 느끼고 있는 것일까?

설교는 지루하게 이어졌다. 우리는 머지않은 미래에 고등학교 TAAS 졸업시험에 통과해야 하며 그래야 졸업을 할 수 있다는 말을 들었다. 우리는 그렇게 '소수인종 학생들'이라는 이름으로 통틀어져 노력을 배가

하고 집중도를 높여야 하며 더 열심히 공부해야 한다는 말을 들었다. 학교 기금이 우리의 TAAS 시험 결과에 달려 있다는 사실이 강조되었다. 시험 성적과 통과율이 정리된 다수의 그래프가 더 제시됐다. 심지어 인종별로 — 흑인, 히스패닉, 백인 — 분석된 자료도 포함돼 있었다. 아시아인은 아예 분류에서 빠져 있었다.

어쩌면 아시아계 학생들은 학교 측의 실수로 이번 조회에 같이 소집된 것일지도 모른다고 나는 생각했다. 하지만 그 실수에 대해 화를 내는 것에 무슨 의미가 있을까? 우리 역시 소수인종이 아닌가? 나는 학생식당을 둘러보며 같은 학년의 아시아계 아이들을 찾아보았다. 하나, 둘, 셋, 넷, 다섯, 그리고 맷까지 치면 모두 여섯이었다. 아시아계 7학년생들은 소프트볼팀을 꾸리기에도 부족한 숫자이니 소수인종 중에서도 소수에 속했다. 소수라는 것은 다수의 반대가 아닌가? 그럼 우리 아시아인은 소수인종인가 혹은 다른 무엇인가? 나는 혼란스러웠다.

오로지 확실한 것은 내가 교장과 부교장 선생님의 턱을 후려쳐 이를 박살내고 싶다는 것뿐이었다. 그들의 얼굴에 침을 뱉고 주먹을 날리고 싶었다. 지난 몇 해 동안 그들에게서 수여 받은 상장을 전부 찢어 버리고 싶었다.

하지만 나는 조용히 있었다. 내 얼굴은 무표정했다. 나는 아무 행동도 취하지 않았다.

어른들은 그들의 할 일이 끝나자 우리에게 교실로 돌아가도 좋다고 말했고, 우리는 침묵 속에 무거운 걸음을 옮겼다. 분노 때문에 어안이 벙벙해진 나는 그날 하루 종일 조회에 대한 생각을 머릿속에서 떨쳐낼 수가 없었다. 그러나 그 누구도 그에 관한 말을 꺼내지 않았다. 심지어 점심시간에도 말이다. 그건 마치 우리가 전부 당황해 말문을 잃었거나 혹은 오늘 무슨 조회가 있었느냐는 듯이 연기하고 있는 것 같았다.

나중에야, 나는 그날의 조회에 관한 이야기를 나보다 나이도 많고 현명했던 댄 황에게 털어놓았다(그는 9학년이었다).

"나라면 그 자릴 박차고 나가 버렸을 거야." 댄이 말했다. 나는 그의 말이 옳다고 느꼈다.

나는 조회에 모인 학생들 가운데 우뚝 선 나 자신을, 식당 테이블 밑에서 의자를 뒤로 밀고 일어나면서 파장을 일으키는 장면을 상상했다. 그리고는 의자를 밟고 올라서서 크고 반항적인 목소리(그때까지 내 방 거울 앞에서 시험해 본 적밖에 없는 목소리)로 외치는 모습을 말이다. "이건 옳지 않아요. 여러분도 저와 같은 생각이라면 당장 교실로 돌아갑시다." 어째서 그렇게 하지 못했을까? 왜 그냥 가만히 앉아 있었을까? 우리는 왜 거기 그냥 앉아 있기만 한 걸까?

그날 이후로 나는 나 자신과 약속했다. 어떤 대가를 치르든, 옳지 않은 일에 침묵하지 않겠노라고.

작가 소개 : 비비언 첨Vivian Chum은 변호사이자 작가이며, 위기 청소년을 위한 무료 축구 및 SAT 캠프의 사무차장으로도 활동하고 있다.

32

극기 훈련을 마치고

·

웨스무어

나는 열두 살이었고, 강제로 입학한 사관학교에서 갓 캡실드(Cap Shield : 미국 군사학교인 밸리포지 군사아카데미 사관후보생은 일단 신입생으로 입학해 6주간의 강도 있는 훈련을 완수하고 사명, 선서문 등의 기본적인 수칙을 암기해 시험을 치러야 하며 이를 통과하면 캡실드를 얻게 된다. ─옮긴이)를 딴 뒤였다. 우리는 학교생활의 첫 6주에 해당하는 '신입생 과정'을 마쳤다. 그것은 내가 기대하지 않은 성취였다. 밸리포지 군사아카데미 생활을 시작했을 때 나는 분노와 공포로 가득 차 있었고 어느 정도는 될 대로 되라는 심정이었다. 내가 그 학교로 보내진 것은 인생의 중요한 시기에 내가 끊임없이 옳지 않은 선택을 했기 때문이었다. 나는 어머니의 인내심을 여러 차례 시험했다. 그러다 결국 당신의 인내심도 바닥을 드러낸 것이다.

학교의 신입 사관후보생들을 위한 6주간의 '극기 훈련'을 마친 것은 내가 생전 처음 혼자 힘으로 이뤄낸 성취였다. 그때까지 나는 어째서 과제를 끝내지 못했는지, 기본 규칙이나 법규를 지키지 못했는지에 대한 이유를 줄기차게 가져다 붙이는 변명의 왕이었다. 그러나 이제는 변명이 무능의 수단이라는 것, 그리고 생존하기 위해서는 스스로 진일보해야 한다는 것을 깨닫기 시작한 것이다. 열두 살의 나는 미소 띤 얼굴로 반듯이 서서 신입생 과정을 완수했음을 의미하는 놋쇠로 된 작은 상징물인 캡실드를 수여 받았다. 그 반짝이는 토큰은 내게 본래 이상의 의미를 지니고 있었다. 그것은 부인할 수 없는 성숙의 증표였다.

작가 소개 : 웨스 무어는 Wes Moore 뉴욕타임스 베스트셀러 『또 다른 웨스 무어 : 하나의 이름, 두 개의 운명 ─ 비참과 희망의 이야기 The Other Wes Moore : One Name and Two Fates ─ A Story of Tragedy and Hope』의 저자다. 전직 미군 낙하산부대원이자 대령이었던 그는 2005~2006년 사이 제82공수부대 제1여단과 함께 아프가니스탄에서 전투 복무를 완수했다.

33

롤랜드라면 어떻게 했을까?

•

벤저민 퍼시

열세 살은 누구의 인생에서나 최악의 1년이 되기 쉽지만 나는 특별히 더 끔찍한 한 해를 보냈다. 패싸움에 가담하고, 공공기물을 파손하고, 물건을 훔치기까지 해서 수차례 혼쭐이 났다. 게다가 성적도 나빴다. 나는 내가 정학 당한 날, 어머니가 울면서 위층으로 달려오시던 것을 기억한다. 나는 아버지가 내 성적표를 갈가리 찢어 가장 슬픈 날의 색종이 조각처럼 그 종잇조각들을 방안 가득 뿌리시던 것을, 그리고 한마디 말씀도 없이 다만 반쯤 감은 눈으로 나를 바라보시던 모습을 기억한다. 두 분은 학교에서 나를 끌어내 학급 규모도 더 작고 훈육도 더 엄한 다른 학교로 전학시키자는 결정을 내리셨다.

내가 스티븐 킹의 소설 『다크 타워1 : 최후의 총잡이The Gunslinger』를 처음 읽은 것은 바로 그때였다. 물론 내 목덜미(당시에는 아주 비쩍 말랐던)를 틀어쥘 만큼 긴박한 플롯도 플롯이었지만, 그 책이 내게 심대한 영향을 미친 진짜 이유는 롤랜드였다. 소설의 주인공이자 이유 없이 누군가를 뒤쫓는 총잡이, 길르앗의 롤랜드 말이다. 어떤 사람들에게는 우습게 들리겠지만, 당시 나는 다니던 학교를 떠나 60여 킬로미터 떨어진 다른 학교로 전학한 열세 살짜리였다는 점을 기억하자. 나는 부모님이 그 새 학교에 다니게 되면 나도 달라질 거라고 말씀하셨던 것이 기억난다. 달라지는 것이야 좋았다, 난 바뀔 필요가 있었다. 나는 두 분의 생각에 동의했다. 나는 가련하고 보잘것없는 인간쓰레기가 된 기분이었고, 그리하여 혼자서 골똘히 생각하기 시작했다, 나는 어떤 사람이 되고 싶은 걸까?

롤랜드가 그 질문에 답을 해 줬다. 그는 궁극의 인간상으로 보였다. 그는 기사도를 지키며 살고 있었다. 그는 이를 악물고 고통을 참아 냈다. 그는 단련돼 있고 지적이며 강건한 인물이었다. 그는 중요한 무언가를 추구하고 있었다. 한 마디로 그는 비중 있는 존재였다. 그는 싸움을 먼저 시작하지 않는, 그러나 항상 이기는 사람이었다. 그는 거의 말이 없었지만 일단 입을 열면 현명하고 강렬한 인상의 대사를 읊었다. 나는 침묵이란 입을 다물 때를 아는 일이라는 것을 이해하기 시작했다. 그해 여름부터 나는 대단히 과묵해지기 시작했고, 그 침묵은 내가 고등학교를 졸업할 때까지 지속되었다.

어떤 사람들은 내가 수줍어서 말이 없다고 오해했을지 모르지만, 사실은 전혀 달랐다. 나는 뒤로 물러나 말 한 마디 한 마디와 행동 하나하나를 판단하고 그 장단을 파악하려고 한 전략가였다. WWJD 팔찌(1990년대에 미국에서 유행했던 팔찌로 '예수님이라면 어떻게 하셨을까? What Would Jesus Do?'의 약자다. —옮긴이)를 차고 다니는 녀석들이 있지 않은가? 나도 나만의 특별한 팔찌 하나를 만들어야 했을지 모른다. '롤랜드라면 어떻게 했을까?'라고 수 놓은 팔찌 말이다. 그 문구가 끔찍이 진부하게 들린다는 것은 알고 있지만, 사실상 그 당시 내게는 그것이 세상 그 무엇보다 중요한 질문이었다. 내 성적은 급등했다. 극도로 진지해졌고, 얼굴에서는 표정이 사라졌다. 때로 나는 침대에 누워 내게 어울리지 않는 무언가를 말하거나 행해 버린 나 자신을 책망했고, 그러는 동안 천장에서 움직이는 그림자 속에서는 총잡이의 모습이 형태를 이루어 가고 있었다.

그 오래전의 여름 이래로, 나는 다른 어떤 책보다 『다크 타워1 : 최후의 총잡이』를 많이 읽었다 (데니스 존슨의 『예수의 아들』, 코맥 매카시의 『핏빛 자오선』이 작은 격차를 벌리며 각각 2위와 3위를 차지했다). 내 안에는 아직도 그때의 어린 소년이 머물며 롤랜드에 열광하고 있다. 하지만 이젠 스스로도 작가인 나는 특히 그 서사의 하이브리드적인 특질, 서부소설이면서 판타지이기도 하고 호러물이기도 하면서 예법에 따라 전투에서 칼을 부딪치는 기사들의 전설을 연상시키는 면이 마음에 든다.

당시 아버지는 오리건 주 벤드와 레드몬드 사이로 뻗은 깨꽃 평원과 자주개자리 풀밭의 벽지에 우리가 살 집을 지으셨다(사실 열 몇 살짜리는 망치 쓰는 일에 큰 도움이 되지 않지만, 그래도 내 도움도 약간은 받아 가며 말이다). 하지만 내가 대학생활을 위해 집을 떠난 뒤로, 부모님은 그 집을 팔고 포틀랜드로 이사하셨다. 그래서 나는 그분들을 뵈러 집에 들러도 진짜로 집에 온 것 같은 느낌이 들지 않는다. 나는 여러 번 중부 오리건을 다시 찾았고, 그때마다 차를 몰고 옛집을 지나며 지난날에 대한 그리움과 내가 더 이상 빼빼 마른 팔로 BB총을 휘두르고 다니던 태도 불량한 건달이 아니라는 사실에 대한 안도를 느낀다.

지난해 내내 내 휴대전화에는 자꾸 모르는 전화가 걸려왔다. "롤랜드 씨 계신가요?" 그리고 낮은 목소리는 말하는 것이다. "여보세요, 롤랜드 씨?" 그럼 나는 대답했다. "죄송합니다, 잘못 거셨어요." 하지만 이튿날이 되면 전화는 다시 울렸고 내 귀에는 이런 말이 들리는 것이다. "롤랜드 씨? 롤랜드 씨 맞으신가요?" 나는 맞다고 해야 할지 속으로 씨름을 하며 잠시 입을 떼지 못했다.

작가 소개 : 벤저민 퍼시Benjamin Percy는 소설 『야생식물The Wilding』과 두 권의 단편소설집 『리프레시, 리 프레시Refresh, Refresh』, 『엘크의 언어The Language of Elk』를 쓴 작가이자 〈에스콰이어〉의 정기 기고자이 기도 하다.

34

깜깜한 밤, 외로운 밤

•

크리스틴 코스비

남동생과 나는 아버지와 어머니가 우리 집 뒷마당에서 만든 12미터짜리 돛단배 위에서 자랐다. 나는 딸이기 이전에 선장인 아버지를 필두로 한 승무원단의 일원이었다. 어머니, 동생, 뚱뚱한 우리 집 검둥개도 거기에 포함되었다. 내가 일곱 살이 되던 해 우리는 그 배를 진수시켰고 그때부터 세상은 둘로 나뉘었다. 직장과 학교라는 뭍에서의 삶과 바다에서의 모험. 우리는 한 번에 몇 달씩 비좁은 한 칸짜리 객실에 옹기종기 모여 동해안 지역을 떠돌며 대양 횡단 훈련을 했다. 여덟 살이 되자, 나는 혼자 키를 잡을 수 있었고 아홉 살 때는 교대를 설 수 있었다. 그리고 열네 살이 되자 배 전체를 혼자 운항할 수 있었다. 우리는 노바스코샤, 뉴펀들랜드, 체사피크 만, 버뮤다, 플로리다, 조지아, 허드슨 강, 그리고 메인 만 구석구석을 탐험하고 다녔다.

어른이 되어 안전하게 뭍에서 생활하면서도 나는 으스대며 내가 얼마나 터프한지, 그리고 유능한지 떠벌리고 다녔다. 하지만 어린 시절의 상당 부분을 배 위에서 보낸 나는 본의 아니게 망명자가 되고 말았다. 학교 아이들은 비록 말은 하지 않았지만 내가 자신들과는 다르다는 것을 느끼는 듯했다. 우리 집안 4대가 살아온 고향에서 학교를 다니면서도 나는 이방인이 되어 있었던 것이다.

나는 우리 가족의 거칠고 기이한 생활방식을 원망하기 시작했다. 나도 원피스 같은 것을 입고 싶었다(배에서는 금기사항이다). 자전거를 타고 시내에 가고 싶었고 친구들과 아이스크림을 사 먹고 싶었다.

열여섯 살이 된 여름, 그만하면 충분하다는 생각이 들었다. 이제 나는 첫 직장도 생긴 터였다. 우리가 여름을 보냈던 페노브스콧 만에 있는 마을 레스토랑에서 일을 하게 된 것이다. 집에서 뱃길로 수 킬로미터가 떨어진 곳이었다. 나는 옷 가방을 싸고 책을 상자에 넣고 건어물들을 챙겼다. 아버지와 어머니는 해안에 있는 오두막까지 내가 짐 옮기는 것을 도와 주었다. 그 오두막은 가족의 지인들로부터 빌린 바닷가 땅에 우리가 지은 것으로, 가로세로가 4, 5미터 가량 되었고 안에는 침대와 장작 난로, 등유 램프가 있었다. 오두막 뒤쪽은 주립공원이었다. 수 킬로미터 이어진 황야 위에는 오로지 비포장도로 하나가 통과하고 있을 뿐이었다. 남은 여름 동안 내가 직장과 식료품점 같은 문명과 연결되려면 소형 보트를 타야만 했다. 물도 가까운 샘이나 레스토랑 옆에 있는 부두에서 길어 와야 했다.

오두막에 들어선 나는 우선 램프에 기름이 충분한지 다시 한 번 확인했다. 열여섯 살의 나는 오두막 뒤편의 숲이 무서웠다. 숲 뒤편은 뭐가 있는지 잘 보이지도 않았고 밤이면 온통 깜깜했다.

"다시 올게." 책과 시리얼, 건포도가 들어 있는 상자를 내려놓으며 어머니가 말했다. 휴대전화도, 라디오도 없으니 몇 주 동안 우리는 서로 연락할 수 없을 테지. 아버지와 어머니는 소형 보트에 올라 배로 돌아갔다. 그리고 30분 동안 나는 가족들이 나 없이 배의 운항 준비를 하는 것을 지켜보았다. 가족들은 돛을 올리고 밧줄을 내리고 뱃머리를 만의 입구 쪽으로 돌려 바다로 향했다.

나는 쌍안경을 들고 돛대의 마지막 끝자락이 곶 뒤로 사라지는 것을 지켜보았다. 레스토랑 일이 끝나고 밤이면 혼자서 다시 이곳으로 물길을 건너 와야 한다. 이 허름한 판잣집에서 폭풍우를 견뎌야 할 테고 거친 숲길을 돌아다니다가 크게 다칠지도 모른다. 하지만 그 순간 그런 위험들은 생각나지 않았다. 열여섯 살짜리에게 죽음 따위는 안중에도 없었으니까. 정작 나를 강타한 것은 외로움이었다. 바다를 보고 있노라면 현재는 멈추고 미래가 뚜렷이 보였다. 이제부터 우리는 서로 다른 길로 가는 것이다. 부모님과 동생은 바다로 가서 1년 내내 세계를 떠돌며 지낼 것이고 나는 이곳에 남을 것이다.

파도는 오두막 아래까지 다가왔다가 다시 바다로 되돌아가며 맨땅을 드러냈다. 나는 꼼짝도 하고 싶지 않았다. 불안감이 엄습했고 앞으로 다가올 것들이 두려웠다. 언젠가 먼 미래의 나는 뭍에서 이리저리 헤매고 다니다 끝내 뿌리를 내리지 못한 채 홀로 외롭게 죽는 건 아닐까. 이제 배 위에서의 인생은 끝이 났는데.

다시 배로 돌아간다 해도 나는 다른 사람이 되어 있을 것이다. 고분고분 순종적이지도 않을 테고 승무원단의 일원이 아닌 독립적인 정체성으로 가득하겠지. 그 격렬한 개인주의적 욕망이 나를 가족들로부터 도망갈수 있게 해 줄 것이다. 나에게 꼭 맞는, 아직 개척되지 않은 아름다운 땅을 찾을 때까지 말이다. 하지만 모험에 나선 첫날, 배가 사라지고 나자 내안의 모든 반항심은 나로부터 스르르 빠져나갔다. 올바른 선택을 내린 것인지 알 수 없었던 나는 홀로 망연히 해안에 서 있었다.

작가 소개 : 크리스틴 코스비Kristen Cosby는 프리랜서 작가이자 강연가이다. 그녀의 작품은 〈케넌 온라인 Kenyon Review Online〉, 〈알래스카 쿼털리 리뷰Alaska Quarterly Review〉, 〈포스 장르Fourth Genre〉, 〈크리에이티브 논픽션Creative Nonfiction〉, 〈피트 메드 매거진Pitt Med Magazine〉 등에 실린 바 있다. 그녀는 2011년 노멀스쿨 상Normal School Prize 논픽션 부문 수상자이다.

35

거절의 힘

·

브라이언 에번슨

20년도 더 된 일이다. 모르몬교 선교사로서 위스콘신에서 활동하던 나는 다른 다섯 명의 선교사와 함께 작은 아파트에서 생활했다. 모르몬교 선교사들은 언제나 다른 모르몬교도들과 함께 있어야 했다. 온전히 혼자 있는 시간은 아주 잠시도 허락되지 않았다. 또 성경과 공인된 종교 서적 외에는 어떤 것도 읽어서는 안 되었고 '부적절한' 음악을 들어서도, 영화를 봐서도 안 되었다. 그렇게 얼마간 살아가다 보면 실제 세상이 어땠는지는 기억조차 나지 않게 된다.

나는 새벽 3, 4시쯤 일어나 몰래 침대를 빠져나가는 습관이 있었다. 15분에서 20분 정도 건물의 계단 통로에 앉아 있곤 했는데, 단 몇 분 만이라도 온전한 나만의 시간을 갖고 싶었던 것이다. 어떤 때는 그곳에서 로베르 팽제Robert Pinget의 『쟁기Charrue』를 읽기도 했다. 이 책은 당시 내가 지니고 있던, 몇 안 되는 비종교 서적이었는데 프랑스어로 씌어 있던 까닭에 아무도 내게 읽지 말라는 소리를 하지 않았다. 책을 읽지 않을 때는 그저 창밖의 주차장을 멍하니 내다보는 때도 있었다. 계단에서 일어나 다시 방으로 돌아가면 그사이 깨어난 누군가가 내가 어디 있다가 오는지 설명을 요구하기도 했다. 아니면 다음날 아침 식사 자리에서 누군가 무심한 척 내가 자리를 비웠었다는 애기를 꺼내는 경우도 있었다.

결국 나는 한계에 다다랐다. 하지만 이 상황을 어떻게 빠져나가야 할지 알 수가 없었다. 친척들은 뭐라 생각할지 걱정이 되었고 선교단에 들어오기 전에 다니던 모르몬교 대학 브리검 영 대학에 재입학할 경우 문제가 생기리라는 생각도 들었다.

그러던 어느 날이었다. 평소 업무를 보던 선교단 사무실에 출근해서 화장실로 걸어가는데 불현듯 이런 생각이 들었다. '지금 떠나서 다시는 돌아오지 않으면 어떨까?' 마음이 다소 동요되었지만 나는 늘 하던 대로 다시 사무실로 돌아갔다. 그런데 그 생각이 자꾸만 머릿속에 떠오르는 것이었다. 결국 며칠 후 나는 다시 화장실에 다녀오겠다고 말하고 자리를 뜬 다음 화장실로 들어가는 대신 복도를 끝까지 걸어갔다. 그렇게 건물 밖으로 나와서 아파트까지 1킬로미터 정도를 뛰었다. 친구 몇 명에게 전화를 걸어 차로 나를 데리러 와 달라고 부탁한 후 나는 흰 셔츠와 넥타이를 벗어 놓고 군용 가방에 내 물건을 있는 대로 쑤셔 넣었다. 그리고 곧장 아파트를 벗어나 공원을 가로질러 친구들이 데리러 오기로 한 곳으로 갔다. 그곳에서 기다리고 있자니 모르몬교 차량이 아파트 주차장으로 들어서는 것이 보였다. 선교사 여러 명이 차에서 내려 아파트 안으로 후다닥 뛰어들어 갔다. 나를 찾고 있는 것이 분명했다.

그 순간 친구의 차가 도착했다.

두 시간 후 나를 추적해 낸 선교단장은 내 친구 집으로 전화를 걸어 내게 돌아오라고 애원했다. 그는 떠나더라도 이건 옳은 방법이 아니라고 말했다. 떠나고 싶다면 공식적인 절차를 통해야 한다는 것이었다. 선교단 일정이 겨우 몇 달 남은 상황에서 지금 그만두는 것은 바보 같은 결정이라면서 만나서 진지하게 얘기를 해 보자고도 했다. 자신과 얘기를 나누고 나면 내가 얼마나 잘못 생각했는지 알게 될 거라며.

나는 '싫다'고 말했다. 아주 오랜만에 나 스스로 뭔가를 결정하고 있는 기분이었다. 사실 선교단장에게서 전화가 왔을 때 내 친구들이 나를 위해 방을 비워 주는 것을 보고 나는 충격을 받았다. 벌써 몇 달간이나 나는 사생활이라는 것을 전혀 가져 보지 못하고 있었던 것이다.

선교단장은 할 수 있는 모든 시도를 했다. 순식간에 내린 이 결정이 내 인생을 영원히 바꾸어 놓으리라는 것을 나는 몰랐을까? 알고 있었다. 다만 그 결정에 대해 책임을 졌을 뿐이다. 부모님이 내게 전화를 걸어 재고해 볼 수는 없겠느냐고 물었다. 나는 싫다고 했다. 고향의 종교 지도자 한 분도 전화를 걸어 왔다. 또 한 번 나는 싫다고 했다.

혹자는 내가 병적인 태도를 보인 것이라고 말할지도 모른다. 하지만 나는 결정을 내리고 책임을 지는 그 단순하고 직설적인 거절의 행위를 통해 마침내 내가 나 자신으로 거듭났다고 생각한다. 그리고 어쩌면 그 행동을 통해 나 자신에 대한 확신을 갖게 된 것이 내게는 더 중요한 일일지도 모르겠다.

작가 소개: 브라이언 에번슨Brian Evenson은 중편소설 『발토시Baby Leg』와 장편소설 『마지막 날들Last Days』을 포함하여 열 권의 소설을 펴낸 작가이다. 『마지막 날들』은 2009년 미국도서관협회상 베스트 호러 소설 부문을 수상했다.

#36

내 머리에 뿔

샬롬 오슬랜더

어렸을 때 나는 어머니로부터 세상 모든 사람들이 날 미워한다는 이야기를 들었다. 그들은 널 미워한다. 당신은 말씀하셨다. 왜냐하면 네가 유대인이기 때문이야.

그래서요? 나는 물었다.

그냥 그렇다는 얘기다. 어머니는 대꾸하셨다. 어쨌든 그들은 널 싫어해.

당신의 말은, 날 싫어하는 것이 동네에서 부딪치는 사람들 즉, '전형적인 유대인 혐오자들' 뿐만은 아니라는 뜻이었다. 이웃동네 사람들 즉, '열성 반유대주의자들'에 국한된 것도 아니었다. 지금 이 세상에 살고 있는 모든 사람, 그리고 과거에 살았고 앞으로 살아갈 모든 사람이 날 싫어한다는 뜻이었다. 이집트인, 그리스인, 로마인, 스페인인, 이탈리아인, 독일인, 기독교도, 가톨릭교도, 이슬람교도를 막론하고.

나는 어머니가 뭔가를 오해하고 계시다고 생각했다. 그들은 물론 어머니를 미워하고 있는 게 확실했고, 나로서도 그건 이해할 만한 일이었다.

어머니는 내가 여섯 살 때 그 얘기를 들려주셨고, 다시 열세 살 때, 열다섯 살 때, 열일곱 살 때까지 같은 얘기를 반복하셨다. 열여덟 살이 되어, 나는 독실한 정통파 유대교도 친구들 몇몇과 함께 유럽 각지를 도는 여행에 나섰다. 집을 떠나 독립할 나이에 접어들어, 우리가 성장한 협소한 종교적인 세계 밖의 낯선 신세계로 떠날 준비를 해야 하는 우리에게 그 여행은 일종의 상징적인 의식이었다. 나는 내가 머물 새 고향을 찾겠다는 생각이었다. 더 넓고 더 계몽되었으며 덜 편집증적이고 공포에 싸여 있지 않은 곳을.

어느 날 아침, 유레일 열차를 타고 아마도 파리로 향하고 있었을 즈음 우리는 문득 기도를 드려야겠다는 생각을 했다. 그래서 갖고 온 야물커(yarmulke: 유대인 남성이 머리 정수리 부분에 쓰는, 작고 둥글납작한 모자─옮긴이), 치치스(tzitzith: 유대인 남성이 예배 때 어깨에 걸치는 옷단의 네 귀에 다는 청색과 백색 실을 합쳐 꼰 술─옮긴이), 성구함(구약 성서의 성구를 적은 양피지를 담은 가죽 상자의 하나. 아침 기도 때 하나는 이마에 하나는 왼팔에 잡아맴─옮긴이), 등 모든 복장을 갖추어 입었다. 마침 우리 앞좌석에는 군복을 빼입은 미 해병 한 사람이 앉아 있었는데, 우리가 단장하는 동안 그는 계속 고개를 돌려 우리를 보며 따뜻한 미소를 지어 보였다. 우리가 기도를 끝내자 그는 다시 우리 쪽으로 고개를 돌리더니 남부 사투리가 심할 뿐 그 어떤 악의나 증오심도 담기지 않은 말투로 ─ 실상 거의 귀엽다 할 만큼 어린애 같은 호기심을 보이며 ─ 자기 앞에서 우리의 '유대인 뿔'을 들키는 게 정말 아무 상관 없느냐고 물었다.

그거 꽤 큰일 아닌가요, 하고 그는 덧붙여 물었다.

맨 처음 든 생각은 그가 농담을 하고 있다는 것이었다.

두 번째 든 생각은 그는 진지하다는 것이었다.

세 번째 든 생각은 이랬다. 오, 제기랄. 엄마 말이 맞았구나.

그가 그냥 내게 더러운 유대놈이라 했다면 그 정도야 무시했을 것이다. 그가 날 무릎 꿇리고 내 이마에 만자(卍字) 무늬를 새겼대도, 무슨 걱정이랴, 모자를 쓰고 다니면 그뿐이었다. 그러나 그는 곧장 뿔 얘기를 꺼냄으로써 중세시대로, 기독교도를 죽이고 고리대금업을 하고 변신 요술을 부리는 유대인 이야기로 직행해 버린 것이다.

그건 문제될 일이었다.

반유대주의 때문이 아니었다. 무지로 오염된 세상에서도 나는 아마 살아갈 수 있었을 것이다. 옹졸한 편견과 제도화된 증오로 중독된 행성에서도 그럭저럭 적응해 살아갈 수 있었을 것이다. 그러나 내 어머니가 했던 말대로의 세상이라면?

그건 정말 심각한 일이었다.

작가 소개 : 샬롬 오슬랜더Shalom Auslander는 소설 『하나님을 생각하라』, 『이야기들』, 『포피의 탄식Foreskin's Lament』과 최근작 『희망: 어느 비극적인 이야기Hope: A Tragedy』를 쓴 저자다.

37

누나는 가출한다

엘리자베스 제인 리우

'누난 가출한다. 내 CD는 네가 갖고 있었으면 해. 흠집은 내지 마라.'

열여덟 살인 내가 무엇을 알았을까? 나는 내가 임신한 것을 알고 있었다. 미혼모가 되리라는 것도 알았다. 우리 부모님이 내가 낙태하기를 바란다는 것도 알고 있었다. 그분들의 쉴 새 없는 성화를 5주만 더 견딜 수 있다면, 임신 6개월을 넘겨 낙태 시술은 불법이 될 것이었다. 결국 나는 내가 도망치리라는 것을 알았다. 단짝 친구의 차가 우리 집 차도에 들어서는 것이 보였을 때, 나는 내가 집도 돈도 없이, 앞으로의 5주에 대한 계획도 없이 지내게 되리라는 것을 알았다.

그날은 도망치자는 결정을 내린 그 이튿날에 불과했다. 오래 기다리며 기회를 엿볼 수가 없는 상황이었다. 어머니가 찬거리를 사러 집을 나서자마자, 나는 재빨리 단짝 친구에게 전화를 해 놓고 쓰레기 봉지 두 장을 꺼내 짐을 쌌다. 십 대 특유의 근시안으로, 나는 봉지 하나에 갖고 있던 신발을 전부 쑤셔 담고 남은 봉지에는 세 벌의 스웨터를 쑤셔 넣었다. 갈아입을 깨끗한 속옷이나 바지는 한 벌도 챙기지 않았다.

내가 염두에 둔 유일한 재산은 CD들이었다. 허드렛일로 수중에 들어온 돈은 동전 하나까지 그러모아 그 CD들을 사들였던 것이다. 내 모든 경솔한 모험과 경박한 젊음의 탐닉들이 그 안에 담겨 있었다.

그것들만큼은 그 누구도 손대지 못하게 간수해 왔지만, 지금 그걸 가져갈 수는 없는 노릇이었다. 여기저기를 떠돌아다니다가 분실하거나 도둑맞을 게 뻔했다. 그래서 나는 내 CD들을 남동생에게 맡기기로 마음을 정했다. 하지만 동생은 영 미덥지 않았고, 그것들을 그냥 그 애의 책상에 버리고 갈 수도 없는 노릇이었다. 고작 열여섯 살밖에 안 된 자식이 그 CD들의 가치를 이해할 수 있겠는가? 나는 CD 커버에 메모를 남기기로 했다.

'누난 가출한다. 내 CD는 네가 갖고 있었으면 해. 흠집은 내지 마라.'

메모를 적어 나가던 그 순간, 나는 내가 젊음의 모든 자취를 남기고 떠나려 한다는 것을 깨달았다. 나는 성년을 향해 걸음을 옮기고 있었다.

내 유년 시절에서 나는 쓰레기 봉지 두 개만 들고 걸어 나왔다. 차는 집에서 점점 더 멀어져 갔고, 나는 고개를 돌려 마지막으로 한 번 주위를 둘러보았다.

"그 자식이 내 CD를 망가뜨리지 말아야 할 텐데."

나는 그 뒤로 다시는 그 집에 돌아가지 않았다.

내 딸 칼릭스는 최근에 열한 살이 되었다.

작가 소개 : 엘리자베스 제인 리우Elizabeth Jayne Liu는 딸, 남편과 함께 로스앤젤레스에 살고 있으며 웹사이트 플러리시인프로그레스www.flourishinprogress.com를 운영하고 있다.

38

잃어버린 기록을 찾아서

제니퍼 이건

1981년 여름, 고등학교를 졸업하고 대학에 가기 전 1년을 쉬었던 나는 휴식기의 끝자락에 혼자 유럽 여행을 떠났다. 배낭 하나와 유레일패스 한 장만 달랑 든 채, 나는 이번 여행을 통해 어이가 없을 만큼 세상 물정을 모르던 나 자신을 고쳐 놓겠다고 마음먹었다. 그런데 여행을 시작한 지 2주가 지났을 때 공황 발작이 일어났다. 당시 나는 그게 마약 부작용이라고 잘못 생각해서 (우리 세대가 으레 그랬듯이 소설책에서 그런 사례를 본 적이 있었던 것이다) 내가 진짜 미치는 게 아닌가 하고 공포에 질렸다. 그 후로 몇 주를 더 혼자서 끙끙대던 나는 결국 로마에서 울면서 어머니에게 전화를 걸었고 예정보다 일찍 집으로 돌아왔다. 하지만 유럽에서 보낸 그 짧은 시기 덕분에 나는 작가가 되기로 마음먹게 된다.

최근에 나는 내가 구체적으로 언제 그런 결심을 했었나 찾아보려고 가죽 장정으로 된 옛 일기장을 뒤져 보았다. 하지만 아무것도 발견하지 못했다. 아마 정확히 그런 결심을 하게 된 순간이 있었대도 내가 미처 기록하지는 못한 것 같았다. 다만 몇 년 만에 그 일기장을 다시 꺼내 읽으며 내가 놀랐던 부분은 일기장 속의 내가 더러 무척 행복해 보인다는 사실이었다. 어쩌면 그 여행 비용을 마련하려고 1년 가까이 힘들게 일하고 저축했던 나로서는 여행이 악몽으로 바뀌어 가던 것을 차마 인정할 수 없었는지도 모르겠다. 또 당시에는 행복감과 공포가 마구 뒤섞여 제대로 기록하지 못한 것일 수도 있다. 그러나 일기장에 글을 쓴다는 행위 자체가 나를 행복하게 만들었던 것만은 사실인 것 같다. 내가 써내려 가던 그 경험이 공포나 절망이었을지라도 말이다. 우연히도 나는 그때 글쓰기의 순수한 즐거움을 발견했던 것이다. 그리고 그 즐거움은 오늘날까지도 이어지고 있다.

다음의 글들은 그 일기장에서 몇 부분을 골라 주석을 붙인 것이다.

1981년 5월 17일 [샌프란시스코, 출발 며칠 전]

스스로를 이 수준까지 분석하는 사람이 별로 없다는 점에서 내가 비정상인 건지, 아니면 대부분의 사람들은 느끼지도 못하는 불만족을 갖고 있는 것 자체가 문제이고 분석은 단순한 그 결과물에 지나지 않는 것인지, 도무지 결정을 못하겠다.

1981년 5월 31일 런던

나는 그림을 동경한다. 그림은 다른 세상을 보게 해주는 작은 창이다. 혹은 다른 이들의 세상에 대한 인식을 엿보게 해주는 창이다. 그림을 통해 우리는 다른 이의 시각에서 세상을 볼 수 있다. 물론 당신 자신의 시각을 통해 그들의 시각을 들여다보는 것이지만 이는 불가피하다.

네덜란드 다음에는 코펜하겐에서 하룻밤 머물러야겠다. 원하는 대로 정말 무엇이든 할 수 있다니 믿기지가 않는다.

1981년 6월 8일

오늘 아침 일찍 룩셈부르크로 떠났다. 여러 면에서 놀라운 도시다. 딱히 어느 한 장면이 엄청나게 놀랍다기보다는 전체 그림이 아주 극적이다. 다리와 비행기, 무너져 가는 성, 지하 동굴, 협곡의 공원, 첨탑들, 고가도로, 운하 또는 강, 오래된 판잣집 아래 네모반듯한 농경지에서 허리를 구부리고 마른 흙을 들여다보는 사람들까지. 크리스라는 이름의 한 여자와 함께 이 모든 것을 보았다.

1981년 6월 12일 랭스

어젯밤에 식겁할 경험을 했다. 내가 신경증이나 심리적 문제를 겪고 있는 건지도 모르겠다. 하지만 지금으로선 나와 문제의 거리가 너무 가까워, 분석을 시도하기가 힘들다. 그리고 어차피 말이 안 되는 일이기도 하다. 그러니 일단은 건너뛰어야겠다.

1981년 6월 19일 파리

몇 가지 이유로 나의 무의식은 죄책감 혹은 질책에 시달리고 있다. 무시무시한 작은 목소리가 끊임없이 내게 매 순간 주어진 시간에 대해 최선을 다해 살고 있느냐고 묻는다. 잠에서 깰 때마다 내가 육중한 무게감과 우울함에 짓눌리는 것은 아마도 이 무의식 때문인 것 같다. 마치 벗겨 내야 할 섬 뜩하고 으스스한 의복을 착용한 기분이다. 그 옷을 벗어 던질 수만 있다면 나는 연기처럼 가벼워질 텐데. 기운이 날 텐데.

1981년 6월 22일 파리

케이브the Cave가 언제나 기억날 것 같다. 이 완벽한 레스토랑에는 붉은 색의 굵은 양초가 빽빽이 들어서 있고 희미하게 꽃향기가 나며 아름다운 웨이터와 피아노 연주자가 있는데 피아노 소리가 마치 눈송이처럼 식당 안에 내려앉는다. 이날 밤 더 늦은 시간에 우리*와 만나서 커피를 마셨던 두 명의 레바논 학생도 기억할 것이다. 그들 중 한 학생은 아주 진지하고 솔직했는데 검은 턱수염과 커다란 눈동자 때문에 마치 성당 벽에서 금방 떼어 낸 조각상 같은 인상을 주었다.

1981년 6월 25일 샤모니

오늘 우리는** 눈 속으로 전차를 타고 달렸다. 완전히 새롭고 기막힌awe-some*** 세상이었다. 안개가 듬성듬성 내려앉아 산들은 마치 공기 속으

---

* 프랑스에서 나는 자넷이라는 근사한 여자와 동행했다. 그녀는 나보다 몇 살 위였는데 콜로라도에서 온 스키 강사였다. 자넷은 벨기에에서 파리까지 자전거를 타고 왔다고 하는데 정말이지 못할 일이 없는 사람처럼 보였다. 생각해 보면 자넷과 함께 하면서부터 나는 공포로부터 안전해진 기분을 느꼈다.

** 샤모니에서 나는 운 좋게도 또 다른 좋은 여행 친구를 만났는데 채플 힐 출신의 사브라는 대학생이었다. 우리는 일주일 정도 붙어 다니면서 알비와 아를 곳곳을 돌아다녔다. 나는 그녀가 있어서 든든했다.

*** 1981년에는 'awesome'이라는 단어가 이렇게 일상적으로 아무 때나 쓰이게 될 줄은 상상조차 못했다. 당시 'awesome'은 드물게 사용되는 진짜 최상급의 형용사로서 '중대한', '기절할 듯한' 정도의 표현이었다.

6/29/81
Well, things can't always work out, and I'm supposed to get up at the train station now, as is this dear book. Sabi and I left mountain country, and after much missing and running on a train compartment we ended up in Albi. Albi was growing, peaceful and fragrant, but we didn't arrive until afternoon—) and I don't have so much of a feel for the place. However, we spent some time in the cathedral, a wildly colored thing unlike any I've ever seen before. It wasn't in the gothic style; it very few external ornaments and no flying buttresses. Inside the walls were thick and the stained glass scarce but the whole place was totally alive with painting, painted walls, abstract, optical illusion patterns, painted cubbyholes, gruesome and complicated scenes depicting hell embellished the nave. The ceiling was a piercing blue, in the gothic architectural style. The choir was of that amazingly intricate stone type, like Westminster hall it looks like a coral formation or something.

The Toulouse Lautrec museum was quite magnificent as well. Lots of studies and sketches for each work which revealed how his unusual use of line and color added to his unique effect. So many worn-looking women, crazed looking men. Somehow he seems to take the most unlikely color and uses it to achieve the most moving effect. It's as if he was so aware of the total effect of each person he painted, and was so sure of why he painted them, that the impression one recieves from each work is strong and individual.

John Person was such life confusing; maddeningly so, and someone, a nurse, a bit of professional help might help me to deal with that fact more effectively. For some reason I feel an undercurrent of sadness running through my life, and I'm at a loss to understand it. Of course I'm so buoyant at times, and I do feel overjoyed and inspired and all that, but the sadness, the dull sense of fear (possibly more a fear of what isn't there than what is)

우리는 새벽 4시에 도망치듯 역사로 갔다.
흠뻑 젖어 더러운 몰골로 투덜거리고 있었지만
한편으로는 보랏빛 밤하늘을 배경으로 환한 빛을 내고 있는
오렌지색 교회의 풍경에 마음을 빼앗기고 있었다.

로 뛰어들어 뾰족한 꼭대기를 내밀고 있는 미지의 물체 같았다. 내가 닳아 빠진 테니스화 차림으로 눈밭을 헤매고 다니다니! 비록 락 블랑까지 도달하진 못했지만 오르는 동안 우리는 끝내주게 즐거운 시간을 보냈다.

1981년 6월 26일 알비

나는 내 삶의 저변에 슬픔의 기운이 흐르는 것을 느낀다. 그리고 도저히 그것을 이해할 수 없다. 물론 때로는 아주 자신감에 넘치고 기쁘고 고양된 기분을 느끼기도 하지만 그 슬픔, 둔탁한 공포의 느낌(아마도 무언가가 있어서가 아니라 무언가가 없기 때문에 느끼는 공포)이 언제나 다시 수면 위로 떠오르는 것 같다. 모든 것을 마음껏 즐기지 못하게 만드는 것은 바로 나 자신이라는 생각이 들 때면 나는 절망의 구렁텅이로 떨어진다. 나는 내 삶의 성공과 가치를 판단할 수 있는 사람은 오직 나뿐이라는 것을 알고 있다. 나는 나의 슬프고 공허한 감정이 내가 가진 많은 혜택에 대한 낭비라는 것을 안다. 그리고 그 슬프고 공허한 감정의 유일한 원인이 나 자신이라는 것까지 알고 있다. 이것은 내가 그려 놓은 동그라미인데도 나는 그 안에 갇힌 느낌이다.

우리는 강가에서 자기로 했다. 한데 비가 왔고 우리는 새벽 4시에 도망치듯 역사로 갔다. 흠뻑 젖어 더러운 몰골로 투덜거리고 있었지만 한편으로는 보랏빛 밤하늘을 배경으로 환한 빛을 내고 있는 오렌지색 교회의 풍경에 마음을 빼앗기고 있었다.

1981년 6월 27일 아를

우리는 닭고기, 사과, 요구르트, 치즈, 와인, 주스, 통곡빵을 사서 광장이 내려다보이는 곳에 앉아 포식했다. 안개에서 떨어지는 빗방울이 나무와 테이블들 위로 내려앉는 것이 보였다. 불협화음을 내는 행군 악대가 쿵작거리며 돌아다녔다. 위에서 내려다보니 그들의 머리칼이 젖어 있는 것까지 보였다.

1981년 6월 29일 아를에서 출발한 기차 안

밤. 맥주. 청년들. 이탈리아 출신과 영국 출신. 와인. 이야기. 다툼. 잠.

1981년 7월 6일 로마

내게 드는 의문은 이것이다. 그동안의 내 삶이 '진짜'가 아니었다는, 이 모호하고 형체 없는 공포의 소용돌이를 내가 다룰 수 있을 것인가? 지금까지도 진짜가 아니었고 앞으로도 그럴 거라는 걸.

오, 이 내용은 차마 쓸 수가 없다. 생각이 너무 빠르게 바뀐다. 관두자.

지금 나는 마치 환자의 심장 모니터 수치를 읽다가 환자가 자기도 모르는 사이에 18년간이나 죽어 있었음을 깨닫는 의사가 된 기분이다. 내 또렷한 정신적 열정을 자책이라는 파괴의 길로 이끌어야 할 이유가 있는가? 너무 많은 의문이 떠오르지만 멈출 수가 없다. 설사 이런 의문들을 멈출 수 있는 때가 온다고 해도 의문을 가졌다는 사실 자체는 변하지 않을 것이다. 무언가에 쫓기는 듯한 초조한 기분이다. 분명히 나는 무언가로부터 숨고 있다. 나는 계속 달려 보지만 나를 쫓는 것은 여전히 그대로다.

다음에는 이에 관해 쓸 수 있기를 바라기로 하자. 어차피 다른 변명을 찾

을 수도 없으니. 그때는 걸작이 나와야 할 테지.*

작가 소개 : 제니퍼 이건 Jennifer Egan은 저널리스트이자 『보이지 않는 서커스』, 『에메랄드 시티』, 『나를 봐』, 『킵』의 저자이다. 그녀의 최신작 『깡패단의 방문』은 2011년 퓰리처상과 전미비평가협회상을 수상했다.

---

* 이 부분을 보면 내가 작가가 되기로 결정한 그 '순간' 은 (만약 그런 순간이 있었다면) 이미 지나갔다는 것을 알 수
있다. 어쩌면 공포 그 자체처럼 그 결심도 내가 포착하기에는 너무나 크고 형체가 불분명했는지도 모른다. 또는
차츰 깨닫게 되었으나 갑작스럽지는 않았을 수도 있다. 당시 나는 남은 인생을 정신병원에서 보낼지도 모른다는
두려움에 사로잡혀 있었기 때문에 행여 정신병원을 피하게 되었을 경우 무엇을 하며 살 것인가에 관한 나의 깨달
음은 별로 주목받지 못했을 수도 있다.

실제로 나는 이때의 경험을 글로 써내는 데 성공했다. 나의 첫 번째 소설 『보이지 않는 서커스』에서 열여덟 살의
주인공 피비는 내가 밟았던 유럽 여정을 거의 그대로 따라가면서 언니의 자살에 얽힌 미스터리를 풀어 보려고 시
도한다. 파리에서 피비는 LSD(환각제)를 복용하는데 나는 내가 느꼈던 환각적 공포를 피비에게 풀어 놓았다.
걸작은 아니었지만 하나의 시작이었다.

39

우리는 세상을 바꿀 수 있다

빌 아이어스
(라이언 알렉산더-태너)

　나는 1965년 반전 연좌농성 중에 체포됐고, 열흘을 복역한 감옥에서 흑인민권운동과 연계한 어느 작은 무료학교를 설립한 사람의 남편을 만났다. 감옥에서 출소한 뒤에 나는 '자유와 통합 실험'이라는 큰 아젠다를 둔 아이들의 공동체 학교(Children's Community School: 1965년 미국 미시건 주 앤아버의 교회 지하층에 마련한, 서머힐 교육 방식에 기초한 대안학교. 당시 21세였던 아이어스도 학교의 창설에 참여했다. —옮긴이)라는 아름다운 아동 중심 공간에서 처음으로 교사 활동을 시작했다. 우리의 배지에는 이런 글귀가 쓰여 있었다. "어린이는 단지 새로운 사람들일 뿐이다."

　그 깨달음의 순간은 내가 교실에서 보낸 첫해가 끝날 무렵에 찾아왔다. 그 1년 동안 나는 한 무리의 아이들로부터 좋은 교사가 되기 위해 내가 정말 알아야 했던 모든 것을 배웠다(물론 훌륭한 스승이 된다는 것은 평생을 추구해야 할 과제이기는 하지만 말이다). 거기서 아이들은 그들의 마음을 아우르고, 영혼을 활성화시키고, 몸을 움직이고, 교실 공동체를 형성하는 프

그 순간, 나는 깨달았다. 내가 이 어디로 튈지 모르는 인간 에너지의 불똥들과 함께 남은 생을 보내기를 원한다는 것을.

로젝트에 즐겁게 참여하고 있었다. 나는 그 마법 같은 세계를 뒤로하고 떠나고 싶지 않았다.

그날 이후로 교육은 내 마음속에서 계몽과 해방이라는 두 개의 기둥에 이어진 무언가로 자리 잡았다. 가르침은 윤리적인 작업이며, 나는 교사가 전하는 근본적인 메시지는 바로 이것, '너는 인생을 바꿀 수 있다. 네가 세상을 바꿀 수 있다'임을 일찌감치 배울 수 있었다.

작가 소개 : 빌 아이어스Bill Ayers는 시카고에서 살며 일하고 있는 오랜 경력의 교사 겸 사회활동가다. 라이언 알렉산더태너Ryan Alexander-Tanner는 오리건주 포틀랜드에 살고 있는 만화가 겸 교육자다. 그의 작품은 www.ohyesverynice.com에서 더 감상할 수 있다.

#40

시간은 흐를 것이다

·

사이드 세이라피자데

사무엘 베케트의 단막극 〈크라프의 마지막 테이프〉를 처음 접했을 때 나는 도무지 흥미를 느낄 수가 없었다. 피츠버그에 있는 작고 허름한 극장에서 첫 대본 연습을 하던 때였다. 그 극장은 베케트의 짧은 작품들로 '베케트의 밤' 행사를 기획하고 있었고 그중 하나에 내가 캐스팅된 상태였다. 당시 스물세 살이었던 나는 내 앞에 놓인 미래만큼이나 나의 연기력도 과대평가하고 있었다. 그러면서 오랫동안 애인도, 일도 없이, 연극분야를 제외하고는 사회와 반목하며 도시 외곽에서 홀로 음울한 생활을 이어가는 중이었다. 나는 내일이라도 당장 상황이 극적으로 반전될 수 있다고 스스로를 설득했고 내가 할 일은 그저 참을성 있게 기다리는 거라고 생각했다.

하지만 속으로는 뭔가 마음에 걸리는 것이 있었다. 예술적으로든 감정적으로든 내 삶을 바꾸려면 뉴욕으로 가야 하지 않을까 하는 생각이 은연중에 들었던 것이다. 나는 몇 해 동안이나 이 문제를 계속 고민했지만 평생 살아온 익숙하고 편안한 도시를 떠난다고 생각하면 온몸이 얼어붙어 번번이 포기하곤 했다. 결국 나는 그냥 계속 참고 기다리기로 했다.

그러던 1992년 1월의 어느 추운 밤, 나는 다섯 명의 다른 배우들과 함께 '베케트의 밤'에 공연될 연극의 대본을 큰 소리로 읽고 있었다. 나는 〈거친 연극〉에 캐스팅되었는데 휠체어를 타고 돌아다니며 어느 장님을 등쳐먹는 교활한 환자 역할이었다. 나는 내가 출연하는 작품이 마음에 들었다. 실은 〈크라프의 마지막 테이프〉만 빼면 공연되는 모든 작품이 마음에 들었다. 내게 〈크라프의 마지막 테이프〉는 뭔가 난해하고 종잡을 수 없는 느낌이었다. 45분 내내 크라프라는 이름의 한 남자가 30년 전 스스로 녹음해 둔 테이프를 듣고 있는 게 무슨 뜻이란 말인가.

4주간의 연습기간이 끝났다. 나는 여전히 애인이 없었고 그저 뭔가를 기다리고 있었다. 연극이 개막되기 전날 밤 우리는 객석에 앉아 다른 사람들이 하는 연극을 지켜볼 기회를 얻게 됐다. 마지막 작품이 〈크라프의 마지막 테이프〉였다. 연극이 시작되고 늙은이 분장이 인상적인 배우 한 명이 나타났다. 서른아홉 살 먹은 그 배우는 책상 뒤에 앉아서 객석을 노려보고 있었다. 책상 위에는 녹음기가 놓여 있고 그의 머리 위에는 전구 하나가 달랑 매달려 있었다. 이 직전에는 10분간 말없이 바나나만 먹는 코믹한 작품이 공연되어 모두 배꼽 빠지게 웃고 난 뒤였다. 그런데 바로 이어서 진지한 〈크라프의 마지막 테이프〉가 시작되고 늙은 크라프가 30년 전 자신의 생일에 녹음한 테이프를 진지하게 듣고 있는 것이다.

갑자기 아무것도 우습지 않았다. 녹음기 속의 목소리와 어두운 아파트에 홀로 사는 늙은이가 겹쳐지자 웃음기가 싹 가시면서 마음이 동요되었다. 그 테이프 속 젊은 목소리의 주인공도 한때는 자신의 미래와 가능성에 대해 원대한 꿈을 꿨었다. 하지만 객석의 우리가 보고 있는 30년 후의 결과물은 기회와 사랑을 잃고 비참하게 고립되어 사는 한 늙은이였다. 베케트의 메시지는 간단했다. '시간은 흐를 것이다.' 관객석에 앉아 나는 생각했다. 지금은 내가 스물세 살이지만 내가 생각하는 것보다 훨씬 이른 어느 날 나는 서른세 살이 되어 있을 것이다. 마흔세 살이 되어 있을 것이다. 늙어서도 지금과 똑같은 모습으로 피츠버그에 혼자 살면서 변화를 꿈꾸고 '그때 뉴욕으로 옮겨갔더라면 어땠을까' 생각하고 있을지도 모른다. 충분히 가능한 일이었다.

"아마도 내게 좋은 시절은 다 갔을 거야. 행복해질 기회가 있었던 시절은." 연극의 엔딩 장면에서 녹음된 젊은 크라프의 목소리는 그렇게 말하고 있었다. 속이 빈 채로 거들먹거리는 목소리는 계속 이렇게 말했다. "그래도 나는 그 시절로 돌아가고 싶지 않아. 지금 내 안에는 불길이 타고 있으니까. 절대, 나는 그 시절로 돌아가고 싶지 않아." 녹음기는 말없이 돌아가고 객석을 노려보는 늙은 크라프의 눈에는 패배감과 공포가 서려 있었다. 나 역시 그를 노려보았다.

어쩌면 이 연극이 내게 그렇게도 큰 영향을 미치게 된 것은 내가 그다음 3주간 밤마다 어쩔 수 없이 낡은 무대의상을 입은 채 분장실에 앉아, 가슴 찢어지는 베케트의 이 독백을 완전히 외울 때까지 반복해서 들어야 했기 때문일 것이다. 매일 밤 독백이 끝에 가까워지면 나는 무대의 커튼 옆에 서서 그 마지막 순간을 지켜보곤 했다. 나의 뇌리에 영원히 박혀 있는 그 장면에서 크라프는 객석을 노려보고 있고 임자 없는 목소리만이 이렇게 읊조린다. "아마도 내게 좋은 시절은 다 갔을 거야. 행복해질 기회가 있던 시절은."

　이듬해 나는 뉴욕에 살고 있었다.

작가 소개 : 사이드 세이라피자데Said Sayrafiezadeh는 평단의 찬사를 받은 회고록 『스케이트보드를 마음껏 타는 날이 오면When Skateboards Will Be Free』의 저자이자 와이팅 작가상Whiting Writers' Award의 2010년도 수상자이다. 그의 단편과 에세이들은 〈뉴요커〉, 〈파리 리뷰〉, 〈그랜타Granta〉, 〈뉴욕타임스〉 등에 실린 바 있다.

41

공황장애로부터 벗어나

애슐리 반 뷰렌

스물다섯 살 생일을 하루 앞둔 저녁, 나는 비행기 창가 자리에 앉아 약병을 움켜쥔 채 죽음이 닥쳐오기를 기다리고 있었다. 그 작고 밀폐된 공간에 발을 들여놓을 때마다 곧 재앙이 닥칠 것 같은 느낌에 나는 공포로 마비되거나 공황발작을 일으켰다.

뉴욕 컬럼비아대학병원에서 승객으로 가득 찬 엘리베이터에 갇혔을 때 나는 열두 살이었다. 엘리베이터가 서너 층을 그대로 추락해 버리자 승객들은 비명을 질렀고, 그와 동시에 사람을 땅 위에서 끌어올리는 모든 기계장치에 대한 내 신뢰 또한 바닥으로 추락했다. 그 사건이 있은 뒤 여러 해 동안 나는 바이오피드백 훈련을 하고 심리치료를 받아 보기도 했고 엘리베이터를 한 번에 한 층씩만 타 보는 연습도 해 보았다.

그리고 이제 우리를 태운 비행기는 이륙을 위해 활주로를 달리고 있었다. 지금쯤이면 끔찍한 감각이 내게 닥쳐야 했다. 그것이 마침내 느껴질 때를 기다리며, 나는 앞으로 여섯 시간 동안 내가 비행기의 추락과 어떻게 죽게 될 것인지에 대한 생각에 사로잡혀 있으리라 예상했다. 여기에 탄 우리 모두가 어떤 죽음을 맞이할지에 대해서 말이다. 그러나 그 감각이란 것이 좀처럼 찾아오질 않았다. 나로 하여금 직업을 갖고, 기회를 잡고, 위험을 무릅쓰는 인생을 살지 못하게 했던 그 공포와 불안이 지난 13년 동안 그래 왔던 것처럼 나를 포박하지 않는 것이었다.

그날의 여행에는 그 외에도 다른 뭔가가 있었다. 그것은 의사가 처방해 준, 진주알 크기만 한 알약 하나였다. 약의 도움을 받고 싶지는 않았지만, 평생을 공포 속에 산다는 것은 그보다 더 암울한 전망이었다. 그 작은 알약이 내 이성적인 사고를 회복시켰다. 화학물질들은 내 두뇌가 확신에 찬 사고 즉, 진실을 내놓도록 도왔다. 비행기는 날 것이고 나는 이 나라의 반대편에 안전하게 도착할 것이라는 진실, 나는 괜찮을 것이라는 진실을. 이성은 마침내 불길한 예감을 극복했다. 그 순간, 케네디공항에서 로스앤젤레스공항으로 향할 제트블루 여객기 안에 앉은 나는 온전히 평온한 상태였다. 불안도 공포도 없었다. 비행기는 활주로를 따라 속도를 냈고, 바퀴가 접혀 올라갔으며, 우리는 상승하기 시작했다.

작가 소개 : 애슐리 반 뷰렌Ashley Van Buren은 뉴욕에 살고 있는 작가 겸 프리랜서 영화 제작자다. 그녀의 블로그주소는 thebrow.org이다.

42

내 안의 한계와 마주한 순간

.

캐롤라인 폴

우리가 도착했을 때 이미 현장에서는 시커먼 연기가 무섭게 뿜어져 나오고 있었다. 팀장의 표정도 좋지 않았다. 선발대는 아직 발화점을 찾지 못했고 상황은 악화일로에 있었다. 우리는 수색구조 훈련을 받아 그 분야에 특화된 팀이었지만 그날은 사정이 달랐다. 팀장은 포효했다. "당장 소화 호스 들고 빌어먹을 발화점을 찾아내!" 그날 나와 같은 조로 편성된 동료는 빅터였다. 그는 근무가 없는 날에는 제빵사로 일하는 정말로 호감 가는 사람이었지만, 무슨 일이든 뜸을 들이며 신중을 기하는 탓에 주위 사람을 안달하게 하는 버릇이 있었다. 그날도 나는 그를 기다리느라 노즐을 잡고 앞장설 기회를 프랭크에게 넘겨주고야 말았다. 프랭크는 조부와 부친 모두 전직 소방관인 가문 출신이었고 대담하고 의욕적인 강골이었다. 그러나 나 역시 노즐을 잡고 싶었다. 화마를 정면에서 맞서는 사람이 되고 싶었던 것이다. 하지만 때는 이미 늦어서 프랭크와 그의 파트너가 차고로 뛰어들어 옆문을 열고 돌진한 뒤였다. 나는 빅터를 꼬리처럼 매달고 그들을 뒤따를 수밖에 없었다.

샌프란시스코 소방서의 몇 안 되는 여자 소방관 중 한 사람으로서 나는 많은 것을 증명해 보여야 했다. 남자들은 여자 동료를 겁쟁이라 생각할 테니, 그건 사실이 아니라는 점을 보여 줘야 했던 것이다. 바로 그 목적을 위해, 나는 누구보다 먼저 유압절단기를 낚아채려 몸싸움을 벌였고, 끔찍하기 그지없는 절단 수술에 기꺼이 참여했으며, 최악의 화재 현장에서도 의연한 모습을 보였다. 한번은 소방 장비로 완전무장한 몸으로 골목을 끼고 선 두 채의 5층 건물을 이쪽에서 저쪽으로 건너뛰기도 했다. 내 앞의 동료가 그렇게 했기에 나 역시 똑같이 해야 한다고 생각했기 때문이다. 그러나 그런 치기를 보인 것은 내가 마지막이었고 나머지 동료들은 사다리가 도착해 설치될 때까지 기다렸다 움직였다. 사실, 그렇게 하는 것이 현명한 행동이었다.

나는 젊고, 오만하고, 건방졌다. 맙소사, 나는 그야말로 골칫거리였다. 그리고 그에 따른 대가를 곧 치를 참이었다.

우리가 들어선 복도의 상황은 아주 전형적이었다. 먹처럼 검은 연기가 사방을 채우고 있었고 델 듯이 뜨거웠다. 우리는 호스를 끌고, 벽이나 서로에게 부딪쳐 가며 더듬더듬 걸음을 옮겼다. 그 순간 — 정말 그렇게 순식간에 — 세상이 폭발했다. 지금 돌이켜보면 내 생애의 전환점이 마치 신이 현현하는 순간처럼 엄청난 섬광을 일으키며 다가왔다는 것이 의미심장하게 느껴지기도 한다. 어쨌든 정신을 차려 보니 우리는 대열이 완전히 망가진 채 차고로 빠져나와 있었다. 나는 아뜩한 정신으로 몸을 일으켰다. 누군가 소리쳤다. "플래시오버flash over다!"

플래시오버는 대단히 심각한 상황이다. 전문용어로 설명된 위키피디아의 정의에 따르면 플래시오버란 '공간 내 물질 표면 대부분이 가연성 가스의 자연발화 온도인 플래시포인트(flash point)까지 가열될 때 발생'하며 '일반 가연재료의 경우 통상 섭씨 500도나 화씨 1,100도(섭씨 593도 —옮긴이)에서, 그리고 지층에서의 입사열 전도량이 1.8Btu/ft일 때 일어난다(Btu는 영국에서 사용되는 열량 단위로, 1파운드의 물을 1℉ 만큼 높이는 데 소요되는 열량을 뜻한다. —옮긴이).'

이를 쉬운 말로 풀어 쓰면 이렇다. 우리 근처 어딘가의 공기가 섬광을 일으키며 폭발한 것이다.

앤디가 욕설을 내뱉었고, 프랭크는 우리의 어깨를 차례로 부여잡으며 "괜찮아? 응? 괜찮은 거야?" 하고 외쳐대고 있었다. 다친 사람은 없는 것 같았다. 그렇게 우왕좌왕한 지 몇 초쯤 지났을까, 프랭크가 말했다. "잠깐, 빅터는 어딨지?"

빅터? 차고에 그의 모습은 보이지 않았다. 그렇다면 아직 안에 있으리라. 이 간단한 추론이 내 머릿속에서는 마치 슬로모션처럼 일어났다. 모든 것이 악몽 속에서처럼 느리게 진행되었다. 우리가 줄행랑쳐 온 길로 돌아서는 프랭크며, 앤디의 욕설마저 내 귀에는 길게 잡아 늘인 하품 소리처럼 들렸다. 빅터는 내 파트너다. 그를 책임져야 하는 사람은 바로 나였다. 그러나 갑자기 몸이 얼어붙은 나는 처음 겪는 괴이한 마비 상태에 빠져 한 걸음도 앞으로 떼어 놓지 못하고 있었다.

내 머릿속에는 한 가지 생각이 너무도 분명한 문장으로 꽝꽝 울리고 있었다. '난 저 안에 다시 들어가고 싶지 않아!'

한순간에 일어난 일이었다. 그러나 나는 그 목소리를 똑똑히 들었다. 그리고 가능한 한 빨리 그 소릴 뭉개 버렸다. 그런 뒤 마치 자신 안에 있는 어떤 무지막지한 힘과 씨름 중인 사람처럼 굼뜬 몸으로 프랭크의 뒤를 따랐다. 우리는 금방 빅터를 찾아냈다. 다행스럽게도 그는 옆방에 피신해서 무사한 상태였다. 우리는 소방서로 돌아와서, 그날 있었던 폭발과 귀에 입은 화상에 대해, 그리고 우리가 차고 입구를 공중제비를 넘으며 빠져나올 때 팀장의 얼굴이 어땠는지에 대해 농담을 주고받았다.

그날의 사건은 내게 모험 이상의 또 다른 무엇이었다. 그 사건으로 말미암아 내가 그때까지 모르고 살았던 것 즉, '한계'라는 것이 드러났던 것이다. 폭발은 내가 직시해야 했던 내 안의 어둡고 겁 많은 면을 풀어 놓았다. 그때 나는 너무 젊었고 오만하고 경박했었다.

그러나 이제 나는 그저 젊을 뿐이다.

작가 소개 : 캐롤라인 폴Caroline Paul은 저널리스트 겸 작가로, 샌프란시스코 소방대원으로 근무하던 시절의 이야기를 담은 회고록 『불과의 투쟁』, 진주만 사태로 삶이 통째로 뒤바뀌는 하와이의 외딴 섬에 사는 주민들의 이야기를 다룬 소설 『동풍과 비East Wind, Rain』를 썼다.

#43
그냥조깅이나해보라구

·

미라 타친

나는 임신할 계획이 없었다. 피임약을 먹고 있었고, 복용을 하루도 거른 적이 없었다. 그런데도 그 일이 일어났다(나는 0.01퍼센트의 특이 사례에 속했다.) 쉽지는 않았지만 나는 현실을 받아들였다. 그리고 앤드류와 나는 연인이 된 지 아직 석 달밖에 되지 않았지만, 우리가 아는 세 가지 사실, 즉 우리는 서로를 무척 사랑하고 있으며, 아기는 바로 그 사랑에서 생겨났고, 우리가 창조한 새 생명을 최선을 다해 키울 것이라는 사실에 동의하고 약혼식을 올렸다.

다섯 달 뒤, 우리는 아기의 성별을 확인하기 위해 예약한 날짜에 맞춰 병원을 찾았다. 초음파 검사를 하면서 의사들은 병원에 오지 않았더라면 모르고 있었을 또 다른 세 가지 사실을 알려 주었다. 아기는 딸이었다. 그 애는 위독한 상태였다. 그리고 내 태속을 떠나서는 목숨을 부지할 가망이 없었다.

아이는 몇 주 뒤에 죽었다. 그 일이 있고 한 달 뒤, 앤드류와 나는 결혼했다. 삶은 계속됐다. 우리 역시 지난 일에 얽매여 있지 않으려 노력했다. 우리는 일상을 영위했다. 디너파티도 열었다. 앤드류는 뉴욕 마라톤을 목표로 훈련 중이었고, 나보고도 단거리 경주에 참가하라고 부추겼지만 나는 그의 청을 거절했다. 내 몸은 마치 시멘트로 채워진 것 같았다. 동시에 깨지기 쉽고 결함투성이라는 느낌이 들었다. 내 심장은 전류를 띠고 분노로 쿵쿵대고 있었다.

나는 내가 느끼고 싶지 않은 감정을 억제하기 위한 속효의 해결책을 필사적으로 찾았다. 나는 부인(否認)이라는 방어기제를 꺼내 들고 우리에게 일어난 일이 격심한 사건이었음을 부인했다. 나는 인간관계를 모두 끊고 고독을 택했다. 수 주 동안 나는 땅콩버터 아이스크림 한 통을 들고 소파에 앉아 TV 채널을 돌리며 하루 종일을 보냈다. 나는 아무것도 읽지 못했고, 쓸 수도 없었고, 심지어는 집 밖을 나서고 싶지도 않았다. 그래서 나는 앉아 기다렸다. 남편이 직장에서 돌아올 때를. 하루가 끝나기만을. 예전과 같은 기분이 되돌아오기를. 그러나 내가 느끼는 슬픔에서 눈을 돌리는 기간이 길어질수록, 그 감정은 점점 더 강해지기만 했다.

나는 탓할 사람이 필요했다. 앤드류가 내 어깨에 손을 올릴 때는 물론 내게 키스하기라도 하면, 나는 바짝 긴장을 했고 가끔은 격노하기도 했다. 때로 굳어 있던 마음이 녹으면 나는 울면서 내가 그에게 화를 낸 것과 숨어만 지낸 것에 대해 용서를 빌었다. 나 자신의 연약함을 드러내는 것은 패배처럼 느껴졌지만, 순종이라는 연고는 내 고통을 완화시켰다. 나는 앤드류에게 슬픔을 떨칠 해법을 가져다 달라고 애걸했다. 그러나 그는 그러지 못했다. 누구도 할 수 없는 일이었다.

나는 심리 치료사를 만났고, 그녀는 내가 외상 후 스트레스장애PTSD
와 함께 우울증을 앓고 있다는 진단을 내렸다. 그녀는 내게 약물 복용을
적극 권했고, 어퍼웨스트사이드에 개원한 (치료비가 비싼) 정신과 의사의
이름을 펜으로 휘갈긴 쪽지를 쥐어 주며 나를 돌려보냈다.

나 우울증 진단을 받았어. 그 말을 입 밖에 꺼내자, 나는 내 마음의 곪
아 터진 비밀을 마침내 열어젖힌 느낌이었다. 그리고 외상 후 스트레스
증후군도 있대. 나는 지체 없이 절박하게 고백을 계속했으며, 전에는 예
상하지 못한 해방감을 받아들일 준비가 되어 있었다. 하지만 꼭 약을 복
용해야 하나?

나는 '기분 좋아지는 약'을 꺼내 복용하는 사람, 판에 박힌 이미지의 뉴
요커만큼은 되고 싶지 않았다. 단지 내 고통을 끝내고 싶을 뿐이었다. 그
러나 심적 평온에 대한 내 갈망에 의심의 여지가 없었던 만큼, 항우울제
복용에 관해서 나는 모순된 감정을 느꼈다. 효과가 없으면 어쩌지? 약이
내게 자족할 수 있는 능력을 회복시켜 주는 대신 슬픔을 희석시킬 뿐이라
면?

정신과 의사와의 첫 면담 약속 전날, 나는 메인 주에 살고 있던 가까운
친구로부터 전화를 한 통 받았다. 내가 걱정이 되어 어떻게 지내는지 확
인하려고 일주일에 한 번은 꼭 전화를 해 주고 있던 친구였다. 나는 그에
게 내 비참한 상태를 해결할 해법을 발견했다고 말하고 그에 대해 설명
했다. 내가 열의를 보이는 것에 친구는 코웃음 쳤다.

"이 바보야." 그는 조롱조로 말했다. "너 지금 〈처음 만나는 자유〉 찍
냐? 그냥 조깅이나 해 보라고."

그리고 그 순간, 모든 것이 바뀌었다.

맨 처음 나는 1.5킬로미터도 완주하지 못했다. 앤드류의 페이스에 따라 출발부터 전력을 다해 달렸던 나는 곧 옆구리가 쑤시기 시작해 기권할 수밖에 없었다. 나는 너무 빨리 달린다고 앤드류를 타박했고, 너무 느리게 달린다고, 너무 말을 많이 한다고, 또 너무 말이 없다고 화를 냈다. 그러나 그는 쉽게 날 포기하지 않았고, 또 내가 똑같은 실수를 범하도록 내버려 두지 않았다. 우리는 곧 달리는 리듬에 타협을 봤다. 그는 조금 더 속도를 줄이고 나는 조금 더 가속을 붙여 보기로 했다. 나는 4.8킬로미터를 달렸고, 완주 거리는 다시 8킬로미터로 늘어났다. 나는 앤드류의 리듬을 따르는 것을 그만두고 나 자신의 리듬에 초점을 맞췄다. 내 호흡, 보폭, 내 페이스에. 나는 고통을 느끼는 것을 이제 그만 두려워하기로 했다. 실로, 나는 무언가를 느끼는 것을 더 이상 두려워하지 않게 되었다.

나는 끝내 항우울제를 복용하지 않았다. 그 대신 달렸다. 나는 시카고 마라톤에 출전하기 위해 훈련 중이고, 이제는 29킬로미터까지 완주해낸다. 한 발이 땅을 차고 다른 발을 들어 올릴 때마다, 나는 달리기라는 것 — 말 그대로 한 발을 다른 발 앞에 내딛는 예술 — 이 내게 삶을 되돌려 주었다는 것을 깨닫는다.

작가 소개 : 미라 타친Mira Ptacin은 창작 논픽션 및 동화 작가이며, 뉴욕시 독서 및 동화 구연 단체인 프리레인지 논픽션Freerange Nonfiction의 설립자 겸 집행이사이기도 하다.

#44

내 아바타가 알려준 것

•

라모나 프링글

한 발을 내디딜 때마다 아드레날린이 솟구치는 것을 느꼈다. 숲은 갑자기 화려하면서도 오싹한 기분을 느끼게 하는 분위기로 바뀌었다. 무성한 나뭇잎과 검은딸기나무가 보석처럼 반짝이는 사이사이로 괴물들의 번뜩이는 두 눈이 숨어 있었다. 베이스캠프로부터 멀어지면 멀어질수록, 나는 적군 괴물들의 손아귀에 내맡겨지는 셈이었다.

내가 죽여야 할, 마지막 하나 남은 나이트 세이버까지 찾기 위해 빽빽한 숲 속으로 더 깊이 들어가자 어깨에서는 위험을 예고하는 서늘한 한기가 느껴졌다. 심장은 쿵쾅거리고 숨은 가빠왔다. 이상한 일이었다. 내가 '진짜' 숲 속에 있는 것은 아니지 않은가. 숲 속에 있는 것은 내 아바타에 불과했다. 공포와 스릴이 주는 투쟁-도주 반응(위험을 감지했을 때 도망칠지 싸울지를 결정하는 본능적 반응을 가리키는 심리학 용어 —옮긴이)은 진짜처럼 느껴졌지만 이 탐험은 가상 탐험이었다. 나는 '월드 오브 워크래프트'라는 게임을 시작한 것이었고 이것은 내 첫 임무였다.

월드 오브 워크래프트를 하게 된 것은 계획된 일은 아니었다. 이상하게도 나는 한 번도 게임을 좋아해 본 적이 없었다. 그래도 온라인 게임은 내게 낯설지 않았는데, 프로듀서로서 프로젝트의 일환으로 게이머들의 문화를 조사했을 당시 가상 세계에 들어가 목격했던 깊이 있는 '진짜' 관계에 매혹된 적이 있던 것이다. 저널리스트로 일하며 레드카펫부터 로큰롤 콘서트까지 취재해 본 나였지만 캘리포니아 게임 컨벤션의 첫 취재는 그야말로 정신을 쏙 빼놓을 만큼 매혹적인 이벤트였다. 살아 움직이는 아바타들의 바다는 그야말로 장관이었고, 사람들이 입고 있는 코스튬은 아름답고 정교했다. 이들이 게임을 얼마나 좋아하는지, 자신의 아바타와 얼마나 깊은 교감을 나누고 있는지, 또 함께 게임하는 사람들에 대해 얼마나 헌신적인지를 보게 된 나는 그 모습에 완전히 사로잡히고 말았다. 그중에서도 내 마음을 깊이 강타한 것은 게임을 하면서 만나 커플이 되었다는 사람들의 러브 스토리였다. 서로 손을 잡고 유모차를 끌고 나타난 이들은 게임 속 임무를 수행하면서 만나 함께 난관을 극복하고 평생을 같이하게 되었다는 동화 같은 이야기를 들려주었다. 똑똑하고 아름답고 성공한 내 친구들이 딱 맞는 남자를 찾기 위해 고군분투하는 동안, 이들은 게임 속에서 소울메이트를 찾아낸 것이었다. 나는 네티즌들이 일주일에 30억 시간을 온라인 게임에 보낸다면, 혹시 게임을 하지 않는 우리도 알 필요가 있는 무언가가 그 속에 있는 건 아닐까 하는 생각이 들었다.

그즈음 내가 갖고 있던 개인적 의문들 역시 내 호기심을 배가시켰다. 당시 내 남자친구는 첫 데이트부터 내 마음을 홀딱 빼앗아갔고 나는 이 남자야말로 내 짝이라고 확신하던 중이었다. 그는 잘생기고 똑똑한 남자였고 나를 끔찍이도 아껴 주었다. 만난 지 8일이 되었을 때 그가 청혼했대도 놀랍지 않았을 텐데, 사귄 지 8개월이 지난 시점인데도 우리 관계는 이전처럼 완벽해 보이지 않았다. 그는 나보다 나이가 많고 이혼 경험이 있는 남자였고 과거에 저지른 실수들을 반복하고 싶지 않아 했다. 말하자면 결혼이라는 것에 완전히 질린 상태였던 것이다. 함께 살 아파트를 둘러보고 미래를 계획하는 내내 나는 신이 나 있었지만 그는 초조해하는 기색이 역력했다. 당시 나는 사랑에 푹 빠져 있었기에 (혹은 사랑 중이라는 사실에 푹 빠져 있었기에) 우리가 처음 만났던 때의 마법이 다시 돌아오기만을 참고 기다렸다. 하지만 내가 함께 일을 저지를 파트너를 찾고 있었던 반면, 그는 저녁 식사를 함께할 사람을 찾고 있었기 때문에 더 이상 그 차이를 묵과할 수 없는 때가 오고야 말았다.

그토록 기대가 컸던 관계를 정리하는 것도 괴로웠지만 내가 어떻게 그렇게 바보 같을 수 있었나를 이해하는 것은 더욱 힘든 일이었다. 이 남자도 아니라면 대체 내가 파트너로부터 원하는, 혹은 필요로 하는 것은 무엇이란 말인가? 나는 인생과 사랑에 대해 해답을 찾아 나섰다. 어떤 이들은 신을 구하고 다른 이들은 치료법이나 책을 찾겠지만 나는 비디오 게임에서 답을 찾아보기로 했다.

월드 오브 워크래프트에 가입한 나는 트리스타노바라는 내 아바타를 만들었다. 그리고 사냥꾼이 되기보다는 치유사가 되기로 결심했다. 나는 힘을 찾고 있던 것이 아니라 의미를 찾고 있었기에 트리스타노바는 상처를 치유하고 힘을 회복시켜 주는 능력을 가지게 됐다. 하지만 이와는 무관하게 내게 주어진 첫 번째 임무는 '나이트 세이버 4명을 죽여라'였다.

나는 특별히 사냥을 피하고 싶어서 치유사가 되기로 마음먹은 상황이었다. 사냥은 싫은데 이 게임을 그만둬야 하나? 하지만 그럴 수는 없었다. 아직 시작도 안 했으니 말이다.

눈에는 눈, 이에는 이였다. 현대적인 내 감수성에 맞지 않더라도 살아남고 싶다면 규칙에 따라 게임을 해야 한다는 것을 나는 금세 알게 되었고 마지막 나이트 세이버를 찾아낸 나는 임무를 완수했다. 씁쓸하면서도 달콤한 시작이었다. '정직해지겠어.' 나는 죽은 괴물을 위해 참회자의 기도를 올렸다.

나는 지쳐 있었다. 힘도 떨어지고 건강도 악화되어서 혼자서 계속해 나가는 것은 힘들어 보였다. 나는 게임을 계속하려면 파트너가 필요하다고 결정했다. 그래서 첫 번째 임무를 마친 나는 세계적으로 유명한 게임 디자이너이자 베테랑 게이머인 캐디스를 찾아냈다. 그는 이제 막 온라인 세상에 발을 들인 내게 가이드가 되어 주겠다고 했다.

비록 서로 다른 도시에 살고 있었지만 함께 로그인을 하고 게임을 시작하는 순간 우리 사이의 거리는 사라졌다. 게임 속에서 우리는 어깨를 나란히 하고 돌아다니며 미션을 수행했다. 우리 아바타들이 서로 얼마나 가까이 서 있는지 생각할 때면 나는 그 사실적 느낌에 깜짝깜짝 놀라곤 했다. 그의 아바타는 위험으로부터 나를 보호하고 방어해 주었고 그 보답으로 나는 내가 가진 파워를 이용해 그의 힘을 계속 강하게 유지시키고 전투가 끝나면 그를 치료해 주었다. 그렇게 우리는 공생관계가 되었다. 그 모든 것은 데이터와 화면상의 픽셀에 불과했지만 나는 안전해지

이제 나는 다른 무엇을 원하고 있었다. 바로 파트너였다.
인생이라는 모험을 언제나 내 옆에서 함께 해 줄 사람 말이다.

고 필요한 사람이 된 기분이었다. 비록 한 번도 캐디스를 실제로 만나지는 못했지만 나는 금세 그에게 빠져들고 있었다.

나는 밤마다 월드 오브 워크래프트를 하며 보냈다. 그러다 보면 두 시간, 세 시간, 네 시간이 훌쩍 지나곤 했다. 사실상 매일 로그인을 한 지 8주가 지났을 때 나는 한 가지 깨달음을 얻을 수 있었다. 트리스타노바가 가상공간에서 이겨내야 하는 바로 그것이 내가 연애 관계에서 놓치고 있는 것이라는 점이었다. 나는 나의 강점과 약점 사이에서 균형을 잡아 줄 사람이 필요했다. 트리스타노바가 전사와 함께 플레이를 할 때 빛이 나는 것처럼 나 역시 실제 세계에서 나이트 세이버가 나타났을 때 내 옆에 있어 줄 사람이 필요했다. 나는 그동안 내가 무엇을 찾았나 돌이켜 봤다. 나는 흥분과 로맨스, 열정, 지성을 찾았다. 하지만 이제 나는 다른 무엇을 원하고 있었다. 바로 파트너였다. 인생이라는 모험을 언제나 내 옆에서 함께 해 줄 사람 말이다. 나를 보호해 줄 사람. 그리고 자신이 보호받기 위해 내게 의지할 사람.

이제는 실제 세계에서 내 임무를 다시 시작할 때였다.

작가 소개 : 라모나 프링글Ramona Pringle은 멀티플랫폼 프로듀서이자 디지털 저널리스트, 배우이며 토론토 라이어슨 대학의 뉴미디어 학부 교수이기도 하다.

45

긍정을 찾아서

·

토니 슈워츠

동업 관계에는 언제나 어려움이 따르게 마련이고 우리라고 다를 것은 없었다. 이 사업체는 우리가 함께 쌓아올린 것이었다. 그동안 우리는 여러 회사가 직원의 필요를 더 잘 충족시킬 수 있도록 도왔고 이런 우리의 경험에 기초해서 베스트셀러가 된 책을 공동 집필하기도 했다. 하지만 정작 우리 자신은 능수능란하게 서로의 필요를 돌보지 못했다. 이 아이러니를 내가 이해하지 못했던 것은 아니었다.

다만 나는 우리가 공유한 미션이 너무나 강력했기 때문에 언제나 우리가 해결책을 찾아낼 거라고 생각하고 있었다.

그러던 어느 날 아침, 까다로운 토론이 이어지다가 이래서야 더 이상 진전이 없으리라는 점이 분명해지고 말았다.

평생 동안 나는 물 잔의 물이 절반 비었다고 생각하는 사람이었다. 내 생각으로는 비관주의가 곧 현실주의였다. 수년간 나는 아침에 잠이 깰 때마다 어려운 문제를 걱정하며 일이 틀어질 것을 상상하고 있었다. 그 결과 항상 진이 빠지고 침울했지만 그걸 어떻게 떨쳐내야 할지는 몰랐다.

그런데 나는 리더들과 함께 일하며 우리 지각에 영향을 주는 힘에 관해 큰 흥미를 느끼던 참이었다. 특히 주어진 상황의 실제와 그 실제에 관해 우리가 자신에게 이야기하는 내용은 별개라는 설명이 내 마음을 사로잡았다. 그제야 나는 우리에게 발생하는 일에 대한 해석은 우리에게 달려 있다는 것을 깨닫게 되었다. 또 항상 최악의 시나리오를 먼저 생각하는 내 타고난 성향이 좋지 못한 결과를 내고 있음도 인정했다.

나는 시험 삼아 새로운 습관을 시작해 보기로 했다. 먼저 매일 아침 생각나는 걱정거리라면 무엇이든 종이에 적고 그에 관해 상상되는 부정적 결과도 적었다. 그러고 나서 더 나은 결과를 한번 상상해 보려고 애썼다. 그리고 더 도움이 되고 힘을 주는 대안적 이야기를 자신에게 들려주기 시작했다. 그래도 바꿀 수 없는 사실적 요소들은 여전히 고려사항에 넣었다.

나는 몇 달 동안 의무적으로 매일 아침 이 일을 실시했는데 그러고 나면 거의 매번 기분이 더 나아졌다. 그러다 이내 내가 처음에 두려워했던 부정적 결과는 거의 일어나지 않았다는 것을 깨닫기 시작했다. 반면 긍정적인 결과는 자주 일어났다.

그러던 어느 날 아침, 잠에서 깼을 때 아니나 다를까 어려운 골칫거리가 떠올랐다. 하지만 이번에는 부정적 시나리오가 만들어지는 대신 긍정적 시나리오가 먼저 떠올랐다. 특별한 노력도 없었는데 말이다. 이때가 내게는 정녕 중대한 변화의 순간이었다. 그 후 며칠간 나는 내 안의 모든 중력 중심이 바뀌는 것을 느꼈다. 언제나 구름이 잔뜩 끼었던 곳에 햇빛이 비치고 있었다.

동업 관계가 깨지고 세상이 전복될 것 같은 위협을 느꼈던 그 운명의 날에도 나는 이미 벌어진 상황을 더 긍정적으로 바라볼 방법이 있다는 것을 깨달았다. 지금 이 순간 자립한다면 이전에는 파트너를 설득할 수 없어 추구하지 못했던 우리 사업의 비전을 추구할 수 있었다. 말하자면 지금은 진짜 내 것인 무언가를 시작해 볼 수 있는 기회였다.

현재 나는 불굴의 낙천주의자로 알려져 있다. 가장 어두웠던 순간을 내가 좋아하는 건강한 사업을 할 기회로 탈바꿈시킨 후, 나는 쉬운 일도 없지만 불가능도 없다는 말을 그 어느 때보다 더 확신하게 되었다.

작가 소개 : 토니 슈워츠Tony Schwartz는 컨설팅 그룹 에너지 프로젝트의 설립자이자 『몸과 영혼의 에너지 발전소』 『무엇이 우리의 성과를 방해하는가』의 저자이다.

46

림숏*

．

조쉬 액슬래드

세계무역센터가 공격받은 지 1개월째가 되기 나흘 전, 클렘과 내가 손에 컨트롤러를 쥐고 있던 방에 전화벨이 울렸다. 우리는 '자동차 대도둑 Grand Theft Auto' 게임을 하고 있었다. 게임에서는 폭력도 그저 재밋거리였다. 브루클린은 묘한 분위기였다. 이스트리버 건너에서 올라오는 악취는 여전히 맴돌고 있었다. 9/11이 많은 사람들에게는 일생의 정점이자 최고의 날이기도 했다는, 나중에는 그저 범상하게 들릴 말 한마디를 어느 누구도 감히 내뱉을 생각을 하지 못했다. 나더러 비뚤어졌다고 말하겠지만 그건 사실이었다.

괴팍하고 격렬한 허기는 이상한 선택을 부추긴다. 밀레니엄이 되기 직전, 그러니까 대학을 졸업하고 4년째 되던 해, 현실이라는 것에 너무 굶주려 있었던 나는 카드 카운팅Card counting 팀과 함께 프로 블랙잭 플레

---

* Rimshot : 드럼 주법의 하나로 스틱으로 드럼의 테를 같이 때려 강한 소리로 악센트를 주는 방식. 흔히 토크쇼에서 사회자가 농담을 던졌을 때 바로 이어 드럼을 2, 3회 치고 심벌을 때리는 식의 효과음으로 사용된다.(옮긴이)

이어로서 새 경력을 시작했다. 그 일을 택한 일차적인 동기는 — 수입 면이나 근사한 제트기를 타고 세금공제를 받으며 미국 여러 도시를 날아다닐 기회뿐만 아니라 — 우리를 추격하는 이들과 피트 보스(pit boss: 카지노의 도박대 책임자—옮긴이)들, 우리를 줄기차게 카지노 밖으로 던져 버리는 무장 경비요원들로부터 '도망' 치는 데 있었다. 공포에 질려 도망칠 때는 스스로가 온전한 나 자신이라는 느낌이 들고 마음은 광대하고 완전한 현재의 순간에 자리를 내주게 된다. 모든 추상적인 것은 도외시되고, 가치를 따지는 질문은 하지 않게 된다. 그냥 내처 달려야 하는 것이다.

클렘의 전화는 유선전화였는데 그 안에 진짜 종이 들어 있었다. 그게 아니면, 금속으로 된 종 비슷한 장치가 들어 있었을 것이다. 그건 요란하게도 울렸다. 그는 게임을 멈추고, 그 우스꽝스럽고 비쩍 마른 다리로 비척비척 일어나 용건을 확인하러 갔다.

"일있어." 그는 잠시 뜸을 들이다 말했다.

"고마워." 그는 수화기를 내려놓았다.

그는 짐짓 어두운 표정을 지어 보이며 소파로 되돌아왔다. 송충이 눈썹을 치켜 올리고 고개를 주억거리며 한숨을 쉬었다.

"아프가니스탄을 폭격하고 있대." 클렘이 말했다.

예상치 못한 일이었다. 일요일이었고 우리는 술에 취해 있었다.

"버트야?" 내가 말했다.

"그래."

버트는 〈뉴욕타임스〉에서 빤한 기자생활을 하고 있었다. 전쟁 개시에 관한 보도를 접한 그는 누구한테 그 애기를 해야만 했고, 그 대상으로 클렘이 선택된 것이다. 황당한 선택이었지만 우리에게 그것은 시의적절한 일이었다.

우리는 합동참모본부가 아니었다. 하지만 그 소식이 〈뉴욕타임스〉 웹 사이트에 뜨기도 전에, 클렘과 나는 상황을 훤히 알고 있었다. 아마 대통령이나 딕 체니조차도 공식 보고를 받기 전이었을 것이다.

"준비됐어?" 클렘이 말했다.

우리는 게임을 계속했다. 머릿속이 벙 뜬 기분은 암만해도 수그러들지 않았고, 밤이 깊어질수록 나는 안절부절못하게 되었다. 클렘과 버트, 그리고 나는 광대들이었다. 미국이 지금 아프가니스탄을 폭격 중이랍니다 ― 림숏! 우리의 유머는 고통을 극복해 삶을 긍정하는 활기찬 유머라기보다는 허무주의적이었다. 그것은 모든 것을, 사랑만큼 삶을, 삶만큼 고통을 무마시켰다. 그 모두를 똑같이 비웃어버림으로써 말이다.

그것은 우리의, 혹은 나의 근본적인 태도였고, 나는 그것이 수치스러웠다. 나는 세계무역센터 공격이 전조하는 것처럼 보였던 변화를 기다리고 있었다. 그 뒤로 불길한 몇 주가 흘러갔다. 은행에서 빼 온 현금을 수하물에 넣어 공항마다 끌고 다녀야 하는 우리의 블랙잭 사업은 무기한 중단 상태에 있었다. 나는 할 일이 없었다.

나는 내 게임 캐릭터를 움직여야 한다고 생각했다. 내 가치들이 재규정되어야 한다고 생각했다. 그것은 공포가 만들어 낸 요구사항이었다. 그리고 나는 내가 움직이리라 생각했다. 나는 다시 태어날 것이라고. 나는 그 생각을 놓지 않았고, 그리고 기다렸다.

테러 공격은 효과가 없었다. 그리고 이제 버트의 전화가 있은 뒤로, 뉴스 사이클은 다시 움직이고 있었다. 나는 인생의 응급상황이라는 것이 있다면 그것은 인생이 아니라 우리 자신에게 속한 것이리라는 생각이 들었다.

작가 소개 : 조쉬 액슬래드Josh Axelrad는 전직 프로 블랙잭 플레이어이자 회고록 『부자가 될 때까지 반복하라 Repeat Until Rich』를 쓴 저자다. 이 글은 9/11이 터진 뒤 막대한 현금을 항공편으로 수송하기가 어려워지자 블랙잭 플레이어 활동을 중단해야 했던 저자가 온라인 게임을 시작해 결국 심각한 중독 상태에 이르지만, 아프가니스탄공격 소식을 들은 것을 계기로 자신을 되돌아보게 된 이야기를 담고 있다(옮긴이).

chapter 4

떠나보내기 전에 알았더라면
좋았을 것들

...

'이별'의 준비

탄생과 만남의 순간에 우리는 죽음과 이별로 갚아야 하는 카드를 한 장 받는다. 상환 의무의 존재는 발급과 동시에 우리의 머릿속에서 망각된다. 게다가 이 카드에는 아무런 유효기간 표시가 없다. 운명이 언제 어떤 방식으로 이 카드를 회수해 갈지 우리는 아무도 모른다. 어느 날 불시에 정지된 카드를 들고 멍하니 서서, 카드가 있었을 때 반드시 했어야 할 일들을 후회하고 있는 자신과 만나지 말라고, 이 장의 참여 작가들은 이야기한다.

2009년 2월 12일 오전 9시 14분

.

대니얼 디클레리코

부모님 집 안방 커다란 전망창으로 회색빛 아침 햇살이 비스듬히 비쳐 든다. 창밖 숲에는 벌거숭이 나무들이 열을 지어 이쪽을 보고 있다. 아버지는 퀴치밸리 맞은편의 그린 마운틴 산기슭이 잘 보이도록 하려고 지난 몇 년간 40여 그루의 죽은 나무, 혹은 죽어가는 나무들을 베어냈다. 지금 아버지는 도넛을 사러 나갔다.

아버지는 일주일 만에 처음으로 외출을 했다. 목요일에 회사가 끝나고 수백 마일을 달려 이곳에 도착했을 때 아버지는 침대맡에 앉아 있었다. 진입로에서 쳐다보니 아버지가 몸을 앞으로 숙인 채 고개를 푹 떨구고 있는 모습이 보였다. 잠시 후 고개가 다시 올라왔다. 나는 '내가 너무 늦었구나' 생각했다.

하지만 늦지 않았다. 우리는 여러 낮 여러 밤을 기다렸다. 이른 아침 아버지의 발소리를 들은 것도 여러 번이었다. 아버지는 계단 위에서 자식들을 부르며 '때가 됐어'라고 하셨다. 하지만 때는 되지 않았다. 어머니의 몸을 돌려 드리고 씻기고 옷 입히기를 반복했다. 샤워를 시켜 드리던 중 갑작스레 몸을 움직여 실낱같은 희망을 주기도 했다. 아버지는 의사에게 전화를 걸어 고집을 피웠다. "여기 지금 희망이 보인다니까요."

전화를 끊은 아버지는 죽을 좀 만들어 오라고 했다. 사다 놓은 일회용 죽이 없어서 냉동실에 있던 닭가슴살과 말라빠진 당근, 셀러리를 추려 죽을 만들었다. 묽은 액체 몇 스푼이 입 밖으로 흘러내렸고, 나머지는 가스레인지 위에서 식었다. 아버지는 자신의 의자로 다시 돌아갔다.

"어머님이 누구, 따로 기다리는 분이 계신가요?" 호스피스 간호사가 물었다. 그녀는 이 환자가 지난 수십 년간 자신과 똑같은 페이즐리 문양의 옷을 입고 말기 환자들의 마지막 가는 길을 돌보아 온 호스피스였음을 알게 된 후, 어머니에게 특별한 애정을 쏟았다. 환자들 중에는 마지막이 여러 날 걸리는 경우도 있는데 바로 우리 어머니가 그랬다.

"아뇨. 다들 여기 있어요." 우리가 대답했다.

밤새워 지켜보는 날들이 계속되었다. 시간은 흐트러져 갔다. 밤낮의 구분이 모호해졌다. 여기서 자는 사람, 저기서 자는 사람, 추리닝 바람으로 저녁 식탁에 앉고, 동틀 녘에 위스키를 마셨다. 바로 이 순간을 위해.

나는 부모님 집 침실 책상에 앉아 있다. 왼편으로는 회색빛 아침 햇살이 비치고 오른편에는 어머니가 죽어가고 있다.

문득 기억은 25년 전으로 거슬러 올라간다. 어릴 적 살던, 뉴저지 교외의 집에 있는 내 방에서 나는 반쯤 쳐진 블라인드 뒤에 서 있었다. 밤마다 나는 그곳에 서 있었고 그래서 바닥의 카펫이 그 부분만 해어져 있을 정도였다. 마침내 어머니의 빨간색 혼다 어코드 자동차의 헤드라이트 불빛이 집으로 들어선다. 나는 거실로 나는 듯이 뛰어가 자동차 문이 닫히는지 귀를 기울인다. 어머니는 계단을 오르며 노래하듯 외친다. "여보세용? 누구 집에 없나용?" 어머니에게 달려가고 싶지만 나는 호르몬과 어색함을 주체하지 못하는 사춘기 소년이다. 그래서 어머니가 문틈으로 불쑥 머리를 들이밀어도 겨우 목구멍으로만 대답을 한다.

"대니." 큰 누나가 나를 부른다. 누나는 침대맡의 아버지 의자에 앉아 있다. 누나 얼굴을 보고 다시 침대를 보는데 어머니의 몸이 내 쪽으로 한 번 움찔한다. 어머니의 시선이 나에게 떨어진다. 우리는 그대로 꼼짝 않고 서로를 본다. 어머니는 마지막으로 한 번 속에서부터 뭔가 들썩 하는 듯싶더니 조용하다.

아무리 예상하고 있었다 해도 죽음이란 갑작스러운 것임을 나는 그제야 깨닫는다. 또 그게 나 자신의 죽음이 아닌 이상, 삶은 계속된다는 것도.

"몇 시니?" 누나가 묻는다.

"9시 14분." 침대 옆 테이블 위에 있는 알람시계를 보고 내가 말한다.

"아버지한테 가서 얘기할래?" 누나는 어머니의 왼손을 잡은 채로 묻는다.

"알았어." 그렇게 대답한 나는 일어나 어머니의 오른손을 잡는다.

작가 소개 : 대니얼 디클레리코 Daniel DiClerico는 잡지 편집인이다. 아내와 딸과 함께 브루클린에 살고 있다.

48

나는 사라지고 있다

킴벌리 로즈

내가 사라지고 있다는 증거는 편의점에서 갓 찾아온 한 묶음의 사진 속에 들어 있었다. 카드 보드지로 된 사진 봉투들을 가지고 나오면서, 나는 두 살 난 내 딸이 촛불을 불어 끄고 선물을 풀고 케이크를 맛보며 기쁨으로 얼굴을 환하게 빛낼 때 그 아름다운 얼굴을 보며 느꼈던 열의와 흥분을 다시금 떠올렸다.

봉투 안에는 적어도 60장의 사진이 들어 있었다. 버비와 제이디(이디시 어로 각각 '할머니'와 '할아버지'를 뜻한다), 이사벨라, 아리엘라, 모두가 사진 속에 담겨 있었다. 단지 나만 없었다. 나는 어깨의 일부, 아이의 팔에 얹은 손, 케이크를 자르는 손가락, 설탕장식으로 범벅이 된 뺨에 키스하는 코로만 등장할 뿐이었다. 전신이 나온 사진은 없었다. 딸과 함께 찍힌 사진은커녕 독사진조차 한 장도 보이지 않았다.

믿기지 않는 마음에 사진 뭉치를 계속 뒤적였지만 헛수고였다. 마치 그 사진들을 촬영한 남편에게 나란 존재하지 않는 것 같았다. 그는 자신의 인생을 담은 앨범 속에서 내 모습을 보고 싶지 않았던 것이다. 그에게는 내가 보이지 않았고, 불행히도 나는 사라져 가고 있었다. 이름 없는 일종의 어머니, 누군가의 아내로 소리 없이 사라지고 있었다.

그 순간 내가 깨달은 것은 사랑의 부재뿐만이 아닌 자아의 부재였고, 우리 사이에 존재한다고 내가 생각했던 것이 실상은 존재하지 않는다는 사실이었다. 어디선가 가차 없는 알람이 울리기 시작했다. 이봐, 당신의 남편은 당신을 사랑하지 않아. 사랑했던 적이 없다고. 앞으로도 마찬가지일 거야. 그는 당신을 바라보지도 않는다고.

내 마음은 그대로 침몰해 다시는 떠오르지 않았다.

이전에도 그와 같은 순간이 있었다. 우리는 이웃집 부부가 5년 전에 찍은 신혼여행 사진들을 구경하고 있었고, 남편이 아내를 촬영한 사진이 셀 수 없이 들어 있는 것을 보았다. 그중 하나가 유난히 시선을 끌었다. 여자는 방금 일어나 세수를 하고 나온 듯 촉촉한 얼굴이었고, 카메라 렌즈 너머로 남편을 바라보는 그녀의 눈에는 너무도 많은 사랑이 담겨 있었다.

그녀가 부러웠다. 결혼생활 7년째였지만 내게는 그런 사진이 없었고, 앞으로도 그런 사진은 찍지 못하리라는 것을 나는 퍼뜩 깨달았다. 내 남편은 나를 혹은 그에 대한 내 사랑을 필름에 담아 두고 싶은 마음이 없었던 것이다.

편의점 밖에 세워둔 차 안에서, 나는 그 신혼여행 사진을 본 이후로 내가 알면서 부인해 왔던 사실을 깨달았다. 바로 그녀처럼 사랑받고 싶다면, 지금 이 결혼생활은 끝내야 한다는 것을.

이혼하고 나서 내가 제일 먼저 한 일은 내 모습을 아름답게 촬영해 줄 전문 사진가를 고용하는 것이었다. 나는 체중도 불어 있었고 태닝도 못 했고 근사한 옷을 마련할 여유도 없었지만 중요한 것은 그게 아니었다. 나는 나만의 사진 앨범을 갖고 싶었다. 그 누구도 아닌 '나'를 담은 앨범을. 나는 내가 존재한다는 증거를 영구히 소유하고 싶었다.

그렇게 촬영한 사진을 오늘 받았고, 나는 차마 거기서 눈을 뗄 수가 없다. 마치 내 영혼이 터져 나와 내게 다가오는 것처럼 느껴진다. 사진에 겨우 잡혔던 몸의 일부가, 구석과 그늘진 곳으로부터 폭발해 빛 속으로 나서는 것처럼.

작가 소개 : 킴벌리 로즈Kimberly Rose는 〈포트 로더데일 선센티널Fort Lauderdale Sun-Sentinel〉과 〈마이애미 헤럴드〉에 글을 기고해 왔다. 그녀는 인간관계와 여성문제에 관한 플래시픽션, 여섯 단어 회고록, 창의적인 논픽션 쓰기를 좋아한다.

49

할머니의 마지막 일력

·

케이티 킬래키

나는 하느님을 믿기 시작했던 순간을 기억한다. 솜털처럼 흰 구름 위에 턱수염을 기른 남자를 말하는 것이 아니라, 이 지구를 초월한 어떤 존재 말이다. 무엇이 되었건 그것이 사후 세계에서 우리를 기다리고 있다는 것도.

할머니는 내 가장 친한 친구였다. '가까운 사이였다'는 뜻으로 하는 얘기가 아니다. 어린 소녀에게 친한 친구라는 단어가 의미하는, 바로 그 의미로 할머니는 내게 가장 친한 친구였다는 얘기다. 우리는 함께 다과 시간을 가졌고 노래를 부르며 수프를 만들었고 온종일 꼭 붙어 다녔다. 할머니는 이런 식으로 나와 네 명의 형제들이 모두 할머니가 자기를 가장 좋아한다고 생각하게 만들었다. 하지만 마음 깊은 곳으로부터 나는 할머니가 특별히 아끼는 아이는 나라는 걸 알고 있었다. 그랬기 때문에 6학년 때 의사 선생님이 내 부모님께 "석 달이나 길어야 넉 달"이라고 말하는 걸 들었을 때는 세상이 무너지는 것 같았다.

할머니는 간호하기 위해 찾아오는 천사 같은 호스피스들과 함께 우리 집에서 생활했다. 방과 후면 나는 할머니의 침대맡에 앉아 할머니와 함께 TV 쇼를 보거나 인생에 대해 얘기하거나 소리 내 웃거나 했다. 우리는 정말 많이 웃었다. 내가 죽음이나 미지의 것을 끔찍이도 두려워한다는 것을 할머니는 알고 있었다. 죽음에 대한 생각으로 겁이 날 때면 나는 한밤중에 할머니 침대로 기어 올라가곤 했다. 그렇지만 할머니 방에서 새어 나오는 소리를 듣고 몰래 2층으로 올라갔던 그날 밤에는 그럴 수 없었다. 할머니는 목 쉰 소리로 하느님께 제발 이 고통을 그만 가져가 달라고 빌고 있었다.

더 많은 간호사들이 더 많은 모르핀을 가지고 방문했고 할머니는 기억을 잃기 시작했다. 엄마는 할머니가 날짜 감각을 가질 수 있도록 한 장씩 떼어내는 달력들을 구해 왔다. 그중에 '저편에'라는 달력이 있었는데 한 장 한 장 넘길 때마다 농담이 하나씩 씌어 있었다. 그래서 아침이면 우리는 그 달력을 한 장씩 찢어내서 할머니가 시간과 공간을 느낄 수 있게 했다.

어느 날 밤 나는 엄마에게 할머니가 무서우실지 물어보았다.

"내 생각에 할머니가 가장 두려워하는 건 매기가 자신을 기억하지 못하는 걸 거야." 매기는 내 동생이었다. 당시 네 살이었던 동생은 할머니의 이름을 따서 같은 이름을 쓰고 있었다. 우리는 모두 동생을 매기라고 불렀지만 할머니만은 자신을 호칭하듯 동생을 마가렛이라고 불렀다. 동생과 할머니는 이제 겨우 다과 시간을 함께 갖기 시작한 단계였다. 문득 이런 생각이 들었다. '어쩌면 매기는 할머니를 내가 아는 할머니처럼 기억하지 못할지도 몰라.' 그래서 나는 절대로 그런 일이 일어나지 않게 하겠다고 맹세했다.

어느덧 겨울이 지나 봄이 되었을 때 내가 학교에서 돌아오자 부엌에는 할아버지가 있었다. "할머니가 가신 것 같구나." 할아버지는 그 말을 남기고 위층으로 올라갔다. 그때 다른 가족들이 모두 찾아왔다. 다음은 호스피스였다. 할머니는 돌아가셨다.

그 후 며칠은 암울했다. 우리는 할머니 방을 치우기 시작했다. 엄마와 할아버지가 조용히 일하던 중 나는 엄마가 이런 말을 하는 것을 들었다. "아……! 세상에. 이것 좀 보시겠어요?"

내 방은 할머니 바로 옆방이었다. 침대에 파묻혀 울고 있던 나는 잠시 울음을 멈추고 엄마가 무슨 얘기를 하는지 알아보러 갔다. 엄마가 손에 쥔 것은 우리가 찢어내야 했을 달력의 농담이었다. 4월 5일, 할머니가 돌아가신 날의 장이었다. 거기에는 그림이 그려져 있었는데 할머니 한 명과 그 옆 창문에 새 한 마리가 있는 모습이었다. 그 아래에는 다음과 같은 설명이 붙어 있었다.

'미안하구나, 마가렛. 하지만 이제 내가 날개를 펴고 작별을 고할 때구나.'

듣는 이들이 무슨 말을 할지 알지만 이 모든 게 우연이라고는 할 수 없을 것이다. 어쩌면 할머니는 자신의 어두운 아일랜드식 유머 감각을 발휘해 마지막으로 우리에게 농담을 하고 싶었던 것일 수도 있고, 아니면 정말 이 세상 저편에 더 큰 무엇이 있는 것인지도 모른다. 나는 아직도 그게 무엇인지는 모르겠다. 하지만 나는 그 종잇조각이 단순한 우연만은 아니었음을 안다. 그리고 실은 농담도 아니었다는 것을. 나는 그게 할머니와 매기가 추억을 간직하는 방식이라고 생각한다. 또한 우리 가족이한 가닥 마음의 평화를 얻는 방법이라고. 내 믿음이 흔들리거나 겁이 나서 할머니 침대에 기어 올라가고 싶을 때면 언제나 나는 그 일을 생각하고 믿음을 회복한다. 그리고 생각한다. 할머니는 언제나 그리고 앞으로도 항상 나를 내려다보고 계신다고.

작가 소개 : 케이티 킬래키Katie Killacky는 시카고 출신의 코미디언이자 배우이다. 그녀는 어머니로부터 얻은 생활의 교훈에 관한 블로그를 운영하고 있다. www.youreruiningmylife.blogspot.com 참조.

50

정신 나간 우리 엄마

.

캐시 리치

식탁에 앉아 있다가 기억력 향상제인 아리셉트Aricept의 샘플 상자를 발견했다. 나는 엄마에게 이걸 왜 드시냐고 물었다. 엄마는 요새 기억력이 감퇴하고 있어서 의사가 권한 것이라고 했다. 그 순간 가장 먼저 생각났던 것은 로널드 레이건이었다. 그는 알츠하이머로 끔찍이도 오랫동안 고생하다가 죽었다(적어도 내 기억으로는 그랬다). 엄마도 그 병에 걸린 건가? '아냐. 절대 그럴 리가 없지. 이 일을 어쩐다? 내가 엄마 기저귀를 갈아야 한다니. 나는 못 해. 난 겨우 스물일곱 살인데.'

내가 어떤 깊은 슬픔이나 상실감을 느꼈었는지는 기억나지 않는다. 하지만 정작 어머니 자신은 의사가 자신에게 잔인한 불치병에 쓰이는 약(아름답게 포장되어 선전되고 있지만)을 한 다발 준 것에 대해 별로 고민하는 것 같지 않았다. 그때 내가 입고 있던 옷이 아직도 생생히 기억난다. 나는 커다란 터틀넥에 벨 소매(소매 끝으로 갈수록 넓어지는 소매 —옮긴이)가 달린 청록색 스웨터를 입고 있었다. 약혼자가 싫어했던 옷이었다. 그 순간 그 옷만이 나를 따뜻하게 해 주었다. 본격적인 현실 부정이 시작될 때까지 말이다. 스웨터는 두껍고 아늑한 양털 담요처럼 나를 덮고 있었다.

현실 부정은 근사한 면이 있다. 마음 저 깊은 곳에서는 무서우리만치 진실임을 아는 사항을 합리화할 수 있게 도와주는 것이다. 나는 거기 앉아서 최근 들어 갑자기 나타난 엄마의 특이사항이 대체 뭐가 있나 되짚어 보았다. 그러고 보니 '세상에, 설마 이게?' 라는 생각이 들게 만드는 미묘한 행동 변화들이 있었다. 하지만 나는 그 모두를 다른 식으로 설명해 냈다. 아니 좀 더 정확히 말하면 그 모든 사항을 침대 밑으로 밀어 넣어 버렸다. '엄마는 알츠하이머가 아냐. 엄마는 은퇴한 지 얼마 안 되었어. 엄마가 건망증이 심해지고, 내 이름을 한 번에 제대로 말하지 못하고 ("데이비드, 벳시, 아니타, 빌마, 캐시!"), 점점 더 불안해하고, 기본적인 집안일들을 안 하고 버려두는 건 더 이상 고정적으로 하는 일이 없기 때문이야. 아니면 고향 에콰도르가 그리운 건지도 몰라. 지나갈 거야. 엄마는 문제 없어.'

그러면 그 약들은? 의사들의 상술이지 뭐.

지옥 같은 시간이 천천히 흘렀다. 엄마의 부엌에서 있었던 그 순간으로부터 6년이 지났다. 얼마 전에는 엄마가 2, 3년밖에 더 살지 못할 수도 있다는 얘기를 들었다. 엄마의 병은 알츠하이머가 아니라는 것도 알게 되었다. 엄마의 회백질이 녹아내리고 있는 이유는 보다 덜 알려진 악성 치매인 전측두엽 치매 때문이었다. 이 치매는 뇌에서 성격과 행동, 언어를 조절하는 부위에 영향을 미친다. 바로 우리를 우리 자신으로 만들어 주는 사소한 부분들 말이다.

지금 나더러 슬픔의 어느 '단계'에 와 있느냐고 묻는다면 대답을 못할 것 같다. 흔히 말하는 슬픔의 7단계 따위를 훨씬 뛰어넘는 어디쯤이기 때문이다. 요즘 나는 내가 마땅히 느껴야 할 감정을 대부분 느끼지 못한다.

현실 부정은 언제나 훌륭한 시작점이 된다. 현실 부정은 신경계 전체를 코팅해서 일시적으로 그로테스크한 현실을 가려 준다. 두뇌의 소화제 같은 것이다.

내게 있어 현실 부정의 순간은 녹초가 되도록 긴 송별회의 첫 단계였다.

작가 소개 : 캐시 리치Kathy Ritchie는 블로그 〈정신 나간 우리 엄마My Demented Mom〉의 운영자이다.

#51

엄마 없는 아이

.

타마라 포그루파 나하니

　어머니는 내가 열두 살 때 돌아가셨다. 돌아가시기 이삼일 전 나는 어머니에게 영어로 된 글을 우리 토박이말로 녹음해 달라고 부탁했다. 나는 학교에 가야 했기 때문에 여동생이 어머니가 있던 병원으로 녹음을 하러 갔다. 어머니가 돌아가시고 2주 후 나는 그 테이프를 꺼내서 책상에 앉았다. 테이프의 라벨에 쓰인 어머니의 아름다운 필체를 알아볼 수 있었다. 그리고 언제든 어머니가 그리울 때면 어머니의 목소리를 들을 수 있음에 감사했다. 재생 버튼을 눌렀다. 하지만 아무 소리도 나오지 않았다. 테이프가 끝까지 돌아가도록 기다려 보았다. 녹음된 것은 아무것도 없었다. 그 말 없는 테이프의 마지막 몇 분을 들으며 나는 깨달을 수 있었다. 녹음된 목소리가 어머니를 대신해 주는, 그런 환상 속에 살아갈 수는 없다는 것을. 어머니는 정말로 가버렸다는 것을. 내가 엄마 없는 아이가 되었다는 것을 그제야 나는 인정할 수 있었다.

작가 소개 : 타마라 포그루파 나하니Tamara Pokrupa-Nahanni는 라이어슨 대학에 재학 중인 학생이다.

52

나의 파란색 포스트잇

피오나 마젤

 나는 텍스트형 인간이다. 글을 써야만 최선의 의사 전달을 할 수 있고 말로는 마음을 거의 전하지 못한다. 말을 하기는 하지만 내가 마음속에 품은 감정과는 무관한 말들인 경우가 대부분이다. 나는 이런 병리를 나 혼자만 겪고 있다고 주장하고 싶지도 않고, 그로 인해 초래된 결과가 전부 비극적이었다고 생각지도 않는다. 나는 내향적일 뿐 표리부동한 사람은 아니다. 그리고 내향적인 성격은 감정을 표현해야 하는 상황에서는 문제가 되지만, 나는 그럴 때 쓸 수 있는 해법을 개발해 두었다. 그것은 이름하야 텍스트/서브텍스트Text/Subtext라는 게임이다. 하는 방법은 이렇다. 당신이 친구나 애인, 혹은 부모님과 저녁 식사를 하게 됐다고 치자. 그때 주고받을 이야기는 나는 어떻게 지냈으며 상대방의 하루는 어땠는지 따위일 것이다. 그러나 마음속에 느끼는 감정은 이런 것일 수 있다. 나는 몹시 슬퍼. 입에 담기 힘든 뭔가를 당신의 몸에 하고 싶다. 제발 죽지 마세요. 그 같은 속내를 밝히는 편이 이로운 상황인데 달리 말로 할 방법이 없을 때, 바로 펜과 종이를 꺼내는 것이다. 그리고 조금 전까지 주고받던 이야기 — 내가 보낸 하루와 당신의 하루. 이번 뉴욕 메츠 경기 어떻게 됐어요? — 를 완결지어 주면서 대화를 크게 전복시키지는 않는 문장을 적어 건넨다.

수 년 전 나는 — 그의 이름을 Q라고 해 보자 — Q와 이야기하고 있었다. 우리는 이런저런 것들에 관해 이야기하며 웃고 있었다. 늘 그래왔듯이. 지금도 내가 지갑 속에 갖고 있는 그 파란색 포스트잇에 내 내적인 삶의 어두운 면이 쓰여 나오기 전까지는 말이다. 그때는 그런 의사 교환으로 내가 더 이상은 홀로가 아니게 되리라고 생각했었다. 하지만 내가 잘못 생각하고 있었다. 어쨌든 우린 모두 혼자가 아닌가. 아니, 관두자. 그러나 당시에 그건 내게 너무도 중대한 일이었다.

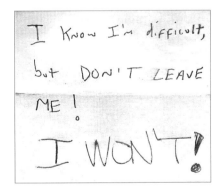

내가 까다로운 사람인 거 알아.
하지만 날 떠나지 말아 줘.
난 떠나지 않을게.

작가 소개 : 피오나 마젤Fiona Maazel은 소설 『마지막의 마지막 기회Last Last Chance』를 쓴 저자이며 〈뉴욕타임스〉, 〈틴하우스Tin House〉, 〈밤Bomb〉, 〈미시시피 리뷰〉, 〈빌리지 보이스〉, 살롱닷컴에 글을 써왔다.

53

정리

메리 발리

2010년 12월 31일 나는 죽은 오빠의 소지품 상자를 지하실로 옮겼다. 2005년 오빠가 죽은 이래 그 물건들은 줄곧 2층에 있는 손님방에 놓여 있었다. 나는 메릴랜드 볼티모어에 있었다. 언제나 희망을 품고 있으면서도 동시에 쇠락 중인 러스트 벨트(Rust Belt: 사양화되어 여기저기 녹이 슨 공업지대 —옮긴이) 도시에서 나는 지난 10년을 숨어 지냈다. 나는 나무가 많고 아늑한 오래된 주택가에서 남편, 딸과 함께 살고 있다. LA에서 이곳으로 옮긴 것은 전적으로 내 생각이었다. 물리적으로는 아니더라도 모든 의미에서 캘리포니아와 가장 먼 곳이었다. 결과적으로 좋은 선택이었다. 볼티모어는 쇠퇴하고 비교적 잊혀진 도시여서 내게 꼭 필요했던 음울하고 맥 빠지고 온몸이 움츠러드는 분위기를 잘 연출했다.

오빠가 플로리다에서 혼자 에이즈로 죽었을 때 나는 이 소지품들을 갖게 되었다. 비록 오빠를 자주 미워하기도 했지만, 그리고 실제로 오빠가 죽어 버렸으면 하고 바라기도 했지만, 나는 오빠를 정말 많이 사랑했다.

어떨 때는 세상 그 무엇보다 사랑할 정도로. 나는 오빠를 생각나게 하는 이 물건들을 빈 손님방에 보관했다. 다시 그 방에 들어간 것은 몇 년 후 지하실을 다 치우고 나서였다. 그리고 나는 축하 팡파르도 없이 그 물건들을 지하실로 옮겼다. 누구든 이걸 봤다면 이렇게 생각했을 것이다. '웬 여자가 플라스틱 보관함을 지하실로 옮기네. 별 볼 일 없군.' 하지만 이 것이 내게는 아주 중대한 순간이었다. 이 층에 손님방이 다시 생겼을 뿐만 아니라 내가 그동안 쓰겠다고 말해 왔던 회고록을 이제는 더 이상 쓰고 싶지 않다고 결정한 순간이기 때문이다. 오빠와 나의 치열했던 관계에 대해, 오빠를 돌보기 위해 한집에 살았던 기간과 오빠가 얼마나 제대로 미쳐갔는지에 대해, 그리고 그다음에는 내 정신이 어떻게 무너졌는지에 대해, 또 2년간의 암 치료로 거의 죽을 뻔했던 경험까지, 이 모든 것을 나는 글로 쓰려 했다. 하지만 내가 짊어지고 있던 모든 분노와 쓰라림과 슬픔은 이제 사라지고 없었다. 나는 마치 헬륨 풍선 다발처럼 그것들을 멀리 날려 보냈다.

자신에게 항상 들려주던 얘기를 놓아 버리면 그때는 무슨 일이 생기는 걸까? 나는 이제 그걸 알아내려는 참이다.

작가 소개 : 메리 발리Mary Valle는 온라인 매거진 〈킬링 더 붓다Killing the Buddha〉의 편집기자이다. 그녀의 작품은 살롱닷컴, 〈에스콰이어〉, 〈LA타임스〉 등에 실린 바 있다.

54

나중에 언젠가는, 바로 지금

·

마이클 포스터 로스바트

아내는 아이를 가질 준비가 되어 있었다. 그러나 나는 아니었다. 물론 나도 그 생각을 모호하고 추상적인 방식으로 지지하고 있었다. 은퇴하면 호숫가 별장에서 살고 싶다고 생각하는 것처럼 아이들도 그렇게 갖고 싶었다. 그러니까 언젠가 나중에 말이다.

하지만 지금 갖자고? 왜 하필 지금인가?

아내는 아이를 갖는 일이 결코 쉽지 않으며, 적잖은 부부가 수년에 걸쳐 여러 차례 시도한 끝에야 아이를 갖는다는 말로 결국 나를 설득시켰다. 앞으로 2, 3년 이내에 아이를 낳으려면 시도는 지금부터 해야 한다는 것이었다.

그녀는 2주 뒤에 임신했다.

우리 아들은 자정이 갓 지나 태어났다. 내 아내를 포함해 일부 부모들은 자식을 처음 보는 순간 그 애와 사랑에 빠진다고 말한다. 난 아니었다.

자, 내 아들은 이런 모습이었다. 점액에 덮인 채 꽥꽥 울어대고 주름투

그 애는 그 손가락을 절대 결단코 내놓지 않겠다는 식으로
계속 빨아 댔다. 내 마음은 곧장 빗장이 풀리고 말았다.

성이에 머리 모양은 외계인처럼 길쭉했다. 물론 귀엽긴 했다. 〈머펫쇼〉에 나오는 손인형들만큼 말이다. 하지만 내가 느낀 건 사랑이 아니었다.

그 순간은 일주일 뒤에 찾아왔다. 나는 아이를 재우기 위해 아이를 무릎에 놓고 흔들어 달래고 있었다. 그 애는 신생아답게 반쯤 초점을 맞춘 눈으로 내 눈을 바라보고 있었다. 나는 그 애가 내 새끼손가락 끝을 빨도록 내버려 두었고, 그 애는 그 손가락을 절대 결단코 내놓지 않겠다는 식으로 계속 빨아댔다. 내 마음은 곧장 빗장이 풀리고 말았다.

4년이 지난 지금 제이콥은 내 단짝이 되었다. 제이콥한테도 동생을 붙여 줘야 할 것이다. 언젠가 나중에 말이다. 그런데 내 아내는 그 언젠가가 바로 지금이라고 결정 내린 듯하다.

바보도 두 번 속지는 않는다. 나는 머리를 짜내 아내의 주장에 대응할 근거를 수집했다. 아내에게 지금은 때가 아니라고 말하기 위해 용기를 쥐어짰다. 마침내 그 말을 그녀 앞에서 힐 준비가 되었던 날, 그녀는 날 케이오시켜 버렸다. 임신이었다.

작가 소개 : 마이클 포스터 로스바트 Michael Forster Rothbart는 업스테이트 뉴욕에 거주하는 사진기자다. 슬하에 두 자녀를 두고 있다.

55

양성 판정

·

매튜 리더

어떤 전조라도 있었나. 희미하게 기억나는 것은 해마다 하는 건강 진단이었다는 것, 보건소의 까칠한 의사가 방망이로 내 무릎을 때렸던 것, 그와 맨해튼 법률사무소에서 일하는 내가 종일 앉아서 일하는 생활방식 때문에 스물아홉에 벌써 노화가 시작되었으니 어쩌니 농담을 했었던 것뿐이다. 생각해 보면 사무실 비서가 혈액 검사 결과가 나왔으니 사무실로 빨리 돌아오라고 급박한 목소리로 메시지를 남겼는데도 내가 들은 시늉도 하지 않았던 것이 놀라울 따름이다. 그때까지 나는 건강 문제로 곤란을 겪어 본 적이 없었기 때문에 그런 메시지가 중요하다거나 이상하다는 생각은 미처 하지 못했다. 무슨 낌새라도 느꼈어야 기억에 남는 것이 있을 텐데 말이다. 의사가 실제로 "양성 판정이 나왔습니다" 또는 "에이즈에 걸리셨습니다"라고 말했을 때는 분명 큰 충격을 받았을 텐데도 나는 기억이 없다. 그 말을 듣기 전 별일 아닌 줄 알았던 무심한 상태와 그 말을 들은 후 정신이 아득해졌던 기억이 있을 뿐이다. 정작 그 중간에 위치한 실제 충격 시점에는 마치 결코 채워지지 않는 구멍이 뻥 뚫려 버린 듯하다.

하지만 그 일은 발생했다. 의사를 만나고 돌아온 직후의 상황을 떠올려 보면 마치 우물 바닥에 앉아 천장에 전개되는 슬라이드 쇼를 보는 듯한 기분이다. 겁에 질려 잠 못 이루는 밤들 사이로 꿈꾸는 것 같은 낮들이 천천히 왔다 갔다 했다. 머뭇거리며 부모님과 옛날 여자 친구에게 전화를 걸었다. 조용한 밤에는 몇 통의 전화를 더 걸었다. 낯선 이들이 운영하는 도움의 전화들이었다. 전화를 받은 남자들은 자신도 훨씬 더 일찍 죽었을 목숨이지만 매일 복용하는 약 덕분에 아직 살아 있노라고 말해 주었다. 그들은 자신도 검사 결과가 분명 실수일 거라고 확신했었다고 했다. 그리고 내게 받아들여야 한다고 했다. 실제로 실수인 경우는 가슴 아플 만큼 적은 확률이기 때문이었다. 그렇게 좀비 같은 생활을 일주일 동안 이어간 후 마지막 슬라이드다.

시계를 되감아 월요일 아침 8시에 나는 브로드웨이와 93번가가 만나는 모퉁이에 서 있다. 식품점 앞에 서서 한 손에는 서류가방을 든 채, 다른 손으로는 후속 검사 결과를 듣기 위해 휴대전화로 전화를 건다. 전화를 받은 접수원이 의사를 바꿔 줄 때까지 몇 초의 침묵이 흘렀던 것이 기억난다. 그리고 아주 또렷한 목소리가 이렇게 말했다. "실험실에서 오류가 있었던 것 같습니다. 미안합니다. 축하합니다." 그리고 한국어로 뭐라고 화난 목소리가 소리치는 것을 들으며 나는 땅바닥에 무너져 내렸다. 그리고 길가의 사과 진열대 옆에서 오랫동안, 아주 오랫동안 흐느꼈다.

물론 얼마 후 내 삶은 다시 정상으로 돌아왔다. 그 후 몇 년간 슬프기도 했고 행복했고 만족하거나 실망한 때도 있었다. 다른 많은 이들처럼 나도 삶에 만족하기 위해 싸웠다. 더 훌륭해지고 뛰어나고 싶은 욕망이 실현되지 않을 때는 지금도 여전히 괴롭다. 하지만 가끔 나는 그 순간을 기억함으로써 새로운 시각으로 삶을 볼 수 있는 은혜를 입는다. 시한폭탄 같던 시계 소리가 갑자기 째깍 소리를 멈추는 순간이 온다. 그냥 보통 사람이라는 것이 얼마나 가뿐하고 아찔하고 믿을 수 없을 만큼 기쁜 일인가. 매주, 매달, 매년, 아주 잠깐이지만 내 인생이 어떻게 달라질 수 있었던가를 떠올리는 순간이면 존재하는 모든 것이 서서히 사라진다. 그리고 내 삶은 완벽해진다.

작가 소개 : 매튜 리더Matthew Leader는 뉴욕에 사는 작가이자 변호사이다.

#56

나는 무너지고 있다

.

폴 웨스트

    세수하러 화장실에 들어가 거울에 비친 내 얼굴을 바라본 순간, 진실은 더없이 이례적이고 공포스러운 방식으로 다가왔다. 내가 기억하는 한, 내 얼굴은 기껏해야 다소 창백하고 전보다 헬쑥했을 뿐 정상적인 얼굴이었다. 그러나 다시 들여다보자 무언가가 움직이기 시작했다. 우유와 산소에 장기간 노출된 결과 배태된 착시현상이었을까? 얼굴은 아래쪽으로 재빨리 움직였고 뒤처진 턱도 같이 미끄러졌다. 턱은 아래로 붕괴되는 듯했지만 곧 원래 있던 자리에 새로운 위성을 만들어 놓은 것처럼 보였다. 치아는 마치 그 위성에 붙어 있는 듯했다. 그런 상황에서 내가 할 수 있는 일은 오로지 공치사를 듣는 사람처럼 눈을 한 번 감았다 뜨는 것뿐이었다. 그러나 효과는 없었다. 다시 눈을 감았다 떴지만 이번에도 마찬가지였다. 오히려 그 탓에 턱이 인간과 야수를 구분 짓기 위해 공표된 선을 넘어서 더 밑으로 처져 버린 듯했다. 아까 전과는 비교도 안 될 만큼 말이다. 그래서 나는 가능한 한 눈을 오래 뜨고 있으면서 턱이 또 한 번 꺼지는 것을 막아 보려 했다. 턱은 더 이상 내려앉지 않았다. 하지만 그렇게 해서 남겨진 얼굴은 이전에 있었던 얼굴에서 무너질 때를 놓친 일부에 지나지 않았다. 내 달라진 얼굴의 끔찍함에 주의를 기울이는 동안, 나는 또 다른 것을 눈치챘다. 바로 내 오른쪽 팔이 축 처져 무용히 옆구리에 붙어 있으며 아무리 애를 써도 들어 올릴 수가 없다는 사실이었다. 그리고 내 핸디캡의 그악스러운 전 면목이 표면화된 그 순간, 거미 모양을 한 커다란 보라색 장미꽃이 재빨리 내 배에 들러붙었다.

　나머지 기억은 흐릿하다. 나는 거듭 내 얼굴을 재확인할 때마다 외모가 점점 더 추해진다는 느낌이 들었다. 게다가 나는 그 어떤 것도 아내에게 말로 설명할 수가 없었다. 상태가 점점 악화되어 가는 엘리펀트맨 (elephant man : 19세기 영국에 살았던 얼굴이 코끼리를 닮은 기형이었던 조지프 메릭Joseph Merrick을 일컫는 별칭. 그의 이야기는 연극과 영화로 만들어져 유명해졌다. ―옮긴이)은 그저 그녀 앞에서 용서를 구했다.

작가 소개 : 폴 웨스트Paul West는 작가이자 시인이다. 웨스트는 그의 뛰어난 문체로 미국예술원 문학상(1985년), 래넌 소설상(1993년), 알퍼랭-카맹스키 그랑프리 상(1993년), 그리고 세 차례의 푸시카트 상(1985년, 1991년, 2003년)을 수상했다.

#57

자비를 베푸소서

·

스티브 앤서니 레저

바로 15미터 앞에 정지 신호가 보였다. 잠깐 몇 초 동안 낯선 길에서 한눈을 판 것이다.

그걸로 끝이었다.

속으로 생각했다. '난 죽었구나.' 같은 순간 같은 교차로를 향해 커다란 견인 트레일러 한 대가 달려오는 게 보였기 때문이다. 브레이크를 밟으면서도 나는 충돌을 피할 수 없다는 걸 알고 있었다. 충돌이 일어날 것이고 나는 죽을 것이다. 그게 현실이었다. 내 인생은 끝난 거였다. 이게 마지막이었다.

그런데도 그 순간 내가 느낀 감정은 안도감이었다. 하느님이 마침내 나를 놓아주시는구나. 이제 죽을 거고 마침내 내가 그 모든 죄책감, 공포, 혐오, 망설임, 말 못한 얘기 즉 미완으로부터 풀려나는구나. 세상에 혼자라는 느낌, 부끄러움, 연애의 모든 무게감이 어깨에서 내려왔다.

진부하게 들리겠지만 그 한순간에 내 인생 전체가 눈앞으로 지나갔다.

사업 실패. 쓸모없는 학위. 6학년 학급에서 여자애들에게 가장 인기 있는 아이로 뽑힌 조용한 말더듬이 소년.

내 의식은 다시 고향으로 가서 누나의 미소를 보고 어머니의 포옹을 느꼈다. 아버지의 목소리를 듣고 형과 뒷마당에서 달리기 경주도 했다.

슬픔과 기쁨을 둘 다 느꼈지만 주로 느낀 것은 기쁨이었다. '할 수 있었는데', '했어야 했는데', '였을 텐데'라는 모든 후회는 더 이상 중요하지 않았다.

내 차는 정지신호를 지나쳐 미끄러져 갔고 교차로로 들어섰다.

모든 게 서툴렀던 고등학교 시절. 스무 살에 들어간 대학. 서른다섯에야 했던 졸업식. 사바나. 애틀랜타. 노스캐롤라이나. 테네시. 수잔. 제니퍼. 테리. 리사. 캐서린. 캐롤. 타미. 다정함. 살갗이 닿는 느낌. 한 번도 말해 보지 못한 '사랑해'.

처음 ABC를 썼던 날. 행크 아론(미국 야구선수) 야구 카드. 초조했던 회사 면접. 닷새 동안 수염을 깎지 않았던 일. 운동 트로피. 실수들. 공상들. 형. 누나. 엄마. 아빠.

그리고 충돌. 흰색 빛이 빙빙 돌았다. 하얀색 방. 산산 조각난 유리. 그리고 자비.

나는 아직 시속 80킬로미터 속도인 채로 트럭의 옆면을 들이받았다. 에어백이 터졌다. 윙! 윙! 윙! 윙! 미친 듯한 속도로 크게 네 바퀴를 돌았다. 내 차가 무슨 장난감 팽이라도 된 것 같았다. 앞 후드가 찌그러졌다. 양 무릎은 대시보드 아래에 끼었고 마침내 차가 멈추었다.

누군가 차 문을 열고 나를 끌어냈다. 나는 뜨거운 아스팔트 위를 굴러

도랑에 빠졌다. 온통 가솔린 냄새와 인동나무 냄새가 진동했다.

피는 입안에 동전을 문 것 같은 맛이었다. 하늘 높이 구름이 한 점도 없는 게 보였다. 생명도 없고, 신도 없고, 의미도 없었다. 삐딱하게도 나는 이 사고의 흉터가 영원히 남으면 좋겠다고 생각했다.

몇 분이 지나고 멀리서 희미하게 사이렌 소리가 점점 커지는 게 느껴졌다.

전부 다 기억이 났다. 모든 모욕과 모든 감정이. 내가 읽거나 썼던 모든 시가 다 외어졌다. 아름다운 것들도 다 기억났다. 에메랄드빛 눈동자, 부드러운 한숨, 꿀이 들어간 홍차 빛깔의 허벅지. 모든 게 보였다. 모든 순간, 모든 얼굴, 모든 포옹. 하느님의 존재 외에는 모든 게 느껴졌다.

피가 목덜미를 타고 내려가는 것을 느끼며 나는 마침내 알게 되었다. 내가 바랄 수 있는 최선은 살아남는 것이라는 것. 과거와 싸우고 나 자신의 폐허 위에 집을 지을 수 있게 되기를 바라야 한다는 것을 말이다. 하느님이 되었든 악마가 되었든 자비를 베풀기를, 그리고 언젠가는 내게 마땅하다고 생각되는 것보다 더 많은 사랑을 찾게 되기를. 이것이 내가 기도해야 하는 것이었다.

작가 소개 : 스티브 앤서니 레저Steve Anthony Leasure는 조지아 주 더글라스빌에서 동력 터빈 품질 관리자로 일하고 있다.

58

부재중 전화

·

애니 리히

그 쥐들을 기억한다. 하나는 죽었고 하나는 살아 있었다. 재택근무 중이던 나는 잠시 일손을 놓고 점심을 만들려던 참이었다. 싱크대 밑의 캐비닛을 열었는데 쓰레기통 바닥에 쥐가 두 마리나 있는 것을 보고 기겁을 했다. 남편과 나는 며칠간 외박을 하고 돌아온 참이었는데, 우리가 없는 동안 그 두 마리가 이리 들어오는 길을 찾아낸 것 같았다. 그래 놓고는 미처 빠져나갈 방법은 찾지 못한 것이다. 한 마리는 벽을 따라 종종거리며 맴돌고 있었고 그보다 운이 나빴던 다른 하나는 이미 죽은 채였다. 모습을 보아하니 그의 친구가 이미 그를 약간 갉아먹은 듯했다.

나는 쓰레기통을 싱크대 밑에서 꺼내 뒤뜰로 가져갔다. 헛간이 있는 곳까지 멀리 걸어가 산 쥐를 놓아주자 쥐는 재빨리 모습을 감췄다. 죽은 쥐는 그보다 난감했다. 시체가 바닥에 붙어 버린 것이다. 나는 차도 쪽으로 걸어가 호스를 집어 들어 노즐을 쓰레기통 안에 조준한 다음 수압으로 말라 버린 쥐의 시체를 도로 위에 떨어뜨리고 풀숲으로 흘려보냈다.

메인 주에도 9월이 찾아왔다. 궂은 날이 이어지던 봄과 그리 화려하지 못했던 여름이 지나고, 마침내 화창하고 따뜻한 날씨가 돌아온 참이었다. 나는 고개를 젖혀 햇볕을 좀 쬔 다음에야 현관 계단을 올라 실내로 들어갔다.

주방에 들어서자 휴대전화가 빛을 깜박이는 것이 눈에 들어왔다. 부재중 전화였다. 나는 임신 중이었고, 실험실 기사로부터 양수천자 검사 결과를 전화로 통보받기로 하고 기다리고 있었다. 발신번호를 확인했을 때 나는 내 심장이 말 그대로 두 동강 나는 것을 느꼈다. 부재중 전화는 의사로부터 걸려온 것이었다. 좋은 소식이었다면 전하는 일은 실험실 기사가 하도록 내버려 두었으리라.

귀먹은 듯 사위의 소음이 갑자기 잠잠해지고 나는 다만 거기 가만히 서서 휴대전화만 들여다보고 있었던 것을 기억한다. 비보를 듣기 직전에 — 이를테면, 이른 아침 현관 앞에 경찰관이 서 있을 때 — 사람들이 어떤 반응을 보이는지에 대해 들어본 적이 있을 것이다. 그때 사람들은 상대방이 입도 떼지 못하게 하려는 듯 두 손을 치켜들고 그들의 인생이 1분이라도 더 바로 이전까지와 같은 모습으로 있어 주기를 바라는 것이다. 그제야 나는 그들의 심정을 이해했다. 떨리는 손으로 나는 의사에게 전화를 걸고, 발신음이 울리는 동안 마이크에게 당장 집으로 와달라는 문자를 보냈다.

작가 소개 : 애니 리히 Annie Leahy는 비영리 사회혁신기업 팝테크PopTech의 전 제작 책임자다. 창조적 기업 이나 비영리 단체를 위한 컨설턴트로 활동 중인 그녀는 현재 남편과 함께 메인 주 포틀랜드에 살고 있다.

59

다시 그때로 돌아간다면
그를 구할 수 있을까?

•

알라 마지드

타는 듯 무더웠던 2004년 여름, 나는 나자프 성도(바그다드 남쪽에 있는 시아파의 메카)에서 시아파 반미 종교지도자 무크타다 알 사드르Muqtada al-Sadr가 이끄는 의용군 자이시 알 마흐디Jaish al-Mahdi와 미군과의 전투를 취재하고 있었다.

우리의 계획은 이맘 알리 성지로 진입해 성지를 방어하기 위해 항거하고 있는 이라크 주민들이 어떻게 지내고 있는지 알아보는 것과 성지에서 취재하던 중에 전투가 과격해지면서 도시에 갇혀 버린 서방 기자 두 사람을 데리고 나오는 것이었다. 우리는 먼저 전선을 넘어도 좋다는 미군의 '인가'를 확보해야 했다. 또 자이시 알 마흐디 또는 잼(JAM, 미국이 그들을 지칭하는 이름)이 혹여 우리를 스파이나 미군의 협력자들로 착각하지 않도록 그들로부터도 진입 허가를 받아야 했다. 위험한 상황이 발생하지 않도록, 우리는 잼 측에 우리에 대해 자세히 설명하고 성지로 진입할 예정 시기를 보고했다.

나는 열일곱 대의 차량으로 이루어진 호송대를 이끄는 흰색 코롤라의 뒷좌석에 자리를 잡았다. 차량마다 아랍어와 영어로 'TV' 또는 '미디어'라고 적힌 큼직한 스티커를 붙인 것으로도 모자라, 기사들은 백기를 흔들어 가며 차를 몰았다. 우리가 통과한 황량한 거리들은 위험을 숨긴 듯 음험하게만 보였다. 미군은 집과 건물들을 폭격으로 파괴해 버렸고 도시는 유령도시가 되어 있었다.

첫 번째 미군 검문소에 다다른 우리는 멈춰 세워져 질문을 받았고 그 뒤 왔던 길을 돌아가는 게 좋을 거라는 조언을 들었다. 우리는 병사들에게 감사를 표했지만 가던 길을 포기하지는 않았다. 그렇게 달리던 중 잼 저격수들이 쏘는 경고사격 소리를 들었다. 그들은 내가 탄 차를 향해 총부리를 겨눈 채 다가오고 있었다. 나를 사이에 끼고 양옆에 앉아 있던 여기자 둘은 우릴 겨눈 총을 보고는 내 양팔을 꽉 끌어안았다. 저격수들도 우리의 출현에 상당히 놀란 표정이었다.

그 시점부터는 도보로 여행을 해야 했다. 폭발물에 부착된 전선들이 사방에 가득했지만, 잼은 친절하게도 그것들을 피해 갈 수 있는 방법을 알려 주었다.

마침내 성지에 도착했을 때, 몸집이 크고 지친 안색의 이라크인 사내가 내게 다가왔다. 그는 자기를 따라오라고 말했다. 그리고 작은 병원 같아 보이는 방으로 나를 안내했다. 방 안에는 30대로 보이는 한 남자가 침상에 누워 있었다. 그는 머리를 포함한 여러 곳에서 많은 피를 흘리고 있었고 허벅지는 살점이 떨어져 나가 휑한 몰골이었다. 다섯 명의 사내가 부상당한 남자 곁에 서서 울고 있었다. 한 사람의 목숨이 꺼져 가는 것을 눈앞에서 지켜보는 것은 엄청난 충격이었다. 나는 그가 전장에서 다쳤지만 전투와는 무관한 사람이라는 것, 그는 의사에다 7개 국어를 한다는 것, 내가 그를 병원에 데려다 주어야 목숨을 살릴 수 있을 거라는 말을 들었다. 뭐라고 대답해야 할지 알 수 없었지만, 일단 나와 함께 온 일행에게 돌아가 그를 살릴 수 있을지에 대한 의견을 구했다. 그들은 불가능할 것이라 했다. 심지어 운전기사는 큰소리를 내며 반대했다. 나는 눈물을 흘리며 돌아가 도와줄 수가 없다고 말해야 했다.

우리는 도시에 발이 묶였던 두 기자를 찾아냈고, 다른 이라크인들을 만나 이야기를 나눴다. 그러나 부상당한 남자에 대한 염려를 떨칠 수 없었던 나는 이튿날 그곳으로 다시 돌아가 보았다. 그 전날 나를 방으로 데려갔던 이라크인이 보였다. 그는 비난하는 눈으로 나를 바라보며 부상자는 이미 죽었다고 구슬프게 말했다. 나는 울고 또 울었다. 그 사람이 군인인지 아닌지가 과연 중요한 문제였을까? 아니다. 내게 그는 인간이었고, 어릴 적에 보았던 우리 아버지, 혹은 내 오빠와 닮은 사람이었다. 나는 지금도 내가 그를 데려가 치료받게 했다면 살릴 수 있었을까 하는 생각을 머릿속에서 지우지 못하고 있다.

7년이 지난 지금도, 인정을 우선시할 수 없는 기자라는 죄책감이 나를 따라다니며 내 마음을 들볶고 있다. 나는 지금도 그날의 일을 잊지 못한다.

작가 소개: 알라 마지드Alaa Majeed는 이라크 출신 언론인으로 현재 브루클린에 살고 있다. 그녀는 〈크리스찬 사이언스 모니터〉, 〈맥클래치McClatchy〉, 〈뉴요커〉, 〈네이션〉, 퍼시피카 라디오, CBS를 포함한 다양한 매체에 중동과 미국의 소식을 취재·보도해 왔으며, 비영리그룹인 언론인보호위원회를 위한 연구를 수행하기도 했다. 그녀는 현재 알자지라 영어 방송을 위한 다큐멘터리를 제작 중이며 이라크에 관한 책을 쓰고 있다.

chapter 5

우리 모두는
각자 있어야 할 곳에
도착해 있다

...

'숙명'의 철학

거센 물살에 떠밀려 자리 잡은 바로 그곳에 뿌리를 내리는 홀씨처럼 우리 모두
는 각자의 파도를 타고 지금 이곳에 도착해 있다. 자신의 처지를 받아들이는 순
간 우리에게는 새로운 기회와 희망이 열린다고 이 장의 참여 작가들은 말한다.

60

용서

·

제니퍼 톰슨

1985년 1월 나는 노스캐롤라이나 앨러먼스 카운티의 법원에 앉아 있었다. 그곳에서 배심원단이 로널드 코튼에게 1급 강간 유죄, 1급 절도 유죄, 1급 성폭행 유죄를 선언하는 것을 들었다. 나는 무거운 한숨을 내쉬었다. 6개월 만에 처음으로 작은 안도감을 느꼈다. 그는 내 삶에 불청객으로 찾아와 내가 일하고 계획하고 바랐던 모든 것을 산산조각 낸 짐승이었다. 나는 그가 가장 고통스럽고 끔찍한 방식으로 죽기를 바랐다. 나는 계속 그렇게 되기를 기도하겠지만 일단은 종신형이 그가 받게 될 형벌이었다.

그다음 몇 달 동안 나는 가까스로 조각난 내 인생을 이어 붙였다. 하지만 그것은 엄청난 자멸과 공포 없이는 불가능했다. 나는 그만 잊고 넘어가고 싶었지만 7월 그 밤의 공포는 내가 어디를 가든 따라다녔다. 로널드 코튼이 내게 저지른 지옥 같은 범죄로부터 나는 저 멀리 달아날 수가 없었다. 제니퍼 톰슨이라는 저 소녀는 뒤처져 있고, 그녀의 자리에는 속이 텅 빈 파편밖에 남지 않아서, 가끔은 저게 나라는 것조차 알아볼 수가 없었다. 맹목적인 미움과 분노만이 내가 아직도 살아 있다는 것을 느끼게 해 주었다.

몇 년이 지났다. 나는 직장을 가졌고 사랑에 빠졌고 1988년 결혼했다. 1990년 봄 내 인생에는 아름다운 반전이 찾아왔다. 나는 세쌍둥이를 낳았다. 모건, 블레이크, 브리트니가 세상에 태어나자 새 생명이 가져다주는 모든 신기함과 경이로움이 세 배가 되었다. '하느님께서 나를 사랑하시는구나.' 나는 속으로 생각했다. 내가 이 아이들을 돌볼 수 있다고 믿으시는구나. 나는 다시 가치 있는 사람이 되었고 소중한 사람이 되었다. 나는 모든 에너지를 아이들에게 쏟았지만 한편으로 마음속 깊은 곳 어느 구석에서는 로널드는 이런 것을 가질 수 없다는 생각에 기쁨을 느꼈다. 그는 결코 자신의 아이를 안아 보거나, 여자를 사랑하거나, 자유의 빛을 보지 못하겠지. 내 아기들의 안전을 위해 기도할 때도 나는 여전히 로널드가 잔인하고 비참한 인생을 살기를 바랐다. 끔찍한 일을 저지른 사람들은 끔찍한 종말을 맞아야 한다. 그것만이 공평함이다.

그 범죄가 일어난 지 11년이 지났다. 나는 아직 학교에 안 가는 다섯 살짜리 꼬마 셋을 키우며 바쁜 나날을 보냈다. 빨래를 하고 아이들의 까진 무릎을 봐주는 일이 그 옛날의 공포나 불안을 대체했다. 그리고 1995년 봄 그 전화가 걸려 왔다. 나의 강간 사건을 담당했던 형사 마이크 굴딘은 나를 거듭 안심시키는 목소리로 방문해도 되겠느냐고 물었다. 그 어두운 시간 동안 그의 목소리만이 유일하게 나를 버티게 해 주었다. 나는 마이크를 다시 보게 될 일이 기다려졌다.

하지만 그가 가져온 뉴스는 로널드 코튼과 그의 변호사가 로널드의 결백을 증명하기 위해 DNA 테스트를 요청했다는 것이었다. 나는 격노했다. 그는 유죄였다. 모두가 그것을 알고 있었다. 판사도, 배심원도, 동네 사람들도, 검사 측까지도 모두 알고 있었다. 무엇보다 '내가 알고 있었다.' 나는 그 고통을 다시 느끼고 싶지 않았다. "좋아요. 테스트를 하세요." 내가 말했다. "하지만 그 짓을 다시 할 수는 없어요. 이제는 나도 생활이 있어요." 나는 테스트 결과에 대해서는 걱정되지 않았다. 지난 4,000일간 매일 밤 악몽에서 그의 얼굴을 보았기 때문이다. 로널드 코튼은 강간범이었다. 확실한 사실이었다.

석 달이 채 지나지 않아 마이크와 앨러먼스 카운티의 지방검사보가 내 부엌에 서서 그 뉴스를 전해 주었다. 그들의 경직된 얼굴은 또 뭔가가 나타나 내 삶을 산산조각 낼 거라고 말해 주고 있었다.

로널드 코튼은 죄가 없었다. 그의 DNA는 강간 도구에서 나온 생물학적 증거와 일치하지 않았다. 대신 DNA는 연쇄 강간범인 바비 풀의 DNA와 일치했다. 그동안 바비 풀은 로널드와 같은 교도소에 있었고 로널드는 누구든지 들어주는 사람만 있으면 모든 게 잘못되었다고 말해 왔었다. 나는 죄책감과 수치와 절망적 공포에 숨이 멎는 것 같았다. 이 긴 세월 동안 나는 잘못 알고 있었던 것이다. 나는 로널드가 죽기를 바랐다. 고통을 느끼길 바랐다. 나는 뭘 하고 있었던 걸까? 그는 대체 얼마나 분노해야 하는 걸까? 그는 언제 어떻게 복수를 해 올까? 내 가족은 안전한 걸까?

로널드가 10년 이상을 기다렸던 그것을 내가 그에게 하는 데는 2년이 걸렸다. 나는 13년 전 강간을 당했던 곳에서 멀지 않은 교회에 앉아 있었고 로널드가 걸어 들어왔다. 눈물 사이로 나는 그에게 혹시라도 나를 용서해 줄 수 있을지 물었다.

그의 반응은 꿈에도 예상치 못한 것이었다. "용서할게요." 그가 말했다. "나는 당신에게 화가 나지 않았습니다. 당신은 인간이기 때문에 실수를 한 거예요. 나를 두려워하지 말아요. 나는 결코 당신을 해치지 않습니다. 당신이 행복하길 바라요. 나도 행복해지고 싶고요. 멋진 삶을 사세요. 제니퍼!"

그동안 죽었으면 하고 바랐던 사내가 내게 어떻게 살아야 하는지를 가르쳐 주고 있었다. 그날 오후 로널드는 내가 그 어느 교회에서 배운 것보다도 많은 것을 가르쳐 주었다. 그는 내게 품위과 자비, 용서를 보여 주었다. 그리고 내가 기쁨과 평화와 사랑의 삶을 살 수 있도록 내 영혼을 놓아주었다.

로널드와 나는 절친한 친구가 되었고 우리는 사법 개혁 옹호자가 되었다. 이제 그는 내게 내린 가장 큰 은총이다. 그가 없는 삶은 상상조차 할 수 없다.

작가 소개 : 제니퍼 톰슨Jennifer Thompson은 로널드 코튼Ronald Cotton과 함께 『코튼 잡아내기Picking Cotton: Our Memoir of Injustice and Redemption』를 쓴 작가이다. 그녀는 꾸준히 사법 개혁을 주장하고 있다. 톰슨과 코튼의 대화는 pickingcottonbook.com에서 영상으로 접할 수 있다.

61

이것도 인생이야, 비록 계획과는 달랐지만

•

모 클랜시

여러 해 동안 답 없는 질문에 시달려 온 내 책상 위에 마침내 그 봉투가 놓였다. 중요한 서류를 담아 보낼 때 으레 쓰이는, 노란색 마닐라지로 된 규격봉투였다. 평생 그 봉투가 도착할 날을 기다려 왔지만, 감히 뜯어 볼 용기는 나지 않았다.

나는 그 봉투 안에 내 정체성, 내 진짜 정체성이 담겨 있다는 것, 그때까지 봉인돼 있던 내 출생증명서가 담겨 있고 거기에는 내 본명이 적혀 있으리라는 것을 알고 있었다. 그러나 봉투에는 나를 낳아 주신 어머니의 이름, 그녀의 사망증명서, 그리고 그녀가 손으로 쓴 편지 역시 담겨 있었다.

나는 내가 입양아라는 사실을 몰랐던 시절이 기억나지 않는다. 양부모님은 내가 뒤늦게 사실을 알고 충격받지 않도록 가능한 한 일찍 사실을 털어놓는 것이 최선이라고 생각하셨던 것이다. 선의에서 내려진 결정이었지만, 그 얇은 내 마음에 영영 응답받지 못할 의문의 블랙홀 같은 것을 만들어 버렸다. 입양아로 자란다는 것은 인파 속의 낯선 얼굴들을 살펴며 혹시 저 중 누군가가 내 생모가 아닐까, 형제나 삼촌은 아닐까 끊임없이 자문하게 된다는 것을 뜻한다. 나는 친어머니와 상봉하는 장면만 머릿속에서 몇 번이나 그려 봤는지 모른다. 이 잿빛 교외의 별 볼 일 없는 삶을 끝내고, 어머니를 따라 어딘가 먼 이국으로 떠나고 싶었다. 그러나 궁극적으로 내가 바랐던 것은 누군가의 얼굴 속에서 나와 똑 닮은 모습을 알아보는 경험을 비로소 나도 하게 되는 것이었다.

스물두 살 때 처음 생모를 찾고 싶다는 이야기를 꺼내자, 수화기 반대편의 양어머니는 잠시 대꾸가 없으셨다. 그러다 물으셨다. "왜니? 왜 하필 지금 찾겠다는 거니?"

"제 진짜 어머니가 누군지 알고 싶어요." 그렇게 대답한 나는 내 말의 뉘앙스를 깨닫고는 아차 싶었다.

"진짜 어머니라고?" 빈정대는 목소리였다. "네가 다섯 살 때 열이 40도까지 오르고 구토에 시달렸을 때, 그 잘난 진짜 엄마는 어디 있었다니?" 그렇게 묻고, 어머니는 전화를 끊어 버리셨다.

호기심이 지나치면 판도라의 상자를 열게 될 수도 있으리라는 염려에 나는 한동안 생모를 찾는 일을 포기하고 있었다. 기껏 찾아낸 생모가 날 냉대할지도 모른다는 두려움은 둘째 치고 말이다. 역시 입양아였던 내 친구 앤은 여러 해에 걸친 안달복달 끝에 친부모를 찾아냈지만 양친 모두 그녀와 만나는 것을 거절했다. 이혼해 살고 있던 그들은 각자의 새 배우자에게 앤에 대해 털어놓기를 꺼렸다. 자신들의 과거가 현재의 삶에 개입되는 것을 원치 않았던 것이다. 그때 앤이 받은 충격은 이만저만이 아니었다.

그러나 서른세 살이 돼서도 내 안의 블랙홀은 그 검은 입을 다물 기미를 보이지 않았다. 하루는 당신의 아들만큼 나와 가까워진 남자친구의 아버님이 혹시 당신의 도움이 필요하겠느냐고 물어 오셨다. 내 고군분투를 익히 알고 계셨던 그분은 사설탐정을 고용해 보자고 제안하셨다. 나는 그 제안을 받아들여야 하느냐 마느냐를 두고 일주일 동안 잠을 설치며 고민을 거듭했다. 그러다 결국 나는 최소한 하나의 완결된 이야기 혹은 인생사를 갖게 된다면 하나의 인격체로서 지금껏 느껴 왔던 결핍감을 크게 치유할 수 있으리라는 결론을 내렸다.

　　우리는 입양아를 친부모와 연결시켜 주는 일을 전문으로 하는, 팻이라는 이름의 여자 사설탐정을 고용했다. 수색 과정에 도움이 될 만한, 내가 갖고 있던 유일한 정보는 생모가 오하이오주립대학에 재학했었고 거기서 사회과학을 전공했다는 것뿐이었다. 언젠가 양어머니가 술김에 밝힌 이야기였다. 어머니는 나중에 말을 바꾸셨지만, 나는 당신이 내게 털어놓은 것보다 더 많은 사실을 알고 계신다는 것을 눈치채고 있었다.

　　팻은 입양기관의 수녀들을 매수하고 대학 기록을 조사하는 식으로 점과 점 사이를 연결해 전후 맥락을 추적했고, 마침내는 내 본명이 기재된 출생증명서를 찾아냈다. 나를 낳을 당시 부모님은 십 대가 아니었다. 아버지는 로스쿨 재학생이었고 어머니는 사회복지학 석사 과정을 밟고 있었다. 그러나 종교 차이 때문에 아버지는 임신한 어머니를 버리고 신앙이 같은 여자와 결혼했던 것이다. 아버지는 기타 치는 것을 좋아하셨다고 한다. 어머니는 글 쓰는 걸 좋아하셨다.

수녀들은 팻에게 어머니가 입양기관으로 부친 친필 편지도 건네주었다. 그리고 팻은 더 깊이 파고든 끝에, 우리 어머니가 서른여섯 살이던 해 달라스의 어느 아파트에서 화재로 돌아가셨다는 것까지 밝혀냈다.

책상 앞에 앉아, 나는 손에 쥔 봉투 끝을 오랫동안 만지작거렸다. 마침내 속에 든 것을 꺼냈을 때, 가장 먼저 눈에 들어온 것은 내 출생증명서와 거기 적힌 이름 제니퍼 린 크랩트리였다. 나를 낳아주신 어머니의 이름은 리타 크랩트리였다. 출생증명서에는 그녀의 이름이 기재된 사망증명서와 그녀의 가족이 오하이오 지역신문에 기고한 부고가 스테이플러로 같이 찍혀 있었다. 수녀들에 따르면 생모의 가족은 내 출생에 대해 까맣게 모르고 있었다.

마지막 남은 문서 하나는 평범한 종이 한 장에 손으로 휘갈겨 쓴 편지였다. 흔들리고 고르지 못한 필체였다. 내용은 다음과 같았다.

지난 3개월 동안 그 애 생각뿐이었지만, 제 감정을 추스르지 못해 차마 그 애의 근황조차 여쭙질 못했어요. 현실을 직시하기 위한 과정을 겪고 있는 것이겠지요. 지금 제 진짜 심정을 저조차 모르겠답니다. 오랜 시간이 지난 뒤에야 제가 내린 결정을 받아들이고 마음의 평안을 얻을 수 있을 것 같아요. 지금 당장은 어떻게 합리화해 보려 해도 도움이 되질 않는군요. 신앙밖에 위안을 찾을 곳이 없어요.

서류들을 손에 쥔 채로, 나는 우리 모두가 각자 있어야 할 곳에 도착해 있다는 것을 깨달았다. 그리고 운명이라 불러야 할 무언가가 존재할지도 모르겠다고 생각했다. 나는 고작 열한 살에 친어머니와 함께 화염에 휩싸인 아파트에서 목숨을 잃었을 수도 있었던 것이다.

봉투에는 실현될 수도 있었을 한 인생이 담겨 있었다. 내가 한 번도 불려 보지 못한 내 이름, 내가 한 번도 만나 본 적 없는 어머니가. 또 내 정체성에 대한 질문 이상의 의문에 대한 답변도 담겨 있었다. 나는 비로소 한 여성이 아기에게 더 좋은 운명을 안겨 주기 위해 희생을 감수했다는 것을 알게 되었다. 그리하여 나는 서류를 안 보이는 곳에 치워 두고 판도라의 상자를 봉인한 다음, 그때껏 변함없이 내 몫으로 존재해 온 삶을 계속 살아가기로 마음먹었다.

작가 소개 : 모 클랜시Mo Clancy는 〈포춘〉이 선정한 500대 패션 및 소비재 브랜드에서 트렌드 전문가로 활동해 왔다. 현재 그녀는 현대 공예품과 마야 문화에 관심을 갖고 있다.

62

인생은 랜덤

•

커크 시트론

파티가 있던 밤, 예정대로라면 나는 인도에 있어야 했다. 우물을 파고, 영어를 가르치고, 무언가 뜻깊은 일을 하고 있어야 했다. 그러나 내가 가려던 지역에 폭동이 일어났다. 출발일 이틀 전에 국무부에서 우리 비자를 취소해 버렸다. 그래서 나는 비행기를 타고 북극 위를 나는 대신에 맨해튼 어퍼이스트사이드에 있게 됐다. 술을 마시며 말이다.

파티가 열린 방 2개짜리 아파트는 젊고 매력적이며 흥분한 사람들로 붐볐다. 내 상사 중 한 명도 거기 있었다. 나는 그의 눈에 들려고 애쓰던 중이었다. 동시에 분홍색 핫팬츠를 입은 — 당시는 70년대였다 — 다리가 긴 미녀에게도 치근대고 있었다. 오, 그 핫팬츠라니!

그때 나보다 연상인 여자가 방에 들어섰다. (그녀는 스물여섯 살이었다.) 그 여자, 캐서린은 어떤 험상궂은 짐승 같은 놈의 팔 안에 안겨 있었는데, 후에야 나는 그가 그녀의 전 남자친구였다는 것을 알게 되었다.

밤이 무르익고 문득 정신을 차려 보니 나는 피아노 옆에 서 있었다. 캐서린도 거기 있었다. 파티장의 어슴푸레한 조명 속에서 나는 그녀가 금발이라 생각했다. (그녀는 빨간 머리다.) 우리의 대화는 채 5분을 끌지 않았다. 아마도 화제는 인도였을 것이다. 혹은 그녀의 친구이자 내 친구이기도 한 파티 주최자에 대해 이야기했는지도 모른다. 솔직히 말해, 무슨 얘길 했는지 나는 기억나지 않는다.

내가 기억하는 것이라고는 그 뒤에 일어난 일뿐이다.

파티는 아직 한창이었는데 캐서린과 그녀의 전 남자친구는 막 자리를 뜨려 하고 있었다. 불현듯 그녀는 내 앞에 서 있었다. 그녀는 비밀스레 내 쪽으로 몸을 기울여 내 손에 종이 한 장을 지그시 쥐어 주었다.

"전화하세요." 그녀는 말했다.

요약해 보면, 그날 예기치 않게 일어난 일들은 다음과 같다.

나는 인도에 있었어야 했다.

그녀는 전 남자친구와 함께 파티에 참석했다.

나는 다른 여자에게 치근대고 있었다.

캐서린은 나보다 다섯 살 연상이었다.

우리는 기억에도 남지 않을 대화를 나눴다.

나는 심지어 그녀의 머리색조차 제대로 기억하지 못했다.

하지만 그날 이후 33년이 흐르고, 여섯 번 이사를 하고, 두 아이가 성인이 되기까지 캐서린과 나는 여전히 함께 있다.

내가 터득한 교훈은 바로 이것 — 인생은 무작위라는 것이다.

우리 앞에 닥칠 우연과 우발적인 사태에 대비책을 마련하기 위해 우리가 할 수 있는 일은 결국 아무것도 없다. 또 그런 우연과 우발적인 일들이 당장에 우리가 중요하게 여기는 일보다 더 뜻깊은 무언가가 될 수 있다. 존 레넌도 이렇게 노래하지 않던가? "인생이란 당신이 다른 계획을 짜느라 바쁠 때 당신에게 일어나는 일." 혹은, 조지 루카스의 말을 빌어보자. "포스를 믿어라."

작가 소개 : 커크 시트론Kirk Citron은 디지털 광고회사 AKQA의 설립자 겸 〈롱뉴스The Long News〉의 편집자로 현재 샌프란시스코와 뉴욕을 오가며 살고 있다.

63

예일대에 떨어지던 날

·

사샤 로스차일드

아버지는 예일대를 나오셨다. 아버지는 내가 당신의 선례를 좇아야 한다고 부담을 주신 적은 없지만, 그 대신 휘펜푸프스(Whiffenpoofs: 예일대 아카펠라 그룹으로 미국에서 가장 역사 깊은 대학 아카펠라 그룹—옮긴이)의 중독성 있는 노래들, 밤새워 가며 〈예일 데일리 뉴스〉를 편집했던 일, 스크롤 앤드 키Scroll and Key, 스페이드 앤드 그레이브Spade and Grave, 스컬 앤드 본스Skull and Bones 등의 신비스럽고 막강한 비밀결사들 같은 흥미 진진한 대학 이야기들을 들려주셨다. 다른 아이들이 신발 끈 매는 것을 배우고 있을 때부터 나는 고딕식 건물과 조지왕조풍 건물, 담쟁이덩굴, 감탄이 나게 명민한 사람들과 부대낄 인생을 꿈꾸고 있었다. 내 전공은 물론 연극이 될 것이었다.

나는 흔히 사회복지 석사 과정을 밟고 있는 사람들이나 보일 법한 자부심으로 예일대학교 티셔츠를 입고 다녔고, 고등학교 2학년이 되어서는 내 차 뒤에 학교 이름이 새겨진 범퍼 스티커를 붙이고 뿌듯해 했다.

대학교 범퍼 스티커를 붙이는 것은 자신이 갈 대학이 확실히 정해진 졸업반 학생들이 따르는 전통이었다. 하지만 나는 내가 예일대에 가리라는 것을 알고 있었다. 그것은 내가 맨 처음 내린 결정이었을 뿐 아니라 유일한 선택이기도 했다. AP(advanced placement: 미국에서 고등학생이 대학 진학 전에 대학 인정 학점을 취득할 수 있는 고급 학습 과정 —옮긴이) 수업은 전부 찾아 듣고 완벽에 가까운 성적을 얻고 다양한 과외활동에 참여하고 훌륭한 에세이를 써내고 예일대 출신의 아버지까지 뒀으니, 예일대에 입학하는 것은 떼어 놓은 당상과 같은 일이었다.

그 봉투가 도착한 것은 12월 중순의 일이었다.

일고의 의심도 없었던 나는 일찌감치 입학신청서를 제출해 놓고 있었다. 창창한 앞날을 예약해 두고 부엌에서 서성거리고 있는데 여자 집배원이 우리 집 차도를 걸어 들어오는 것이 보였다. 흥분한 나는 공이 튀듯이 뛰어나가 그녀를 맞았고, 받아온 한 무더기의 우편물을 곧장 헤집기 시작했다. 그리고 마침내 그것이 눈에 들어왔다. 봉투는 얄팍했다. 얇을 뿐만 아니라 크기마저 작았다. 표준 규격 봉투였다. 기숙사 4인실에 모인 학생들을 찍은 쾌활한 분위기의 광택 나는 사진들, 기숙사 정보, 식당 메뉴 옵션 같은 것들로 채워진 큼직한 서류철이 아니었다.

수치스럽고 화가 나서 나는 당장 내 차로 달려가 범퍼 스티커를 떼어 버리려 했지만, 마이애미의 열기에 고무와 녹아 붙은 스티커는 옴짝달싹도 하지 않았다. 파란색과 흰색의 '예일'이라는 글자가 나를 노려보며 말하는 것 같았다. "자만에 빠지면 그렇게 되는 거란다, 멍청한 여자애야." 패잔병 같은 꼴로 차도 바닥에 앉아 있자니 집에 계시던 아버지가 걸어 나오셨다. "안 들어갈 거예요." 나는 말했다. 바로 그 순간, 나는 내가 무언가를 더없이 절실히 원할 수 있다는 것, 그것을 위해 최선을 다하고 전력을 기울일 수 있다는 것, 그러나 그럼에도 실패할 수 있다는 것을 깨달았다.

그리고 나는 깨달았다. 지금은 비록 이렇게 태아처럼 쪼그리고 앉아 있지만, 나는 여전히 굳건히 존재한다는 것을. 나는 여전히 살아서 숨 쉬고 있었고 실패는 나를 죽이지 못했다. 그렇게 생각하자 해방감이 밀려왔다. 나는 아직 많은 것을 시도할 수 있었고, 수차례 더 실패할 수 있었으며, 내 미래는 여전히 창창했고 예일대학 말고도 갈 수 있는 학교는 얼마든지 있었다.

작가 소개 : 사샤 로스차일드Sascha Rothschild는 로스앤젤레스에 기반을 둔 텔레비전 방송작가 겸 피처기자이며 『서른 살에 이혼하는 법 How To Get Divorced by 30』을 쓴 저자이기도 하다.

#64
산마르코 광장

줄리안 볼로지

　이 사진은 2002년 베니스의 산마르코 광장에서 찍은 것이다. 리사와 나는 사진을 찍기 얼마 전에 뉴욕에서 처음 만났다. 그녀는 스물여섯 살이었고, 중서부 지역 출신으로 브루클린에 살고 있었다. 나는 스물여덟 살이었고, 콜롬비아 출신의 부모님 슬하에 독일에서 태어나 브뤼셀에서 살고 있었다. 그녀는 우리의 첫 번째 '진짜' 데이트를 위해 날 보러 유럽까지 찾아온 것이었다.

　처음 키스한 순간, 우리는 둘 다 운명을 마주하고 있음을 알았다. 모두들 우리더러 정신이 나갔다고 했지만, 온갖 악조건에도 불구하고 모든 것이 잘 풀려나갔다. 1년 뒤 나는 뉴욕으로 이주했다. 우리는 이듬해 결혼식을 올렸고, 지금은 두 아들을 둔 행복한 부모로 살고 있다.

| 작가 소개 : 줄리안 볼로지Julian Voloj는 뉴욕시 퀸즈에 살고 있는 사진작가이다.

처음 키스한 순간, 우리는 둘 다 운명을 마주하고 있음을 알았다.
모두들 우리더러 정신이 나갔다고 했지만,
온갖 악조건에도 불구하고 모든 것이 잘 풀려나갔다.

#65

결국 어떻게 되나요?

·

패트릭 칼라한

"입원할 일이 많을 겁니다."

이게 그 의사가 내 아들의 미래에 관해 예견한 말이었다. 그는 환자를 대할 때 〈노인을 위한 나라는 없다〉의 하비에르 바르뎀(상기 영화에서 살인자 역할을 맡았던 배우—옮긴이)을 연상시키는 냉정한 태도를 보이는 걸로 친척들 사이에서 유명했다. 나는 아들의 진료 예약을 잡으려고 부엌에서 그에게 전화를 건 참이었다. 아내가 손을 소아과의사에게 보이고 돌아와서는 힘이 하나도 없는 목소리로 '우리 막내가 소아 당뇨래요'라고 말했던 것이다. 손은 당시 겨우 열 살이었다.

그 훌륭한 의사의 반응은 이런 식이었다. "잠깐이라도 평범한 가정에 대한 꿈을 꿨었다면 당장 잊어버리세요. 정신 장애가 있는 아들이 둘이나 있는 가정에서 그런 건 어림도 없으니까요. 전에도 힘든 일은 있었다고요? 그때가 좋았다고 말하게 될 겁니다."

수화기 너머로 의사의 목소리는 우리 앞에 얼마나 가슴 찢어지는 미래가 기다리고 있는지를 열심히 설명하고 있었다. 싱크대에 기대서서 의사의 얘기를 들으며 앞일을 가늠해 보던 그 순간, 나는 자신에게 물었다.

'이 난관을 어떻게 극복해 갈까?

숀은 열 살이다.

숀은 취약X증후군(정신지체를 유발하는 유전성 질환—옮긴이)이고 말을 못한다.

숀은 혈당이 지나치게 떨어지거나 높아져도, 기절할 것 같거나 구역질이 나도 우리에게 알릴 방법이 없다.

현재 숀은 프레첼(매듭 모양의 짭짤한 과자—옮긴이)과 와플밖에 안 먹는다.

오, 하느님!

대체 어떻게 해야 이 아이가 계속 살아 있도록 할 수 있는 걸까?

아내와 나는 가끔 두 아들이 취약X증후군을 가졌는데도 왜 화를 내거나 원망하지 않느냐는 질문을 받는다. '왜 우리에게만 이런 시련이 닥치는가?'라는 생각이 들지 않느냐고 말이다. 우리의 대답은 언제나 '그런 일도 벌어진다'는 것이다. 인생이 원래 그런 것이니. 물론 친구들이 자기네 집안은 발목을 자주 삐는 끔찍한 가족력을 가졌다거나, 데이트에 형편없는 상대가 나왔었다거나, 아들이 대학에서 장학금을 반밖에 못 받았다는 얘기를 할 때면 나도 자연히 입술을 지그시 깨물게 된다. 그런 문제는 하루 여섯 번 주사를 맞아야 하는 우리 숀에게는 다섯 번째 주사처럼 순식간에 지나가는 일이라고 말하고 싶어지기 때문이다.

때로 나는 의사와 나누었던 그날의 전화 통화를 떠올려 본다. 특히 피곤에 찌든 아내가 거실 소파 위에서 곯아떨어져 버린 늦은 밤, 2층의 숀이 일어나서 부엌으로 내려오는 발소리를 들을 때면 말이다. 숀은 식탁의 자기 자리에 앉아 조용한 목소리로 내게 혈당이 떨어졌으니 뭘 좀 먹어야겠다고 말할 것이다. 12년 전 내가 의사와 '그 얘기'를 나누었던 똑같은 부엌에서 숀은 막대 프레첼을 들고 우유를 마실 것이다. 의사는 최악의 상황을 얘기했었다.

아들이 죽을지도 모른다고.

작가 소개 : 패트릭 칼라한Patrick Callahan은 펜실베이니아 블루벨에 있는 부동산개발회사의 재무담당 최고경영자이다. 그는 또 필라델피아에서 ESPN 라디오 〈금주의 프로 풋볼〉의 진행을 맡고 있기도 하다.

66

나는 내가 기록할 이야기대로 살아야 한다

·

루스 그루버

나는 브루클린 윌리엄스버그 근린에서 지금으로부터 100년 전인 1911년에 태어났다. 내게는 줄곧 언어에 대한 애정이 있었다. 1학년 때 나는 아리따운 흑인 선생님이 시를 읽어 주시는 것을 들었다. 그녀는 내 초등학교 시절 유일하게 아일랜드계나 유대인이 아닌 선생님이었고, 시를 읽는 그녀의 부드러운 목소리는 마치 음악처럼 들렸다. 나는 매료되었다. 언어는 ― 쓰인 것이든, 말해지는 것이든, 꿈속에서 완벽한 문장으로 날 깨우는 목소리든 ― 나를 추동하는 연료가 되었다. 그때 비로소 나는 글쓰기에 바쳐진 인생을 살리라고 마음을 굳혔다.

소녀 시절, 나는 언제나 조바심을 냈고 서둘렀다. 나는 뉴욕대학에 진학해 3년 뒤에 학업을 마쳤다. 나를 가르친 영어 교수님은 내가 쓴 에세이들을 〈애틀랜틱〉, 〈하퍼스〉 기타 등등의 지면에 투고하셨다. 글들은 모두 게재를 거절당했지만 최소한 멋진 문투의 거절편지들을 받을 수 있었다. 뉴욕대학을 졸업한 뒤, 나는 히틀러가 득세하고 있던 1931년, 쾰른 대학 1년 장학생으로 독일에 갔다. 교수님들은 작문에서 박사학위를 따기를 권하셨지만, 1년 안에 과연 가능한 일일까? 영문과 학과장이던 헤르베르트 쇠플러 교수님은 이렇게 말씀하셨다. "이제껏 누가 전력을 세운 적은 없지만, 자네라면 할 수도 있을 걸세." 나는 구두시험을 통과했고, 아직 유명세를 떨치기 전이었던 버지니아 울프라는 이름의 영국 작가에 대한 논문을 썼다. 그리하여 스무 살이 되던 해, 〈뉴욕타임스〉는 나를 세계 최연소 박사로 칭하게 되었다.

학업을 마치고 고향에 돌아왔지만, 언론계에는 일자리가 많지 않았고 젊은 여성에게는 물론 더 그랬다. 나는 기사를 써서 투고하기 시작했지만 돌아오는 거절편지는 내 방 벽을 바르고도 남을 지경이었다. 내가 언론학 강의를 한 번이라도 들었더라면, 기사를 쓰려면 내가 "알고 있는 바를 써야" 한다는 사실을 일찌감치 깨쳤을 것이다. 마침내 나는 내가 아는 것에 대한, 내 고향 브루클린에 대한 글을 쓰기로 결심했고, 그렇게 직성한 기사를 〈뉴욕타임스〉가 샀다. 그때 비로소 내 인생이 시작되었다고 해도 좋을 것이다.

나는 〈뉴욕 헤럴드 트리뷴〉의 특별 해외특파원이 되었다. 나는 소련령 북극의 알래스카와 그 밖의 다른 지역들에서 취재 활동을 펼쳤다.

제2차 세계대전 중에 나는 언론계 일을 잠시 접고 내무장관 헤럴드 아이크스Harold Ickes의 특별 비서로 일했다. 1944년 그는 내게 비밀 임무를 부여했다. 그것은 1,000명에 달하는 유대인 난민들을 헨리 기빈스 Henry Gibbins라 통칭하는 군함에 태워 이탈리아로부터 미국으로 실어 보내는 일이었다. 나는 장군으로 가장했는데, 그것은 나치에게 체포되더

photograph Courtsey of Ruth Gruber

그 배에서 보낸 시간은 한 사람의 언론인으로서
항상 증인인 동시에 참여자가 되어야 한다는 사실을 내게 일깨웠다.

라도 제네바협정 법령에 따라 그들이 날 살해하지 못하게 하기 위해서였다.

나는 그 후덥지근하고 사람들로 북적이는 배에서 2주를 보냈다. 배는 나치 수상비행기와 U보트들로부터 추격을 받기도 했다. 나는 많은 수의 난민들에게 말을 걸었다. 그리고 그들에게 박해당한 실화를 들려달라고 말했다. 그들 중 많은 이들이 이렇게 말했다. "당신한테요? 당신은 젊은 아가씨가 아닙니까? 우리가 겪은 일은 너무 끔찍해서 아가씨는 차마 듣고 있지도 못할 겁니다." 그에 나는 당신들이야말로 역사의 증인이며 미국인들이 히틀러의 만행에 대한 진실을 알도록 당신들이 도와야 한다고 응수했다. 그리하여 그들은 입을 열었고 나는 귀를 기울이며 그들이 내게 말한 모든 것을 손으로 받아 적었다.

난민들은 뉴욕 오스웨고에 있는 해체된 군기지로 수송돼 회집됐는데, 그로부터 수십 년이 지난 1999년 오스웨고에서 난민 재회 모임이 열렸을 때 몇 사람이 내게 이렇게 말했다. "우린 이제 한배를 탔던 동료들이 지금껏 어떻게 살아왔는지 알게 됐어요. 하지만 당신 얘기가 궁금하군요." 모임에 참석했을 때 내 나이는 여든여덟이었다. 나는 세계대전 당시의 경험과 반세기를 넘긴 내 언론생활을 되돌아보며 오스웨고 난민들의 일에 개입했던 일이야말로 내 인생을 결정지은 사건이었다는 것을 깨달았다.

그 배에서 보낸 시간은 한 사람의 언론인으로서 항상 증인인 동시에 참여자가 되어야 한다는 사실을 내게 일깨웠다. 나는 내가 기록해야 할 이야기대로 직접 살아야 했다. 그리하여 나는 헨리 기빈스 호에 승선해 아직 줄무늬가 들어간 죄수복을 입고 맨발을 신문지로 감싼 생존자들을 만난 순간, 오스웨고의 이야기를 살기 시작했던 것이다. 바로 그들 때문에, 그리고 우리가 구하지 못한 사람들 때문에, 나는 위험에 처한 유대인들을 구출하는 일에 전력을 다해 매진하겠다는 맹세를 했다. 또 그런 경험을 겪고 나서, 기자와 사진기자, 책을 쓰는 저자로 활동을 계속했다. 그리고 그 순간 이후, 필연처럼 나는 구출과 생존에 바쳐진 삶을 살게 되었다.

작가 소개 : 루스 그루버Ruth Gruber는 스무 살에 세계 최연소 박사 학위를 받은 뒤 기자, 사진기자, 작가, 박애주의자의 길을 걸었고 제2차 세계대전 동안에는 내무장관 해럴드 L. 아이크스의 특별 비서로 활동했다. 그녀는 1944년 루즈벨트 대통령이 임명한 호위병이 되어 1,000명의 난민을 나폴리에서 뉴욕으로 이송시킨 경험을 상세히 기록한 『피난처Haven』를 비롯해 십여 권이 넘는 책을 썼다. 다큐멘터리 〈시대에 앞서Ahead of Time〉는 이 책에 언급된 시절인 1911년에서 1947년까지를 아우르는 그녀의 삶을 그리고 있다.

#67

평결

·

바이런 케이스

기자의 말을 믿을 수밖에 없다. 나는 그곳에 없었으니. '물리적'으로는 내가 그곳에 있었다는 것이 옳을 것이다. 가냘픈 몸집에 짙은 머리칼, 창백한 피부를 가진 스물세 살짜리 청년이 장례식장에나 어울릴 법한 복장으로 피고인석에 앉아 있기는 했으니 말이다. 공판이 진행되던 사흘긴 매일 나를 감방에서 그곳으로 인솔해 온 집행관의 눈에는 분명 그렇게 보였을 것이다. 하지만 난생처음 보는 열두 명의 배심원들이 자신들의 결정사항을 판사에게 건네던 그 순간, 나라는 사람은 텅 비어 있었다. 내 안의 결정적인 부분은 이미 의식을 빠져나가 버렸고 그 자리에 남아 있던 것은 텅 빈 육체였다. 도저히 그 긴장감을 버틸 수 없었던 것이다.

그 사흘이라는 시간 동안 초조함이 극에 달했음에도 나는 시간이 좀 더 있었으면 하고 바랐다. 눅눅한 지방 교도소에 갇혀서 할 수 있는 일이라고는 건달들의 카드게임이 몸싸움으로 번지는 소리를 듣는 것뿐이었지만, 그래도 그때는 국선 변호 사무실에서 담당 변호사를 보내올 때까지 몇 달의 시간이 내게 주어져 있었다. 심지어 사건이 밝혀지기까지는 더 긴 시간이 걸렸다. 그리고 그제야 나는 돌아가는 상황이 뭔가 끔찍이도 잘못되었음을 알았다. 1,200페이지짜리 증언록과 보고서들을 읽고 또 읽을 때마다 내게 불리해 보이는 사항은 자꾸만 늘어났다. 충분히 그러고도 남을 만한 시간이 지나갔던 것이다. 물론 검찰 측 주장은 내가 반박할 수 있는 허점투성이였다. 그들이 엉뚱한 사람을 체포했다는 것을 나는 분명히 증명할 수 있다고 믿었다. 내가 내 친구를 살해한 적이 없다는 사실을 말이다.

누군가 재판에 서게 되면 알리바이가 확고하고 무죄를 뒷받침할 증거가 있더라도 유죄로 선고받을 확률이 40퍼센트라고 한다. 법정에서 이쪽 편에 앉았다는 이유만으로도 감옥에 갈 충분한 이유가 되는 것이다.

증언을 듣고 검사의 과장된 연기를 보고 있던 때의 나는 이 40퍼센트의 법칙에 대해서는 까맣게 몰랐다. 나는 평소 사형제도에 반대하고 인권을 옹호했었고 따라서 결코 순진한 축에 속하는 사람은 아니었다. 사법체계에 얼마나 많은 결함이 있는지 이미 잘 알고 있었다. 한 명의 목숨이 사라졌다면 책임질 사람도 나타나야 했다. 그럼에도 불구하고 나는 인간의 이성이 가진 힘을 믿고 있었기에 배심원단이 진실을 보게 되리라 믿어 의심치 않았다. 검사가 아무리 그들의 머리 위에 의혹의 장막을 드리운다 하더라도 말이다. 초조하지 않았다면 거짓말이겠으나, 내가 조금이라도 의심했다면 아마 두려움을 가졌을 것이다. 하지만 나는 두렵지 않았다.

사흘간의 공판이 끝나고 사건은 배심원들 손으로 넘어갔다. 나는 법원

건물 지하의 퀴퀴한 오줌 냄새가 코를 찌르는 작은 유치장으로 보내졌다. 그곳에서 배심원들의 심의가 끝나기를 기다려야 했다. 왔다갔다 걸어 보기도 하고, 몸을 흔들어 보기도 하고, 진정하려고 혼잣말을 하기도 했다. 그리고 얼마 먹지도 않은 점심이 자꾸만 목구멍으로 올라오려는 것을 가까스로 참아냈다. 심의는 며칠이 걸릴 수도 있었다. 내가 목격자들이 묘사한 사건의 경과를 종이 위에 하나씩 그려 가며 재구성하는 데만도 9시간이 걸렸으니 말이다. 나는 얼마든지 기다릴 준비가 되어 있었다. 다시 자유의 몸이 되어, 밖에서 서성이고 있을 내 가족과 친구들의 품으로 돌아갈 수만 있다면 말이다.

4시간도 채 걸리지 않아 나는 다시 위층으로 안내되었다. 한 발을 뗄 때마다 다리에서는 철컥철컥 소리가 났다. 도망가지 못하도록 쇠로 된 발찌가 채워져 있었기 때문이다. 내가 달리 갈 곳이라도 있는 것처럼 말이다.

법정은 다시 속속 사람들로 채워지고 내 담당 변호사는 초조하게 손을 비벼대고 있었다. 내 인생 전체가 그 방 하나에 다 들어 있었다. 내가 잃게 될지도 모를 모든 이들이 그 한 공간에 모여 있는 것을 보니, 엄습하는 불안감으로 등골이 오싹해졌다. 멀리 메릴랜드에서 온 삼촌은 안심하라는 듯 내게 미소를 지어 보이고 있었다. 옛날 여자 친구가 내게 용기를 북돋워 주려고 안간힘을 쓰는 것도 보였다. 이전 룸메이트도 와서 희미하게 손을 흔들었다. 친구 한 명은 손가락으로 십자가를 만든 채 뭐라고 중얼거리며 기도를 했다. 어머니는 그새 걱정으로 얼마나 울었는지 두 눈이 빨갛게 충혈되어 있었다. 조부모님도 있고 옛날 이웃도 보였다. 그리고 판사와 배심원들이 있었다.

"착석." 모두 자리에 앉았다.

배심원장이 서 있는 게 보였고 그의 손에는 평결문이 들려 있었다.

"피고는 일어나십시오." 내가 일어섰다.

나중에 콘크리트 벽으로 둘러싸인 감방으로 돌아와 얇은 방수포로 둘러싸인 매트리스 위에 맥없이 웅크리고 있으니 그 순간이 떠올랐다. 온몸의 피가 얼어붙고 귀로는 등 뒤로 어머니의 외마디 비명이 들렸었다. 그리고 흐느낄 힘조차 남지 않아 눈물도 없는 비통함에 젖어야 할 시간이 기다리고 있었다. 생각하고 또 생각할 수밖에 없었다. 하지만 모두 나중의 일이다.

신문 기사 중 하나에는 내가 움찔했노라고 묘사되어 있었다. 기자의 말을 그대로 믿을 수밖에 없다. 나는 그곳에 없었으니.

작가 소개 : 바이런 케이스Byron Case는 현재 종신형을 선고받고 미주리 주 캐머런에 있는 크로스로드 교도소에서 복역 중인 작가이다. 바이런 사건의 법정 싸움에 대해서는 존 앨런John Allen의 책 『회의적 배심원과 바이런 사건 재판The Skeptical Juror and the Trial of Byron Case』에 자세히 쓰여 있다.

#68

인생은 위로하지 않는다

·

닐 폴락

1987년 가을, 나는 할아버지의 시상식에 참석하기 위해 위스콘신 주 매디슨을 찾았다. 할아버지는 일평생 많은 칭송을 받아 본 분이 아니셨다. 당신의 경력은 이러했다. 존경받는 판사이자 랍비의 아들로 태어나 매디슨에서 어린 시절을 보냈고, 해군으로 입대했지만 별다른 공적은 세우지 못했으며, 뉴저지의 교외에 타이어 가게를 내 그럭저럭 꾸려가셨다. 샌디에이고 화학약품 공급회사에서 하급 직원으로 잠시 일한 적도 있으셨다. 80년대 초에 당신은 '물 빗자루' 라는 것을 발명하고 그것으로 대박을 치리라 기대했지만 다른 사람이 먼저 특허를 내버리는 바람에 그 꿈도 무산되었다. 할아버지의 동작과 어투에는 언제나 씁쓸함의 구름 같은 것이 드리워 있었다.

하지만 당신은 포기하지 않았고, 곧 당신 인생의 놀라운 시기에 접어드셨다. 할아버지는 당신의 일생에서 가장 좋았던 시절을 언제나 위스콘신대학 재학시절로 꼽으셨다. 그에 대한 고마움에서, 당신은 학교 조정

선수들이 연례 경기에 참석차 샌디에이고를 방문했을 때 특급 대우를 받을 수 있도록 조정팀을 위한 기금을 모집하기 시작하셨다. 할아버지는 노를 저어본 적조차 없는 분이셨기 때문에 우리 가족에게는 다소 황당하게 느껴졌지만, 그 일은 할아버지의 인생에 형태와 의미를 부여해 주었다. 할아버지는 온갖 유명 인사들을 만나셨고, 당시 위스콘신대학의 스포츠 관리처장을 맡고 있었으며 프로 미식축구 명예의 전당에도 이름을 올린 엘로이 허쉬, 일명 '번개다리'와 함께 호텔에서 하룻밤을 어울리며 인생의 정점을 찍으셨다. "그 양반도 신발을 벗어 던지고 침대에 앉아서 맥주를 마시더군. 다른 사내들하고 다를 바 없더란 말이야." 할아버지는 말씀하셨다.

이 모두는 모교에서 할아버지를 교내 스포츠에 기여한 동문 공로자 혹은 그 비슷한 것으로 기리기로 하면서 절정에 이르렀다. 할아버지는 정말 몇 개월 동안 그 이야기 말고는 다른 이야기는 하지도 않으셨다. 그것은 당신 존재의 대관식 같은 영광이었고, 당신의 얼굴은 희망에 찬 자신감으로 광채가 났다. 말년에서야 주목 받는 위치에 서게 된 것이다. 그때 나와 어머니는 내가 진학할 대학을 알아보기 위해 마침 중서부에 가 있던 참이라, 그 영광스러운 장면을 증거할 증인으로 행사에 초대되었다.

할아버지는 그날 밤 학생회관 강당의 무대에 올라 상을 받으셨다. 할아버지가 조정팀을 위해 하신 일을 사회자가 일일이 열거하는 동안 할아버지의 얼굴은 찬란히 빛났다. 감동적인 순간이었다.

시상이 끝난 뒤, 그들은 그날 밤의 진짜 주인공을 소개했다. 그는 학교를 위해 너무 많은 일을 해온 터라 차마 공적을 나열하기도 어려운 위인이었다. 조명이 꺼지고 무대 위에는 스포트라이트가 비쳤다. 터져 나온 박수갈채가 건물을 뒤흔들었다. 인생의 게임에서 승리한 이 잘생기고 훤칠한 은발의 신사 뒤에서, 키 작고 대머리인 나의 할아버지는 어둠에 묻혀 떨고 계셨다. 틀니는 가짜 미소에 딸려 올라가고, 눈빛에서는 차마 감출 수 없는 질투심과 환멸이 묻어났다. 일평생 당신은 성취광들에게 밀려나기만 했었다. 이번이야말로 승자가 될 최고의 기회였다. 그런데 이번 역시 당신에게 돌아온 것은 패배였던 것이다.

할아버지는 전보다 술을 더 많이 마시기 시작했다. 그리고 기침 증상이 나타났다. 할아버지는 입원하셨다. 내 스물세 번째 생일날, 할아버지는 내게 전화를 걸어 이런 말씀을 하셨다. "데니스 식당에 가봐라. 그랜드슬램 아침 식사를 공짜로 줄 테니." 그건 당신이 내게 남기신 마지막 말이었다. 인생의 마지막 좌절을 겪은 뒤 채 6년도 지나지 않아 할아버지는 돌아가셨다.

매디슨에서의 그날 밤을 목격하기 전까지, 나는 인생이란 무한한 가능성으로 짜인 빛나는 벽걸이 융단일 거라고 생각하고 있었다. 나는 성적 좋은 학생이었다. 트로피도 여러 번 받았다. 미래는 행운과 성공, 행복만을 예비하고 있었다. 그런 와중에 생전 처음으로, 나는 내 할아버지의 얼굴에서 실패의 가능성을, 일시적인 좌절이 아닌 세상 모든 희망의 종식을 본 것이다.

그날 이후 내가 보낸 몇 해를 실현되지 못한 잠재력과 성공의 부재로 점철된 인생이었다고 하기는 어렵지만, 나는 누군가 상을 받을 때 그 배경에서 몰락하는 것이 어떤 것인지를 알고 있다. 그것은 성인으로서 우리가 너무도 자주 느끼는 감정이다. 할아버지는 돌아가시며 내게 낡은 슬리퍼 한 켤레와 영화 〈초인 사베지〉의 다 낡은 비디오테이프 하나를 남기셨지만, 당신의 진짜 유산은 바로 이것, 사소하고 애석한 일이 상황을 악화시킬 수 있고 아마도 끝내는 악화시키리라는 것이었다. 나는 이 깨달음이 감사하면서도 한편으로는 그렇지 않기도 하다. 그날 매디슨에서의 순간을 나는 아직도 무거운 등짐처럼 지고 있으며, 이 짐을 마침내 내려놓을 때를 기다리고 있다.

작가 소개 : 닐 폴락Neal Pollack은 회고록 『스트레치Stretch』와 『대안 아빠Alternadad』, 소설 『주볼Jewball』을 비롯해 많은 수작을 낸 저자다. 그는 프리랜서로 글을 기고하고 있으며 그의 글이 실리지 않은 영문 계간지는 〈뉴요커〉와 〈필드 앤드 스트림〉뿐이다. 그는 현재 아내와 아들과 함께 텍사스주 오스틴에 살고 있다.

#69

2001년 2월 10일

•

줄리아 핼프린 잭슨

매년 조금씩 다르다.

첫해는 비참했다. 그해 2월 10일, 하루 동안 일어난 일들은 한 장면 한 장면이 아직도 눈앞에 선하다. 조정 경기를 할 때 느껴지던 내 손의 굳은 살, 목구멍 뒤편으로 느껴진 뭔가 석연치 않던 갈증, 영원히 어른이 못될 거라는 절망감까지도. 그리고 이상하게도 몇몇 사소한 장면은 마치 중요한 일인 것처럼 아직도 뇌리에 박혀 있다. 병원 벽에 그려져 있던 튤립이라든지, 새크라멘토 강에 비치던 타워 시어터의 파란 불빛, 잊지 않는 데이브 매튜스의 노래 구절 같은 것들 말이다. 열여섯 살짜리에겐 모든 게 드라마다. '남자애들이 어떻게 생각할까'가 중요한 문제이고 선생님 말 한마디에 진로가 바뀌기도 한다. 통제와 본능의 충돌이라는 말보다 사춘기의 감정을 더 잘 표현하는 말은 없을 것이다.

둘째 해 역시 기억이 선명하다. 대학 1학년생이라는 좀 더 어른스러운 삶이 시작되었지만 여전히 나는 통제에 대한 환상을 품고 있었다. 어느 날 석호 근처를 돌아다니며 해안에 줄지어 늘어선 갈매기들을 바라보다가 나는 마침내 어떤 결론에 도달했다. 어른이 된다는 것은 불완전한 장기를 가진 나 자신을 받아들이는 일임을 인정하게 된 것이다.

매년 뭔가가 달라진다. 처음 3년간은 2월이 될 때마다 애잔한 슬픔이 돌아왔다. 세포에 관한 시를 썼다. 나는 여전히 화가 났다. 눈이 마주치는 사람이면 누구든 붙잡고 내 처지를 하소연했다.

4년 차는 해외에서 맞았다. 그제야 나는 해마다 이 기념일을 굳이 슬퍼할 필요는 없겠다고 생각했다. 자정 즈음 우리는 카나리아 제도 테네리페 섬에 착륙했는데, 2월 10일로 바뀌던 순간 내게 새로운 감정이 치솟았다. 바로 낙천주의라는 형태의 반항이었다. 나는 주저 없이 카니발 복장으로 갈아입고, 스페인령 휴양지에서 제대로 노는 법이 어떤 건지 알아보러 나갔다.

10년째인 올해의 2월 10일은 모든 게 완전히 다르다. 2월 10일은 췌장의 날이자 줄리아의 날이며 어른이 된 날이다. 나는 기막히게 운이 좋은 것 같다. 살면서 자신의 모든 이상이 무너져 내렸던 날을 정확히 지목할 수 있는 사람이 얼마나 될까. 우리 인생에서 소설에나 나올법한 진짜 좌절, 제멋대로 담담하게 들이닥치는 운명적 위기 같은 완벽히 드라마틱한 순간은 몇 없다. 쉽게 숫자로 바꿔놓을 수 있는 개인적 비극을 가진 사람 또한 많지 않다. 우울함의 정도를 양으로 표시할 수가 있겠는가? 동성애 혐오증이 얼마나 부당한 것인지 무슨 수로 표현한단 말인가? 인간 본연의, 눈에 안 보이는 불완전성 때문에 잃어버린 기회의 안타까움은 또 어떤가?

그에 비하면 나의 비극은 도표로 그릴 수 있고, 그래프로 나타내고, 재검토할 수 있는 불공평이다. 나의 비극은 최소한의 고통을 주는 병이다. 절대로 외롭지 않은 여정이며, 실제 인생이 우리 모두를 위해 예비해 두는 혼돈이다. 고작 식사를 바꾸는 일이며, 누구도 천하무적이 아님을 깨닫는 일이고, 모든 의사 결정에는 결과가 따른다는 것을 알려 주는 일이다. 당뇨는 기회비용과 효과에 대한 수업이다. 고등학교 때는 경제학의 고마움을 몰랐지만, 이제 나는 혈당측정기로 손가락 끝을 한 번 찌를 때마다 이런 것들이 절로 이해된다.

10년이 지나고 나니 '당뇨가 없었더라면 어땠을까'를 더 이상 생각하지 않게 되었다. 나는 다른 누군가가 되었을 것이고, 다른 트로이 목마가 있었을 것이고, 다른 일들을 이뤄냈을 것이다. 그런 것은 중요하지 않다. 나무가 나무이고 개가 개인 것처럼 나는 그저 나일 뿐이다. 내가 무엇 또는 누구로 규정된다는 것은 안도감을 주는 일이다. 나는 당뇨병 환자이고 여자이고 직장인이며 친구이고 딸이고 누나이고 의견과 열망을 가진 사람이다. 그리고 가끔 혈당을 재는 사람이다.

2월 10일. 이날보다 더 중요한 기념일이 생길 날들을 고대해 본다.

작가 소개 : 줄리아 햴프린 잭슨Julia Halprin Jackson은 스크라이브밸리출판Scribes Valley Publishing, 플랫먼크루키드Flatmancrooked, 미국당뇨협회에서 펴낸 선집 및 문학잡지 〈포틴 힐스〉, 〈스펙트럼〉, 〈캐털리스트〉 등에 소설과 산문, 시 등을 실어 왔다.

70

라벨의 음악에 맞춰 녹색 옷을 입고 춤추기

엘렌 오코넬

발레의 제목은 〈세레나데〉였고, 내 파트너는 어떤 춤이든 한 번 보면 정확히 기억해 똑같이 따라 할 수 있는 재능을 지닌 데이비드라는 이름의 키 큰 금발 청년이었다. 그것은 마사 그레이엄의 컨트랙션이나 발란친의 피루에트가 필요치 않은, 유니타드를 입지도 징도 울리지 않는, 내게 안성맞춤인 종류의 발레였다. 순수한 애시턴이나 맥밀란식의 발레, 50여 년 전 프랑스나 러시아에서 췄을 것 같은 발레였다. 내 돌아가신 할머니가 처녀 적에 보았을 수도 있는 춤, 당신이 마고 폰테인을 알고 지내셨을 때, 그녀가 할머니의 집에서 열린 칵테일파티에 참석해 신발을 벗어 던지고 뒤뜰에서 춤을 췄다는 시절의 발레였다.

"당신이 저를 향해 달려오면 나머지는 제가 알아서 할게요." 데이비드가 말했다. "그냥 제게 맡겨 주세요." 나는 검은색 타이츠 차림에 포앵트 슈즈를 신은 채 사면이 거울로 된 스튜디오 한쪽에 서서 기다렸다.

그는 우선 대각선 방향으로 무대를 가로질렀다. 걷고, 팔을 뻗고, 피루에트로 돌다가 아라베스크로 멈춰 섰다. 현악으로 연주되는 아다지오는 밖에 내리는 비가 만드는 규칙적인 빗소리와 잘 어울렸다. 나는 앞으로 달려가 멈춘 다음 데이비드가 쳤던 스텝을 반복했다. 그는 내 바로 뒤에서 춤을 췄지만, 그가 잡아 줘야 할 만큼 내가 몸을 뒤로 많이 기울이지 않는 한은, 혹은 내가 너무 많이 회전해 그가 내 허리를 잡아 내가 몸을 펴고 음악의 흐름을 따라잡을 때까지 날 회전시켰다가 멈춰 줘야 할 때가 아닌 한은 우리의 몸이 서로 부딪치는 일은 거의 없었다. 내 스텝은 그의 프롤로그였다. 우리는 한 쌍의 새들처럼 짧은 간격을 두고 같이 창공에 몸을 던졌고, 하늘을 날아오르며 서로 간의 거리를 크게 넓히거나 좁히는 법이 없었다.

"무대 오른쪽!" 안무가가 지시했다. "무대 앞쪽으로! 그녀를 봐. 엘렌도 데이비드가 달려올 때 그의 눈에서 눈을 떼지 말고. 자, 이제 그에게 달려가."

나를 가장 겁에 질리게 하는 리프팅 동작이 한 번 있었는데, 그 동작을 하는 처음의 반 동안은 두려움이 밀려왔고 나머지 반 동안은 그 공포감에서 해소되었다. 리프팅이 잘 끝나면 우리는 동작을 마친 뒤에 서로를 바라보았다. 마치 여자에게는 짙은 속눈썹이 있고 남자에게는 그가 침을 삼킬 때 움직이는 목울대가 있다는 것을 서로 처음 알았다는 듯이.

"제 잘못이에요." 데이비드는 리프팅이 실패로 돌아가면 안무가에게 그렇게 말했다. 그는 매번 모든 책임을 자신에게 돌렸는데, 아마도 남자 무용수들이 그렇게 가르쳤던 것 같다. 몇 번이고, 리프팅이 어그러지거나 타이밍이 맞춰지지 않으면, 그는 잘못을 자기 탓으로 돌리고 그런 뒤에 사적으로 내게 내가 변화를 줘야 할 부분을 말해 주었다.

음악이 다시 시작되었다. 우리는 앞서의 스텝을 다시 밟았고 그래서 나는 그에게 가까워졌다. 그는 도망쳐 달리다가 나를 돌아보았고, 이번에는 내가 그를 향해 달렸다. 내가 점프했을 때 그가 자기 동작을 계속하며 날 잊고 가버린다는 것은 어불성설이었다. 나는 내가 중력을 이기지 못하고 모든 것을 데이비드와 발레와 내가 해온 모든 트레이닝에 맡기게 될 순간을 숨을 참고 기다렸다. 그런 뒤 바닥이 점점 더 커지더니 내 얼굴이 바닥을 들이받았고, 그다음에는 어깨, 그리고 이상한 희귀새처럼 검은 타이츠 밑에 돌출한 엉덩이가 떨어졌다. 몸을 뒹굴어 등을 아래로 누우면서, 나는 중력보다 더 무서운 운명을 느꼈다.

누군가로 하여금 자신을 그토록 높이 들어 올리도록 허락하는 데에는 어느 정도의 신뢰가 포함되기 때문에, 나는 떨어지는 동안에도 여전히 신뢰하고 있었고 그가 어떻게 해서든 몸을 던져 내가 추락하기 전에 날 잡아 주리라 기대하고 있었던 것이다. 나는 그 리프팅 동작을 두 번 다시 하고 싶지 않다는 생각이 들었다. 바닥에 떨어진 즉시 그 자리에서 포기해 버린 것이다. 어떻게 추락했는지 혹은 바닥에 떨어지는 것이 어떤 느낌이었는지는 기억나지 않는다. 통증이 어땠는지도 모르겠고, 그냥 아팠다는 생각만 난다.

내가 바닥에 나뒹굴 때까지 음악은 계속되고 있었다. 데이비드와 안무가는 급히 내 쪽으로 달려왔다. 나는 구부린 다리를 가슴에 끌어안은 채 바닥에 누워 있었고, 눈이 휘둥그레진 사람들은 나를 둘러싸고 낮은 목소리로, 마치 모든 것이 원래 그래야 하는 대로 있는 양 꾸미려는 사람들처럼 말을 주고받고 있었다. 나는 흰 천장을 바라다보며 어머니의 얼굴을 생각했고, 어머니의 광대뼈가 너무나 완벽해 보여 한번 쳐다보면 눈을 뗄 수 없었던 것을 생각했다. 나는 어머니가 오페라에 가실 때 뿌리셨던 향수에 대해 생각했고, 그런 향수는 과연 누가 만들었을까 궁금해했다.

그날 밤 그들은 혼자 걷지 못하는 나를 휠체어에 태워 병원에 데리고 갔다. 벽에 붙은 조명에는 세 장의 엑스레이 사진이 걸려 있었고, 의사는 내가 사진 속의 이상 부위를 간파할 줄 안다고 생각하는 듯이 그 사진들을 짚어 보이며 설명했다. 그러나 내 눈에 보이는 것은 희고 흐릿한 내 갈비뼈가 이룬 나뭇가지들뿐이었다.

"척추 아래쪽에 골절이 생겼어요. L4와 L5가 여기 그리고 여기 압축돼서 뼈 위에 뼈가 놓인 모양이 됐죠. 골수액도 누출되기 시작했고요." 그는 사진을 가리킬 때 볼펜을 이용했지만, 내게는 그게 전혀 이상하게 보이지 않았다.

"여기 척추의 첫 번째 골절이 있고, 이 아래에 하나 더 있죠." 그는 부드러운 호를 그리며 척추를 따라 내려갔다. "환자분이 정상체중이었다면 이런 일은 아마 일어나지 않았을 겁니다. 몇 킬로그램 좀 찌우세요, 아셨죠?" 의사는 말했다.

사람들은 신체적 고통을 그 외 다른 것을 이해할 때와는 다른 식으로 이해한다. 여기 금이 갔고, 파열이 생겼고, 의사가 있다. 복용해야 할 알약이 하나 혹은 한 주먹 있고, 재활훈련과 제한 사항들이 있다. 신체적 고통은 설명하기가 가장 간단한 것이며, 춤으로 표현하기 가장 쉬운 것이다. 그런 고통은 당신을 끝까지 알고 있으며 당신을 기다려 주지 않는다.

내가 처음 등뼈를 부러뜨렸을 때 내가 다시 춤을 출 수 있을 가능성은 없어 보였다고 사람들은 말했다. 하지만 그 이후 몇 해가 지나도록, 나는 항상 날 바짝 뒤쫓고 있는 무언가를 내가 앞질러 달릴 수 있으리라 생각했다. 내 몸은 내 마음이 달려간 데까지 따라잡아야 했고, 내 마음은 안무에 빠져 있었다. 내게 남아 있는 시간은 많지 않았지만, 그래도 아직 다 써 버리지 않은 젊음이 있었다. 그래서 나는 공연을 계속했다. 운이 좋을 때는 고통을 한 걸음 앞지를 수 있었으나, 그보다 더 자주 고통이 나를 이기고 춤을 추었다.

마지막으로 무대에 올라 춤을 추면서, 나는 단지 절반만 깨닫고 있었다. 중요한 것은 내가 그날 밤 중력을 얼마나 극복할 수 있느냐 그뿐이라는 것을.

작가 소개 : 엘렌 오코넬Ellen O'Connell은 〈내슈빌 리뷰〉, 〈루이스빌 리뷰〉, 〈세리스 프레스〉, 〈리다바이더〉, 〈루미네이트〉에 글을 기고해 왔다. 이제 막 첫 책을 탈고한 그녀는 UC산타바바라대학에서 문학을 가르치고 있다.

#71

행운

.

대니 데이비스

지난 1월 스노보드 선수 대니 데이비스는 그 시즌의 동계 듀투어Dew Tour 최종 경기에서 우승한 뒤, 친구들과 나가서 술을 마시는 것으로 자축하고 바로 ATV를 끌고 나갔다가 충돌사고를 당해 시즌을 마감하고야 말았다. 그는 척추와 골반이 골절된 상태로 솔트레이크시티 병원의 중환자실에서 깨어났다. 그의 가장 친한 친구이자 올림픽 유망주였던 케빈 피어스Kevin Pearce가 하프파이프 연습 도중 심각한 두뇌부상을 당한 것은 고작 2주 전의 일이었다. 데이비드가 부상당했을 때, 피어스는 여전히 솔트레이크시티의 인근한 다른 병원에서 코마 상태에 빠져 있었다.

병원에서 깨어난 순간, 나는 내가 심하게 다쳤다는 것을 알았다. 내가 믿을 수 없이 얼빠진 짓을 했다는 것 또한 알고 있었다. 또 내가 그토록 열심히 준비해 온 올림픽에 출전할 기회도 사라졌다는 것을 알고 있었다. 그러나 웬일인지 그건 전혀 중요치 않게 느껴졌다. 왜냐하면 나는 살

이제 나는 상황을 충분히 생각한 뒤 움직인다.
그 위험을 무릅쓰는 것이 과연 가치 있는 일인지를
심지어 스노보드를 탈 때조차도 생각하게 되었다.

아 있었고, 내가 운이 좋아 목숨을 부지했다는 것을 알고 있었기 때문이다. 세상에는 올림픽보다 더 중요한 것들이 있다. 나는 거의 마비될 뻔했지만 결국 걸을 수 있었다. 그리고 나는 살아 있었다. 나는 내가 있는 곳이 어딘지 파악해 보려고 애쓰다가 내가 전날 밤 듀투어 경주에서 우승을 거뒀고 우리가 파티에 참석했다는 것을 기억해 냈다. 그리고 케빈이 2주 전의 부상으로 여전히 코마 상태에 있다는 것을 떠올렸다. 내가 ATV 사고를 내서 지금 병원에 있는 것이라는 것을 알게 되자, 나는 멍청하게 굴다 부상당한 것에 속이 상했지만, 나는 살아 있었고 의식도 있었으며 조만간 걸을 수도 있을 터였다. 반면 케빈은 그의 한계와 종목의 한계를 시험해 보다가 부상당했고, 우리는 그가 과연 깨어날지 혹은 그가 얼마만큼 회복될지 전혀 알지 못했다. 그 생각이 내게 경종을 울렸다. 사고 이전에 나는 내가 얼마나 마셔대는지를 생각하지 않고 파티를 했었다. 술을 마실 때마다 나는 마실 수 있을 때까지 마시곤 했다. "내가 맥주를 몇 병이나 마셨지?" 같은 생각을 해 본 적이 없었다. 그러던 습관이 마침내 바뀌었고, 친구들과 어울리는 방식, 파티를 즐기는 방식도 바뀌었다.

이제 나는 상황을 충분히 생각한 뒤 움직인다. 그 위험을 무릅쓰는 것이 과연 가치 있는 일인지를 심지어 스노보드를 탈 때조차도 생각하게 되었다. 전에는 그래 본 적이 없었다. 또 나는 이유 없이 닥치는 일도 있다는 것을 배웠다. 나는 모든 일에는 목적이 있다고 믿어 왔었다. 물론 나는 사고를 통해 교훈을 얻었지만, 케빈에게 일어난 일에는 아무런 이유가 없었다. 그는 올림픽 대표팀에 들기 위해 더없이 열심히 노력했고, 심성에 악의 한 점 없는 친구였다. 그런데도 그런 일이 그에게 벌어진 것이다. 그렇게 선한 사람이 그렇게 나쁜 일을 당해야 할 이유는 전혀 없다. 병원에서 눈을 뜬 순간, 나는 내가 여기에 아직 살아 있는 건 아마도 이 세상에서 해야 할 일이 더 남았기 때문일지 모른다는 생각도 들었다. 세상을 구하는 것 같은 거창한 임무는 아니더라도, 뭔가 이유가 있어서 내가 보호받은 것이라 느꼈다. 내가 살아 있는 동안 할 일이 꽤나 많으리라는 생각이 들었다. 그 일이 무엇인지는 아직 알 수 없지만 말이다.

작가 소개 : 대니 데이비스Danny Davis는 세계에서 가장 유명한 스노보드 선수인 션 화이트Shaun White를 하프파이프에서 이긴 몇 안 되는 선수들 중 한사람이다. 데이비스는 2010년 1월 매머드 그랑프리Mammoth Grand Prix에서 우승해 올림픽 하프파이프 대표팀에 합류할 자격을 얻었다.

72

4년 만에 깬 잠

·

다월닉

2005년 10센티미터의 물에 나는 거의 모든 것을 잃었다. 몇 가지를 건지려고 돌아와서 그 집에 작별을 고했다. 그리고 이후 몇 년 동안은 도시 재건 작업을 열심히 도우며 보냈다. 이 마을 저 마을 옮겨 다니며 친구들이 내주는 빈 아파트와 정부에서 제공한 트레일러에서 살았다. 처음에는 옛날 아파트가 수리되기를 기다렸지만 그런 일은 결코 일어나지 않는다는 걸 알게 되었다. 집주인은 아파트를 제대로 고칠 생각은 없으면서 임차료만 두 배를 원했다. 내 집을 직접 지을까도 생각했지만 그러지 않기로 했다. 나는 결국 이 도시에서 내가 가장 좋아하는 구역에 자리한 아파트 하나를 찾아냈다. 조용하고, 우리 개가 뛰어놀 수 있는 작은 마당도 있고, 앉아서 새들을 구경할 수 있는 베란다도 있는 아파트였다. 그 아파트에 페인트칠을 하고 물건들을 사서 어디에 두어야 할지 고민했다. 마침내 2009년 10월의 따뜻하게 햇살이 내리쬐는 날, 더 이상 손볼 곳도 없어진 나는 자전거를 꺼내 공원까지 타고 갔다. 오른편으로 어부들을 구경하며 드레이퍼스 다리를 올라갔다가 왼편으로 조각 공원을 보며 내려왔다. 힘껏 속도를 내보니 갑자기 4년 만에 완전히 잠에서 깬 기분이었다. 귀가 뚫린 것처럼 모든 행복한 소리가 들려왔다. 모든 게 더 밝아 보였다. 몇 분이 걸려서 나는 겨우 깨달았다. 충격이 이제는 가셨다는 것을.

작가 소개 : 다 월닉Dar Wolnik은 뉴올리언스에 살고 있으며 농산물 직거래 장터에서 교육관 겸 조사관으로 일하고 있다. 연방 제방 붕괴가 지역 음식 조달 체계에 미친 영향에 관한 그녀의 수필은 2005년 선집 『뉴올리언스에 안 가면 후회하는 이유Do You Know What It Means to Miss New Orleans?』에 실린 바 있다. 그녀는 또한 www.neworleanscanthrive.blogspot과 www.frenchquarterbxb.com에 글을 올리고 있다.

73

암 선고를 받다

•

메리 엘리자베스 윌리엄스

의사의 진단이 한 사람의 인생을 통째로 바꾸지는 않는다. 물론 제법 큰 타격이 되기는 하지만 말이다.

어느 화창한 8월 아침, 당신은 평상시에 하는 일을 하고 있다. 컴퓨터 자판을 미친 듯이 두드리며 마감일을 맞추려 버둥대고 있는 참이다. 그때 전화벨이 울린다. 그리고 5분 뒤, 당신은 전혀 다른 사람이 되어 버린다.

불길한 조짐 따윈 없었다. 전혀 말이다. 알 수 없는 통증도, 병이 오래 간 적도 없었다. 다만 머리에 작은 돌기 같은 것이 생겨 사라지지 않았을 뿐, 그 딱지 하나가 낫지 않았을 뿐이었다. 당신은 한여름에 수영을 하다가 혹은 딸들과 놀아 주다가 어디에 긁혔거나 그게 아니면 감염으로 생긴 증상이겠거니 생각했었다. 그렇게 질질 끌다가 피부과를 찾았고, 여의사가 숨을 들이쉬고 "피부암처럼 보이는데요"라고 말할 때조차 눈 한 번 깜짝하지 않았다. 피부암이라고? "큰일인가 보네"라고 당신은 생각했다. "병원에 다시 한 번 와서 혹을 떼어야 한다면 분부대로 해야지,

뭐." 최소한 환부는 당신의 얼굴에 있지 않았다. 당신은 의무적으로 생체 검사를 받고 그에 대해서는 까맣게 잊고 지냈다.

그리고 엿새 뒤, 모든 것이 바뀐다. 당신은 전에도 의사의 전화를 받아왔었다. 그들은 당신의 의심스러운 세포들을 체크하고, "테스트를 더 해봐야겠다."는 말을 전해 온 것이다. 당신은 발신번호를 확인하고 한숨을 쉬며, 한창 골몰하고 있던 일이 중단된 것에 짜증을 낸다. 그때 수화기 너머의 목소리는 이렇게 말한다. "로젠 박사예요. 윌리엄스 씨 검사 결과를 받았는데, 유감입니다. 악성종양이에요."

이제 당신은 사람들이 어떤 경험을 가리켜 '충격적'이라는 말을 쓰는 까닭을 알 것 같다. 그것은 당신이 둘로 쪼개지는 느낌이라기보다는 아예 산산조각이 나는 느낌이다. '악성 종양'이라는 단어를 천천히 소화시키고 있는 당신의 일부는 "일이 이렇게 밀렸으니 상사가 얼마나 화를 내겠어!"라고 소리 지르는 다른 일부를 통제하기 위해 싸우고 있다. "의사의 말은 내가 머잖아 죽을 수도 있다는 뜻이겠지"라고 자각한 일부는 마음이 아주 분주하지만, "그 말은 곧 내가 내일 당장 슬론케터링(Sloan-Kettering : 본래 명칭은 메모리얼 슬론케터링 암센터Memorial Sloan-Kettering Cancer Center로 미국 뉴욕에 위치한 세계 최고이자 최대의 암전문병원임 ─옮긴이)에 입원해야 한다는 뜻일까? 그럼 누가 우리 애들을 여름 캠프에 데려다주지?"하고 묻는 다른 부분만큼 분주하지는 않다.

당신의 뇌는 동시에 무수한 방향으로 소용돌이치고, 그중 일부만이 "나는 암에 걸렸다"고 현실을 직시한다. 당신은 아직 환자복을 입지 않았다. 왜 입어야겠는가? 아침 식사를 할 때의 컨디션과 지금의 컨디션

사이에는 차이가 없다. 암에 걸렸다는 느낌이 갑자기 확연해진 것도 아니다. 어쨌든 신경 써야 할 현실적인 일들 ― 마감일이 임박한 과제들, 집안일 등등 ― 이 너무 많았다. 그리고 당신이 지금 큰 문제에 봉착했다고 해서 그런 나날의 일들이 중단되지는 않는다는 사실이 점차 헤아려지자 위안이 되는 동시에 비참하게 느껴지기도 한다. 내일 처음 만날 암 전문의와 함께 당신의 '치료'에 대해 이야기를 나눌 일은 죽느냐 사느냐가 달린 필수적인 일이 아니라 다만 하루 일정을 방해하는 귀찮은 일과일 뿐이다.

당신은 아직 당신이 어떤 치료를 받게 될지 모른다. 지금껏 병원 가운을 입어본 것은 일생을 통틀어 아이들을 출산했을 때가 전부였다. 당신은 당신의 몸을 구성하고 있는 세포들이 지금 어떤 상태인지를 곧 알게 될 것이다. 머리카락 없는 조용한 사람들과 겁에 질린 표정을 한 그들의 가족들과 함께 대기실에 앉아 있게 될 것이다. 당신은 바다만큼의 눈물을 흘릴 것이다. 당신은 누가 진짜 친구이며 누가 그렇지 않은지를 알게 될 것이다. 당신은 상상하기 힘든 고통과 실색할 상처와 세상에서 가장 깊고 순수한 사랑을 경험할 것이다. 당신은 당신이 무엇으로 이루어진 존재인지를 확연히 배우게 될 것이고, 언젠가는 이 일을 겪게 돼서 오히려 감사하다고 말할 때 사람들의 얼굴에 나타날 당혹스러운 표정을 보게 될 것이다. 그러나 이 모두는 오늘이 아닌 차후의 일이다.

대신에 지금 당신은 수화기를 내려놓고 컴퓨터 스크린만 멍하니 바라보고 있다. 써야 할 글이 있다. 당신에게 의지하고 있는 사람들이 있다. 그들 중 누구도 당신의 상태에 대해서는 아직 모르고 있다. 당신 역시 조금 전에야 그 소식을 들은 참이니까. 그래서 당신은 잠시 등을 대고 앉아 심호흡을 하고, 당신이 가진 비밀의 울적한 아름다움을 음미한다.

당신을 제외한 세상에게 당신은 여전히 과거와 똑같은 당신이다. 당신은 전과 다름없이 건강하고 정상적인 사람, 그들이 같이 영화를 보며 웃고, 회사에서는 장난을 걸고, 넘어져 무릎을 다치면 울며 달려오고, 어둠 속에서 입맞춤하는 사람이다. 그러나 그 사람은 이제 이 집을 떠날 것이다. 그녀는 자신의 모습을 보이는 것만으로 친구들을 울리고, 문병객들이 그녀와 이야기 나누는 동안 그녀의 상처를 얼빠진 채 보고 있게 만들고, 자신의 이름 밑에 '작가', '엄마', '수다스러운 뉴저지 토박이' 말고 추가할 소개말이 하나 더 늘어날 누군가로 대체될 것이다. 그러나 지금 당신에게는 끝내야 할 업무가 있다. 그때 갑작스레 당신의 상사가 확인 차 "다 끝나가고 있나요?"라고 메신저로 물어 온다.

"거의요." 당신은 자판을 두드린다. "전화가 와서 받고 온 참이에요." 그리고 스스로도 아직 그 말을 믿을 수 없지만, 지금이야말로 그 말을 읊는 연습을 해 볼 기회라는 생각이 든다. 당신은 망토를 찾아 몸에 걸친다. 낯설고 묘한 기분이지만, 그런 기분이 이 상황과 얼마나 무섭게 잘 어울리는지를 당신은 이미 알고 있다. "저 암이래요." 당신은 쓴다.

그리고 당신의 새로운 인생이 시작된다.

작가 소개 : 메리 엘리자베스 윌리엄스Mary Elizabeth Williams는 살롱닷컴의 필자이며 회고록 『쉴 곳이 필요해 Gimme Shelter』의 저자이다.

유방암 진단이 나를 흔들어 깨웠다.

• 크리스틴 커너트 Christine Kunert •

그녀는 암을 숨겼고, 오늘 갑자기 운명했다.

• 데이브 보이스 Dave Boyce •

내 유머가 내 암세포를 죽인다.

• 마리아 레오폴도 Maria Leopoldo •

암 : 참전한 남편을 돌려보내 주지 않는 전쟁

• 조-엘렌 발로프 Jo-Ellen Balogh •

도피한 나르시시스트, 암 생존자, 다시 찾은 낙원.

• 게일 토비 Gail Tobey •

유방암 : 0승. 내 미래 : 완승.

• 에이미 보커 Amy Bowker •

소아마비, 암, 크론병. 그럼에도 나는 살아 있다.

• 실비아 스미스 Sylvia Smith •

암에 걸린 뒤, 나는 세미콜론(semicolon : 본래는 '쉼표' 라는 뜻이지만 여기서는 결장암에 걸린 필자가 결장(結腸) 즉, '콜론colon' 절단 수술을 받아 '결장이 반만 남았다' 는 뜻으로 유머러스하게 쓰이고 있다.—옮긴이)이 되었다.

• 앤서니 R. 카드노 Anthony R. Cardno •

암이 끝나기만을 기다렸다 당신은 말한다. '잘가.'

• 조 칼슨 Joe Carlson •

암이 내 여섯 단어 자서전이 되었다.

• 베버리 헤드 Beverly Head •

chapter 6

닫힌 문 앞에서
홀로 울지 마라

...

'가족'의 가치

"행복의 한 문이 닫히면 다른 한 문이 열린다. 하지만 종종 우리는 닫힌 문을
너무 오래 바라보기 때문에 우리에게 열려 있는 행복의 문은 보지 못한다."

— 헬렌 켈러

#74

아빠와 나눈 대화

·

애슐리 앨런

나는 무턱대고 짐을 꾸렸다. 무슨 옷을 가져가든 상관없었다. 대부분은 동생을 위해 남겨 두었다. 어차피 얼마 지나지 않아 그중 어느 것도 내 몸에 맞지 않을 테니. 아빠가 혼자 아래층에서 기다리고 있었다. 언니 앨리슨은 몇 시간 전에 학교에 갔고 새엄마는 동네에 없었다. 새엄마가 붙인 조건은 자신이 돌아왔을 때 내가 없어야 한다는 것이었다. 그냥 비행기나 기차에 태워 보낼 수도 있었지만 아빠는 굳이 10시간이 걸리는 오하이오까지 나를 태워다 주겠다고 했다. 당시 나는 아빠가 그런 결정을 내린 것이 이상하다고 생각했다. 자동차로 여행한다면 고통스럽고 어색할 정도의 침묵이 계속될 게 뻔하기 때문이었다.

우리는 3시간 동안 한마디도 없이 차를 달렸다. 내성적인 성격의 아빠를 고려하면 이런 긴 침묵은 낯설지 않았다. 특히나 아빠는 어떤 종류의 감정적 대화도 불편해했다. 나는 뭔가 말을 하려고 열두 번도 더 입을 뗐다가 결국 아무 말도 하지 못했다. 아빠가 아무 질문도 하지 않는데 내가 왜 대답을 해야 하는가? 아빠가 뻔한 질문들을 했다 해도 뾰족한 답을 듣지는 못했을 것이다. 네, 처음이에요. 아뇨, 아무것도 사용하지 않았어요. 네, 잘 알아요. 아뇨, 남은 인생 동안 뭘 할지 나도 몰라요.

"오하이오 집으로 오게 될 거야." 엄마가 전화로 말했었다. "여기서 아이를 낳을 거야. 임신 중인 여고생들을 위한 고등학교 프로그램이 있어. 그리고 물론 우리가 그 애 키우는 걸 도와줄 거야." 어머니는 코를 훌쩍이다가 흐느끼다가 하는 사이에 이런 말들을 내뱉었다. 하지만 울음은 몇 분밖에 계속되지 않았다. 아마 충격을 받은 것 같았다. 아니, 어쩌면 스스로 어린 네 아이를 키우는 엄마다 보니 위기 상황에 익숙한 것 같기도 했다. 게다가 그렇게 되면 엄마는 나를 다시 돌려받게 되는 것이다.

스프라이트 한 병과 크래커를 사서 자동차로 돌아오자 아빠는 운전석에 없었다. 유리창 너머로 아빠가 공중전화 박스에서 고개를 푹 숙인 채 통화 중인 것이 보였다. 나는 크래커 봉지를 뜯으며 아빠가 새엄마와 이야기를 나누며 세차게 머리를 흔드는 것을 지켜보았다. 싸우는 중이었다. 흔치 않은 일이었고 나는 죄책감이 들었다.

아빠가 천천히 차로 돌아왔다.

"새엄마예요?" 내가 공연히 물었다. "음." 아빠가 얼버무렸다. 둘 다 안전벨트를 하는 사이 나는 크게 숨을 들이마셨다. "아빠, 미안해요." 내가 말했다. 아빠는 고개를 들지 않았다. "이런 일을 저지르려고 한 건 아니었어요." 몇 분간 침묵이 흘렀다. 감당 못할 절망감이 몰려 왔다. 나는 괴로웠던 지난 몇 주를 돌이켜 보았다. 학교를 빼먹고 혼자 임신 테스트를 했던 날, 결과를 보면서 손이 떨렸었다. 7주 전, 처음 입덧을 느끼고 담배 연기가 가득한 여학생 화장실에서 구토를 했다. 마치 비눗방울 안에 들어 있는 것처럼 세상과 격리된 느낌으로 이웃 골목을 걸어 내려왔고, 아이들이 뛰어놀고 사람들이 화단을 가꾸는 모습을 지켜보았다. 그리고 도로가에 주저앉아 눈을 꼭 감고 내가 내 몸에서 분리되기를 바랐었다.

나는 아빠의 실망감과 나의 절망 사이를 이어줄 말을 찾았다. 하지만 결국 나는 그럴 필요가 없었다.

"사랑한다." 아빠가 말했다. 갈라진 목소리였다. "그리고 우린 집으로 갈 거야." 아빠는 다음 출구에서 빠져나와 왔던 길을 돌아가기 시작했다. 나는 몸을 들썩이며 울기 시작했다. 아빠는 한쪽 팔을 뻗어 나를 달래 주었다. 그제야.

집으로 돌아오는 길에 아빠는 새엄마가 유산을 했었다는 얘기를 들려주었다. 내가 이들과 함께 살면 새엄마에게 나의 임신은 고문이 될 것이다. 새엄마는 이미 고통받고 있었다. 그러나 새엄마의 바람과는 반대로 아빠는 나를 다시 데리고 돌아가고 있었다. 내가 신중한 선택을 내릴 수 있게 해 주기 위해서였다. 아빠가 나를 어른 취급하며 이야기한 것은 이때가 처음이었고 그래서 나도 어른스럽게 대답했다. 나는 엄마의 알코올 중독에 대해 이야기했다. 아주 오랫동안 혼자 묻어 두었던 비밀이었다. 그리고 엄마를 떠나는 것이 얼마나 힘들었는지 설명했다. 다시 돌아갈 수는 없었다.

결정은 매우 고통스러웠다. 중절 수술 후 아버지와의 대화는 차츰 예전의 단답형의 불평과 성적표에 대한 의무적 연설로 되돌아갔다. 그날의 대화 이후로 20년 동안 아버지와 더 중요한 이야기는 나눈 적이 없다. 하지만 사랑한다고 말하던 그 순간의 아버지는 남은 평생 나와 함께했다.

작가 소개 : 애슐리 앨런Ashley Allen은 버지니아 리스버그에서 남편 및 세 아들과 함께 살고 있다. 그녀는 두 가지 열정을 추구하고 있는데 하나는 책을 쓰는 것이고 다른 하나는 록스타가 되는 것이다.

#75

진정한 평온

·

로라 캐스카트 로빈스

두 아들을 데리고 파티 장소에 도착했을 때 그곳의 상황은 혼란의 절정이었다. 볼풀 놀이장은 누군가에 의한 '훼손' 으로 폐장돼 있었지만 아이들은 상관없이 그 안을 꽉 채우고 있었다. 갓난애를 안은 한 여자는 '케이크 테이블' 로 떼밀리고 있었다(그녀와 아기는 무사했지만 케이크는 그렇지 못했다). 아이들은 '송별선물' 로 준비해 둔 과자 꾸러미를 마구잡이로 뜯어보는 중이었다. 풍선아티스트는 풍선으로 동물 모양을 만들다 자꾸 터뜨려 버려 아이들을 자지러뜨렸다.

나는 연민과 우월감을 동시에 느끼며 그 혼돈의 한복판에 들어섰다. 나라면 사태가 그 정도로 걷잡을 수 없게끔 내버려 두진 않았을 것이다.

나는 파티를 주최한 여자가 케이크 위에 쓰여 있던 '생일 축하해 루이' 라는 글자를 최소한 알아볼 수 있도록 부서진 케이크 조각들을 도로 붙여 보려 애쓰는 것을 보았다. 바로 그때, 그녀의 남편이 파티장에 들어섰다. 런던 출장에서 이제 막 도착한 그는 공항에서 그리로 직행한 것이었다. 눈으로 아내를 찾는 그의 얼굴은 굳어 있었고, 사람들이 건네는 인사에 어설프게 화답하면서 그녀를 찾아 방안을 샅샅이 뒤졌다.

나는 한바탕 큰소리가 나겠구나 생각하며 마음의 준비를 했다. 그는 틀림없이 아내를 나무랄 것이었다. 어떤 남편인들 그러지 않겠는가? 그가 다가오는 것을 본 여자는 설탕장식으로 범벅이 된 손을 한 채 벌떡 일어섰다. 애원하는 눈빛이었다. 남자의 얼굴은 여전히 굳어 있었다.

그 순간 내 우월감은 사라지고, 그녀가 측은해지기 시작했다. 일을 제대로 해내지 못해서 남편에게 책망을 듣는 것이 어떤 기분인지 나는 잘 알고 있었다. 나는 그리로 달려가 두 사람 사이에 끼어들어 이제 벌어질 불가피한 사태를, 그의 거친 말과 그녀의 눈물을 지연시키고 싶었다.

하지만 그다음 순간 일어난 일에 나는 어안이 벙벙해졌다. 여자는 눈을 감고 몸을 기울여 남편의 어깨에 머리를 기댔다. 그는 그녀를 부드럽게 안고, 역시 눈을 감은 채 그녀를 앞뒤로 흔들며 도닥여 주었다. 그들을 둘러싼 카오스도 잠잠해졌다. 그는 그녀의 위안자였던 것이다.

나도 모르게 눈물이 흘러내렸다. 바로 눈앞에서 목격한 사랑의 힘이 날 도취시켰다. 그는 카오스의 한복판에서 그녀를 위한 위안의 장소가 되어 줄 만큼 그녀를 사랑하고 있었다. 그녀 역시 그에게서 휴식을 찾을 만큼 그를 신뢰하고 있었다.

그 순간에야 나는 그런 유의 사랑이 가능하다는 것을 믿게 되었다.

작가 소개 : 로라 캐스카트 로빈스Laura Cathcart Robbins는 캘리포니아 주 스튜디오시티에서 두 아이의 전업 엄마로 생활하고 있다.

76

엄마사용 설명서

•

줄리 메츠

돌아가실 때까지 엄마는 우리 집이 돌아가게 만드는 원동력이었다. 엄마는 종일 밖에서 일하고 번 돈으로 각종 고지서 요금을 냈고 세금 신고서를 작성했다. 간단한 식탁을 차리기도 했지만 때로는 성찬을 준비했고, 어디 가야 좋은 신발을 할인된 가격으로 살 수 있는지, 각종 얼룩은 어떻게 빼는지도 알았다. 엄마는 아빠의 손수건을 다림질했고 오빠나 내가 소풍으로 돈이 필요하면 자신의 지갑을 열었다. 다만 엄마는 듣는 사람이 원하지 않아도 본인의 의견과 조언을 말해야 했는데 사춘기였던 나는 엄마의 그런 면이 달갑지 않았다. 하지만 나 역시 십 대의 딸을 둔 지금, 엄마가 어떤 좌절과 곤란을 느꼈을지 이제는 이해할 수 있다.

2005년, 말기 폐암인 중피종 진단을 받게 되자 엄마는 아빠에게 수많은 집안일들을 어떻게 처리하는지 가르치기 시작했다. 통장 관리는 어떻게 하고 반찬은 어떻게 만들고 세탁은 어떻게 하는지 말이다. 언제일지는 모르나 얼마 남지 않은 데드라인을 앞둔 상황에서 엄마는 자기 머릿속에 들어 있는 수많은 정보를 물려주고자 고군분투하는 사람처럼 보였다. 이 시기에 엄마가 알려 준 요리법들은 지금까지도 커다란 보물이다.

내가 엄마의 살아 있는 마지막 모습을 본 것은 돌아가시기 전날이었다. 엄마는 더 이상 말을 할 수가 없었기 때문에 우리의 마지막 대화는 (처음으로) 일방적으로 이루어졌다. 세상을 떠나는 것이 걱정되느냐고 물으니 엄마는 그렇다는 뜻으로 고개를 끄덕였다. 나는 엄마에게 아빠는 오빠와 내가 잘 돌볼 테니 걱정하지 말라고 했다. 이제 우리에게 맡겨 두어도 된다고, 더 이상 엄마가 해야 할 일은 없다고 말했다. 시간이 다가오고 있었다. 엄마는 다음날 저녁 우리가 모두 외출하고 간병인만 남을 때까지 기다렸다. 간병인의 말로는 흔히 있는 경우라고 한다.

엄마가 돌아가시고 몇 주 후에 아빠는 내게 작은 종이 한 장을 보여주었다. 손이 떨린 듯 다소 어지러운 필체였지만 엄마가 쓴 것임을 어렵지 않게 알아볼 수 있었다. 아빠의 말에 의하면 이게 엄마가 마지막으로 쓴 글이라고 한다. 내용은 엄마와 아빠가 주말에 가꾸던 장미 정원에 비료를 주는 법에 대한 설명서였다. 엄마가 돌아가신 것이 가을이었으니 장미는 이미 꽃이 떨어진 지 오래였을 때다. 마지막 몇 주의 시간 동안 엄마는 침대에 누워 봄이 오면 그 꽃들이 다시 필 것을 상상했던 것이다. 비록 자신은 볼 수 없지만 누군가는 다시 보게 되리라는 것도.

그 설명서를 읽어 내려가며, 나는 정말로 엄마가 돌아가셨음을 알았다. 그 모든 사랑을 한 장의 설명서에 고스란히 남겨 두신 채…….

| 작가 소개 : 줄리 메츠 Julie Metz는 그래픽 디자이너, 예술가이자 『완벽함』의 저자이다.

77

다 큰 어른들은 어디로 사라졌을까

다이앤 애커먼

6년 전 남편이 뇌졸중으로 쓰러졌을 때, 나는 우리의 오랜 로맨스도 이제 종지부를 찍겠구나 하고 생각했다. 35년을 함께 사는 동안 우리는 언제나 사랑의 언약을 주고받는 낭만적인 연인이었다. 평생을 문필가로, 언어의 명인으로 살아온 우리는 사소한 생각부터 심중 깊은 생각들까지 말로 조목조목 표현해 왔다. 우리는 희로애락을 모두 말로 전했다. 말로 싸우고, 말로 모략을 짜고, 말로 고통스러워했다. 우리는 말을 가지고 놀 았고, 희귀한 우표를 수집하듯이 말을 수집했고, 나날의 거친 도로를 말로 닦아 왔다. 두 사람 모두 수 시간에 걸친 황홀경 속에서 언어를 땜질하는 일로 밥벌이를 하고 자존감을 샀다. 일을 하지 않는 시간에도 언어의 산들바람은 언제나 온 집안에 불고 있었다.

그러던 어느 날 마른하늘에서 벼락이 떨어진 것이다. 폴의 뇌졸중이 그의 두뇌에서 핵심 언어중추를 앗아가 버렸다는 것은 그 무엇보다 잔인한 아이러니였다. 언어와 함께 산 평생이 한순간에 사라져 버렸다. 그는 더 이상 말하지도 읽지도 못했고, 누가 그에게 말을 건네도 알아듣질 못했다. 그가 읊조릴 수 있는 말이라고는 가슴을 찢는 단 하나의 음절 "음… 음… 음…"뿐이었다.

이제 어떻게 살아가야 할지 알 수 없었다. 내 곁에는 그가 있어야 하고 그도 정녕 나를 필요로 하는데 다 큰 어른들은 죄다 어디로 사라졌나, 하고 나는 생각했다. 우리의 세계가 발하던 빛이 일식처럼 완전히 꺼져버린 것 같았다.

삶은 극적으로 탈바꿈했고, 우리도 그에 따라 변화했다. 그러나 생각해 보면 그것이야말로 장수하는 결혼생활의 비법이지 않은가? 오랜 결혼생활은 사실 하나의 결혼이 아닌 수 개의 결혼이다. 사람들은 변하고 사건들이 그들을 변화시키며 부부로서의 삶도 그에 맞게 진화한다. 영원히 함께 머물며 삶을 다스려 나가려면, 햇빛이든 그림자든 그런 변화들을 받아들일 여지를 갖고 있어야 한다. 우리는 그때껏 낭만적이고 명랑한 한 쌍으로 살아왔다. 이제 우리가 도전해야 할 과제는 그 오랜 러브스토리를 계속 살아 있게 하는 것이었다. 쉬운 일은 아니었지만, 언제나 누군가를 돌봐야 하는 여자들의 입장에서는 매일 직면하는 과제이기도 했다. 또한 그것은 우주 한가운데서 미쳐 돌아가는 이 푸른 행성에서 거대한 두뇌와 변화무쌍한 감정을 지닌 생물 형태로 살아가는 모험의 일부에 지나지 않았다.

폴의 실어증은 처음에는 매우 심각했지만, 몇 해에 걸친 치열한 훈련과 우리 두 사람의 창의적 사고, 그리고 두뇌가 지닌 자체 배선 수정 능력 덕분에 폴은 마침내 짧은 대화를 주고받을 수 있을 만큼 언어능력을 회복했다. 하루 중 말이 가장 유창해지는 세 시간 동안에는 매일같이 글도 쓸 수 있을 정도였다. 그리고 뇌졸중이 뇌의 왼쪽에서 일어났음에도 불구하고(좌반구 뇌졸중은 종종 극심한 우울증이나 울화, 혹은 양쪽 모두를 야기한다), 그는 전보다 훨씬 행복해 보였고 살아 있다는 것에 감사하며 매 순간을 충실히 살아갔다. 우리 두 사람의 생활에는 여전히 많은 좌절이 존재하지만, 인생은 다시 전처럼 웃음과 언어로 흥청거리는 파티의 모습을 갖추기 시작했다.

그는 가끔 이른 새벽에 잠에서 깨어 날 찾으며 이렇게 말한다. "여보, 이리 와, 좀 안아 줘." 그러면 나는 침대 속으로 기어들어가 그 주인이 데워 놓은 둥지의 눈부신 온기를 느끼며, 날 위무하는 연인의 태 속 같은 품에 깊이 몸을 묻는다. 우리는 서로를 꼭 끌어안은 채 숨을 섞는다. 그는 내 귓속에 '내 작은 스카라무슈(악당 또는 개구쟁이란 뜻이다)' 라고 속삭이리라. 그럼 나는 우리가 함께해 온 지난날들, 좋았거나 힘들었던 시절, 우리가 작당했던 유쾌한 일들을 되살리리라.

그러나 뇌손상은 항상 확연히 드러나지는 않아도 한 사람의 사고를 엉망으로 헤집어 놓을 수 있는 영구적인 흔적을 남긴다. 어떤 날 폴은 놀랄 만큼 언변이 좋아지기도 하고, 그의 사고는 대개 논리적이다. 그럼에도 가끔은 너무 낯선 사고방식을 드러내 그를 내가 알던 폴로 여기는 것이 차마 어려운 날도 있다. 그리고 가끔은 그의 비논리적인 언사가 나를 불안에 빠트린다. 한번은 그가 감기를 앓는 친구와 통화를 하면 자신도 감기에 걸리지 않겠느냐고 물어 온 적이 있다. 이유인즉슨 '수화기 저쪽에서 들어온 숨이 이쪽으로 빠질 테기 때문'이라는 것이었다.

아아, 그러나 내 오랜 낭군은 아직 그의 존재 안에 살아 있다. 나는 종종 쇼윈도 같은 그의 얼굴에서 그의 본디 모습을 알아본다. 그럴 때면 그가 할 법한 말들이 당장에라도 쏟아져 나올 듯이 쇼윈도를 탕탕 때리는 것이다. 나는 그가 예전에 쓰던 말투로 말하는 것을, 새로 들인 애완견의 이름을 휘트먼풍으로 '아침 할렐루야의 스파이 요정', '눈 내리는 나의 탕가니카', 혹은 '나긋한 별의 오 파라키트' 같이 지어내는 것을 듣는다.

그리고 우리 두 사람의 이중주도 변주에 변주를 거듭한다. 과거의 마법 같던 시절로 되돌아갈 수는 없지만, 우리는 이 모든 정황에도 불구하고 그 어느 때보다 가까워진 사이가 되어 두 사람을 위한 좋은 삶을 꾸며 나가고 있다. 우리의 경험을 기록한 내 회고록의 말미에도 썼듯이, "속에 금이 간 좋은 설령 맑은 소리는 내지 못할지라도 전과 다름없이 다정하게 울릴 수는 있는 법"이다.

작가 소개 : 다이앤 애커먼Diane Ackerman은 다수의 시집과 산문집을 펴낸 작가로, 저서에는 『감각의 박물학』, 『사랑의 100가지 다른 이름 One Hundred Names for Love』, 『미친 별 아래 집』 등이 있다.

은색 하모니카

·

앤드류 D. 스크림저

크리스마스가 다가오면 아내의 친척들은 어린아이들에게 네빙nebbing 은 바보 같은 짓이라고 말하곤 했다. 네빙이란 펜실베이니아 사투리로 어른들이 없을 때 집안을 돌아다니면서 서랍이며 선반 같은 것을 뒤져서 숨겨 둔 선물을 찾는 걸 말한다. 나는 네빙을 하고 싶었던 적은 없었지만 딱 한 번 25일이 되기 훨씬 전에 선물을 뜯어 본 적은 있다. 하지만 그건 옷장 꼭대기에 숨겨 둔 선물을 내가 찾아냈던 게 아니라 선물이 날 찾아 낸 것이었다. 폴 형이 일찍 선물을 주면서 나를 놀래켰던 것이다. 선물은 갈색 가죽 재킷이었다.

나는 형에게 다시 선물 포장을 해서 크리스마스트리 아래에 두고 싶은 지 물어보았다. 형이 늘 하던 방식이 좋았기 때문이다. 형의 선물은 언제 나 5번가 백화점의 쇼윈도 용품을 금방 훔쳐 온 것처럼 보였다. 거실에 들어서서 트리 밑을 쭉 둘러보면 어느 것이 형의 선물인지 단박에 알 수 있을 정도였다. 형의 선물은 아주 우아하게 포장되어 있었다. 아마 동방

박사들도 그렇게까지 근사하게는 포장할 수 없었을 거다.

형은 명절 선물포장에 관해서라면 내가 아는 한 가장 까다로운 사람이다. 하지만 선물 자체를 고르는 데 있어서도 형은 알아줘야 할 사람이다. 형은 누군가에게 한 번도 평범한 선물을 한 적이 없었다. 형은 언제나 자신이 그 사람을 잘 알고 있다는 것을 표시할 수 있는 선물을 골랐다. 그래서 형의 선물은 특이한 것이 많았고 몇 시간씩 조바심 내며 계획하거나 찾아내야 하는 물건인 경우도 있었다. 그러니 형에게서 받은 선물을 나중에 중고품 가게나 교회 바자회 등에 내놓을 일은 없었다.

의외로 가장 잘 알려진 형의 선물은 가족들에게 했던 것이 아니라 70년대 초에 형이 북부 캘리포니아 시민들을 위해 만든 것이었다. 그때 형은 명절 기간 동안 비용 절감을 위해서 금문교에 있는 도로 요금소에 플라스틱 장식을 한다는 얘기를 들었다. 도시의 상징적 건축물을 인공 화초로 망쳐 버리는 것을 참을 수 없었던 형은 그저 투덜거리는 것으로 그치지 않고 직접 문제를 해결하려고 나섰다. 형은 지역 교통과에 접촉하여 '스크루지 파티'를 기획한 관료들을 설득했고 결국 그들로 하여금 정반대되는 제안을 하게 만들었다. 바로 형의 비용으로 금문교의 샌프란시스코 쪽 입구를 제대로 장식하기로 한 것이다. 〈샌프란시스코 이그재미너〉는 형의 수공예 화환에 경의를 표했고 이내 북쪽으로 향하는 차들은 형의 붉은 머리만큼이나 선명한 레드우드 장식을 보며 지나게 되었다.

세월이 꽤 지난 후에 형과 부모님은 우리 가족들과 휴일을 보내려고 콜로라도를 방문했다. 이번에도 선물의 달인은 엄마에게 어떤 선물을 하면 좋을지 몰라 한참 전부터 고민했다. 엄마는 몇 번의 뇌졸중을 겪고 알츠하이머가 심해진 상태였고 가끔 우리를 못 알아보시기도 했다. 엄마는 카디건 스웨터를 입고 난롯가에 앉아 계절에 따라 식구들이 장식을 하고 선물을 포장하고 빵을 굽는 것을 지켜보는 걸로 만족하는 듯 보였다. 고운 목소리로 노래를 하며 우리에게 찬송가를 가르쳐 주었던 엄마는 더 이상 노래를 하지 않았고 말조차 거의 하지 않았다.

그러니 크리스마스 아침 겨우 동이 틀 무렵 트리 주변에 모여 앉아 선물을 열어 볼 때 형은 긴장한 모습이었다. 이윽고 자신의 차례가 되자 형은 엄마에게 보석 상자로 보이는 근사한 선물을 건넸다. 엄마는 무심히 리본을 풀고 포장을 벗겨 냈다. 그리고 은색 하모니카를 들어 올렸다. 엄마는 젊은 시절 하모니카를 불기도 했지만, 지금은 벌써 몇 년째 하모니카 없이 지내온 터였다. 아버지가 말했다. "실비아, 아무거나 연주해 봐요." 나는 움찔했다. 아버지가 엄마에게 부담을 주고 있다고 생각했기 때문이다. 하지만 그렇지 않았다. 엄마의 눈은 기쁨에 찼다. 엄마는 조심스럽게 하모니카를 입으로 가져가더니 몇 번 후후 불어서 소리를 내어 보았다. 그리고 천천히, 흠잡을 데 없는 실력으로 〈예수께서 나를 사랑하시네〉를 연주했다. 마치 이때를 대비해 몇 달간 연습했던 사람처럼.

12월이면 많은 이들이 교회 종소리나 가족들의 캐럴 소리를 기다릴 것이다. 하지만 갈색 가죽 재킷을 입은 나는 은색 하모니카에서 흘러나오는 애잔한 가락을 기다린다.

작가 소개 : 앤드류 D. 스크림저Andrew D. Scrimgeour는 드류 대학 도서관장이며 얼마 전 크리스마스에 관한 이야기를 모은 책을 완성했다. 그의 수필 「백열구 하나가 길잡이별이었네」는 〈뉴욕타임스〉에 실렸다.

#79 문신

• 서머 피에르

나는 여덟 살이고 어머니가 일하고 계신 곳으로 찾아가려 한다. 사무실도, 가게도 아닌, 바로 캔들스틱파크(Candlestick Park : 프로미식축구팀 샌프란시스코 포티나이너스의 홈구장 — 옮긴이)로 말이다. 어머니는 롤링스톤스의 〈타투 유〉 투어 콘서트에 앞서 무대를 설치하고 계신다. 한여름의 열기로 뜨겁게 달아오른 주차장에서 사람들은 내가 지금까지 본 적이 없고 앞으로도 보지 못할 엄청난 크기의 빨간 입술과 혓바닥을 칠하고 있다. 차 두 대만 한 크기다. 나는 도장용 페인트의 화학약품 냄새가 마음에 든다. 어머니를 만나는 것은 거의 두 주 만이다. 어머니는 "이리 와서 이것 좀 봐"라고 말씀하신다. 그리고 태닝한 어깨에 그려진 문신을 보여 주신다. 작은 새 그림이다. 어머니는 말씀하신다. "이게 바로 너야. 스패로 sparrow, 참새라고." 스패로는 내 미들네임이자 어머니가 날 부르는 애칭이다. "이렇게 하면 네가 항상 여기 내 어깨 위에 있게 될 테니까. 그래서 이걸 새겼어." 내 납작한 가슴 밑에서 심장은 환희로 쿵쿵댄다. 나는 문신을 다시 보는데, 그 새는 아무래도 참새가 아니라 벌새다. 하지만 무슨 상관인가? 내가 그 새를 참새로 명하면 되는걸. 어머니를 몇 주씩 보지 못하더라도 어떻게든 함께 있을 수 있다는 것은 정말이지 근사한 일이다.

작가 소개 : 서머 피에르Summer Pierre는 『사무실 예술가: 창의적 생존법과 일주일에 7일 흥하는 법』을 쓴 저자이다. 그녀는 뉴욕 브루클린에서 가족과 함께 살고 있다.

80

언니를 구조하다

·

엘렌 서스먼

뒤뜰에서 오빠와 농구를 하고 있는데 비명 소리가 들렸다. 나는 드리블하던 것을 멈추고 우리 집 위층 창문을 바라보았다. 내 손을 떠난 공을 오빠가 대신 낚아챘다.

"잠깐만." 나는 말했다. "무슨 일 있는 것 같은데?"

"엄마랑 르네 누나가 옷 갈아입는 걸로 싸우고 있는 것뿐이야."

미치 오빠와 나는 각각 아홉 살, 여덟 살이었다. 우리보다 훌쩍 큰 르네 언니는 열아홉 살이었다. 언니가 흐느끼는 소리가 열린 창을 통해 들려왔다.

"하지만 전 이 드레스가 좋다고요." 언니는 울부짖었다.

나는 집으로 돌진해 들어가 계단을 두 층씩 뛰어올랐다. 나는 항상 언니와 엄마의 싸움을 두려워했다. 엄마는 미치 오빠와 나와 있을 때는 재미있고 애정 넘치는 분이셨다. 그런데 유독 언니에게만 폭군처럼 구셨다. 르네는 우리의 이복자매, 아버지가 전처와의 결혼에서 낳은 딸이었다. 그게 이유였을까? 그게 아니면 성격이 서로 부딪친 걸까? 엄마는 등 치가 크고 거침이 없었다. 언니는 수줍고 얌전했다. 싸움이 벌어지면 그 양상은 항상 똑같았다. 엄마는 소리를 지르고 언니는 운다. 엄마는 못살 게 굴고 언니는 엄마의 말을 거역하지 못한다.

"그따위 끔찍한 옷을 말이니?" 엄마가 소리쳤다. 두 사람은 부모님 침 실 서랍장 위에 걸린 커다란 거울 앞에 서 있었다.

거울 틀과 서랍장에는 모두 꽃문양이 그려져 있었다. 나는 어느 날 어 떤 아저씨가 집에 찾아와서 부모님 침실에 있는 모든 가구에 꽃을 그려 넣었던 것을 기억한다. 그걸 보며 나는 생각했다, 나도 크면 저렇게 해 야지.

언니는 바닥까지 오는, 새틴으로 된 분홍색 드레스를 입고 있었다. 선 머슴이었던 나는 그 옷이 볼썽사납다고 생각했다.

"그러잖아도 가슴이 큰 애가 거기에 큰 리본까지 달겠다는 거니?" 엄 마는 내뱉었다. "그런 짓은 바보도 안 할 거다."

"전 이게 좋아요." 언니가 울먹였다.

"아서라." 어머니가 명령했다. "로지 결혼식에 그런 밉상으로 가는 건 꿈도 꾸지 말거라."

"예쁜데요." 나는 불쑥 말을 꺼냈다. 많은 해가 지난 지금도 나는 한순 간 그 방에 침묵이 흘렀던 것을 기억한다. 내가 이전에도 언니를 변호한 적이 있었나? 내가 엄마의 권위에 도전한 적이 있었던가?

"넌 여기서 뭐 하니?" 엄마가 물었다.

"언니, 그거 그대로 입어." 나는 언니에게 말했다.

언니는 울어서 부은 눈으로 입을 다물지 못한 채 날 쳐다보았다.

"저렇게 끔찍한……." 엄마가 다시 입을 여셨다.

"뭐가요, 하나도 안 끔찍해요. 그리고 언니가 원하면 입어야지요. 언니는 입고 싶은 대로 입을 수 있어요."

그 뒤에 일어난 일은 내 기억에서 흐릿하기만 하다. 심지어 르네 언니가 그 드레스를 뻿기지 않고 눈에 띄는 큰 리본이 달린 그대로 입었었는지조차 기억나지 않는다. 그러나 나는 그 방 입구에 서서 내가 느꼈던 놀라운 기분을 기억한다. 어른이 된 느낌이었다. 슈퍼히어로처럼 강해진 듯했다. 나는 그 새로운 힘을 내 안 깊은 곳에 밀어 넣고 자리를 떴다.

작가 소개 : 엘렌 서스먼Ellen Sussman은 소설 『불어수업French Lessons』과 『이런 밤On a Night Like This』을 쓴 작가이자 두 권의 앤솔러지 『나쁜 여자들: 26명의 작가들이 밝히는 악행Bad Girls: 26 Writers Misbehave』, 『더러운 단어: 섹스에 관한 문학적 사전Dirty Words: A Literary Encyclopedia of Sex』의 편집자이기도 하다.

81

아들 입양기

•

크리스토프 마셜

스무 살 때 나는 부모님께 내가 게이라는 사실을 고백했다. 어머니는 내가 다른 도시에 나가 사는 게 어떠냐고 제안하셨다. 내가 당신과 우리 가족에 끼칠 수치를 피하기 위해서였다. 아버지는 내가 영영 가족을 꾸리지 못하고 불행하고 고독한 인생을 살게 될 것이라고 말씀하셨다. 어머니가 하신 말들은 곁에서 날 지지해 준 애인 덕분에 쉽게 들어 넘길 수 있었다. 그러나 아버지의 말씀은 날 두렵게 했다.

4년이 지나, 나는 대학원에 다니기 위해 뉴욕시로 거처를 옮겼다. 뉴욕시 빅브라더스 프로그램(빅브라더스 빅시스터즈 오브 뉴욕 시티Big Brothers Big Sisters of New York City: 돌보아 주는 성인 롤모델, 친구가 필요한 모든 아동에게 멘토를 제공해 주는 프로그램—옮긴이)에 대해 알게 된 나는 그 즉시 멘토 명단에 이름을 올렸다. 그렇게 두 아이의 멘토가 될 기회를 얻었지만, 결국 아이들의 부모가 우리가 서로 접촉하는 것을 막았고 나중에는 새 주소를 알려 주지도 않고 이사를 가버렸다. 나는 뼈저린 절망감을 느꼈고 절대 다시는 그런 상황이 반복되지 않도록 하고 싶었다.

그 무렵 내 게이 친구들 중 커플 관계에 있던 몇몇이 아이를 입양하거나 레즈비언 친구들과 아이를 갖는 것에 대해 이야기하고 있었다. 다시 말해, 게이로 살면서 가족을 꾸릴 방법이 있었던 것이다. 나는 이를 직접 시도해 보기로 마음먹고, 지원서 작성법과 중개기관 정보를 열심히 알아보았다. 몇 군데 중개기관에서 도울 의사를 밝히기는 했지만, 그 어느 곳도 이런저런 이유로 실제 도움이 되지는 못했다.

시에서 기금을 받는 중개기관은 지원자가 그들이 보호하고 있는 아동에게 적합한지 아닌지에 대한 그들의 판단과는 무관하게 잠재 양부모에 대해서는 무조건 가정조사 소견서를 작성하도록 되어 있었다. 그래서 나는 가톨릭 대교구를 찾아가 가정조사를 요청했다. 교구 측에서는 내게 굳이 에두르지도 않고 우리 집이 아이의 양육권을 맡기기에 적합한 곳으로 판정될 일은 없으리라는 이야기를 했다. 예상했던 이야기였다. 그럼에도 나는 부탁했던 대로 가정조사 소견문을 작성해 달라고 고집했다. 사회복지사가 나를 면접하고, 그런 다음 내 아파트를 방문하고, 마침내 내 신상과 아이를 양육할 능력, 가정환경에 대해 소견서를 작성하기까지 나는 근 1년을 기다려야 했다.

가톨릭 가정조사 소견서를 확보한 나는 입양 가능한 아이들의 명단인 〈블루북〉에서 열 명의 아이를 골라 지원했다. 각각은 모두 다른 중개기관 소속이었고, ADHD(주의력 결핍 및 과잉 행동 장애:attention deficit hyperactivity disorder —옮긴이) 약을 복용 중인 아이도 없었으며, 모두 여덟 살에서 열두 살 사이였다. 나는 이 아이들이라면 혼자서 학교에 다닐 수 있을 만큼 심신이 안정돼 있고 충분히 철도 들었으리라 생각했다. 그 애들이 등교하고 나면 나도 내 대학원 공부를 할 시간을 낼 수 있을 터였다.

그러나 한 곳을 제외한 모든 중개기관에서 내 지원을 거절한다는 편지를 보내 왔다. 차후에 더 고려해 보겠다는 말도 없었고, 그중 일부는 유독 모욕적인 언사를 써 보냈다. 그러나 시에서 꽤 규모 있는 가톨릭계 중개기관 중 하나인 세인트 크리스토퍼 오틸리St. Christopher Ottilie에서는 그곳에서 맡고 있던 에디라는 아이를 내게 소개해 주고 싶다는 의사를 전해왔다. 에디는 학교 성적이 좋고 명민한 열세 살짜리 히스패닉계 소년이라 기록돼 있었다. 나는 사회복지사를 만났는데 그는 언뜻 봐도 에디와 아주 가까운 사이인 듯했다. 우리는 약속을 잡았다. 에디와 나는 퀸즈의 포레스트힐스에 있는 중개기관 사무실에서 처음 만났고, 서로 낯을 익히기 위해 산책하는 동안 나는 벌써부터 그 아이에게 정이 갔다. 에디는 성품이 착하고 언변도 좋고 예의 발랐다. 나는 곧 그 아이에게 공감을 느꼈고, 내가 충분히 이 도전에 응할 수 있으리라는 느낌도 받았다. 나도 그랬지만 에디도 그의 사회복지사와의 개별 면담에서 우리의 만남이 성공적이었다고 말했다. 일주일쯤 지난 뒤에, 나는 에디를 당시 그 애가 살고 있던 집 앞에서 만나 다시 한 번 산책에 나섰다. 그런데 어쩐지 아이는 우울해 보였고, 대화도 피상적인 수준에서 맥없이 이어졌다.

그럼에도 나는 에디가 맘에 들었고, 그 애와 좀 더 친해지고 입양을 성사시키고 싶었다. 그러나 그 두 번째 만남이 있고 나서, 나는 그의 사회복지사로부터 에디가 다른 가족과 살기로 결정했다는 전화를 받았다. 왜 그런 결정이 내려졌는지에 대해서는 아무런 설명이 없었다. 다만 에디와 살고 있던 사람들이 그로 하여금 다른 가족을 선택하도록 종용했구나 하는 짐작이 들 뿐이었다.

그 일로 크게 낙심한 나는 또다시 다른 아이를 찾아볼 기력이 나질 않았다. 그러나 일은 꾸준히 진행돼 마침내 또 다른 아이가 나타났고, 나는 웨스트체스터에 있던 집을 직접 찾아가 그 애를 만났다. 이번에도 나는 그 아이가 무척 마음에 들었고, 내가 결국 그 아이를 입양하자고 마음먹을 수 있게 되길 바랐다. 그러나 이번 아이는 고분고분한 아이가 아니었다. 가출 경력이 있었고 학교 성적은 최악이었으며, 한 가족을 꾸리려는 내게 합류하고 싶어 하면서도 동시에 거리를 두려 하는 양면적인 모습을 보였다. 이어진 몇 번의 만남과 몇 달간의 밀고 당기기 끝에, 결국 나는 내가 그 아이를 맡을 역량이 못 된다는 판단을 내렸다.

그 뒤 얼마 지나지 않아, 나는 에디의 사회복지사로부터 아직 에디를 입양할 마음이 있느냐고 묻는 전화를 받았다. 거의 1년 전에 내가 그 애를 마지막으로 본 이후로 에디는 다른 가족을 만나 그 집에서 살기 시작했는데 그리 잘 지내지 못했다는 것이었다. 에디는 결정을 재고했고, 결국 내게 돌아와 나랑 살고 싶어 한다고 했다. 일 초도 망설이지 않고 나는 그날 당장 사회복지사를 만날 준비를 했고, 마침내 에디가 날 다시 찾아와 만날 수 있도록 약속이 잡혔다. 다시 만난 에디는 우리의 첫 만남 때 내가 보았던 똑같은 에디였다.

오후 내내 도시 이곳저곳을 돌아다니며 서로 전보다 더 친해지게 된 뒤에, 나는 에디가 전에 나와 살지 않기로 결정한 것은 당시 그를 맡고 있던 양부모가 히스패닉의 문화적 전통을 절대 이해할 리 없는 독신의

— 다시 말해, 아마도 게이일 — 백인 남자와 함께 사는 것을 강력히 반대했기 때문이었다는 것을 들을 수 있었다. 그런데 바로 그 가족이 이제는 문화적 충돌과 그 애가 게이라는 믿음 — 결국 그 짐작이 옳았다는 것이 밝혀졌지만 — 때문에 에디를 버리려 하고 있었던 것이다.

나는 우리 집으로 들어와 나와 살게 될 게이 소년에게서 생길 수 있고 틀림없이 생겨날 많은 문제를 예상할 수 있었다. 하지만 그만큼 분명했던 사실은 내가 그에게 지적으로 자극적인 환경과 더불어 아주 소중한 다른 무언가를 즉, 그의 섹슈얼리티에 대한 편안한 수용, 90년대 초에는 뉴욕시에서조차 희귀물자 같았던 덕목을 발휘해 줄 수 있다는 것이었다. 그때 문득 나는 이것이야말로 내가 찾고 있던 도전이라는 것을 깨달았고, 둘이 함께 지하철을 타고 우리 집으로 향하는 동안 내가 충분히 그 도전에 응할 수 있으리라는 결론을 내렸다. 에디 역시 같은 마음이기를 나는 바랐다.

작가 소개 : 크리스토프 마셜Christoph Marshall은 생화학자이자 에이즈 백신 개발 회사인 아바타 바이오테크놀로지Avatar Biotechnologies를 이끌고 있는 기업가이기도 하다.

82

아버지 입양기

·

에디 코마초

크리스토프 씨와 나는 지하철을 타고 어퍼이스트사이드에 있는 그의 대학원생 기숙사로 향하고 있었다. 그와는 전에도 몇 번 만난 적이 있지만 그가 사는 곳에 가는 것은 처음이었다.

나는 다른 십 대들과 달랐다. 내가 정말로 바랐던 것은 한 가족의 일원이 되는 것뿐이었다. 일곱 살 때부터 위탁가정에서 자라며 내가 양부모님들과 겪어온 경험은 하나같이 정서적으로 진을 빼는 것이었다. 그분들은 항상 어떤 기대를 하셨다. 내가 그 집에 가게 된 것은 나 자신이 되기 위해서가 아니라 그분들이 날 위해 미리 만들어둔 신발에 발을 맞추기 위해서였다. 입양을 생각하는 부부들 대부분은 동성애라는 주제를 편히 다루지 못한다. 내가 게이일지 모른다는 의심이 들면 그들은 열이면 열 계약을 파기해 버렸다.

그래서 결국 나는 주인 없는 영토에 놓이게 된 것이다.

나는 크리스토프 씨도 어쩌면 게이일지 모른다는 말을 들었다. 그와 함께 있으면서 나는 비로소 나 자신이 될 수 있다는 느낌을 받았다. 열차를 타고 가는 동안 내 마음은 시속 100킬로미터의 속도로 달리고 있었다. 크리스토프 씨는 아주 개방적인 사람으로 보였다. 아무리 이상한 이야기라도 그에게는 털어놓아도 괜찮을 것 같았다. 그러나 다른 사람들이 어떤 반응을 보였는지를 기억하고 있는 나로서는 속마음을 완전히 털어놓는 것이 여전히 두렵기도 했다. 그런 최악의 상황이 이번에도 벌어질 수 있다고 마음을 다잡으면서 내가 게이라는 사실을 그에게 고백할 용기를 모으는 동안 입안은 바싹바싹 말랐다. 열차가 51번가 역에 막 정차하려는 순간, 나는 입을 뗐다. "있잖아요, 제가 게이란 걸 말씀드려야 할 것 같아요."

크리스토프 씨는 크게 놀란 표정이었다. 대답할 말을 신중히 고르고 있다는 것이 눈에 보였다. "그래, 얘기해 줘서 고맙다. 그걸 안 지는 얼마나 됐니?" 그런 뒤 어색한 침묵이 흘렀고, 나는 오래전부터 느껴온 격렬한 죄책감에 사로잡혔다. 그때 그가 말했다. "괜찮아, 그건 잘못된 게 아니야. 그 얘길 좀 더 해 보자. 하지만 일단은 전철을 갈아타야지 않겠니?"

열차에서 내려 에스컬레이터를 향해 걷는 동안 나는 마치 붕붕 떠가는 느낌이었다. 크리스토프 씨는 그 문제를 일말의 껄끄러움도 없이 받아들이는 듯했다. 바로 그 순간 나는 그에게 입양되고 싶다는 결정을 내렸다. 나는 열네 살이었다.

| 작가 소개 : 에디 코마초 Eddie Comacho는 브루클린에 살고 있다.

83

나의 최전방

·

제시카 루츠

사랑하는 남자와 소파에 앉아 있었다. 그가 내 두 손을 모아 쥐더니 이렇게 말했다.

"당신이랑 함께 아이를 갖고 싶어."

미소를 띠고 있던 내 얼굴은 그대로 얼어붙어 버렸다. 순간적으로 그의 손에서 내 손을 빼낼 뻔했지만 참았다. 이 남자와 미래를 함께하고 싶었기 때문이다. 우리는 둘 다 중동 지역을 종횡무진 누비고 다니며 열심히 보도를 내보내는 저널리스트였다. 함께 교전 지역에 뛰어들고 위기를 넘긴 단짝이기도 했다. 의미 있고 중요한 일을 한다는 자부심이 있었기에 살아 있는 기분을 느꼈다. 그리고 중요한 것은 우리 둘 다 혈관 속으로 해일처럼 퍼져 나가는 아드레날린에 중독된 상태였다는 점이다. 진정이 남자는 내가 이 모든 것을 포기하길 바라는 것인가?

"그게 말이에요." 나는 목청을 가다듬었다. "아이를 낳아서 보모에게 맡기는 것은 좀 아니라고 봐요. 아이가 있다면 마땅히 부모 중 한 명은 집에 있어야 한다고 생각해요."

"나도 그렇게 생각해. 당신은 정말 멋진 엄마가 될 거야." 그의 대답이었다. 지난번 남자친구도 똑같은 말을 해서 나에게 차였다는 걸 이 남자는 아는 걸까? 물론 그때 나는 스무 살이었고 지금은 서른일곱이다. 하지만 아무리 그렇더라도 말이다.

"당신이 밖에서 신 나게 일하는 동안 나더러 집에서 아기나 보라고요? 내 밥벌이를 그만두고 당신한테 의존해서 살라고요? 설마 지금 진담은 아니죠?"

그는 나를 보고 환하게 웃었다. "날 믿어도 돼. 내가 가진 모든 걸 동원해서 당신을 도울 테니까."

"그건 당신 입장이죠. 나는 내가 돌봐요. 말도 안 되는 소리하지 말라고요."

하지만 얼마 못 가 나는 걱정을 하면서도 결국 동의했고 씩씩거리며 산부인과 의사를 찾았다. 병원에 가는 내내 하늘에는 따사로운 햇살이 쏟아지는데 나는 호주머니 속으로 주먹을 꽉 쥔 채 우거지상을 하고 혼자 중얼거렸다.

"왜, 도대체 왜, 나는 도무지 거절이라는 걸 할 줄 모르는 걸까? 특히나 짙은 파란 눈을 가진 남자를 보면 나는 왜 날개를 활짝 펴고 광활한 하늘을 날 수 있을 것 같은 기분이 드는 걸까? 왜, 왜, 왜?" 나는 발을 굴렀다.

그리고 나는 무력하게 의사 앞에 누워 있었다. 의사는 거친 동작으로 내 자궁 안에 있는 피임기구를 빼냈다. 얼굴을 찡그린 채 진찰대에 앉아 있는 나를 본 여의사는 내 무릎을 토닥이며 이렇게 말했다. "이제 괜찮을 거예요." 나는 진료실을 나와 병원 안에 있는 카페에서 홍차를 마셨다. 커다란 결정을 내린 후였기에 잠시 혼자 있고 싶었던 것이다. 내가 무슨 짓을 한 거지? 내가 제정신인가? 몸에 좋은 음식을 먹고, 술은 안 먹고, 내가 그렇게 할 리가 없어…… 젠장, 이 남자랑 다시는 같이 안 잘 거야.

알고 보니 함께 잔다고 해서 꼭 아이가 생기는 건 아니었다. 나는 인공적인 노력으로 운명의 손을 피해 보고 싶은 유혹에 맞서 싸워야 했다. 그렇게 3년이 지났을 즈음 나는 점점 더 여성으로서 내 커리어를 쌓아 가는데 좌절을 느끼고 있었다. 그러다 마침내 임신이 되었다. 우리는 다시 함께 산부인과에 갔다. 여의사는 이렇게 말했다. "나이가 상당히 있으신데요. 정말로 이 아이를 낳고 싶으신 건가요?"

나는 그렇게 말하는 의사의 귀라도 물어뜯고 싶었다.

임신 5개월 차에도 나는 바그다드에 있었다. 당시 바그다드에는 언제라도 미국이 공격을 개시할 수 있다는 위기감이 팽배했고 그렇게 되면 시내에 머물고 있는 외국인들에게 폭탄이 떨어질 수도 있었다. 나는 두 팔로 내 소중한 배를 감싸고 싶은 생각밖에는 들지 않았다. 그제야 나는 단지 목숨을 건다고 해서 내 삶이 더 의미 있어지는 것은 아니라는 사실을 온전히 받아들일 수 있었다.

딸은 이제 일곱 살이다. 딸 덕분에 나는 내 마음의 소리에 귀를 기울이게 되었다. 딸이 있어서 나 자신을 정면으로 바라볼 수 있었고, 힘겨워했던 문제들을 직시할 수 있었으며, 어려운 결정을 과감히 내릴 수 있었다. 놀랍게도 지금의 나는 모성애 때문에 발목이 잡힌 것이 아니라 비로소 뿌리를 내린 느낌이다.

하지만 뭐니 뭐니 해도 가장 놀라웠던 발견은 나를 포옹해 주는 딸의 그 작은 팔과 환상적인 미소가 그 어떤 최전방의 총성을 뚫고 살아난 승리감보다 짜릿하다는 사실이다.

작가 소개 : 제시카 루츠Jessica Lutz는 터키와 이스탄불에 관한 두 권의 논픽션 서적, 네덜란드어로 된 소설 『행복한 시간Happy Hour』, 영어로 된 단편소설, 독일어로 된 아동 도서 등을 쓴 작가이다. 또한 그녀는 20년 동안 미국과 네덜란드 미디어를 통해 중동 지역의 삶과 죽음을 보도해 왔다.

84

순간이 반복되면 위대한 습관이 된다

•

로리 데이비드

어느 평일 저녁, 나는 당시 열네 살, 열여섯 살이던 두 딸을 바라보다가 내가 부모로서 한 가지는 정말 잘했구나 하고 생각했다. 그 한 가지란 바로 매일 저녁 밥상 앞에 모든 식구들을 모여 앉게 한 것이었다.

아이들이 막 걸음마를 뗐을 무렵부터 가족 식사 시간을 마련했던 건 절박감 때문이었고 심지어는 어느 정도의 이기심 때문이었다. 아이를 돌보는 것은 항상 즐겁지만은 않은 일이었다. 남편은 하루 종일 밖에서 일하는 사람이었다. 나는 직장을 그만두고 집에 들어앉은 지 얼마 안 된 초보 엄마였고, 어울릴 다른 '엄마' 친구도 없었다. 나 자신을 위해 얼마간의 기쁨을 쟁취할 방법을 찾지 못한다면 앞으로 갈 길이 멀고 험하리라는 것은 분명해 보였다. 그래서 나는 저녁 식사 시간에 초점을 맞추기로 결심했다. 그 시간을 화기애애한 순간과 달콤한 추억을 위한 시간으로 꾸밀 생각이었다. 무엇보다 나는 딸들과 접촉하는 데 초점을 두려 했다. 또한 나만큼이나 아이들도 내게 다가설 수 있는 시간이 되길 바랐다.

그 어렸던 아이들이 자라면서, 나는 우리가 실제로 함께 보낸 시간이 얼마나 적었는지를 깨닫고 충격을 받았다. 게다가 십 대 자녀를 둔 엄마로서, 뒤늦게 가족이 함께 보내는 시간을 만드는 일이 얼마나 어려운지 생각하면 아연실색해질 뿐이다. 함께하는 저녁 식사를 의식화하면 가족 모두가 귀가 시간을 지키게 된다. 저녁 식사는 안정감과 일종의 안전지대를, 텔레비전을 보거나 컴퓨터 앞에 앉아 일하는 것보다 더 중요한 신성한 공간을 제공해 준다. 이 의식은 우리 아이들에게 설령 가족에 변화가 생기더라도 우리는 여전히 한 가족일 것이며 저녁 식사도 제때 차려지리라고 생각게 함으로써 우리 부부의 이혼과 그 뒤의 생활을 겪어 낼수 있게 해 주었다. 그리고 마침내 우리 집 식탁은 우리 모두가 다시금 음식을 함께 나눌 수 있는 환경을 제공해 주었다. 내 전남편, 우리 아이들, 그리고 이제는 내 새 연인과 그의 딸까지 함께할 수 있는.

부모로서 염려하게 되는 모든 문제는 가족이 모두 모이는 규칙적인 식사 시간으로 개선될 수 있다. 실제로 이 주제를 연구한 논문들은 매우 놀랍고 결정적인 결론을 제시하고 있다. 그러나 내가 이 의식을 계속하는 가장 큰 이유는 그것이 우리에게 서로 연결되어 있다는 느낌을 안겨 주기 때문이다. 오늘날의 광적으로 바쁘게 돌아가는, 테크놀로지가 만연한 세계에서 그건 더없이 중요한 일이다.

작가 소개 : 로리 데이비드Laurie David는 환경운동가이자 천연자원보호위원회 이사, 다큐멘터리 〈불편한 진실〉로 아카데미상을 수상한 프로듀서, 『지구를 지켜라!: 지구온난화 이야기』의 공저자, 그리고 가장 최근에는 『가족 만찬: 아이들과 마음을 통하는 훌륭한 방법』을 쓴 저자이기도 하다.

85

한 남자

·

나자 케이다

열세 번째 생일에 어머니는 내게 편지 하나를 건네며 말했다. "네가 충분히 자랄 때까지 기다렸다가 전해 주고 싶었다. 이제 그때가 된 것 같구나. 네가 태어나던 날, 네 생물학적 아버지가 쓴 편지야." 커다랗게 된 눈으로 어머니를 보던 나는 봉투를 받아 조심스럽게 열어 보았다. 그리고 이제껏 그저 남이었던 한 남자의 생각을 읽기 시작했다.

촘촘한 필기체로 쓰인 편지에서 그는 새로 생긴 아름다운 딸에 대한 사랑과 자부심을 노래하고 있었다. 그는 모든 사람이 이 앙증맞은 여자아이를 예뻐한다며 아이가 자신의 마음을 사로잡았노라고 했다. 숱 많은 검은 머리칼을 가진 아이의 깊은 회색 눈을 묘사하며 그는 이 아이가 자신의 딸이어서 기쁘다고 했다.

나는 양면으로 된 편지를 모두 읽고 어머니를 보았다. "그 사람은 정말로 널 사랑했어." 그 순간 내게는 여러 가지 의문이 떠올랐다. 하지만 그에 대한 대답을 줄 수 있는 남자는 이미 12년 전에 세상을 뜨고 없었다.

"그 사람은 정말로 널 사랑했어."

작가 소개 : 나자 케이다Nadja Cada는 토론토 라이어슨 대학에 재학 중인 학생이다.

86

우리 집 보석

질리언 라웁

할아버지는 말년에 건강이 좋지 않았지만 여전히 멋진 유머감각을 갖고 있었다. 조부모님에게 이 사진을 찍어드릴 당시 애인이 없었던 나는 이런 생각을 했다. '아, 언젠가 나도 할아버지 할머니 같은 사랑을 찾았으면.' 두 분은 60년 이상 결혼생활을 하며 따뜻하고 기쁘고 즐거운 날들을 보냈다. 할아버지가 몸을 구부려 할머니를 꼭 안으며 자랑스럽게 "우리 집 보석!"이라고 부르던 소리가 지금도 들리는 듯하다.

이 순간은 내게 가장 잘 사는 것이 어떤 것인가를 다시 생각하게 해준다. 한 남자와 한 여자가 서로 사랑하며 가족들을 최우선하는 삶이 바로 그것이다. 할아버지는 언제나 인생은 '열심히 일하고 열심히 놀아야'하는 것이라고 했다. 그게 할아버지의 좌우명이었다. 할아버지는 내게 영감을 준 분이었다.

할아버지가 몸을 구부려 할머니를 꼭 안으며 자랑스럽게
"우리 집 보석!"이라고 부르던 소리가 지금도 들리는 듯하다.

작가 소개 : 질리언 라웁Gillian Laub은 뉴욕을 중심으로 활동하는 사진작가이다. 또한 그녀는 이스라엘 유대인,
이스라엘 아랍인, 팔레스타인의 인물 사진과 일기로 구성된 『증언』의 저자이기도 하다. 그녀의 사진은 〈뉴욕타임
스〉, 〈뉴요커〉, 〈타임〉에 게재되었으며 그녀는 국제적으로 개인 사진전도 열고 있다.

87

걱정한다는 것

•

에이미 손

내가 자전거를 박살 낸 그해 여름, 나는 열두 살이었다. 아빠와 나는 버몬트 주 워렌에서 보낼 가족 휴가를 위해 미리 자전거를 렌트해 두었고, 그날 아침 어머니와 일곱 살짜리 남동생은 렌털하우스에 남겨 두고 한 시간 동안 자전거를 타고 오기로 했다. 그런데 내 자전거는 브레이크에 문제가 있었다. 너무 뻑뻑해서 밟을 때마다 자전거가 미친 듯이 흔들렸던 것이다. 그래서 가파른 비탈길을 내려가야 할 참에, 나는 자전거가 흔들림과 속도 때문에 쓰러지지나 않을까 차마 브레이크에 발을 올릴 수가 없었다. 뒤에서 아빠가 외치는 소리가 들렸다. "브레이크를 밟아!" 하지만 나는 못 들은 척했고, 결국에는 핸들 너머로 튕겨 나가 아스팔트에 부딪쳐 턱을 찢고 말았다.

자전거가 쟁그랑거리며 나뒹구는 소리, 나를 향해 달려오는 아빠의 발소리가 들렸다. 아빠는 내 얼굴을 보시더니 입고 있던 줄무늬 폴로셔츠 끝단을 찢어 지혈을 위해 내 머리를 둘러 묶으셨다. 우리는 어느 가까운 집 현관을 두드렸고, 그 집에서 나온 여자가 우리를 차에 태워 병원까지 데려다 주었다. 병원에서는 턱수염을 기른 친절한 버몬트 토박이 유대인 의사가 상처를 꿰매 주었다. 엄마가 병원으로 찾아오셨고, 아빠가 대기실에서 동생을 돌볼 동안 진찰실에 나와 함께 계셔 주셨다. 의사는 내 턱에 국소마취 주사를 놓았고, 좀 더 수월하게 꿰맬 수 있도록 상처 부위를 손질하겠다고 말했다. "양말을 기울 때 하듯이 말이죠" 하고 그는 말했다. "기운다"는 말을 그런 상황에서 듣는 것은 처음이었다. 진료테이블 뒤 의자에 앉아 있던 엄마는 자리에서 일어나 서성거리기 시작했다. 나는 엄마가 그렇게 이상하게 행동하는 걸 본 적이 없었다. "괜찮으신가요?" 의사가 엄마에게 물었다.

"아뇨." 엄마가 대답했다. "토할 것 같네요."

"드라마민(Dramamine: 항히스타민제, 멀미약의 일종 ─옮긴이)을 몇 알 드리죠." 상처를 몇 바늘 꿰매다 말고, 의사는 날 테이블 위에 남겨둔 채 캐비닛을 열고 거기서 꺼낸 알약 몇 개와 물 한 컵을 엄마에게 건넸다. 엄마는 약을 삼켰고, 의사는 엄마를 주의 깊게 지켜보았다. 그는 엄마에게 머리를 무릎 위에 숙이고 심호흡을 하라고 말했다.

병원을 나서면서, 턱에 큼지막한 붕대를 두른 나는 엄마에게 어째서 구토증이 생기셨느냐고 물었다. 나로서는 도통 이유를 알 수 없었다. 엄마는 내가 고통스러워하는 것을 볼 수가 없다고 말씀하셨다. 나는 하나도 아프지 않았다고 말했다. 마취주사를 맞을 때 따끔했을 뿐 그 뒤로는 아무것도 느낄 수 없었다고 말이다. 엄마는 그래도 마찬가지라며, 당신의 눈에는 내가 무척 아플 것처럼 보였다고 하셨다. 그 순간 나는 엄마가 된다는 것은 다름 아닌 걱정하는 것이라는 것을 깨달았다. 엄마는 감정을 위시하거나 과장하는 분이 아니셨고 그런 성향은 지금까지 변치 않으셨다. 또한 대단히 침착하고 차분하고 자제력이 강해서 아무리 괴로운 순간에도 웃을 수 있는 분이셨다. 하지만 그날 이후 나는 누군가를 극진히 사랑하게 되면 그로 말미암아 마음이 아플 수 있다는 것을 알게 되었다. 덕분에 커서 엄마가 되기가 두려워졌지만 어머니에 대한 나의 사랑은 한층 더 깊어졌다. 어머니의 안녕은 그녀가 원하든 그렇지 않든 간에 그녀 아이의 안녕과 연결되어 있었다.

작가 소개 : 에이미 손Amy Sohn은 소설 『프로스펙트 공원 서쪽Prospect Park West』, 『우리 집 양반My Old Man』, 『런 캐치 키스Run Catch Kiss』를 쓴 저자다. 그녀는 브루클린에서 그녀가 자란 곳과 멀지 않은 곳에 살고 있다.

88

우리는 항상 이래 왔지, 안 그러니?

•

네벤카 쿠르야코빅

어머니는 내 사무실에서 겨우 두 블록 떨어진, 옛날 마차 차고를 개축한 아파트에서 내가 점심을 먹으러 오기를 벌써 몇 시간째 기다리고 계셨다. 이제나저제나 하면서, 어머니는 당신이 (아침 내내) 준비한 붉은 껍질 감자 요리와 미트로프를 (여러 번) 다시 데우셨다. 나는 차고 뒷문을 활짝 열고 들어가 계단을 오르며 익숙한 음식 냄새를 맡는다. "마마 뚜 삼(Mama tu sam, '엄마, 나 왔어요'라는 뜻의 세르비아어—옮긴이)!" 나는 계단을 다 오르기도 전에 그렇게 소리친다. 당신이 계단 꼭대기에서 고개를 저으며 매일 똑같은 훈계를 읊어대는 곳으로. 그런 다음 어머니는 나를 따스하고 양지바른 주방으로 안내하신다.

식탁에는 나를 위한 자리 하나만 차려져 있다. 나는 앉는다. 어머니는 서 계신다. 앞치마를 두르고 바지와 소매는 걷어붙인 채, 어머니는 찻주전자를 올린 가스레인지를 몇 번씩 다시 켜느라 바쁘시다.

"늦어서 죄송해요. 끝낼 일이 많았어요." 나는 거짓말한다. 내가 늦는 것은 회사에 일이 많아서가 아니라 어머니를 방문하는 것이 차마 내키지 않기 때문이다. 일평생 어머니의 요구를 만족시켜 드리지 못하고 기대를 저버렸다는 것은 마흔다섯이라는 나이에도 불구하고 내게 아직 껄끄러운 느낌을 남겨 놓고 있었고, 나도 어머니 당신도 별의별 노력을 기울였지만 결국은 언제나 말 한마디가 불꽃을 튀기고 감정에 불을 지피기 일쑤였다. 그리고 그 끝은 항상 똑같아서, 나는 무력하게 휘둘리고 이해받지 못하고 있다는 느낌, 뭔가를 잘못했다는 느낌과 죄책감에 시달릴 뿐이었다.

"차를 마실래, 아니면 커피를 줄까?" 어머니가 묻는다.

"뜨거운 거면 아무거나 좋아요. 레몬 있으시면 차를 마실게요."

깡통 찻주전자 입구에는 티백 상표들이 이것저것 섞여 매달려 있다. 어머니는 이 역시 무수히 다시 데우고 있다. 립톤 디카페인, 카모마일, 레드로즈 ― 화학기사가 최첨단 요리사로 변신해 섞어 놓은 듯한 혼합이다. 그러나 나는 어머니의 실험 대상이 될 기분이 아니다.

"좋은 바지를 입었구나. 그 위에 냅킨을 두르자, 아가." 어머니는 직접 냅킨을 둘러 주시고, 다시 스토브로 돌아가 감자요리를 저으며 불을 조정하고 내가 이미 대답한 똑같은 질문을 되물어 오신다. 으레 그러듯 어머니는 내 얘기를 흘려들으신다. 당신은 내 컵을 반쯤 채워 주신다. 나는 거기에 설탕을 약간 넣고 레몬 반쪽을 짜 넣은 다음, 차가운 두 손을 미적지근한 머그잔 둘레에 두른다. 분명 뜨거운 걸 마시고 싶다고 했는데, 하고 나는 뜨뜻미지근한 차를 홀짝이며 혼자 생각하는 것이다.

"어때, 그런대로 괜찮니?" 어머니는 나를 건너보며 말씀하신다. 가타

부타 말을 하지 않았는데도, 얼굴에서 미소가 사라진 어머니는 꾸중을 들은 아이처럼 움츠러든다.

실망이 당신의 얼굴에서부터 어깨로 퍼져 나가고, 나는 내가 속으로 무슨 생각을 하고 있는지 당신이 알고 있다는 사실을 알아차린다. 당신은 슬픈 눈으로 나를 보면서 앞치마 끝을 쥐고 말씀하신다. "우리는 항상 이래왔지, 안 그러니?" 속단이 아니다. 사실을 말씀하신 것이다.

그 순간, 나와 내 어머니와의 관계는 변모한다. 당신의 딸에게 최선을 다해 줬는데 그것이 좋았던 적도 옳았던 적도 없다는 것은 얼마나 슬픈 일인가. 어머니와 딸 두 사람 모두에게 말이다. 나는 날 위해 당신이 차려 주신 음식을 먹고 입을 닦은 다음, 일어나 나가기 전에 이렇게 말한다. "엄마, 점심 맛있었어요! 고마워요." 진심에서 하는 말이다. 나는 어머니를 껴안는다. 어머니는 나를 올려보며 활짝 웃으신다.

작가 소개 : 네벤카 쿠르야코빅Nevenka Kurjakovic은 옛 유고슬라비아에서 태어나 유럽과 미국에서 학업을 마쳤다. 그녀는 피츠버그대학에서 언어학 대학원 학위를 얻었고, 4개 국어를 말하고 두 가지 알파벳을 읽고 쓸 수 있다. 그녀는 현재 〈경계 없는 음악: 옛 유고슬라비아 지역 공화국들에서의 음악과 화해와의 관계〉라는 프로젝트를 위해 일하고 있다.

89

신뢰의 눈빛

●

제이미 쳄픈

몇 년째 처방된 약물에 중독되어 살고 있던 나는 어느 날 딸애의 얼굴을 들여다보았다. 그런데 그 순간 내가 이 짓을 계속한다면 이 아이의 미래가 어떻게 될지 보였다. 나는 아이를 학대하고 약을 구하러 다닐 것이고 기분은 오락가락하며 우울증을 겪겠지. 딸은 분명 그게 정상이고 그렇게 살아도 된다고 여기며 자라게 될 것이다. 아이 아빠와 나는 둘 다 중독자이다. 가족력인 것이다. 딸아이의 크고 파란, 신뢰에 찬 눈빛을 보며 나는 이 아이에게 어떻게 살아야 하는지 보여 주는 건 전적으로 내게 달렸다는 것을 깨달았다. 난관을 극복하기 위해 어떻게 싸워야 하는지, 삶이 힘들다고 해서 그냥 바닥에 쓰러져 죽지 않으려면 어떻게 해야 하는지 말이다. 어쩌면, 혹시 어쩌면, 내가 이 중독에서 벗어나게 된다면, 딸아이만은 이런 일을 겪지 않도록 해 줄 수 있을지도 모른다.

2009년 8월 3일 내 인생은 완전히 바뀌었다. 어디서 그런 용기가 나왔는지 나는 약물 중독인 남편을 떠나서 중독을 치료하기로 했다. 그것은 내가 겪어 본 일들 중에 가장 힘든 일이었다. 지금 내게 하루하루는 낭비한 세월을 보상하기 위한 투쟁이다. 나는 사리 분별 있는 어른의 삶으로 돌아가기 위해 투쟁 중이다. 나는 중독을 벗어났고 스스로 나아진 점과 후퇴한 점을 정직하게 인정할 수 있게 되었다. 지난 1년간 나는 고등학교 검정고시를 통과했고 대학에 등록했다. 학기는 봄에 시작한다.

　나는 딸아이의 눈을 들여다보았고 더 나아지고 싶었다. 딸아이를 위해.

작가 소개 : 제이미 켐픈 Jami Kempen은 준예술학사 학위를 받기 위해 공부하고 있는 학생이다. 그녀는 플로리다 네이플스에서 딸과 함께 살고 있다.

90

예상치 못한 기쁨

·

조너선 페이퍼닉

아내와 내가 엄격히 쾌락만을 위한 성관계를 한 지도 수개월이 지났을 때였다. 사실, 우리가 임신을 시도해 보기로 마음먹고 실제로 임신하게 되기 전까지, 우리는 마치 아이가 생기는 것이 성병이나 다름없는 하룻밤의 악재이기라도 한 양 철저히 피임을 해 가면서 활발한 성생활을 해 왔다. 그러나 우리는 벌써 서른 중반이었다. 생물학적인 시한폭탄이 우리 몸속에서 째깍대고 있었고, 결국 우리는 다른 건 다 제쳐 놓더라도 임신할 수 있기를 원하게 되었다. 그러나 우리의 몸은 우릴 배반했다. 두 번에 이은 유산이라는 가슴 쓰린 경험을 한 뒤, 아내는 자신의 몸이 되돌릴 수 없이 비참한 방식으로 망가져 버린 것이 아닌지 의심하기도 했다. 그러나 테스트 결과 문제는 내게 있다는 것이 드러났다. 정자의 운동성이 저하돼 있다는 것이었다. 상류로 헤엄쳐 올라 수정이라는 중노동을 하느니 차라리 죽치고 앉아 텔레비전만 보려는 놈팡이들처럼 내 정자들은 무기력하고 게을렀다. 독신으로 몇 년을 사는 동안 그것들도 자기 직무에 게을러지도록 적응이 돼 버린 것이다. 나는 바로 내가 우리 부부 관계를 약화시키는 것은 아닌지 불안해졌다.

우리가 아기를 가질 '또 다른 방법'에 대해 이야기를 나눌 각오를 하고 아내의 산부인과에 방문한 것은 어느 따뜻한 8월 오후였다. 하디먼 박사는 아내의 몸에서 샘플을 채취한 다음, 체내에서 무슨 일이 진행되고 있는지 알아보는 동안 잠시 기다리라고 말했다. 나는 그저 여성 생식계를 묘사한 포스터들과 태아의 성장 및 발달 차트들로 도배된 소독약 냄새나는 작은 사무실에 앉아 있었다. 우리 부부의 인생이 영원히 바뀌려 하고 있다는 것을 전혀 깨닫지 못한 채로. 마침내 하디먼 박사가 노크를 하고 들어왔다. 그녀는 자신이 가져온 슬라이드를 내밀며 우리더러 현미경으로 한번 보라고 말했다. "이건 환자분이 지금 배란을 하고 있다는 뜻이에요." 그녀는 말했다. "바로 지금 말이에요. 바로, 지금요." 렌즈 밑의 그것은 야자나무 잎사귀 모양으로 펼쳐진, 얼룩보다 조금 클까 싶은 크기의 맑은 점액처럼 보였다. 아름답고 희한했지만 그것이 숨기고 있는 비밀을 생각하면 놀라울 만큼 수수한 생김새였다. 내 앞에 펼쳐진 창조의 신비를 현미경으로 들여다본 나는 그처럼 단순한 무엇이 생명 창조의 유일한 열쇠를 쥐고 있다는 사실이 믿기지가 않았다.

의사는 아기를 갖고 싶다면 지금 당장 집에 돌아가서 섹스를 하라고 일렀다. 우리가 그녀의 사무실을 달려 나왔는지 그냥 걸어 나왔는지는 기억나지 않지만, 어쨌든 우리는 순식간에 집에 당도해 우리가 해야 할 일을 했다. 만약 우리가 임신을 하게 된다면 그 기회는 바로 지금이리라는 사실을 알고 있었기에 두 사람 다 두렵고 설레는 마음이었다. 이다음에 나는 내 아들에게 말할 것이다. 네 부모는 그 일을 했고, 이 아빠의 게으른 정자도 맡은 바 임무를 충실히 수행했노라고 말이다.

그 뽀얗고 예쁜 얼굴, 불같은 성깔, 자지러지는 웃음과 당황스러운 성벽을 지닌 내 아들 ― 욕구와 절절한 필요로 이루어진 복잡다단한 우주 ― 이 우리를 염려해 준 한 숙련의의 조언 덕에 세상에 나왔다는 것, 그리고 만약 우리가 그날 산부인과에 가지 않았거나 그녀의 직설적인 조언을 무시했거나 단순히 내 정자가 임무 수행에 실패했다면 내 아들은 지금 존재하지 않았으리라는 것을 생각하면 아뜩하기만 하다. 물론, 그 뒤로 20개월쯤 지나 태어난 내 둘째 아들이 증명하듯이, 우리가 알기로 기적과 가장 가까운 것을 창조해 내는 생물학적 칵테일 안에서는 다른 존재들이 태어날 수도 있다. 하지만 8월의 바로 그날 이뤄진 특별한 연금술은 실컷 안아주지 않으면 자려 들지 않는, 식사 때마다 진지하게 "이 안에 우유 들어 있어요?"라고 묻는, 아직까지는 제 아빠가 세상 모든 질문의 답을 알고 있다고 믿는 그 파란 눈을 한 조그마한 남자아이를 창조해 낼 수 있었던 일생일대의 기회였다. 존재라는 면도칼의 날이 실상 얼마나 얇은지, 그리고 내 아들이 그 모든 쇼를 까딱하면 놓쳤을 수도 있다는 것을 상기하면 새삼 겸손해지는 것을 느낀다. 게다가 아내와 나는 우리가 무엇을 놓쳤는지조차 까맣게 몰랐을 수도 있었다!

작가 소개 : 조너선 페이퍼닉Jonathan Papernick은 단편소설집 『엘리 이스라엘의 부상The Ascent of Eli Israel』과 『타자는 없다There Is No Other』를 펴낸 작가로, 보스턴 에머슨대학에서 소설작법을 가르치고 있다.

91

탄생

•

존 B. 카네트

사진작가인 나는 언제나 나 자신을 세상으로부터 차단했다. 카메라는
나와 내 앞에 있는 순간 사이의 완충장치 역할을 했다. 카메라가 3차원
의 세계를 2차원으로 변환하는 시간 동안 그 순간의 바람, 추위, 몸짓,
현실은 멈춰 버린다. 이것은 너무나 빠르게 너무나 자주 일어나는 일이
어서 내게는 몹시 익숙하다. 하지만 충격을 완화시킨 그 모든 순간들이
실제로는 잃어버린 시간이다. 내가 부재했던 시간이다. 이미지가 처리된
후에야 그 순간은 다시 돌아온다. 내가 있었던 그 장소와 내가 없었던 그
순간이 다시 나타난다. 첫째 아들 퀸트가 태어났을 때 나는 내 카메라로
이 사진을 찍었다. 둘째 아들 헨리가 태어났을 때 나는 그 순간 자체를
소유했다.

작가 소개 : 존 B. 카네트John B. Carnett는 〈포퓰러 사이언스Popular Science〉의 사진작가이다.

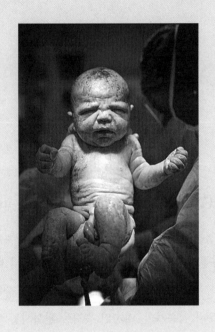

첫째 아들 퀸트가 태어났을 때 나는 내 카메라로 이 사진을 찍었다.
둘째 아들 헨리가 태어났을 때 나는 그 순간 자체를 소유했다.

chapter 7

삶은 무한하지 않다
자신만의 인생을 살아라

...

행복을 선택할 '용기'

내면의 소리를 좇아 자신의 천직이나 열정을 찾게 된 순간의 이야기는 우리에게 행복한 삶에 대한 힌트를 제공한다. 원하는 삶을 사는 일은 거창한 결심이나 치밀한 계획보다도, 다른 사람이 아닌 자신의 기준으로 삶을 선택하는, 그저 아주 작은 용기 하나면 충분하다는 것.

어떤 사람은 누군가의 삶에
흔적 이상의 것을 남긴다

·

바라툰드 서스턴

2001년 12월 어느 날, 나는 매사추세츠 주 소머빌에서 다른 3명과 함께 더부살이하던 아파트의 현관 홀 라디에이터 위에 앉아 있었다. 그때 사귀던 여자친구는 2,400킬로미터 떨어진 그녀의 부모님 집에 앉아 있었다. 그녀는 전화로 언뜻 단순해 보이는 질문을 내게 던졌다. "둘 중에 뭐가 더 좋아? 글쓰기랑 공연 중에서 말이야."

그 무렵 나는 양쪽 분야에서 해 볼 만큼의 활동을 해 본 뒤였다. 고등학교와 대학에서는 뮤지컬과 연극 무대에 섰다. 어린 시절에는 수년 동안 오케스트라에서 더블베이스를 연주했었다. 대학 때는 학교신문에 기사를 기고하고 칼럼을 썼다. 그리고 〈디 어니언The Onion〉 스타일의 풍자적인 기사를 싣는 뉴스레터 〈뉴스플래시〉를 운영하기도 했다. 하지만 학교를 졸업한 뒤로 내 인생은 그와는 전혀 다른 일인 전략 컨설팅(이라 쓰고 '대기업에서 쓸 파워포인트 슬라이드 만들어 주기'라고 읽는다)에 치중되었다. 내가 과거에 보였던 유쾌함의 유일한 자취는 내가 그녀에게 포워딩

한 이메일이나 비디오 클립에서밖에 찾을 수 없었다.

나는 현장에서 만나는 관객들의 에너지와 글 안에서 단어를 선택하는 꼼꼼한 기예가 지닌 각각의 장점을 열심히 저울질해 보면서 "한편으로 는… 이지만, 달리 생각하면…" 같은 이도 저도 아닌 식으로 그녀의 질문 에 대꾸했다. 무대에 서면 즉석 연기를 마음껏 펼칠 수 있고 공연장 안의 열기에 희열을 느낄 수 있었다. 하지만 나는 손을 자판에 얹고 생각을 풀 어 나가는 편이었다.

이런 마음속 토론을 몇 회전 돌리고 있는데 그녀가 내 말을 끊고 말했 다. "자, 봐, 그런데 왜 넌 그중 한 가지도 하지 않는 거야?"

나는 그 갑작스러운 질문에 답할 준비가 되어 있지 않았다. "무슨 말이 야?" 나는 되물었다.

"두 일이 다 좋다면서. 그런데 넌 지금 둘 중 아무것도 하고 있지 않잖 아. 그 이유가 뭐야?"

맙소사. 그녀는 정곡을 찔렀다. 그러나 내게도 훌륭한 답변이 준비돼 있었다. 나는 내 장기 전략을 그녀에게 설명했다. 그 말도 안 되는 액수 의 학자금을 다 갚고 재정적으로 독립한 다음, 여유가 생길 때 내 '예술' 을 하겠다는 것이었다.

그녀는 사방에서 나를 포위 공격하며 내 주장을 무너뜨려 버렸다.

첫째, 그녀는 내가 그 마법적이고 정의도 불명료한 '재정적 독립'이라 는 목표에 절대 도달하지 못할 것이라고 이야기했다. 왜냐하면 재정적 안녕이란 상대적인 것이기 때문에 나는 결국 그 결승선을 점점 더 먼 미 래의 일로 유보할 수 있다는 것이었다.

둘째, 내가 앞으로 몇 년 뒤에 그 재정적 목표에 도달하리라고 가정해 보자. 그때 내가 마침내 보여 줄 수 있는 것은 무엇이 있을까? 나는 대학을 졸업한 뒤로 글 한 편 쓰지 않은 상태일 것이다. 재능은 녹슬고 감각은 무뎌졌으며 연습도 부족해 변변찮은 글밖에는 쓰지 못할 것이다. 한 마디로 '엣지edge'를 잃고 있을 것이다.

다시 한 번 맙소사였다.

나는 그날 수화기를 붙잡고 들은 여자친구의 말을 내 평생 들어본 가장 위대한 연설 중 하나로 친다. 오바마가 대선 캠페인에서 보여 준 선거 연설도 상당히 훌륭했지만, 여자친구가 수화기 너머에서 해 준 그 말은 당장 행동에 나서도록 내게 영감을 불어넣었다. 전화를 끊고 나는 글을 쓰기 시작했다. 나는 내 〈뉴스플래시〉 이메일 주소 목록을 되살려 뉴스레터를 매주 발행하는 일에 전념했다. 그렇게 쓴 글들이 모여 자비로 출판한 내 처녀작 『울기보다 나은 Better Than Crying』을 탄생시켰다.

그 전화 통화가 있고 나서 채 2주가 지나지 않아, 나는 보스턴 성인교육센터 카탈로그를 뒤적이다가 스탠드업 코미디 강의가 있는 것을 발견했다. 나는 그 강의에 등록했다. 또 나는 당시 인기 있는 유머 웹사이트 〈모던 유머리스트〉를 운영하고 있던 마이클 콜튼과 존 어바우드가 진행을 맡아 브루클린에서 열리는 코미디 작가 워크숍에도 지원해 참여하게 됐다. 매주 화요일마다 나는 앤디 보로위츠Andy Borowitz(〈프레시 프린스〉에 출연하고 보로위츠리포트닷컴에 글을 썼던), 패트릭 보렐리Patrick Borelli(스탠드업 코미디언), 마이클 셔Michael Schur(〈SNL〉, 〈오피스〉, 〈팍스 앤 레크리에이션〉의 작가), 캐럴 콜브Carol Kolb(〈디 어니언〉 편집자) 같은 객원 강사들로부터 코미디 세계에 관한 뭔가 새로운 것을 배웠다.

매주 일요일 나는 〈뉴스플래시〉를 썼다. 월요일 밤에는 보스턴에서 스탠드업 코미디의 기초를 배웠다. 화요일 밤에는 브루클린으로 차를 몰아 〈모던 유머리스트〉 워크숍에 참석하고, 새벽 3시 기차를 타고 보스턴에 돌아와 수요일 아침 7시 반에 회사에 출근해 거기서 샤워를 하고 기업체에 제공할 멋들어진 파워포인트 슬라이드를 만들었다.

그때 사귀었던 여자친구와는 헤어진 상태지만, 이따금 어떤 사람들은 누군가의 삶에 흔적 이상의 것을 남기는 법이다. 우리로 하여금 우리가 되어야 했을 그 사람이 될 수 있도록 우리의 등을 떠미는 그런 사람들 말이다.

작가 소개 : 바라튠드 서스턴Baratunde Thurston은 브루클린에서 활동하는 스탠드업 코미디언이자 정치평론가, 〈디 어니언〉의 디지털 부문 부서장이기도 하다. 그는 브루클린에 거주하며 그가 사랑하는 삶을 살고 있다.

내일은 내일의 해가 떠오른다

.

크리스틴 맥도널드

창을 내리자 와이키키의 후끈한 바람이 한차례 무릎을 쓸고 지나갔다. 택시 뒷좌석의 찌든 담배 냄새까지 이 바람에 날려가 버렸으면. 얼굴을 간질이는 바람을 받으며 나는 핸드백 속을 이리저리 뒤적였다.

'신발, 있고. 화장품, 있고.'

손가락으로는 등허리를 긁고 있었다.

'의상, 있고.'

택시가 신호등에 걸린 곳은 클럽까지 네 블록이 남은 곳이었다. 나는 새삼 바깥 경치를 내다보았다. 태양은 벌써 밤을 보내기 위해 푸른 바닷속으로 쏙 들어가 버렸고 수평선 위 하늘은 보랏빛과 오렌지빛의 망토를 두르고 있었다. 정지신호는 이내 초록색으로 바뀌었고 택시는 계속해서 길을 따라 올라갔다. 그리고 아래로 꺾은 후 좁은 비포장 진입로를 지나 클럽 앞에서 멈춰 섰다.

클럽에서 제일 잘나가는 아가씨들이 무대에 오른 것 같았다. 저런 글래머러스한 여자들과 무대를 나눠 쓰는 것도 나쁘지 않았다. 어떤 때는 나도 그들 중 하나가 된 듯한 느낌이 들기도 했다. 클럽은 사람들로 꽉 차 있어서 이리저리 헤집으며 겨우 바까지 도착했다. 나는 5달러짜리 지폐를 내밀며 언제나처럼 보드카 크랜베리를 시켰다.

"신사 숙녀 여러분, 니키와 도나, 앰버에게 박수 부탁드립니다!"

손님들의 환호성 소리가 들렸다. 나는 한편으로 가방과 칵테일을 든 손의 균형을 잡으면서 다른 손으로 분장실 문을 열었다. 그리고 거울 옆에 의자 하나를 겨우 찾아서 자리를 잡고 화장품 가방을 꺼냈다. 가능한 한 주변의 다른 여자들에게는 신경 쓰지 않으려고 애썼다.

나는 살색의 액체를 손가락 위에 짜서 볼을 천천히 문지르기 시작했다. 여드름 자국을 말끔히 지워 주는 화장품이었다. 녹여 놓은 밀랍처럼 울퉁불퉁한 내 피부는 언제나 놀림과 조롱의 기억이 떠오르는 우물 같았다. 빈곳을 모두 메우고 나자 만족과 안도의 한숨이 나왔다.

"와우, 와우, 와우! 박수!"

문이 열리고 다른 댄서가 들어왔다. 어린 여자는 내가 처음 보는 새로 온 아가씨였다. 우리는 서로를 흘끗 훑어보았고 그녀는 이내 내 옆을 지나쳐갔다.

불현듯 나는 눈을 감았다. 미셸이 보였다. 팔 여기저기에 딱지가 앉아 있던 미셸. 그녀는 화장을 떡칠한 얼굴로 입에는 담배를 문 채 딸 얘기를 늘어놓곤 했었다. 다음엔 카산드라가 보였다. 그녀의 남자친구가 내게 수작을 부린다고 털어놓았을 때 그녀의 표정이 떠올랐다. 주름진 픽시의 얼굴도 보였다. 픽시는 낮에 점쟁이로 일했었지. 카미는 손님이 자기 몸에 손을 댄다며 고함을 지르곤 했었다. 로리타의 냄새가 났다. 썩 미인이었던 그녀는 1년에 두 번 이곳에 오면 항상 마리화나를 피워 댔다. 빌리가 보였다. 남자이면서 여자였던 스트리퍼였고 파티와 춤을 좋아했다. 로버트도 보였다. 잠잘 곳이 없으면 나를 찾아와서는 코카인을 잔뜩 내놓곤 했던 사람.

다음 노래의 육중한 베이스 음이 벽을 때려 울렸다. 눈을 뜨자 거울에는 내 모습이 비쳤다. 스물여덟 살의 스트리퍼인 나였다. 찬찬히 그 눈을 들여다보니 호수처럼 푸르던 빛은 간데없고 희끄무레한 회색빛이 돌고 있었다. 내 죽음을 예비하고 있는 건 바로 나 자신이라는 깨달음보다 더 무서운 것은 없었다. 명성과 부라는 환상은 깨어진 지 오래였고, 이제 남은 것은 주위의 평판을 참고 견뎌야 하는 혹독한 현실이었다.

아마도 새로 온 그 소녀를 보자 내가 더 이상 열아홉 살이 아님을 깨닫게 되었으리라. 10년의 세월과 함께 스트리퍼라는 나의 직업은 빛이 바랜 것 같았다. 이제 정상적인 삶을 살고 싶었다. 그게 어떤 것인지는 정확히 몰랐지만 무대 위에서는 결코 찾지 못하겠지. 나는 지친 회색 눈의 여자에게 말했다. "이제 할 만큼 한 것 같아."

보드카 크랜베리를 한 모금 더 마시고 자리에서 일어났다. 새로 온 소녀 옆을 스쳐 지나며 그녀를 꼭 안아주고 싶다는 생각을 했다. 저축을 하라고, 밤 문화에 물들지 말라고 일러 주고 싶었다. 하지만 대신 이렇게 말했다. "좋은 밤 보내요." 그리고 나는 멈추지 않고 계속 걸었다.

머릿속은 불확실성이라는 바다를 둥둥 떠다니는 기분이었지만 손님들 틈을 비집고 앞으로 나아갔다. 클럽 문에 달려 있는 붉은색 벨벳 커튼을

젖히자 짙은 보랏빛으로 변한 하늘이 보였다.

내게 일몰은 언제나 시작을 의미했다. 출근할 시간이자 밖에서 보내게
될 밤의 시작이었다. 하지만 그날 본 초저녁 하늘은 정반대의 의미였다.
내가 더 이상 원하지 않는, 그리고 내게 필요하지도 않은 삶의 한 장이
끝나는 순간이었다. 내일은 완전히 새로운 하루가 기다리고 있었다.

작가 소개 : 크리스틴 맥도널드Christine MacDonald는 고향인 하와이 와이키키에서 활동하는 작가이자 댄서다.
그녀는 스트리퍼로 일했던 자신의 인생에 대한 회고록을 집필 중이다.

#94 두번째 기회

• 제리 마

지난 4년간 매일 매일이 똑같았다.

일어나서 출근하고 8시간이라는 긴 시간 동안 바쁜 척을 했다.

4년을 끝없이 똑같은 짓을 했다.

꾸벅꾸벅 졸다가 나는 이 돈을 모으는 게 얼마나 중요한 일인지 생각했다.

그만둔다면 상황은 바뀌겠지.

작가 소개 : 제리 마Jerry Ma는 그래픽 디자이너, 일러스트레이터이자 에픽프로포션즈Epic Proportions Art & Design의 설립자이다. 또한 그는 획기적인 아시아계 미국 슈퍼히어로 코믹 시리즈인 〈시크릿 아이덴티티Secret Identities〉의 아트 디렉터이기도 하다.

95

용기

제임스 캐논

나는 스물다섯 살이 되었고 곧 콜롬비아를 떠날 예정이었다. 하지만 네 명의 내 형제들은 아직도 내가 동성애자라는 사실을 몰랐다. 나는 이 것을 고백하려고 여러 번 시도해 봤지만 정작 말을 꺼내려 하면 도저히 입술이 떼어지지 않았다. 하는 수 없이 나는 '형제들에게 밝히는 건 바보 짓이야.', '형제들이 알아서 좋을 게 뭐가 있겠어'라고 스스로를 정당화 하고 있었다. 미국으로 1년간 영어 공부를 하러 떠나려던 때 역시 마찬 가지였다. 미국에 있는 12달 동안만큼은 형들이 소개해 주는 여자를 만 날 필요도 없고 축구 시합이나 가슴 큰 여자들이 나오는 비디오를 좋아 하는 척할 필요도 없다는 것에 안도했을 뿐이었다.

'내년에 보고타로 돌아오면 형제들에게 얘기를 해야지.' 나는 심지어 돌아온다는 생각까지도 스스로 믿어 보려고 애쓰고 있었다.

떠나기 일주일 전 나는 여섯 살짜리 우리 집 개 루카스를 동물병원에 데려갔다. 중성화 수술을 시키기 위해서였다. 수의사는 수술을 시키면 고환암에 걸릴 일도 없고 전립선 질환을 앓을 위험도 낮아진다고 추천했다. 전부 다섯 살이 넘은 수캐가 걸리기 쉬운 질환들이었다. 수술이 끝나자 수의사는 하룻밤 지켜보아야 한다며 루카스를 병원에 두고 가라고 했다. 그리고 루카스의 고환을 작은 병에 넣어 내게 건넸다. 고환은 무슨 일식 요리에 나오는 동그란 초밥처럼 생겼다. 나는 고환이 든 병을 가방에 넣어 집으로 돌아왔다.

그날 밤 병을 꺼내 형제들에게 보여 주었다. 나는 그게 무슨 소중한 것이라도 되는 양, 두 손을 곱게 모아서 병을 받쳐 들었다. 형제들은 그걸 보고 징그럽다며 기겁을 했다. 그러다가 한 명이 이렇게 말했다. '네 것이 아닌 불알을 손에 들고 있으니 기분이 어떠냐?'

형제들이 마구 웃었다. 물론 그건 농담이었고 특별히 나를 겨냥한 것도 아니었다. 하지만 웃고 있는 그들을 처다보고 있자니 몸속에서 오래된 분노가 치밀어 오르는 게 느껴졌다. 헌데 그다음 병 속에 든 그것을 내려다보는 순간 갑자기 내 모든 분노가 증발해 버렸다. 그리고 분노가 있던 자리에는 그제껏 알지 못했던 어떤 힘이 솟아났다.

자지러지게 웃는 형제들에게 나는 이렇게 소리쳤다. "나 동성애자야."

방안이 잠잠해졌다. 네 쌍의 눈썹이 다 함께 치켜 올라가는 게 보였다. 다들 내가 농담이라고 말하기를 기다리고 있었다.

"나 동성애자야. 호모 말이야." 나는 반복해서 말했다.

긴 설명은 필요치 않았다. 설명할 것도 없었다. 첫째 둘째 형인 오스카와 에르난은 이미 알고 있었던 듯 차분하게 체념한 기색이었다. 농담을 했던 페페 형은 어리둥절한 채 어쩔 줄 몰라 했다. 그리고 예상했던 대로 막내 카를로스는 소파에 앉아 흐느꼈다.

그다음 주에 나는 뉴욕으로 떠났고 형제들은 내가 없는 사이 이 충격적 사실을 받아들일 시간을 벌었다. 나는 콜롬비아로 돌아가지 않았다. 가끔 가족들을 방문하는 게 다였다. 하지만 형제들과의 사이는 시간이 지날수록 오히려 더 견고해졌다. 정직하게 마음을 터놓을 수 있는 사이가 되었기 때문이었다. 이제는 더 이상 형제들 앞에서 숨을 필요가 없었다.

우리 집 개 루카스는 살이 찌고 게을러졌다. 하지만 끝까지 삶에 대한 열정을 잃지 않고 열일곱 살까지 살았다. 집에 갈 때마다 나는 루카스의 고환을 참배한다. 뒷마당에 묻은 후 십자가를 세워 표시를 해 둔 것이다.

살다 보면 내 것이 아닌 용기가 필요한 순간이 있게 마련이다.

작가 소개 : 제임스 캐논James Canon은 전 세계적으로 판매된 베스트셀러이자, 영화 〈위드아웃 맨〉의 원작인 『과부 마을 이야기』의 저자이다.

96

새벽 3시에 입사 합격 전화가 울렸다

셰릴 델라 피에트라

내 방 벽에는 아이비리그 졸업장이 걸려 있었지만 내 손에 들린 것은 칵테일 스트레이너였다. 때는 1992년, 나는 대학을 갓 졸업해 뉴욕에 살면서 잡지사에서 일할 기회를 찾고 있었다. 잡지사라면 무슨 잡지든 좋다는 생각이었다. 그 일을 구할 때까지, 나는 그리니치빌리지 블리커 스트리트에 있는 어느 블루스 바에서 맨해튼 여행객들을 위해 블루 큐라소와 말리부 럼이 너무 많이 들어간 술을 따르고 있었다. 그다지 자랑스러운 직업은 아니었다. 단지 언젠가는 거기서 쓰는 아이스픽이라도 훔쳐서 내 눈을 찌르고 싶었을 뿐이었다. 나는 소호에 있는 엘리베이터 없는 5층 건물 꼭대기에 살고 있었는데, 1992년 당시에는 룸메이트만 있으면 돈벌이를 못해도 그만한 곳에는 살 수 있었고, 물론 나도 룸메이트와 함께 살고 있었다. 우리한테는 텔레비전이 없었다. 우리가 쓰던 맥 클래식 컴퓨터는 내가 자는 사이에 도둑이 들어와 훔쳐가 버렸다. 우리가 아는 사람 중에 휴대폰이나 이메일 주소를 갖고 있는 사람은 없었다. 우리가 즐겼던 값싼 여흥은 내키면 아무 때나 파자마 같은 걸 걸치고 밖으로 나가 밤새도록 여는 델리에서 갈색 종이봉투에 담긴 버드와이저 한 병을 구해 오는 것이 전부였다. 우리는 톰슨 가와 스프링 가 사이의 공원에서 담배를 피우고 버드와이저를 마셨다.

그해 2월, 룸메이트는 당시 〈롤링스톤〉에서 인턴으로 일하고 있던 댄에게 들었다며 그 유명한 저널리스트 헌터 S. 톰슨Hunter S. Thompson이 '어시스턴트'를 구하고 있는 것 같다고 내게 귀띔 해주었다. 그래서 어쩌라는 것인가. 나는 알 수가 없었다. 나중에 키라임 파이 일곱 개와 권총 하나를 주위에 늘어놓은 뜨거운 욕조 안에서 스카치를 마시면서야 알게 되었다. 지금 당장 확실한 사실 하나는 톰슨 밑에 들어가 어떤 고생을 하게 되든 또다시 칵테일 만드는 일로 돌아가는 것보다야 낫다는 것이었다. 내가 그 망할 타자 실기만 두 번이나 망친 콘데나스트Conde Nast의 '정보형 면접informational interview'을 한 번 더 치르는 것보다도 나을 터였다. 그건 굉장한 일일 것이다. 내가 정말 그 일을 맡게 된다면 말이다.

나는 이력서를 썼다. 길게 쓰지는 않았지만, 취업 참고서에서 베껴 쓴 것과는 달랐다. 그건 솔직한 이력서였다. 확신컨대, 자신을 이 비열하고 폐쇄적인 도시의 한심한 부진아로 느끼는 내 모습이 그대로 드러난 이력서였다. 내가 그의 작품을 얼마나 좋아하는지를 고백한 이력서. 나는 이미 인생의 쓴맛을 보았고, 어떤 일이든 할 준비가 되어 있으며, 심지어는 칵테일을 만들 줄도 안다는 사실을 굳이 생략하지 않은 이력서. 승산 있어 보이지는 않았지만 쓰고 나니 기분은 좋았다. 그 일 만큼은 거짓말을 하거나 나 자신이 얼마나 능력 있는 사람인지를 윤색해서 얻고 싶지 않았다. 나는 고작 스물두 살짜리에 지나지 않았다. 나는 〈뉴스위크〉 편집국장 티나 브라운이 아니었다. 우리 양쪽이 모두 아는 사실이었다. 나는 이력서를 팩스로 보냈다. 1992년식으로 말이다.

나는 종종 새벽 2시까지 깨어 있었지만 새벽 3시를 넘겨서까지 잠 못 드는 경우는 거의 없었다. 그때쯤이면 호텔 화재 경보가 울려도 세상 모르고 자는 나인데, 전화벨 소리에 눈이 떠졌다. 언뜻 장난전화 같았지만 듣자하니 그런 것도 아닌 것 같았고, 내가 책을 읽으며 상상해 온 목소리와 너무도 흡사했다. 거친 목소리로 웅얼거리는 말투였는데 수줍어하는 것 같으면서도 명령조였다.

"내일 이리로 올 수 있나?"

"네?" 나는 벌떡 일어나 앉으면서 말했다.

"헌터 톰슨이네. 이 일을 하고 싶나? 그럼 내일 여기 나타나게."

"내일이요." 나는 이 말을 의문문이 아니라 서술문처럼 말했다. 당신 설마 지금 미친 건 아니겠죠, 라고 따지는 식으로 들리지 않게 말이다. 곤조 저널리즘의 대부가 되는 것은 기다리면 저절로 이루어지는 일이 아니다. 소매를 걷고 무슨 일이든 일으켜 봐야 하는 것이다. 지금 망설인다면 결국 겁을 먹고 꽁무니를 빼게 될 것이다. 더 나쁘게는, 내가 전전긍긍하는 것을 그가 눈치채고 자기 목록에 있는 다음 후보의 단잠을 깨울 수도 있었다. "당연히 갈 수 있습니다."

"잘됐군. 비서가 아침에 전화를 줄 걸세. 자네 이력서가 맘에 들더군."

"감사합니다."

그리고는 뚝 하고 전화가 끊겼다. 성사된 것이다.

내가 그 일을 얻은 방식 ─ 망설이는 대신 예스라고 말하는 것 ─ 은 내가 그 같은 성정의 거장 곁에서 생활하고 일하게 될 앞으로의 수개월 동안 내게 다시 돌아올 것이다. 나는 그런 원칙에 따라 살아갈 수 있다는 것을 배우게 될 것이다. 그도 그럴 것이, 매번 망설이기만 한다면 사는 데 무슨 의미가 있나?

나는 침대에 도로 누웠다. 그제야 내일 어떤 차림으로 가야 하나, 바에서 내가 하던 일은 누가 대신 맡을 수 있을까 같은 세세한 것들에 생각이 미쳤다. 나는 두려움을 느끼거나 반대로 승리감을 느낄 수도 있었다. 하지만 둘 다 아니었다. 나는 침대 위에서 몸을 뒤척이며 크리스마스 전날 밤의 아이처럼 만족감과 기대감에 차서 이불을 끌어올려 턱까지 덮었다. 그리고는 단잠에 빠져들었다. 화재 경보가 열댓 번 울렸어도 날 깨우지는 못했을 것이다.

나는 내가 이윽고 불구덩이에 던져지게 되리라는 사실을 아직 모르고 있었다.

작가 소개 : 셰릴 델라 피에트라Cheryl Della Pietra는 프리랜서 카피 에디터 겸 작가로 코네티컷 주에 살고 있다. 그녀는 〈마리끌레르〉, 〈레드북〉, 〈P.O.V 매거진P.O.V〉 그 외 다수의 잡지에 글을 써 왔다.

#97

앨런 긴즈버그와의 만남

·

스티브 실버먼

1977년 2월 4일 열여덟 살이었던 나는 파란 눈이 예뻤던 나의 첫 번째 남자친구 에드와 함께 뉴욕에 도착했다. 오하이오에 있는 오벌린대학을 다니던 우리는 수업도 빼먹고 몰래 뉴욕으로 여행을 온 것이었다. 시외 버스에서 내려 길거리 가판대의 지역 소식지를 뒤적이던 나는 앨런 긴즈버그Allen Ginsberg가 그날 밤 퀸즈 칼리지에서 낭독회를 개최한다는 것을 알게 되었다.

극단적 반전주의자 유대인 가정에서 자란 나로서는 긴즈버그라는 이름이 낯설지 않았다. 학구적 신좌파였던 부모님은 긴즈버그를 시시한 오락물 작가 정도로 생각했다. 인디언 같은 복장을 하고 뛰어다니며 대마초와 동성애를 부추기다가, 정작 시카고 민주당 전당대회(1968년 시카고에서 있었던 민주당 전당대회를 말한다. 당시 전당대회장 밖에서 반전주의자들이 대규모 시위를 벌이고 있었는데 경찰이 이를 무력으로 진압하면서 대형 유혈사태를 빚었다. —옮긴이)처럼 '진짜' 혁명가들이 피 터지게 싸울 때는 뒷짐만 지고 있는 부류라고 말이다.

하지만 나는 고등학교 영어 시간에 긴즈버그가 쓴 '캘리포니아 슈퍼마켓' 같은 시를 즐겨 읽기도 했었고, 무엇보다 스스로 '호모'였던 터라, 턱수염을 기른 이 스승님을 꼭 만나보고 싶었다. 그날 저녁 에드와 나는 지하철을 타고 퀸즈로 가서 강당 제일 앞줄에 자리를 잡고 앉았다.

앨런은 무대에 올라 인상 깊은 낭독회를 펼쳤는데 행사의 절정은 그가 윌리엄 블레이크William Blake의 시 〈유모의 노래〉에 직접 곡을 붙인 노래를 연주했을 때였다. 이 쉰한 살의 시인은 머리가 벗겨지고 귀밑으로는 흰머리가 듬성듬성 자란 데다 해어진 셔츠에 넥타이 차림이어서 대학 교수처럼 보였다. 기성세대에 격하게 반항하는 광인의 느낌이라기보다는 흡사 인도에 있는 우리 삼촌 같은 모습이었다.

하지만 그런 근엄한 외양과는 딴판으로 이 중년의 사내는 지금 황홀경에 푹 빠져 있었다. 그의 옆에는 내 또래로 보이는 천사처럼 생긴 아이 하나가 무대에 함께 올라 있었는데, 앨런의 기타 소리에 맞춰 높고 깨끗한 목소리로 테너 파트를 노래했다. 스티븐 테일러라는 이름의 소년이었다. 앨런과 그 소년이 사귀는 사이인지 어쩐지는 알 수 없었지만 연주를 하는 그 순간만큼은 두 사람이 사랑에 빠져 있음이 분명해 보였다. 둘은 서로 기쁜 눈빛을 교환하며 블레이크의 노랫말 마지막 구절을 주문처럼 읊조렸다.

"그 소리 언덕마다 메아리치네." '메아리-치-네-'를 또박또박 발음하며 두 사람은 노래를 마무리했다. 앨런의 목소리와 스티븐의 화음은 완벽한 조화를 이루며 자신들이 느끼는 기쁨을 청중들 앞에 당당히 알렸다.

저자(앞쪽)와 시인 앨런 긴즈버그(뒤쪽 왼편) 및 마크 옴스테드 ⓒ마크 겔러Marc Geller

앨런은 비록 내 '타입'은 아니었지만 나는 금세 그를 사랑하게 되었다. 그래서 나는 여름학기가 되면 어디가 되었건 이 시인을 따라다니며 그의 삶에 자그마한 보탬이라도 되겠노라고 다짐했다. (그가 사는 곳이 어디건) 그의 집 건너편에 아파트를 구해서 그를 위해 시장을 보고 빨래를 하고 모든 심부름을 하리라.

시간은 훌쩍 지나 어느덧 여름이 되었다. 6월이 되자 앨런은 콜로라도 볼더에 있는 불교 대학인 나로파대학에서 '비트세대의 문학사(비트세대에서 '비트beat'란 '패배한'이라는 뜻이다. 비트세대란 1950, 60년대 전후 미국에서 산업사회의 획일적 모습과 기존 질서에 반발하며 자유롭고 개인주의적인 문학, 예술, 생활태도를 추구했던 사람들을 말한다. 이들은 일부러 허름한 옷을 입고 다니며 재즈, 마약, 동양적 사상 등에 심취하기도 했다. —옮긴이)'를 강의했다. 이 학교에 수업

안내서를 요청해서 받아본 나는 윌리엄 버로스William Burroughs가 강의하는 시나리오 창작 수업에서 그레고리 코르소Gregory Corso의 〈소크라테스 랩Socratic Rap〉을 다루는 것을 알고 흥분해 어쩔 줄 몰라 했다. (버로스는 시나리오 창작에 대해서는 별로 아는 바가 없는, 그냥 매력적이고 재밌는 사람이었다. 수업시간에 그는 학생들에게 마리화나를 구걸하며 "물고기란 무엇인가? 바다가 동물이 된 것이다!"와 같은, 자기가 만든 선문답을 늘어놓았지만 나는 아무래도 상관없었다.)

나는 긴즈버그의 견습생이 되겠다는 희망을 품고 가진 물건을 모두 팔아서 콜로라도로 가는 기차에 올랐다. 비록 보내 놓은 지원서에 대해 답장은 받지 못했지만 실제로 앨런을 만나서 내 소개를 하자 그는 나를 기억해 내고는 "아, 그 멋진 편지를 썼던 친구로군"이라고 했고, 나는 그의 견습생이 될 수 있었다.

사실 앨런과 함께 보낸 첫 여름 학기는 이상적인 상태와는 거리가 멀었다. 당시 그는 아버지를 잃은 지 얼마 되지 않았기에 인간 삶의 유한함을 생각하며 극도로 초조해하고 있었다. 그는 쉽게 화를 내고, 좋아하지 않는 학생에 대해서는 무례하게 굴었으며, 그 어느 때보다 섹스에 집착했다. (지금 내 나이는 당시 앨런보다 한 살이 더 많고, 나 역시 아버지와 첫 남자친구를 잃은 터라 그때의 앨런이 어떤 심정이었을지 충분히 짐작이 간다.)

어찌 되었건 그해 여름은 내 인생 전체를 바꿔 놓는 결과를 가져왔다.

나는 하루 종일 글쓰기에 몰두했고 결국 그게 생업이 되었다. 10년 후 나는 앨런의 조교가 되어 나로파대학으로 돌아왔고 나이 든 선불교 스승으로부터 명상을 배워 불교신자가 되었다.

1977년 여름이 오늘의 나를 만든 것이다.

내가 나중에 잭 케루악Jack Kerouac의 오랜 친구이면서 시인이자 선불교 스승인 필립 웨일런Philip Whalen에게 앨런 긴즈버그를 만난 처음 몇달 동안 환상이 홀딱 깨지는 경험을 했다고 얘기하자 그는 이렇게 대답했다. "환상이 뭐 그리 좋은 것도 아니잖아?"

작가 소개 : 스티브 실버먼Steve Silberman은 〈와이어드Wired〉를 비롯한 여러 전문 잡지에 기고하고 있는 과학 분야 저술가이다. 그는 현재 샌프란시스코에 살고 있다.

98

내 인생의 표지판

·

케이틀린 로퍼

나는 열두 살이었고, 엄마 차 뒷좌석에 앉아 상기된 뺨을 차창에 붙이고 있었다. 덥고 습한 날씨였고, 빽빽하고 축축한 연무가 모든 것을 내리누르고 있었다. 나무들조차 이울고 있었다. 가족들과 차를 타고 뉴잉글랜드로 향하고 있던 나는 뉴잉글랜드만 아니면 그 어디로든 떠나고 싶었다. 우리는 막 코네티컷 강을 건너 매사추세츠 주 북서쪽으로부터 버몬트 주 경계를 향해 달리고 있었다. 나는 북부 캘리포니아에 살고 있었고, 그해 여름방학을 처음으로 엄마와 새아버지와 함께 남부 버몬트에서 보내려는 참이었다. 그러나 나는 그러기 싫었다.

부모님은 내가 갓난아기였을 때 이혼하신 뒤 내 양육권을 공동으로 맡으셨다. 나는 여러 해 동안 일주일씩을 양친과 번갈아가며 보내기 위해 캘리포니아 주 버클리의 서로 아주 다른 집을 오가는 생활을 해 왔다. 아빠 집에서 나는 그냥 어린애였다. 아빠는 집에서 일하셨고, 우리는 사이좋게 지냈다. 아빠는 언덕에 있는 근사한 동네의 아파트에 사셨다. 엄마

집에서는 예측하기 힘든 일이 더 많았고 지내기도 훨씬 까다로웠다. 서로 자주 부딪쳤고, 나 자신과 어린 여동생을 돌보는 일을 비롯해 더 많은 책임이 내게 주어졌다. 엄마는 그다지 좋지 않은 동네의 구식 주택에 살고 있었다. 나는 매주 이 두 집을, 두 환경 사이를 혼자 버스로 오갔다. 내게는 서로 다른 두 무리의 친구들이, 두 가지 통학길과 두 개의 다른 인생이 있었다. 고등학교에 진학하기 전까지 학교도 여섯 번이나 옮겨야 했다.

8학년이 시작됐을 때, 엄마와 새아버지, 내 여동생은 버몬트 주 길퍼드로 이사했다. 나는 선택을 요구받았다. 같이 버몬트로 들어가겠느냐, 그대로 버클리에 머물겠느냐는 것이었다. 나는 두 대안을 두고 심사숙고하는 척했다. 나는 아빠와 머물기로 했다. 하지만 그것은 내가 여름 몇 달은 버몬트 주에서 보내야 한다는 것을 뜻했다.

무더위가 세상을 내리누르고 있던 날, 자동차 뒷좌석에 갇힌 나는 내가 얼마나 캘리포니아의 집을 그리워하고 있는지를 생각하면서 녹색 풍경이 아스라이 지나가는 것을 바라보고 있었다. 울창한 나뭇잎들이 가장자리를 장식한 9번 도로는 잔디밭으로 이어졌고, 그곳에는 '노스필드마운트허몬스쿨Northfield Mount Hermon School, 1879년 설립'이라고 쓰인 표지판이 세워져 있었다. 표지는 가로로 긴 타원형이었고 나무에 새긴 것이었으며, 학교명을 쓴 글자는 알라딘의 램프 같은 형상을 둘러싸고 있었다. 그것은 바로 그곳이 학교의 입구임을 알리는 표지판이었지만, 내가 볼 수 있었던 것은 숲 속으로 이어지는 길뿐이었다. 그늘지고 숲으로 우거진 길 끝에 학생들이 독자적으로 생활하는 학교가 있다는 것은 신비스럽고 신기하며 호기심을 자아내는 일이었다.

　여행에서 돌아오자마자 나는 도서관으로 달려가 카드 색인 목록에서 '기숙학교'를 찾았다. 그렇게 사립중고등학교 편람을 발견했고 책의 색인에서 '노스필드마운트허몬'을 찾아냈다. 나는 당장 입학신청서를 써 보냈다. 장학금까지 받게 된 나는 사고가 개방적이고 독립적으로 활동하고 계시던 내 예술가 부모님께 기숙학교는 제 자식을 거추장스럽게 여기는 부자들만을 위한 곳이 아니라는 점을 납득시켰다. 열네 살이 되던 해, 일단 아빠와 함께 자동차 전국 일주를 다녀온 뒤에, 나는 신입생으로 노스필드학교에 입학했다. 여름방학은 버클리에서 보낼 것이었다. 기숙학교는 내게 학업열을 불러일으켰고 내 인생의 경로를 바꿔 놓았다. 그러나 내 일생을 통틀어 가장 중요했던 깨달음은 내가 나 자신의 운명을 결정할 수 있다는 것, 생활환경을 바꾸는 것은 내 깜냥 밖의 일이 아니라 언제든 실현 가능한 일이라는 것이었다.

작가 소개 : 케이틀린 로퍼Caitlin Roper는 샌프란시스코에 살며 잡지 편집자로 일하고 있다.

#99

부랑 생활의 시작

•

데일 마하리지

　이 사진은 1982년 4월 우리가 부랑자가 되어 서부해안을 따라 운행하는 화물열차를 탄 지 엿새째 되던 날에 찍은 것이다. 당시 〈새크라멘토비 Sacramento Bee〉 신문사에서 일하고 있던 사진작가 마이클 S. 윌리엄슨 Michael S. Williamson과 나는 1930년대 대공황 시기의 생활을 되풀이하고 있는 신규 실직자들을 취재하는 임무를 띠고 있었다. 그래서 우리는 그들 틈에 섞여 화물열차에 올라탔다. 마이클은 스물다섯, 나는 스물여섯 살이었다.

　그것을 계기로 추후 30년 동안 우리는 한 팀으로 일하며 미국이라는 나라를 — 노동자들의 악전고투와 체제 밖에 던져진 사람들을 — 기록하게 된다. 그동안 우리는 공동 집필한 책들 중 한 권으로 퓰리처상을 수여받았고, 또 다른 책은 브루스 스프링스틴으로 하여금 노래 두 곡을 만드는 데 영감을 제공하기도 했다. 최근 우리는 우리의 여섯 번째 책 『미국을 닮은 어떤 나라 : 새로운 대공황과 아메리칸 드림의 좌절과 희망, 그

© 마이클S. 윌리엄슨

사진 속의 내가 화난 얼굴인 것은 마이클이 카메라 타이머를 맞추기 위해
다른 곡물 운반차로 건너뛰었다가 다시 건너와야 했기 때문이다.
열차는 대략 시속 110킬로미터의 속도로 달리고 있었다.

30년의 기록』을 펴냈다.

1982년에 우리가 열차를 타지 않았다면 그중 무엇도 실현되지 못했을 것이다. 그 부랑여행은 우리의 남은 인생이 나아갈 길을 기술해 주었다. 우리는 우리의 직업을 이렇게 설명해야 할 것 같다. 또 다른 미국, 즉 유개화차 문을 통해 바라보는 미국 ― 음지에 사는 국민 대다수의 존재를 부정하는 나라의 이면 ― 을 기록하는 것이라고. 우리가 그 열차를 타게 된 것은 우연이었을까, 혹은 운명이었을까? 나는 후자였다고 믿고 싶다.

사진 속의 내가 화난 얼굴인 것은 마이클이 카메라 타이머를 맞추기 위해 다른 곡물 운반차로 건너뛰었다가 다시 건너와야 했기 때문이다. 열차는 대략 시속 110킬로미터의 속도로 달리고 있었다. 헛디디면 바퀴 밑에 깔릴 상황이었다. 나는 돌아온 그에게 그런 위험을 감수할 만한 일이 아니지 않느냐고 성을 냈다. 그가 목숨을 잃지 않았으니 이제 말을 바꿔도 좋을 것이다. 그렇게 해서라도 남겨둘 만한 가치가 있는 사진이었다고. 이 사진은 그날 이후 촬영한 그 어떤 사진보다 우리가 어떤 이들인지를 잘 말해 준다.

작가 소개 : 데일 마하리지Dale Maharidge는 저널리스트이자 퓰리처상 수상자, 콜럼비아대학교 언론대학원 조교수다. 저서로 『미국을 닮은 어떤 나라』가 있다. 이 사진을 촬영한 마이클 S. 윌리엄슨은 〈워싱턴포스트〉의 사진기자다.

100

존 업다이크의 팬레터를 받다

·

스티브 아몬드

그 편지는 내 우편물 속에 있었다. 조그마한 구식 파란색 봉투들 중 하나였고 그 위에는 매사추세츠 주 베버리팜즈의 반송주소가 적혀 있었다. 나는 소머빌에 사는 작가 지망생이었다. 베버리팜즈에는 지인이 없었다. 그때까지 내가 받아온 우편물이란 청구서가 아니면 문학 잡지사에서 보내온 채택 거절 편지들뿐이었다.

파란 봉투 속에는 예쁘장한 편지가 들어 있고 내용은 타자기 활자로 인쇄돼 있었다. 그 명료하고 신중한 문체의 산문은 내가 〈시인과 작가 Poets & Writers Magazine〉에 기고한 글을 칭찬하고 있었다. 나는 맨 밑에 적힌 서명을 읽었다. '존 업다이크.'

내가 업다이크를 존경한다는 것을 친구들 몇 명은 이미 알고 있던 터였다. 나는 곧바로 그들 모두에게 전화를 걸었다. "그래 성공했어. 아주 웃겼어." 나는 다짜고짜 그렇게 말했다. "네가 이번엔 날 웃겼다고. 하! 하! 하!"

그런데 그들은 내가 무슨 말을 하는지 모르겠다며 끝까지 잡아떼는 것이었다. 나는 봉투를 다시 확인해 보았다. 소인은 베버리팜즈 우체국에서 찍힌 것이었다. 그 말인즉슨 내 친구들 중 하나가 이 편지 한 장을 부치려고 일부러 그 동네까지 다녀와야 했으리라는 뜻이었다. 내 친구들은 물론 날 골리고도 남을 위인들이었지만 그만한 노력을 기울이기에는 다들 너무 게을렀다.

고로, 사실은 이러했다. 다름 아닌 존 업다이크가 직접 내게 팬레터를 보내온 것이다.

그 편지가 내게 얼마나 큰 용기를 북돋워 주었는지는 형언하기조차 어려운 일이다. 나는 기껏해야 문학계의 병아리에 불과했다. 존 업다이크는, 말 그대로 존 업다이크였다. 그가 일부러 시간을 내서 내가 쓴 글을 읽었다는 것, 그리고 내 주소를 추적해 편지를 보냈을 만큼 글을 마음에 들어 했다는 것은, 비유하자면 마이클 조던이 동네 운동장에 나타나 거기서 농구를 가장 못하는 소년에게 좋은 슈팅이었다고 칭찬해 준 것과 같았다. 아무튼 내게는 그렇게 느껴졌다.

업다이크의 편지를 받고 이후 10년 동안 나는 몇 권의 책을 발표할 수 있었다. 당시에 그의 처사가 얼마나 관대한 행동이었는지는 이제 더 명확히 보인다. 그는 그깟 편지를 쓰는 대신 그의 시간을 더 나은 일에 쓸 수도 있었을 것이다.

내가 하고 싶은 말은, 업다이크가 그러려는 의도는 없었을지언정 내게 무언가를 가르쳐 주었다는 것이다. 작가로서, 특히 어느 정도 명성을 얻은 작가라면, 무익하게 관대해지는 것이 우리의 직무 중 하나라는 것을 말이다. 그리고 예술가 집단에 합류한다는 것의 핵심은 타인의 작품을 인정해 주는 것이지 자신이 인정받는 것이 아니라는 사실도 있다. 우리 대부분이 자신이 제대로 된 평가를 못 받고 있다고 느낀다는 점을 고려하면, 이는 잊어버리기가 쉬운 사실이다. 남을 인정하는 것보다 남을 질투하는 것이 훨씬 더 쉬운 것이 인지상정이니 말이다.

나는 업다이크의 편지를 내 책상 제일 윗 서랍에 보관하고 있다. 친구들에게 보여 주기 위해서가 아니라 — 과거에는 사실 수차례 전시를 했지만 — 이 진짜 교훈을 잊지 않기 위해서다.

작가 소개 : 스티브 아몬드Steve Almond는 다수의 책을 쓰고 최소한 두 명의 아이를 만든 작가다. 가장 최근에 출간된 책은 단편선 『신이여 미국을 축복하소서God Bless America』이다.

#101

나를 일깨워 준 선생님

·

데이브 에거스

    고등학교 1학년 때 우리 영어 선생님은 그리치 씨였다. 그분은 만인이 인정하는 수석 교사셨다. 학과장이셨고 외모도 그래 보였다. 금속테 안경을 쓰고, 트위드 재킷을 입었으며, 내 기억이 정확하다면 재킷 팔꿈치에는 스웨이드 천이 덧대어져 있었다. 그분에게 깊은 인상을 남기고 싶어 읽기 과제로 주어지지도 않은 포크너의 『내가 죽어 누워있을 때』를 학교에 가져갔던 것이 기억난다(당시로써는 읽어도 이해가 가지 않던 책이었지만). 우리는 그해에 『맥베드』를 읽었고, 나는 마감일 바로 전날 밤까지 질질 끈 끝에 그 희곡에 대한 리포트를 써서 — 내가 타자기로 쓴 최초의 리포트였다 — 이튿날 제출했다. 그 리포트는 좋은 점수를 받았고, 점수 밑에는 그리치 선생님의 코멘트가 적혀 있었다. "훗날 작가가 되겠구나." 바로 그거였다. 그 한마디 말. 그것은 누군가가 어떤 식으로든 글쓰기가 내가 택할 수 있는 직업 옵션이라는 것을 보여 준 최초의 일이었다. 우리 집안에 작가가 된 사람은 없었고, 먼 관계로라도 우리와 친분이 있는 작가도 없었다. 그래서 작가란 나와는 거리가 먼 무언가로만 보였다. 그러나 그 이후 10년 동안, 나는 그리치 선생님이 써 주신 그 세 마디 말을 자주 생각했다. 대학 수업을 들으며 강사들의 말에 기가 꺾여도, 그리치 선생님의 말은 언제나 다시 돌아와 내게 힘을 북돋워 주었다.

그 일을 계기로 나는 교사의 말 한마디가 발휘할 수 있는 힘을 깨닫게 됐다. 우리 부모님은 자상하셨지만 내게 직업 경로를 제시해 주실 분들은 아니셨다. 하지만 학교 선생님은 때때로 우리를 위해 미래의 문을 열어 줄 수 있다. 교사는 이렇게 말할 수 있다. "생화학자가 되는 것에 대해 생각해 본 적 있니?" 그리고 그 분야에 대한 그들의 전문성을 고려할 때, 그들은 특정 행로로 접어들 수 있는 길을 가르쳐 줄 능력이 되는 이들이다. 생화학에 대해 많이 알고 있지는 못한 부모보다야 말이다. 그래서 현재 내가 맡은 고등학교 반 아이들을 가르치면서, 나는 항상 그리치 선생님의 말이 지녔던 위력을 생각한다. 내 말이 그 애들에게 미칠 영향을 잘 알기에 할 말을 잘 평가해 신중하게 사용하려 노력한다.

작가 소개 : 데이브 에거스Dave Eggers는 청소년을 위한 비영리 문학단체인 826 발렌시아와 독립출판사 맥스위니스McSweeney's의 설립자이며, 『자이툰Zeitoun』, 『뭐라니, 뭐What Is the What』, 『비틀거리는 천재의 가슴 아픈 이야기』를 포함한 다수의 책을 쓴 저자이기도 하다.

#102

해골 프로젝트

노아 스케일린

"좋았어"라고 나는 내뱉었다.

바보 같고 즉흥적이고 이상하다고도 할 수 있는 도전이었다. 하지만 그게 내 인생 최고의 반전이었다.

2007년 6월 2일 내 생일에 나는 공원에서 파티를 열고 있었다. 잔디밭을 가로지르다가 머리에 떠오른 생각이 이런 것이었다. '1년간 해골을 매일 하나씩 만들어야겠어.' 평소 같으면 나는 그냥 잠깐 이상한 생각들을 떠올려 보는 걸로 만족한다. 어쩌다 친구들에게 털어놓을 때도 있긴 하지만 말이다. 하지만 이번 경우는 달랐다.

한 달쯤 전에 수년간 추진해 온 미술 프로젝트가 좌절되어서 나는 창조적 공허감에 빠져 있었다. 내가 가진 그래픽 디자이너라는 직업은 창의적으로 일할 수 있는 환경이었지만 나는 일이 아닌 부가적인 예술적 배출구를 원했다. 외적 이해관계나 봉급과는 무관한 배출구라면 더 이상적일 것이었다. 그러다가 그날 내 생일에 해골을 만들겠다는 생각이 떠

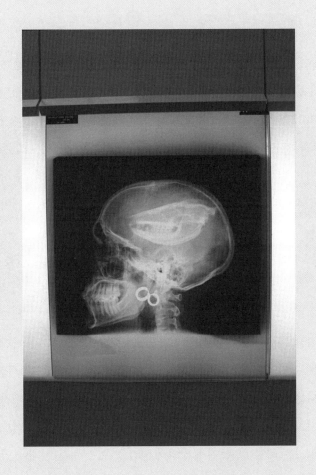

해골#329 : 어떤 사람들은 내가 해골 작업을 하는 동안 내 머리를 검사해 봐야 한다는 의견을 주었다. 그래서 나는 내 엑스레이 사진을 프로젝트에 포함시켰다. 엑스레이 기기 이용법을 교육하는 친구가 업무 시간이 끝난 뒤 무료로 나를 들여보내 주었다. 내 머릿속에 들어 있는 또 다른 해골은 주머니쥐에서 가져온 것이다.

오른 것이다.

예술가 집안에서 자란 나는 해부학 이미지도 흔히 볼 수 있었고, 어려서부터 줄곧 해골에 대한 동경이 있었다. 이 아이디어를 떠올렸던 즈음에는 이미 몸에 여러 개의 해골 문신을 갖고 있을 정도였으니 내가 해골 이미지를 떠올렸다 해서 딱히 이상할 것도 없었다. 하지만 나는 해골에 대한 이 특별한 생각이 그냥 떠내려가도록 두는 대신 그 생각을 유지하기로 결정했다. 정확히 365일간 말이다. 나는 이것을 '해골 데이'라고 불렀다.

해골 데이는 내가 공문서에서 작은 해골을 잘라내 스캔한 다음 그 이미지를 블로그(www.SkullADay.com)에 옮기고 난 이틀 후부터 공식적으로 시작되었다. 이 전체 과정은 대략 20분 정도가 걸렸다. 그해 말까지 나는 평균 하루 4, 5시간 동안 해골 작업을 했고 어떤 때는 10시간을 작업할 때도 있었다. 그 후 우연히도 내가 뭘 하고 있는지 다른 사람들이 알게 되는 일이 일어났다. 일은 점점 커져서 개인적 배출구로 시작한 해골 데이가 전 세계적 커뮤니티 프로젝트가 되었고, 우리 프로젝트는 이라크에 있는 해병대원들에게 창의적 영감을 주고, 뉴욕 시내에 있는 십대들에게 용기를 주고, 런던에 있는 초등학생들의 미술 교육에 이용되게 되었다. 그때부터 나는 해골에 관한 책을 만들었고 세계 곳곳에 초청되어 이 프로젝트에 관한 강연을 했다. 그리고 내 프로젝트가 끝난 다음에도 자신의 작품을 만들고 공유하기를 원했던 많은 사람들이 남녀노소를 불문하고 수백 개의 고유한 미술 작품을 제출하는 방식으로 프로젝트를 지속해 나갔다. 그렇게 작은 노력이 확대되어서 내 인생을 뒤흔들고 다른 사람들의 삶을 울리는 뭔가로 변화되었다는 것이 놀라울 뿐이다.

나는 다시는 우연히 떠오른 생각을 이전처럼 가볍게 여기지 않을 것이다.

작가 소개 : 노아 스케일린Noah Scalin은 버지니아 리치몬드를 중심으로 활동하는 예술가이자 작가, 디자이너이다. 그는 사회적으로 의식 있는 디자인 및 컨설팅 회사 어너더 리미티드 리벨리언Another Limited Rebellion을 운영 중이며 그의 작품은 전 세계 박물관 및 갤러리에 전시되어 있다. 그의 최신작 『창조작업 일기365: A Daily Creativity Journal』는 누구나 365일 프로젝트를 시작할 수 있도록 안내하고 있다. 그의 작품을 보고 싶다면 www.NoahScalin.com를 참조.

103

피아노와 기타

•

주디 콜린스

나는 클래식 피아니스트가 되기 위한 교육을 받았다. 열네 살이 될 때까지는 나도 당연히 그렇게 되는 줄로만 알고 있었다.

하지만 1954년 어느 오후, 학교에서 돌아와 연습을 하려던 나는 라디오에서 포크송이 흘러나오는 소리를 듣게 되었다. 엘튼 헤이즈Elton Hayes가 노래한 〈집시 방랑자The Gypsy Rover〉였다. 앨런 래드Alan Ladd가 출연했던, 아더왕과 카멜롯에 관한 영화 〈흑기사The Black Knight〉에 나오는 곡이었다.

이 노래가 내 인생을 바꿨다.

이 곡을 듣자마자 나는 가게로 달려가서 악보를 샀고 그 후 다시는 클래식 음악을 뒤돌아보지 않았다.

내가 이 노래에 끌렸던 이유 중 하나는 가사 때문이었다. 한 소녀가 아버지로부터 도망쳐 어느 집시 방랑자와 함께 여행하게 된다는 내용이었다. 아마 당시의 로빈 후드 같은 이야기가 아니었을까 싶다. 이야기는 진짜 같았고 그 안에는 많은 극적 요소들이 있었다. 소녀가 아버지의 성을 떠나 숲으로 들어가다니 정말 드라마틱하지 않은가.

나는 아버지에게 기타가 꼭 있어야겠다고 했다. 아버지는 몹시 기뻐하며 내게도 잘된 일이라고 생각했다. 아버지 역시 음악을 사랑하는 분이셨기 때문이다. 그 후 오랫동안 나는 기타와 피아노 둘 다를 연주했다. 하지만 본격적으로 시작해 보니 이렇게 하는 것은 포크와는 어울리지 않았다. 포크에서는 피아노를 연주하지 않았다.

1966년 나는 앨범을 하나 만들었는데 그 속에는 정말 어려운 요소들이 들어 있었다. 베르톨트 브레히트, 자크 브렐Jacques Brel, 레너드 코헨 같은 유였다. 나는 진지하게 다시 내 인생 속으로 피아노를 들여와야 했다. 그리고 직접 노래를 쓰기 시작했다. 노래를 쓰려면 피아노를 칠 수밖에 없었다. 기타 반주로 노래를 쓰라는 건 나더러 하늘을 날아 보라는 것과 같았기 때문이다.

내가 포크 음악을 알게 된 것은 라흐마니노프 피아노 협주곡 2번을 배우던 시절이었다. 나는 클래식 음악을 사랑했다. 하지만 이런 일은 일어나게 마련이고 그럴 때 인생은 바뀐다. 그것을 인력으로 어떻게 할 수는 없다. 스스로 깨닫기도 전에 당신은 기타를 들고 무대에 올라 〈다이아몬드 앤드 러스트Diamonds and Rust〉(주디 콜린스의 〈Paradise〉 앨범에 있는 존 바에즈와의 듀엣곡―옮긴이)를 노래하고 있는 것이다.

작가 소개 : 주디 콜린스Judy Collins는 그래미상을 받은 싱어송라이터이다. 그녀는 40년이 넘는 세월 동안 녹음 및 공연 활동을 해 오고 있다.

104

레밍턴 타자기 소리

앨런추즈

유년기의 그 순간이 아니었다면, 나는 아마 뉴욕의 한 파티에서 첫 번째 아내를 만났던 순간, 또는 뉴욕의 한 회의실에서 두 번째 아내를 만났던 순간, 아니면 캘리포니아 북부 어느 예술가 마을에서 세 번째이자 현재의 (제발 마지막이기를 기도한다) 아내를 만났던 순간을 꼽았을 것이다. 이 순간들은 이후 수년간의 싸움과 그만큼의 기쁨과 세 명의 다 자란 아이들로 이어졌고, 그 타고난 기질상 외로운 삶을 살아가며 정상적 생활을 유지하기가 힘든 작가라는 직업을 가진 이들에 대해 내가 동지애를 느끼도록 만들었다.

그런데 이런 순간들을 다 후순위로 밀어낸, 진정 내 삶을 결정지었다고 해야 할 순간은? 내가 네 살이나 다섯 살쯤 되었을까. 아버지가 오래된 레밍턴 타자기 앞에서 만들어 내던 '톡톡톡톡' 하는 소리를 처음 들었던 때였다. 아버지가 뭘 하고 있는 것인지 너무나 궁금했던 나는 감히 그곳을 향해 살금살금 다가갔다. 애드거 앨런 포의 소설에 나오는 커다란 소용돌이나 천체물리학에 나오는 블랙홀에 빠져드는 것처럼 어린 나는 운명 속으로 끌려 들어갔던 것이다. 그리고 지금도 내 귓가에는 아버지의, 그리고 나의 자판 소리가 들린다.

작가 소개 : 앨런 추즈Alan Cheuse는 내셔널 퍼블릭 라디오NPR에서 오랫동안 '책의 목소리'로 출연하고 있으며 네 편의 장편소설, 세 권의 단편소설 모음집, 회고록 『천국에서 떨어지다Fall Out of Heaven』의 저자이다. 그는 또 조지메이슨대학과 스쿼밸리 작가 커뮤니티에서 글쓰기 프로그램을 강의하고 있다.

chapter 8

이 모든
아름다운 순간들

...

'순간'의 미학

인간 지혜의 마지막 결론이란 이러하다.

자유도 생명도 날마다 싸워서 얻는 자만이 그것을 누릴 만한 자격이 있는 것이다.

······(중략)······

멈추어라 순간이여! 너는 참으로 아름답구나!

— 괴테,『파우스트』중에서

105

어머니가 저녁밥 차리기를
거부하시던 날

·

마이클 캐슬먼

1960년쯤의 일이다. 나는 열 살이었고, 배가 고팠으며, 저녁 먹을 때만 안달하며 기다리고 있었다. 하지만 어머니는 요리를 하고 계시지 않았다. 심지어 부엌에 계시는 것도 아니었다. 당신은 거실에서 레온 유리스 Leon Uris의 신작 『엑소더스(Exodus : 동명 영화의 국내 개봉명은 〈영광의 탈출〉 —옮긴이)』를 읽고 계셨다. 1947년 강제수용소 생존자들이 배 한 척에 비집고 올라 팔레스타인까지 항해해 정박하려 했으나 영국 당국자들에 의해 되돌려진 사건인 SS 대탈출을 다룬 소설이었다.

나는 저녁을 달라고 징징댔다. "우리 언제 저녁 먹어요?" "엄마가 이 책 다 읽고 나서." 어머니는 그렇게만 대꾸하셨다. 『엑소더스』는 당시 최고의 베스트셀러였고, 어머니는 도서관에서 그 책을 빌리기까지 몇 개월을 기다리셔야 했다. 어머니가 열정적인 독서광이라는 것을 나는 이미 알고 있었지만, 인쇄된 활자에 대한 어머니의 애착이 내 일과를 어그러뜨린 것은 그때가 처음이었다. 어머니가 그 책을 얼마나 오래 기다리셨고 얼마나 읽고 싶어 하셨는지 따위는 내게 중요치 않았다. 나는 배가 고팠고, 그에 당연히 밥을 달라고 했다. 어머니는 대답하셨다. "딱하지만 엄마가 다 읽을 때까지 기다려. 그리고 말이지, 엄마를 자꾸 방해하면 그만큼 더 오래 기다리게 될 줄 알아."

결국 책을 끝까지 다 읽은 어머니는 책장을 덮고, 아버지와 세 명의 형과 내가 구시렁거리는 소리를 들으며 늦은 저녁을 식탁에 내오셨다.

잠깐 동안의 일이었지만 내 마음속에는 깊이 남은 순간이었다. 어머니는 가족들에게 더없이 헌신적인 분이셨다. 저녁때면 시계태엽처럼 꼬박꼬박 식탁을 차리셨고, 그런 어머니의 일과는 어떤 일로도 변경된 적이 없었다. 그 책이 등장하기 전까지는 말이다.

당시 4학년이나 5학년이었던 나는 학교에서 꽤 많은 책을 읽었고 독서 감상문도 써본 적이 있었다. 또래 아이들 대부분처럼 나는 그 일들을 하나의 과제로, 마침내 놀 수 있게 될 때까지 참고 끝내야 하는 무엇쯤으로 여기고 있었다. 그런데 그런 책 한 권이 내가 어머니의 가장 신성한 의무라고 생각했던 것을 때려치우게 만들 만큼 당신에겐 중요했던 것이다. 그것이 시사하는 것은 단 하나, 책이란 강력하고 마법 같은 것이라는 사실이었다. 그날 느지막이 먹어야 했던 저녁 식사는 독서에 대한 내 태도를 바꿔 놓았다. 나는 책이 한 사람의 마음을 사로잡아 그 외 다른 것은 관심 밖의 일로 만들 수 있다는 것을 깨달았다. 그것은 내가 작가의 꿈을 향해 최초의 한 걸음을 떼어 놓게 된 순간이었다.

작가 소개 : 마이클 캐슬먼 Michael Castleman은 『뼈 활력 키우기』, 『새로운 치유 허브』를 비롯한 12권의 소비자 건강 가이드, 그리고 최근작 『부동산 살인』을 포함한 3권의 미스터리 소설을 쓴 작가다.

106

아기 돼지 윌리와 비버

제프 처치

"투자하고 그 보상을 받는 거지." 아버지는 말씀하셨다.

때는 1981년 봄, 아버지는 도축용으로 새끼 돼지 두 마리를 기르는 계획에 대해 이야기하고 계셨다. 그 일은 각각 열한 살, 열 살이던 형과 내가 워싱턴 주의 새 집에서 꾸려가게 될 금전 조달 활동이었다. 타코마 북쪽 끝에서 줄곧 살아온 우리 세 가족은 아버지가 재혼하시면서 그곳을 떠나 새어머니와 누나와 함께 작고 별 볼 일 없는 갑갑한 시골 마을 푸알럽에서도 약 50킬로미터는 더 남쪽으로 내려간 곳의 5,000평 가까이 되는 필지에 세워진 큰 집으로 이사했다.

"너희가 새끼 돼지를 맡아 기르고, 돼지들이 200킬로그램까지 자라면 식육으로 내다 파는 거다. 30달러의 투자금이 350달러로 돌아오는 거지. 그게 바로 투자와 보상의 원리다." 너른 대지에 살면 누구든 꿈꾸게 되는 갖가지 기회에 상당히 흥분해 있던 아버지가 말씀하셨다.

여느 아이들처럼 우리는 갖고 싶은 것이 많았다. 비디오게임 콘솔, 외제 BMX 부품들, 캘리포니아산 시그니처 스케이드보드 덱, 잡지에서 봤거나 〈캡틴 케이브맨〉 같은 토요일자 신문 만화에 낀 광고에서 본 것들 말이다. 아버지가 성장하신 환경은 우리와 전혀 달랐다. 조부모님이 직접 채소를 기르고 육류와 조개는 직접 사냥을 하거나 낚시를 해서 얻었던 오리건 주 뉴포트의 해안 마을에서 자라신 것이다. 그런 활동들, 사냥이나 응급치료, 검은 꼬리 사슴을 사등분하는 일 따위는 당신에겐 전혀 비위 상하는 일이 아니었다. 고기를 먹으려면 피할 수 없는 첫 단계가 바로 그 동물을 죽이는 일이었다.

아버지는 아이들이 무언가를 사달란다고 곧바로 돈을 내주는 분이 아니셨다. 그 대신 우리가 원하는 것을 얻으려면 대가를 치러야 한다는 것을 배우기를, 1달러의 가치를 깨닫기를 바라셨다. 게다가 그런 경험은 돈이 얼마나 힘들게 모이는지를 알게 해, 우리가 저축하여 사고자 하는 그 무엇이 진짜 필요한 것인지도 다시 한 번 고민해 보게 해 줄 것이었다.

우리가 고른 새끼 돼지 두 마리는 앙증스러웠다. 성향도 개와 흡사했다. 그 둘에게 이름을 붙여 주자는 아이디어를 누가 냈는지는 기억나지 않지만, 돌이켜보면 그건 나쁜 생각이었다. 왜냐하면 그것을 계기로 돼지들은 더더욱 애완동물처럼 느껴졌고 '투자'와 같은 차가운 시장 용어와는 그만큼 더 어울리지 않는 것처럼 느껴졌기 때문이다. 우리는 돼지들에게 에미상 후보에도 올랐던 시트콤 〈비버는 해결사〉— 건전한 웃음을 제공하는 동시에 시청자를 위한 윤리적 교훈을 담아 매 회의 결론을 맺던 프로그램 — 에서 따온 월리와 비버라는 이름을 붙여 주었다. 그해 여름, 형과 나는 우리의 투자 관리 작업을 진행했다. 우리는 매일 같이 돼지들에게 사료와 물을 주고, 필요할 때는 우리를 청소하고, 특식으로 사과를 먹였다. 그리고 돼지들도 그들의 사육자였던 우리를 보면 기뻐했다. 깔고 잘 신선한 밀짚을 넣어 주면 좋아서 맴을 돌았고 마치 애완견이 하듯 우리에게 고마움을 표시했다.

그러나 여섯 달 뒤, 돼지들을 상품으로 만들어야 할 날이 다가왔다. 마침 우리에 있던 나는 도축업자의 트럭이 우리 집 차도로 진입하는 것을 보았다. 진입로는 우리에서 90미터는 족히 떨어져 있었다. 그런데 놀랍게도 윌리와 비버는 곧장 미쳐 날뛰기 시작했다. 심상치 않은 일이 닥쳤다는 것을 눈치챈 것이다. 그들은 꽥꽥대며 우리 안을 뛰어다녔다. 나로서는 처음 보는 모습이었다. 그들은 도축업자나 그의 트럭을 본 적이 없었다. 그리고 그들은 그저 돼지들이었다. 그런데도 낯선 이 하나가 자기들의 영역을 향해 돌진해 들어오자 눈에 띄게 소란을 피우는 것이었다. 차는 마지막 문밖에 멈춰 섰다. 0.22구경 권총을 들고 트럭에서 내린 사내는 돼지들의 머리를 차례차례 명중시켰다. 그리고 돼지들의 목을 베어 피를 뺀 다음, 고기를 내걸고, 내장을 제거하고, 껍질을 벗기고, 톱으로 반 토막을 내 냉동 트럭에 싣고 떠나 버렸다.

그 순간 나는 인생에서 마주칠 어떤 일은 비록 그것이 그날 해야 할 일 목록에 명백히 기재되어 있던 것이더라도 우리에게 적지 않은 타격을 입힐 수 있다는 것을 깨달았다. 동물들이 식용으로 쓰이기 위해 도살된다는 것을 아는 것과 그것을 직접 눈앞에서 목격하는 것 사이에는 엄청난 차이가 있었다.

일주일 뒤, 고기의 일부가 우리 집에 배달되었다. 어머니는 그중에서 베이컨을 요리해 아침 식탁에 내놓으셨다. 나는 한 입을 베어 물었다. 내가 그때껏 맛본 베이컨 중 최고의 축에 드는 훌륭한 맛이었지만, 내가 가족의 애완동물을 먹고 있다는 생각을 떨쳐내기 힘들었다.

나는 지금도 육류 중에서 돼지고기를 제일 좋아한다. 내 이웃에는 도축업자도 한 사람 사는데 나는 그의 단골이기도 하다. 결국 나는 내가 먹게 될 것이 누구인지를 모르고 있는 것이 더 편안할 뿐이다. 그게 더 나은 방식이다. 나와 돼지들 모두를 위해서 말이다.

작가 소개 : 제프 처치 Jeff Church는 아내와 아들과 함께 뉴저지 주 호보켄에 살면서 광고업에 종사하고 있는 프리랜서 크리에이티브 디렉터이다.

107

그들의 개를 위한 진혼곡

리처드 퍼거슨

나는 열네 살이었다. 여드름투성이 얼굴을 하고 여자애들에게 열광했지만 쉰 목소리가 부끄러워서 아무것도 못했던 혼란스러운 사춘기 소년이었다. 그해 여름이었다. 우리 가족은 위스콘신에 있는 작은 마을에서 휴가를 보냈다. 아빠는 우리가 머물던 오두막에서 호수를 건너면 나오는 수영 구역까지 차로 나를 태워다 주었다. 그리고 두 시간 후에 데리러 오기로 했다. 아빠는 나더러 얌전히 수영이나 하고 여자애들 구경만 하라고 일러 놓고 갔다. 특히 5킬로미터나 되는 외진 시골길을 혼자 걸어서 집으로 돌아오면 안 된다고 단단히 일렀고, 나는 알았노라고 했다. 하지만 한 시간도 못 되어 나는 갈색 흙탕물과 총기류 잡지에서 걸어 나온 것만 같은 터프한 시골 처녀들에게 완전히 질려 버렸다.

결국 나는 오두막까지 먼 길을 혼자 걷기 시작했다.

나는 맨발이었고 그날은 기온 32도에 뙤약볕이 내리쬐는 전형적인 여름날이었다. 발밑의 아스팔트는 기온보다 두 배, 세 배는 더 뜨거운 것 같았다. 한 발을 내디딜 때마다 이교도들이 간다는 단테의 제6지옥을 통과하는 기분이었다. 나는 의식이 몽롱해지기 시작했다. 도로 위에 신기루가 보였다. 티셔츠는 땀으로 흠뻑 젖어 깡마른 내 몸에 찰싹 달라붙었다. 진으로 된 반바지는 너무 커서 자꾸만 흘러내려 엉덩이가 반쯤 드러났다.

오르막길에 이르자 고속도로 건너편에 집이 한 채 나타났다. 그 집 마당에서는 조그마한 남자아이와 여자아이가 테리어종 개 한 마리와 공 던지기를 하며 놀고 있었다. 개는 나를 발견하자 외길 쪽으로 달려와 짖어댔다. 아이들은 기겁을 하고 고함을 질렀다. "럭키! 이리 와, 럭키!"

나도 팔을 휘저으며 개를 향해 소리를 질렀다. 개를 겁주어서 돌려보내기 위해서였다. 하지만 그런 내 모습에 개는 오히려 더 화가 났고 내 쪽으로 가까이 다가오기 시작했다. 한 발씩 개가 다가올 때마다 목에 달린 방울에서 딸랑딸랑 소리가 났다. 나는 개를 무시하기로 직정하고 가던 길을 계속 걸었다. 하지만 럭키는 계속 따라왔다. '딸랑딸랑.' 나는 고속도로 위로 발을 내디뎠다. 놈을 정면으로 쳐다보며 발을 구르고 꺼지라고 소리를 질렀다. 놈은 꼼짝 않고 계속 짖어댔고 나는 계속 발을 굴러댔다. 꼬마들도 계속 소리를 질렀다. 개와 나는 거기 오르막에서 꼼짝도 하지 않은 채 서 있었다.

그 순간 어디서 나타났는지 트럭 한 대가 튀어나왔다.

나는 순식간에 뒤로 물러섰다. 그러나 개는 자리를 지켰다. 한순간 바로 조금 전 그 자리에 있던 개가 사라지고 없었다. 트럭은 쌩하니 그냥 가 버렸다. 아이들은 미친 듯이 울어대기 시작했다. 럭키를 부르다가 엄마를 불러댔다. 나도 울고 있었다. 계속 미안하다고 말했다. 도와주고 싶었을 뿐이었다. 이제는 아이들의 어머니까지 나타나 울고 있었다. 그 아주머니의 머리가 무슨 색이었는지는 기억이 나지 않는다. 뚱뚱한 아줌마였는지, 마른 아줌마였는지, 키가 컸는지 작았는지도 모르겠다. 기억나는 것은 오직 그 아주머니가 꽃무늬 원피스를 입고 있었다는 것이다. 그날만 아니었다면 너무나 예쁘다고 생각했을 원피스였다.

이제 더 이상 시야에 자동차는 없었다. 그 막막한 도로 위에는 신기루를 보고 있는 나와 죽은 개뿐이었다. 다만 더 이상 그 누구도 그게 개인지는 알아볼 수 없었다. 그저 도로 위에 반짝이는, 털이 섞인 핏자국이었을 뿐이다.

나는 거기 서서 슬픔으로 미쳐 가고 있는 아이들과 그 어머니를 보았다. 그리고 도로 위의 얼룩을 뚫어져라 바라보았다. 그 순간 정말이지 나는 다른 목숨을 위해 기꺼이 내 목숨을 내놓고 싶었다.

작가 소개 : 리처드 퍼거슨 Richard Ferguson은 LA에 사는 작가이자 시인이며 〈투나잇 쇼〉, 디즈니 홀의 레드캣 시어터, 뉴욕시 국제프린지 페스티벌 등에 출연하였다.

108

위키드 탄생 스토리

.

그레고리 머과이어

1993년 2월의 며칠 사이에, BBC4는 사라진 두 살짜리 소년을 '실종' 된 것에서 '유괴'된 것으로, 다시 '고문 및 살해' 당한 것으로 보도 내용을 수정했다. 그 이야기는 고통의 현현 그 자체였다. 어린아이다운 통통한 볼에 신뢰의 빛으로 환하게 빛나는, 크리스마스트리 장식 같은 얼굴을 한 제이미 벌거Jamie Bulger같이 아름다운 아이를 과연 누가 공격할 수 있다는 것인가? 충격에 빠진 영국과 그곳에 머물던 고독한 외국인이었던 나는 곧 그 악당들이 중등학교 수업을 땡땡이치는 두 명의 소년이었다는 것을 알게 됐다.

당시 영국법은 범죄의 미성년자 피고인에 대해 익명을 요구하지 않았기 때문에, 그들의 얼굴은 모든 일간지 1면과 텔레비전 화면에 도배되었다. 기사에 따르면 고작 열살에 불과하다는 그 소년들은 그들 자신도 방향을 잃은 아이들이었다. 어떻게 그런 길을 가게 됐을까? 수다스러운 계층들 ─ 영국에서는 '여론 형성층'을 그렇게 부른다 ─ 은 그 문제를 두고 논의를 펼쳤다. 디너파티에서 토론이 벌어졌고, 연단에서도 분석이 이루어졌으며, 칼럼을 통해 의견이 개진되었다. 버스 터미널에 줄을 선 승객들 사이에서도 화제는 단연 그 사건이었다. 그리고 그 모든 대화는 다음의 질문들을 맴돌았다. 그 소년들은 사악한가? 병이 든 건가? 범죄자 기질을 물려받은 것인가? 괴물이 되도록 사회화된 것인가? 아이가 다른 아이를 살해한 것은 악마적인 일인가, 비인간적인 일인가, 아니면 반사회적인 것인가? 혹은, 너무나 인간적인 것인가?

'악의 문제'라는 오래된 질문이 돌연 새롭게 부상했다. 사악함은 어디에서 오는 것일까?

나는 그전에 이미 악에 대해, 그리고 우리가 익히 알고 지낸 친구들이나 심지어 우리의 친인척들의 일탈적인 행동에 충격을 받을 수 있는 상황에 대해 생각해 본 적이 있었다. 가령, 리지 보든(Lizzie Borden: 1892년 매사추세츠주에서 아버지와 양어머니를 도끼로 살해한 당시 32세였던 미국 여성―옮긴이) 같은 사람은 범죄를 저지르기 이전부터 기묘하고 위험해 보였고 마을 사람들도 그녀의 눈빛에서 그런 기질을 보아 왔을까, 아니면 애초에는 그저 폴리아나(Pollyanna: 미국 작가 엘레너 H. 포터Eleanor H. Porter의 1913년작 소설 『폴리아나』의 주인공으로, 고아였던 그녀는 부유하나 냉랭한 성격의 폴리 이모 댁에 들어가 살면서 그녀 특유의 밝고 성실하고 동정적인 성격으로 마을 분위기를 온화하게 만든다.―옮긴이) 같았던 그녀에게 어떤 심각한 일이 일어나 그녀의 성격을 변화시킨 것일까 궁리해 왔다. 나는 리지 보든 사건에는 그다지 관심이 없었다. 내가 던진 질문은 우리 모두가 사악한 행동이라 동의할 만한 일을 저지른 누구에게도, 그 분명한 예로 히틀러 같은 인물에게도 적용될 수 있는 질문일 것이다. 혹은, 제이미 벌거를 살해한 그 소년들 같은 미성년 살인범들에게도 말이다. 악행을 저지를 가능성을 더 많이 갖고 태어나는 사람들이 있는 것일까, 아니면 인생이 어떤 사람들을 인내의 한계 이상으로 잔인하게 다뤄 그들이 그에 반응하는 것일까?

그것은 답이 없는 질문이지만, 그렇다고 그 질문 자체를 제기하지 않는 것은 무책임한 일이다. 우리는 우리의 동포 인간들에 대해 고민할 의무가 있으니까. 나는 이 질문을 바탕으로 문학적으로 탐구해 볼 만한 캐릭터를 찾기 시작했다. 『오즈의 마법사』에 등장하는 '서쪽 마녀'를 연구해 볼 수도 있겠다는 생각이 언제 맨 처음 떠올랐는지는 기억나지 않지만, 나는 2, 3년에 걸쳐 종작없이 그에 관한 글을 써 보자는 생각을 머릿속에서 굴리고 있었다. 하지만 처음 영국으로 이주했을 때, 나는 누군가로부터 도로시라는 이름의 미친 노파가 등장하는 『워즈Was』라는 훌륭한 영국 소설이 이미 있으며, 떠돌이 이야기꾼이던 L. 프랭크 바움(L. Frank Baum: 오즈의 마법사를 쓴 작가—옮긴이)이 지금 살았더라면 그녀의 슬픈 생애로부터 거꾸로 영감을 받아 오즈 이야기를 썼을 거라는 이야기를 들었다. 소설은 폭넓은 호평을 받고 있었고, 나는 그 책의 저자 제프 리먼Geoff Ryman이 서쪽 마녀라는 캐릭터도 아주 훌륭하게 다뤄 놓은 탓에 내가 그 책을 읽으면 내 책을 쓰기도 전에 기가 죽을 수도 있겠다고 생각하고는 지레 걱정했다.

나는 내 소설 쓰기를 미뤘다. 지금이 적기인지도 불확실했고, 내가 그 엄청난 노력을 기울일 수 있을는지도 확신할 수 없었기 때문이었다. 그렇게 작업은 내 서른아홉 살 생일이 있던 주까지 미뤄졌다. 때는 제이미

벌거가 살해당하기 8개월 전인 1992년 6월이었다. 나는 M6 한 대를 렌트해 뒷좌석에 『워즈』를 던져 놓고 호수 지구를 향해 속도를 높였다. 나는 케스위크에 있는 근사한 B&B에 방을 하나 빌렸고, 거기서 점점 더해지는 경외감과 불안을 느끼며 리먼의 책을 읽었다. 서른아홉 살이 되던 날 아침, 나는 한숨을 쉬며 책장을 덮었다. 리먼은 서쪽 마녀를 건드리지 않았다. 나는 가슴과 두뇌, 일을 시작할 용기가 있는 한 자유로이 내 프로젝트에 착수할 수 있었다.

일을 시작하기 위해 런던으로 돌아가기 전에, 나는 베아트릭스 포터

(Beatrix Potter: 동화책 『피터 래빗』으로 유명한 영국 여류 작가 겸 삽화가 —옮긴이) 의 농장을 보러 차를 몰았다. 궂은 날이었지만, 영국 여행객들은 그에 상관없이 주차장을 가득 메우고 있었다. 나는 진흙탕 길을 따라 멀리까지 내려가 차를 대고 농가까지 걸어 올라가야 했다. 가는 길에 나는 흙 속에 파묻힌 아동용 장갑 한 짝을 발견하고 그것을 꺼냈다. 밝은 색상의 방적사로 짜인 장갑이었고, 마치 손가락 인형처럼 손가락 끝마디마다 얼굴이 수놓아져 있었다. 나는 장갑에 묻은 진흙을 긁어내 좀 더 자세히 들여다보았다. 엄지손가락은 양 갈래로 땋은 머리를 한 작은 소녀의 얼굴이었다. 새끼손가락은 검은 개의 얼굴을 닮아 있었다. 남은 세 손가락 끝에는 허수아비, 양철 나무꾼, 그리고 사자의 얼굴이 거칠게 묘사돼 있었다.

　나는 언 손으로 그 자릴 지나칠 어느 아이가 그 장갑의 새 주인이 될 기회를 만들기 위해 장갑을 우편함 위에 올려놓았다. 밀려드는 영감에 손이 떨렸다. 나만큼 그 캐릭터들에 관심이 있는 어떤 아이가 이 세상을 걸어 다니고 있었다. 우리 모두가 그러듯 조금씩 방황하면서, 악에 직면할 위험에 처한 상태로 말이다. 그 아이도 언젠가 자라나면 그에 관해 읽고 싶어할 것이다. 나는 그 이야기를 안락하고 안전한 어린 시절로부터 — 어린 시절이 다행히도 안전하고 편안했다는 가정하에 — 빌려 온 어휘로 표현해 낼 수 있었다. 나는 작업에 착수해야 했다.

작가 소개 : 그레고리 머과이어 Gregory Maguire는 브로드웨이의 히트작 〈위키드 Wicked〉의 원저인 『위키드: 서쪽 마녀의 삶과 시절』을 포함한 다수의 책을 쓴 작가다. 그는 1987년에 설립된 비영리 교육자선단체인 뉴잉글랜드 아동문학주식회사의 설립자 겸 공동 책임자이기도 하다.

109

쓰레기 봉지

리고베르토 곤잘레스

우리 집에는 세탁기가 없어서 주말마다 나는 빨랫감을 모아 길 아래에 있는 고모 댁에 가져다 놓아야 했다. 어머니는 오후 늦게야 그리로 건너가서 세탁기를 돌리실 터였다.

쓰레기 봉지 하나에 꽉꽉 눌러 담은 옷가지를 나는 자전거 핸들 위에 균형 있게 올려 놓았다. 그 심부름에 불만은 없었다. 나는 열 살이었고, 주말마다 자전거를 타고 나서는 일은 삐걱대는 계단과 고장 난 냉장고 문, 가족들로 득시글대는 작은 집에서 탈출할 기회였다. 그러나 그날만큼은 사정이 달랐다. 내키지 않는 마음으로 나는 꾸물대며 집을 나설 준비를 했다. 지난주에 우연히 엿들은 이야기 때문이었다.

"우리 올케는 매번 한숨 돌리겠더라고요. 빨래할 거리가 줄어들어서."

고모는 이웃집 여자에게 말하고 있었다.

"그네들이 입는 넝마에 천보다 구멍이 더 많아지니 말이에요."

자전거 페달을 밟는 동안 나는 그 모욕적인 이야기가 아직도 귓가에 윙

윙대는 듯했고 우리 가족이 가문을 통틀어 가장 가난하다는 사실을 머릿속에서 떨칠 수가 없었다. 그래서 대형 쓰레기통이 눈앞에 나타났을 때, 이 울퉁불퉁한 쓰레기 봉지를 그 거대한 사각형 입속에 처넣는 것이 꽤 합당하고 자연스러운 일로 느껴졌다. 쓰레기를 버리고 돌아서는 것만으로는 성이 차지 않았던 나는 봉지에 든 옷가지를 아예 파리가 꼬인 오물 더미 위에 쏟아 버리자는 생각으로 쓰레기통 쪽으로 다시 페달을 밟았다.

우리의 눈물과 난관, 절대 빠지지 않는 얼룩 같은 온갖 당황스러운 것들이 묻고 밴 낡은 옷가지들을 마침내 버렸다고 생각하면서 나는 속으로 얼마나 기뻐했는지 모른다. 그러나 다음 순간, 내가 자진해 쏟아낸 옷가지가 우리 가족이 다음 주에 입을 옷들이라는 것을 깨닫고는 정신이 퍼뜩 들었다. 그리고 쓰레기통 가장자리에 까치발로 매달려 내 셔츠와 어머니의 브래지어, 아버지의 바지 따위를 버둥대며 끄집어내는 동안, 나는 고모가 우리 옷에서 나는 썩은 내에 대해, 이전보다 한층 더해진 우리의 불결함에 대해 이번엔 무슨 이야기를 할까 하는 공포에서 헤어날 수가 없었다.

그때 나는 내가 어른이 되면 절대 가난한 사람은 되지 않겠노라고 다짐했다.

작가 소개 : 리고베르토 곤잘레스Rigoberto Gonzalez는 여덟 권의 시집과 산문집을 낸 작가로, 뉴아크 루트거스 대학교의 영문학 조교수로 재직 중이다.

110

진실, 거짓말 그리고 오디오테이프

·

댄 바움

내가 애틀랜타에서 존 엘릭먼John Ehrlichman을 찾아냈을 때 그는 연방 교도소에서 수감생활을 끝낸 후 어느 토건회사에서 채용 담당관으로 일하고 있었다. 그런 그에게서 20년 전에 TV에서 보았던 모습은 전혀 찾아볼 수 없었다.

당시는 1992년이었고 나는 마약 금지에 얽힌 정치 논리에 관한 책을 준비하고 있었다. 랜디 쉴트Randy Shilts의 『그리고 밴드는 연주를 계속했다And the Band Played On』의 영향을 크게 받은 나는 내 책도 비슷한 방식으로 구성하려고 마음먹고 있었다. 시작, 중간, 끝을 가진 스토리로 구성되고 모든 이야기는 '장면' 안에서 캐릭터와 대화를 통해 들려주는 방식 말이다. 대단찮은 공중 보건 문제였던 마약이 어쩌다가 끔찍한 정치 무기로 변질되었는지 생생히 전달하고 싶었다.

리처드 닉슨의 내무담당 보좌관이었던 엘릭먼은 워터게이트 사건(닉슨 측이 워터게이트 빌딩에 있는 민주당 사무실에 도청장치를 설치하려다 발각되어 닉슨 대통령을 사임하게 만들었던 정치적 사건—옮긴이)의 주요 공모자 중에 한 명이 었고 내가 가장 인터뷰하고 싶었던 사람이었다. 엘릭먼처럼 미국 역사에 길이 남을 진짜 악당을 직접 만날 기회란 쉽지 않은 법이다.

그는 내가 생각했던 것보다 훨씬 키가 작았다. 뚱뚱한 몸집에 산에서 금방 내려온 사람처럼 수염을 기르고 있었다. 내가 진지한 자세로 꼼꼼히 질문을 시작하자 그는 한 손을 들어 나를 제지했다. "그러니까 이 일의 진상이 어떻게 된 건지 알고 싶다, 그거 아니오?" 더 이상 지켜야 할 것이 없어진 피로한 남자는 그렇게 물었다. "1968년 닉슨 선거운동 때, 그리고 그 후 백악관 시절에 적이 딱 둘이 있었소. 반전 좌파와 흑인. 무슨 얘긴지 알겠소? 그런데 전쟁에 반대하는 것도, 흑인인 것도 불법은 아니잖소? 그래서 우리는 대중들이 '히피' 하면 마리화나를, '흑인' 하면 헤로인을 연상하게끔 만든 거요. 그런 다음에 둘을 중범죄로 만들어 버리면 양쪽 커뮤니티 모두를 와해시킬 수 있게 되는 거지. 우리는 두 집단의 리더들을 체포할 수도 있고, 집들을 불시 단속하고, 회합을 못하게 막고, 매일 저녁 뉴스 때마다 그들을 나쁜 놈으로 만들 수가 있었다 이말이오. 마약에 대해서 우리가 거짓말을 하고 있다는 걸 몰랐을 것 같소? 당연히 알았소."

기자 생활을 하면서 그렇게 직설적인 답을 들은 것은 그때가 처음이었다. 그때부터 내 책에 들어갈 모든 인터뷰의 형태가 바뀌었다. 아니, 그 후의 내 모든 인터뷰 방식이 바뀌었다고 해야 옳을 것이다. 우드워드 Woodward와 번스타인Bernstein(두 사람은 〈워싱턴 포스트〉의 기자로서 워터게이트 사건을 폭로하여 스캔들로 만드는 데 결정적 역할을 했다.—옮긴이)이 내게 어떤 스토리든 쓸 수 있다는 점을 가르쳐 주었다면, 엘럭먼은 누구에게나 진짜 동기가 있다는 점, 그리고 제대로 된 방식으로 물어보면 그 동기를 털어놓을 것이라는 점을 가르쳐 주었다. 이 점만은 그 교활한 모사꾼에게 두고두고 감사하는 바이다.

작가 소개 : 댄 바움Dan Baum은 『나인 라이브즈 Nine Lives: Death and Life in New Orleans』의 저자이다. 현재 총기류와 총기류 애호가들에 관한 책을 집필 중이다.

#111
편집의 기쁨

．

캐서린 길버트 머독

아마 스물세 살 때일 것이다. 나는 대학원을 1년 쉬고 어느 회사의 기업 역사를 편집했다. 이때 '편집'이라 함은 '20여 명의 완고한 기고자들이 제출한 에세이들을 다듬고, 부서 간의 알력을 시사할 만한 내용을 모두 제거한 후, 단어 수를 반으로 줄인다'는 뜻이다. 당시 전쟁 중이던 그 회사의 파벌들은 내가 너무 기술이 없어서 자신들의 싸움에 휘말릴 수조차 없다는 데 동의했던 것이다.

하지만 나는 그곳에서 약간의 쿠데타를 일으켰는데 바로 책 디자이너를 고용할 때 수를 써서 내가 수년간 알고 지낸 사람으로 뽑은 것이었다. 나는 그녀의 유능함과 위트를 흠모했다. 어느 날 에이드리언과 내가 교정쇄 작업을 함께하고 있을 때였다. 에이드리언은 단어 두 개가 자신의 레이아웃에 거슬린다고 지적했다. "저 단어들 좀 없앨 수 있어요?" 그녀가 물었다. "어떻게 다른 말로 바꾸거나?" 그래서 나는 이쪽의 부사를 없애고 저쪽의 동사를 줄였다. 그 단락을 정확히 어떻게 축약했는지는 기억나지 않는다. 다만 그 순간의 느낌만은 결코 잊지 못할 것이다.

그전에 나는 수정본을 검토할 때 항상 음악을 연주하듯이 작업했다. 즉 처음부터 시작해서 끝까지 한 번에 가는 것이다. 그것은 느리고 활력 없고 선형적인 과정이었다. 하지만 이때 나는 처음으로 편집이라는 것이 전혀 선형적이지 않음을 알게 되었다. 오히려 편집은 아주 재미난 퍼즐과 같았다. 모든 부분을 조금씩 조정해서 조작해야 하는 퍼즐 말이다. 이 어구는 저쪽이 아니라 이쪽으로 가야 해! 저 부사는 동사랑 합쳐 버려! 문구가 안 맞아, 없애 버려! 부지런하고 사려 깊은 사람이라면 충분히 재미있을 수 있는 과정이었다. 언제나 더 낫게 바꾸는 것이 가능하니 말이다.

이런 사실을 분명히 알게 된 것은 에이드리언이 동의해 주었기 때문인지도 모르겠다. 어쩌면 그래서 내가 숫자 퍼즐은 잘 풀면서도 피아노 실력은 형편없는 것인지도 모른다. 어찌 됐든 그 에세이들을 반으로 줄이며 보낸 시간은 분명 내게 도움이 되었다. 하지만 지금까지도 문장을 다듬다가 특히 만족스러운 순간이 오면 나는 에이드리언의 햇빛 드는 스튜디오와 당시 내가 느꼈던 행복감이 떠오른다. 커다란 퍼즐 조각이 마침내 모두 맞아 들어갔던 그 순간의 행복감이.

작가 소개 : 캐서린 길버트 머독Catherine Gilbert Murdock은 소설 『데어리 퀸Dairy Queen』, 『프린세스 벤 Princess Ben』과 곧 출시될 『지혜의 키스Wisdom's Kiss』의 저자이다. 또한 금주법의 역사를 다룬 『집에서 술 빚 기Domesticating Drink』를 쓰기도 했다.

112

5RLG375

·

크리스 새커

2007년 6월 5일, 나는 한 남자가 총에 맞는 것을 보았다.

샌프란시스코의 내 아파트 건물 밖에 서서, 나는 영국으로 가는 비행기가 출발하기까지 단 2시간을 남겨 놓고 급하게 쌀 짐 목록을 내 블랙베리에 타이핑하고 있었다. 그때 돌연 두 발의 크고 분명한 폭음이 들려왔다. 총성이라고는 생각하기 힘든 낯선 소리였다고 한다면 거짓말이겠지만, 어쨌든 나는 그 소리를 무시했다. 월요일에 총성을 들을 확률은, 최소한 우리 동네에서 총성을 들을 확률은 제로였기 때문이다. 내 두뇌는 다른 설명을 찾고 있었다. 자동차 폭발음인가? 불꽃놀이를 하나?

내 귀가 방금 들은 것을 합리적으로 설명해 보려던 시도는 내 눈의 정직한 보고로 말미암아 허물어졌다. 거리 건너편에서 삼십 대로 보이는 아시아계 사내 하나가 고통스럽게 허리를 움켜쥔 채 보도 위를 절뚝거리며 걷고 있었다. 그래도 지금 무슨 일이 벌어졌는지 믿을 수 없다면, 타이어 끄는 소리를 내며 그 현장을 달아나고 있는 은색 크라이슬러300

한 대가 그 증거였다. 차는 내가 있는 쪽으로 전속력으로 달려오고 있었다. 이런, 제기랄!

충격을 가한 범인인 운전석의 흑인 사내는 3번가와 타운센드 교차로에서 차를 멈췄다. 그는 오른쪽 차선에 갇혀 있었고, 3번가로 향하는 길은 교통체증 때문에 그리로 탈출할 가망은 없는 상태였다. 그의 왼쪽 차선에는 거대한 세미트럭이 서 있었는데, 이 차는 자꾸 그의 진로를 가로막았을 뿐만 아니라 내게 엄폐물을 제공해 주고도 있었다.

그래서 나는 행동에 들어가 그 차를 향해 돌진했다. 나는 트럭 끝에 몸을 웅크려 문제의 차량번호를 확인했고, 바로 그 순간 범인은 엠바카데로로 향하는 교차로 건너에 차를 회전시킬 공간이 있는 것을 발견했다. 한순간 내가 살인 미수범으로부터 차 한 대 거리밖에 떨어져 있지 않았다는 사실을 깨닫기까지는 많은 시간이 걸리지 않았다. 하느님 맙소사, 그렇게 근접했다는 생각으로 인한 공포가 바로 그 순간 날 사로잡지 않은 게 얼마나 다행인지! 그 대신 나는 오직 한 가지에만 집착하고 있었다. 바로 잊기 전에 차 번호를 적어 두는 것이었다.

바로 그때 사방에서 외치는 소리가 들려왔다. "이봐요, 엎드려요! 엎드려!" "누가 저 차 번호 좀 확인해요!" "조심해요!" 나는 떨리는 손을 간신히 진정시켜 휴대전화 화면에 재빨리 문자를 찍었다. "5RLG375"

그리하여 휴대전화에 남아 있는 내 짐 목록은 이런 모습이다.

양말(파란색, 옥스포드화에 신을 검은색)

야구모자

재킷

〈하퍼스〉, 〈애틀랜틱〉 잡지 몇 권

쓰레기봉투

트럭에 있는 연, 마구, 낚시도구

5RLG375

차 번호를 확보한 나는 911에 전화를 걸었다. 물론 통화 중이었다. 그래서 나는 피해자를 도우러 달려갔다. 그는 한쪽 팔을 머리 위로 뻗은 채 보도 위에 엎어져 있었고, 그의 배에서 뿜어져 나온 형광색 붉은 피는 도랑을 이뤄 흐르고 있었다.

거기 서 있던 나를 포함한 몇몇은 속수무책으로 무엇을 해야 할지 알 수 없었다. 내가 한때 수강했던 CPR(심폐소생술) 수업에서는 주행 차량에 의한 충격이나 이처럼 심각한 외상을 다뤄 주지 않았다. 그때 40대 중반으로 보이는 신사 한 사람이 피해자의 등 위에 손을 얹고 이제 모든 것이 괜찮아지리라는, 우리에게 희망을 불어넣는 동시에 의심스럽기도 한 확신을 보이며 심폐소생술을 반복 실시했다. 마침 그 근처에 있던 경찰관이 황급히 달려왔다. 나는 그에게 차 번호를 건넸고, 그가 전화를 걸자마자 도시 저쪽에서 사이렌의 반향이 들려오기 시작했다.

경찰은 쓰러진 남자를 바로 누이고 상처를 확인했다. 출혈량이 너무 많았다. 남자의 얼굴에는 극심한 고통과 충격, 그리고 공포가 서려 있었다. 의료원들의 움직임은 다급했다. 그들은 남자의 옷을 찢어 그의 상처를 닦고 묶으며 거의 경련하듯이 움직였다. 그중 한 사람이 총알이 아직 남자의 몸에 박혀 있다고 말했고, 또 다른 이는 그가 피를 너무 많이 흘렸다고 말했다.

그런 말들이 오가는 사이에 경찰관의 지직대는 무전기 소리가 갑자기 끼어들었다. 총격범이 궁지에 몰려 결국 베이브리지 근처에서 붙들려 수감되었다는 소식이었다. 그 소식에 우리 모두는 똑같이, 그러나 속으로만 환호했다. 헐리웃 영화가 어떤 메시지를 전하든, 시민적 정의라는 개념은 생사의 갈림길에서 고통스러워하는 사람을 내려다보는 순간에는 아주 피상적인 것으로 느껴진다.

몇 분이 지나서야 서 있던 사람 중 하나가 자신의 발 근처에서 이상한 구리 조각 하나를 발견했다. 그것은 발사된 두 발의 총탄 중 하나였고, 나머지 하나는 아직도 피해자의 몸속에 깊이 박혀 있었다. 이 빗나간 발사체는 건물의 철강콘크리트 전면에 부딪쳐 나간 것이었고, 건물 벽에는 그로 인한 작은 자국이 남아 있었다.

나는 길을 건너 집으로 향하며 여행 짐을 싸는 일이 내 머릿속에서 반복 재생되고 있는 유혈 낭자한 영화를 중단시켜 주기를 바랐다. 그 순간 나는 처음으로 내 온몸이 땀으로 흠뻑 젖어 있는 것을 깨달았다. 셔츠는 몸에 착 붙어 있었고 눈썹에서는 땀이 뚝뚝 떨어지고 있었다. 나는 아이팟에 플레이리스트를 띄우고 TSA(미연방교통안전청 — 옮긴이)에서 규정한 비닐봉지에 들어갈 만한 미니어처 세면도구를 찾아내기 위해 집안을 뒤지는 일로 기분을 바꿔 보려 했다. 몇십 분 뒤, 내가 객실의 고립된 칸에 파묻혀 의자 팔걸이에 손톱을 쑤셔 박고 있는 동안 비행기는 은혜롭게도 나를 머나먼 곳으로 데려가 주었다. 그러나 그 여행으로 내가 얼마나 멀리 움직이든, 날카로운 불안감은 가차 없이 나의 동반자가 되었다. 절망감, 혼란스러움, 분노 역시 나를 따라다녔다.

수년이 지난 지금도 나는 그 소름 끼치는 장면을 마음속에서 지워 낼 수가 없다. 피해자의 이름은 언론에 공개되지 않았지만, 나중에 그가 목숨을 부지했다는 소식을 들었다. 나는 재판이 끝난 뒤에야 재판이 있었다는 것을 알게 됐는데, 총격범은 자백한 점이 감안돼 종신형을 살게 됐다고 한다. 그리고 나는 나 말고 다른 목격자가 있었다는 이야기는 듣지 못했다.

그리하여 나는 매년 6월이 되면 혼자서 그 범죄 현장으로 걸어가 쭈그려 앉은 채 벽에 남은 총탄 자국을 손가락으로 문지르며, 수많은 사람들이 무심히 지켜보는 가운데 과다출혈로 죽을 뻔한 그 남자를 떠올린다.

작가 소개 : 크리스 새커Chris Sacca는 벤처 투자자, 개인자산 투자자, 기업가 겸 연설가로 트위터에서 라이브스트롱에 이르는 기업 및 비영리기관을 조언해 주고 있으며, 종종 캘리포니아 트러키에 있는 자택에서 온라인으로 조언을 제공하기도 한다. 〈월스트리트저널〉은 그를 '미국에서 가장 영향력 있는 사업가라고 해도 좋을 인물'로 묘사한 바 있다.

113

내 안의 살인범

마이클 패터니티

산지의 11월에 때마침 눈이 내렸다. 당시 우리 가족은 거주하던 코네티컷의 지루하고 고리타분한 교외 마을을 떠나 애디론댁 산맥을 넘어 뉴욕 포츠담으로 차를 몰고 가는 중이었다. 그곳은 내 조부모님이 사시는 곳이자 우리의 이국적인 친척들이 캐나다 국경 근처의 숲에서 총으로 사슴을 잡고 덫을 놓아 야생동물을 잡으며 사는 곳이었다. 당시 아마도 열두 살이었을 나는 네 형제들 중 맏이였다. 그리고 아, 나는 그 쓸데없는 짓거리를 얼마나 좋아했던지. 우리 넷은 뒷좌석에 비좁게 모여 앉아 사탕을 먹거나 차멀미에 시달렸다. 우리는 잠시나마 세상 속에 자유롭게 놓여난 여행자들이었다. 고속도로 표지판에 적힌 지명들 — 파우킵시, 글렌스 폴스, 사라토가 — 은 언제나 신비롭게 보였다. 그러다 우리는 워렌스버그에서 방향을 바꿔 사라나크 호수와 터퍼 호수 사이로 오르기 시작했고, 다시 콜튼을 가로질러 내려갔다.

길을 따라 달리던 중 어디선가 갑자기 바리케이드가 나타났다. 우리의 목재 패널을 댄 스테이션 왜건이 빙판길에서 속도를 늦춰 멈추려 하고 있을 때, 조명등이 번쩍이는 안갯속에서 방수복을 입은 경찰관이 걸어 나왔다. 아버지는 차창을 내렸다. 두 사람은 낮은 톤으로 심각한 이야기를 주고받았다. 아버지는 엄숙히 고개를 끄덕이며 마치 당신이 그 사건을 해결할 것처럼 몇 가지 질문을 하셨다. 형사 기질이 있으신 아버지의 오랜 버릇이었다. 와이퍼가 요란한 소리를 내며 움직이는 동안, 경관은 손전등으로 우리 차 안을 훑었다. 그 빛줄기가 찾고 있었던 것은 뒷좌석에 앉은 경직된 표정의 네 꼬마가 아닌 무언가 다른 것이었다.

그가 지나가도 좋다고 고개를 끄덕이자, 우리 넷은 합창을 하듯 "무슨 일이에요?"하고 물었다. 처음에 아버지는 사실을 말하는 것이 우리에게 미칠 영향을 저울질하시는 듯 보였다. 그리고는 말씀하셨다. "사라나크 감옥에서 수감자 하나가 탈출했다는구나."

엥? 그런데 우린 어째서 샘힐로 계속 가고 있는 거지? "도중에 차를 세우지만 않으면 아무 일도 없을 게다." 아버지는 말씀하셨다.

나는 우선 반사적으로 연료계를 확인하고(연료는 충분했다), 부모님이 우리를 안심시키려고 하시는 이야기를 들은 뒤(어머니가 보여 준 과하게 즐거워하는 태도는 차마 묻지 못한 질문을 은폐하기 위한 것인 듯했다), 송곳니가 날카롭고 입에서 더러운 냄새가 나는, 길 저쪽에서 우리를 기다리고 있을 탈주 살인범을 상상해 보았다. 아드레날린이 솟구친 나는 곧장 운전석 백미러 쪽으로 자리를 옮겼다. 회청색 어둠 속에서 나무들은 흐릿하게 보였다. U자형 커브를 돌 때 차가 감속하는 것이 걱정스러워진 나는 아버지께 속도를 높이라고 소리를 질렀다. 이 미칠 듯한 공포에서 우리를 빼낼 수 있는 사람은 오직 나뿐이었다! 그렇게 나는 마치 영원처럼 느껴졌던 30여 분 동안 고도의 경계 상태에 있었다. 결국 슬슬 지루해지고 졸리기 시작할 때까지 말이다.

어둠이 모든 것을 집어삼키고 있었다. 스테이션 왜건은 U자형 커브를 만나 또다시 속도를 늦추고 헤드라이트 불빛은 배수로를 들쑤시고 있던 찰나, 거기 쌓인 눈 속에 웅크리고 있던 한 남자의 형상이 눈에 들어왔다. 그는 헝클어진 머리를 한 곱사등이였다. 코는 갈고리처럼 굽어 있었고 피부는 창백한 보랏빛이었다. 흑백 줄무늬가 그려진 수인복 대신에 그는 어두운 색의 점프수트를 입고 있었다. 나는 좌석에서 벌떡 몸을 일으켰고, 내가 쉬는 숨은 유리창에 수증기를 뿜었다. 큰 소리로 뭔가를 말하려 했지만 염소 우는 소리, 우물거리며 애원하는 소리밖에는 나오지 않았다. 아빠 엄마도 보셨어요……?

하지만 가족 중에 그걸 보거나 내 말을 들은 사람은 아무도 없었다. 그리고 보라, 그 눈 깜짝할 순간에 나는 한 가지 엄청난 사실을 깨달았다. 오직 나 혼자만이 세계를 뒤집어 놓을 수도 있을 만치 강력한 비밀 정보를 소지하고 있는 것이다. 내 엑스레이 같은 시력은 암흑을 꿰뚫어 보았고, 거칠고 악마적인 무언가를 정탐했다. 나는 그 순간 느낀 공포 — 우리는 그를 아주 가까이 지나쳤기 때문에 그가 달려와서 손톱으로 우리 차를 긁을 수도 있는 상황이었다 — 와 내 전능함에 대한 황홀한 심경으로 기분이 들떴다. 차는 살인범이 있던 곳에서 점점 더 멀어지고 있었지만, 나는 우리 뒤에 그 길을 지날 불운한 가족에게 어떤 일이 일어날지 상상하느라 바빴다. 그들은 아무것도 모른다. 오직 나만 알고 있다. 그 사실이 그 살인범과 나를 한통속으로 묶어 주었다.

그 후 수년 동안, 나는 당시의 일을 다시 떠올리며 내가 왜 솔직히 말하거나 외치질 않았는지를 생각해 보았다. 내가 정말로 거기 웅크려 있던 사람을 본 것인지 아니면 단순히 내 상상이 형상을 만들어 낸 것에 불과했는지도 궁금했다. (그리고 내가 본 것이 실제 사람이었다면, 왜 나는 그를 평범한 횡령 사기범이나 좀도둑이 아니라 살인범이라고 생각했던 것일까?) 내가 그날 밤 믿을 필요가 있었던 것은 무엇이었을까?

아마도 이것이었을 것이다. 살인범의 비밀을 간직함으로써, 나는 미미한 존재에서 훨씬 큰 신화적인 존재로 단박에 상승했다. 학교 선생님과 부모님, 마침내는 경찰에 의해 대변된 세상은 이미 청춘에 대한 그 유구한 교정 요법을 시작한 참이었다. 마침내 소년이 세상의 기대에 사로잡힌 수인으로 여느 사람과 똑같은 차림새로 통근열차를 타게 될 날까지, 세상은 그의 거친 손으로 소년의 야생본능을 문질러 씻길 것이다. 나는 세상의 추적을 따돌리기를 갈구하고 있었다. 내가 살인범의 비밀을 지켰던 것은 내가 그에게 동정과 존경을 동시에 느꼈기 때문이었다. 그의 비밀을 지킴으로써, 그리고 그 배수구에 함께 있음으로써 나 또한 자유로울 수 있었다.

작가 소개 : 마이클 패터니티Michael Paterniti는 메인 주 포틀랜드에 위치한 비영리 글쓰기센터 텔링룸The Telling Room의 공동설립자이자 『드라이빙 미스터 앨버트: 아인슈타인처럼 생각하며 미국 횡단하기Driving Mr. Albert: A Trip Across America with Einstein's Brain』의 저자이기도 하다. 그는 〈하퍼스〉, 〈뉴욕타임스 매거진〉, 〈에스콰이어〉, 〈GQ〉에 글을 게재해 왔다.

114

마돈나와 함께한 나날

·

크레이그 R. 드그루트

1983년 봄날 아침 나는 앞마당의 잔디밭 끝자락에서 샛노란 민들레들에 둘러싸인 채 라디오 소리에 귀를 기울이며 앉아 있었다. 커다란 다이얼을 이리저리 돌리면 조그만 스피커에서는 이 음악 저 음악이 웅웅 흘러나왔다.

열두 살 6학년 학기가 끝난 지 두세 달이 지났을 때였다. 이제 9월이 되면 나는 중학생이 되었다. 그 생각을 하면 두렵고 겁이 나기도 했지만 한편으로는 아직 사춘기가 채 시작되지 않은 내 몸을 훑고 지나가는 약간의 스릴 같은 것도 느낄 수 있었다. 당시만 해도 나는 아직 덩치 큰 초등학생에 불과했다. 얼마 전에는 반에서 '친절남'으로 뽑히기도 했고 6학년 연극에서는 내레이터를 맡았다. 그 연극은 세 살 때부터 나와 단짝인 미셸이 쓴 것이었다. 나도 옆에서 도왔다. 우리는 '클리프턴 제4초등학교 6학년생들이 12년 후에는 무엇을 하고 있을까?'라는 의문을 제기했다. 미셸은 자신이 일류 선생님이 되어 있을 거라고 믿었고 나는 내가 세계적 명성을 지닌, 부유한 달마티안 사육사가 되어 있을 거라고 여겼다.

달마티안이 없던 시절, 나는 라디오에서 아무 채널이나 돌려 오래된 디스코 음악이나 인기 가요 40, 로큰롤 실황 녹음 같은 것들을 잠깐씩 듣곤 했다. 하지만 지속적으로 내 흥미를 끌 수 있는 건 아무것도 없는 것 같았다. 귀에 쏙쏙 박히는 댄스 음악이 마음에 들면 그 곡이 끝날 때까지는 들었다. 하지만 다음 곡이 잘 모르는 노래이면 나는 주저 없이 채널을 돌렸다. 그런데 내가 미처 채널을 돌리기 전에 그녀가 노래를 시작했다.

갑자기 관심이 확 끌린 나는 채널을 그대로 두었다. 록 요소가 가미된 이 이상한 디스코 리듬 위에 단순한 가사가 얹혀서 나오는데 마치 온몸에 전기가 흐르는 기분이었다.

나는 자리에서 일어섰다. 이미 노래에 온 마음을 빼앗긴 나에게 가수는 욕망을 누를 수 없다는, 심장이 뛴다는, 무릎을 꿇겠다는 가사를 지껄이고 있었다.

'아, 내가 무릎 꿇는 걸 봐야겠나요.
미친 듯 매달려야 기뻐할 건가요.'

라디오에서 흘러나온 노래가 나를 완전히 굴복시킨 건 그때가 처음이었다. 온몸에 닭살이 후드득 돋았고 그 가수의 목소리 한 마디 한 마디가 내 몸의 모든 쾌락점을 관통하는 것 같았다. 등줄기를 타고 전율이 쫙 올라왔다. 나는 볼륨을 최대치로 올렸다. 하지만 노래는 너무나 금방 끝이 났고 디제이가 방금 나온 노래의 곡명을 알려 주었다.

그 노래는 〈버닝 업Burning Up〉이었다. 가수는 마돈나라고 했다. 그녀가 내 인생의 사운드트랙을 바꿔 놓은 찰나였다.

그때부터 마돈나는 내 곁을 떠나지 않았다. 중학교 생활이 시작되었을 때 어색한 며칠간을 이겨내게 해 준 것도 마돈나였고 고통스럽고 불안했던 고등학교 시절에도 마돈나는 내 옆을 지켜 주었다. 고향에서 먼 대학에 갔을 때도 나는 외로움을 그녀에게 호소했다. 그리고 4년 후 졸업식 날 밤에는 마돈나와 친구들과 어울려 춤을 추었다.

마돈나는 진짜 내가 누군지 드러낼 수 있도록 자신감을 불어넣어 주었다. 언제나 스스로를 표현하라고 격려해 주었다.

마돈나와 함께 나는 과감히 뉴저지에서 샌프란시스코로, LA로 옮겼다가 결국 맥없이 다시 동부 해안으로 돌아왔다. 첫 마라톤을 뛰던 때에도 마돈나는 나를 응원해 주었고 아버지가 돌아가셨을 때도 나를 위로해 주었다.

처음 마돈나의 〈버닝 업〉을 들었던 그 순간부터 나는 줄곧 마돈나의 인도를 받아 소심한 소년에서 자신감 넘치는 남자로 성장했다.

·

작가 소개 : 크레이그 R. 드 그루트Qraig R. de Groot는 뉴욕의 센트럴 파크가 내려다보이는 아파트에서 살고 있다.

밥 먹은 힘은 모두 콘크리트 벽을 차는 데 썼다.

• 베일리 A. •

배역을 맡았고 운명이 정해졌다.

• 나탈리 M. •

집회를 위해 댄스파티를 빼먹었다.

• 코디 P. •

내가 하버드를 가겠다고 하자 사람들이 비웃었다.

• 에밀리 G. •

커밍아웃을 했다. 부모님만 몰랐다.

• 스테파니 C. •

나처럼 특이한 치어리더도 없었다.

• 베카 B. •

이사를 하고 정체성을 잃었다.

• 크리스틴 G. •

밴드가 있어 미치지 않을 수 있었다.

• 한나 R. •

아직 아무 데서도 합격 통지서가 안 왔다. 미치겠다.

• 매트 R. •

난 괴짜, 짝사랑했던 애는 반장. 망한 거였다.

• 레베카 H. •

115

연쇄 작용

앤서니 도어

1995년 대학 졸업 일주일 후 아빠와 송어 낚시를 갔다. 우리는 메인 주 서부에 있는 래피드 강이라는 차가운 흙탕물 속을 헤집고 다녔다. 낚시를 하는 내내 햇빛이 수면에 반사되어 얼굴이 벌겋게 익어 갔다. 오후가되자 몸의 반은 얼음장같이 차가운 물속에 잠기고 반은 햇빛에 구워진 이상한 상태가 되었다. 아빠는 잔잔하지만 물살이 깊은 강 한가운데 머리를 삐죽 내민 커다란 바위 위에 자리를 잡고 앉았다. 그리고 점심을 먹자고 내게 손짓을 했다.

허리 깊이의 물살을 헤치고 아빠 쪽을 향하던 나는 발을 헛디디면서 물속에 숨은 바위에 무릎을 심하게 부딪쳤다. 하루 종일 강물 속에 있었던 탓에 다리가 뻣뻣해서 통증도 별로 느낄 수 없었다. 하지만 통증이 천천히 커지더니 다리가 붓기 시작했고 겨드랑이까지 오는 방수 바지 속에서 다리를 움직이는 게 점점 힘들어졌다. 하지만 나는 균형을 잃지 않았고 아빠에게 다리를 부딪쳤다는 얘기도 하지 않았다. 나는 바위 위로 올라가서 낚싯대를 내려놓으며 아버지가 콘칩 한 줌을 입안에 털어 넣는 것을 보았다.

그 후 몇 초간은 기억이 나지 않는다.

사실 기억이 나지 않는다는 말은 정확하지 않다. 희미하게 파란색이 오락가락하는 꿈 같은 느낌이 기억난다. 그 속에서 나는 눈을 뜨고 있지만 보이는 것은 별로 없었다. 그저 완전히 다른 빛깔의 파란색으로 된 세상 속을 둥둥 떠가는 듯한 느낌이었다. 그 세상의 가장자리 밖에서 누군가 계속 발길질을 하고 있었다. 아주 멀리서 고집스럽게 자꾸 무언가를 두드리고 있었다. 하지만 나는 쉽게 무시할 수 있었다. 실은 그냥 무시하고 싶었다.

내가 대체 얼마나 오랫동안 의식을 잃었던 것일까? 몇 초? 몇 년? 그러다 갑자기 움찔하면서 나는 이 세상으로 돌아왔다. 아버지의 주먹이 내 방수복의 앞면 위에 놓여 있고 눈을 잔뜩 찡그린 아버지의 표정은 마치 이렇게 말하는 것 같았다. '대체 무슨 짓을 한 거냐?'

나는 코로 물을 토해 냈다. 쓰고 있던 야구모자가 사라지고 없었다. 무릎이 아팠다. 셔츠는 흠뻑 젖었고 방수복 속으로도 물이 일부 차 있었다. 보아하니 나는 바위 위에서 뒤로 거꾸러져 상체는 물속에 처박히고 다리는 바위 위에 있었던 모양이다.

아빠는 이렇게 말했다. "나는 네가 더워서 머리를 식히려는 줄 알았다."

나는 속으로 생각했다. '아빠가 방금 내 목숨을 구했구나.'

몇 시간 후 땅거미가 내린 식당에서 나는 생각했다. '우리는 삶을 하나씩 쌓아가는 거라고 생각하지. 5천 일, 5백만 가지 기억, 내가 대학 때 들었던 수많은 수업, 사귀었던 수많은 친구 같은 것들로 말이야. 근데 1초 만에 모든 게 싹 지워질 수도 있다고? 햇빛 쩅쩅한 날 예쁜 개울에서 낚시하다가? 아빠랑 식당에서 밥 먹다가?

사람들은 사상을 위해 죽고 나라를 위해, 서로를 위해 죽는다. 만약 그때 내가 죽었다면 그건 뭘 위한 죽음이었을까? 민물송어 몇 마리? 콘칩 몇 개나 샌드위치를 위해? 나는 화장실에 가서 거울을 보며 생각했다. '너도 별거 아냐.'

그 후로 몇 년마다 원치 않아도 되살아나는 기억이 있다. 나의 과거라는 파아란 들판에 작은 불빛들이 깜박거린다. 그리고 그 불빛들은 서서히 멀어지면서도 현재 속으로 잔잔한 파문을 일으킨다. 마치 현재 속으로 자신의 반향을 보내는 듯이. 그리고는 그 불빛은 다른 순간들의 파문과 겹쳐진다. 또 다른 기억. 밤인데 나는 모르핀을 맞으며 병원에 누워 있다. 마취 기운 속에서도 아내의 두 눈이 흐릿하게 보인다. 의사가 아들의 부서진 팔을 끼워 맞추고 있다. 인생을 살다 보면 어느 순간부터 삶은 아주 복잡한 간섭무늬처럼 보이기 시작한다. 수백 개의 기억들이 되살아나고 서로 교차하고 영향을 주며 만들어 내는 말할 수 없이 복잡한 물결의 무늬 말이다.

내 인생을 보면 16년 전 래피드 강에서의 그 순간은 아직도 나의 현재 속으로 일렁이는 파문을 보낸다. 그 파문은 내게 '네 삶은 아무것도 아냐'라고 말한다. 네 삶은 그림자에 불과해.

때때로 사람들은 나라는 존재가 가진 힘이 내 안에서 불길처럼 치솟아 오르는 것을 느끼는 순간이 있다. 무릎이 휘청할 정도로 강렬한 순간이다.

한 발만 잘못 내딛어도, 운이 조금만 나빠도, 때가 조금만 어긋나면, 모든 게 끝이다.

당신도 별것 아니다. 그럼에도 당신이 전부인 것이다.

작가 소개 : 앤서니 도어Anthony Doerr는 『기억의 벽Memory Wall』, 『조가비 수집가The Shell Collector』, 『그 레이스About Grace』, 『로마의 사계절Four Seasons in Rome』 등 네 권의 책을 쓴 작가이며 현재는 존 사이먼구 겐하임 기념재단의 후원을 받고 있다.

116

비상 착륙

폴 밀러

한창 지진이 일어나는 땅 위에 착륙하는 것은 흔한 일은 아니다.

나는 비행기를 자주 탄다. 비행기가 착륙하는 순간, 나는 언제나 동요와 정적의 중간 어디쯤에 머문다. 그래도 바퀴가 땅에 닿을 때면 가장 먼저 머리를 스치는 것은 안도감이다. 하지만 2010년 8월 10일에 그런 안도감은 없었다. 나는 뉴질랜드에서 바누아투의 수도 포트빌라까지 다섯 시간을 비행한 후였다. 포트빌라는 남태평양 '화산대'의 한가운데 위치한 83개의 섬 중에 하나다. 남태평양 화산대란 대여섯 개의 지각판이 만나는 지역이다.

우리가 착륙했을 때 리히터 지진계는 진도 7.5를 가리키고 있었고 지표와 비행기는 미친 듯이 춤을 추기 시작했다. 비행기의 동체가 덜덜덜 떨렸고 강렬한 충격파가 내 몸을 훑고 지나갔다. 지진이 일어나면 모든 것이 흔들린다. 시간이 엿가락처럼 늘어지고 전기가 들어왔다 나갔다를 반복하고 문명의 모든 측면이 으스스하게 멈춰 버린다. 탑승한 승객 중에 일어서 있는 사람은 아무도 없었다. 스피커를 통해 나오는 안내 방송은 우리가 매우 불안정한 상황에 착륙했다고 설명하고 있었다.

멀리서는 경찰의 사이렌 소리가 들렸다. 주민들에게 집을 버리고 탁 트인 공간으로 나오라고 보내는 신호였다. 우리는 꼼짝없이 기내에 붙잡혀 있었다. 공항이 안전하지 않다고 판단되었기 때문이다. 비행기는 아스팔트 위에 멈춰 있었다. 우리 발밑으로 번지는 진동과 함께 공항이 이리저리 흔들리는 것이 보였다. 기장의 말에 의하면 23미터짜리 쓰나미가 포트필라를 덮쳤다고 태평양 쓰나미 경보센터에서 발표했다고 한다. 다른 지역에는 더 큰 파도가 보고되었다고 했다. 겁에 질린 수천 명의 사람들이 섬의 언덕 쪽으로 필사적으로 달려가고 있었다. 비행기에 앉아 쓰나미가 번져가는 것을 보고 있자니, 남태평양은 문명의 모든 이기를 가지고 우아한 발레를 추는 듯했다. 건물들은 야자수와 함께 흔들렸고, 비행기는 활주로 위에서 썰물과 함께 미끄러졌다.

내가 '순간'이라는 은유의 진짜 의미를 깨달았던 것은 바로 이때였다. 내 몸이 마치 연못 위의 나뭇잎처럼 지구의 리듬에 휩쓸려 이리저리 움직이고 있었다. 그 순간 지구라는 거대한 바다 위에 둥둥 떠 있는 우리 문명은 그저 표류하는 쓰레기에 지나지 않았다. 지진이 사용하는 언어는 공항, 비행기, 활주로가 쓰는 언어와는 달랐다. 그것은 내가 쓰는 언어와도 달랐지만 그 울림만은 나 역시 느낄 수 있었다.

작가 소개 : 폴 밀러Paul Miller는 디제이 스푸키DJ Spooky로 알려진 작곡가이자 멀티미디어 아티스트이며 작가이다. 그는 디지털 미디어에 관한 두 권의 책 『리듬 사이언스Rhythm Science』와 『사운드 언바운드Sound Unbound』를 썼다.

117

감춰 버리기

·

호프 레악

나는 열두 살이었다. 때는 9월이었고 엄마는 내게 침낭을 싸라고 주문했다. 7월 여름캠프 이후 줄곧 침낭이 밖에 나와 있었던 것이다. 헌데 이상하게도 엄마와 아빠가 줄곧 텔레비전에서 눈을 떼지 못하고 있었다. 부모님은 평소 절대 텔레비전을 안 보는 분들이었는데 말이다. 여동생과 나는 무서운 기분이 들었다. 부모님은 저녁 준비를 하지도 않고 내일 가져갈 우리 도시락을 챙기지도 않았다. 본래 어찌나 침착하고 느긋한지, 우리가 어디를 다치거나 감기에 걸려도 걱정을 안 하셨던 분들이, 지금은 그 어느 때보다 겁먹은 모습을 보이고 있었다. 나는 침낭 접던 것을 그만두었다.

"쌍둥이 빌딩 놀러 갔던 것 기억나니?" 어머니가 물었다. 나는 3월에 친구와 함께 뉴욕에 갔었다.

"네." 나는 대답을 하며 텔레비전에 대체 뭐가 나오나 싶어 어머니의 어깨너머를 건너다보았다. 텔레비전에는 뉴스 영상이 끊임없이 나오고 있었는데 건물들이 화염에 싸여 무너져 내리고 있었다. "쌍둥이 빌딩이 없어졌어." 어머니는 믿을 수 없다는 듯이 말했다. 여동생이 아버지 무릎 위에 웅크렸다. 나는 침낭을 다시 열어 그 속으로 숨었다.

"그리고 그것 때문에 우리나라가 전쟁에 돌입할 거야. 좀 기다려 봐." 아빠는 다 안다는 듯이 예상했다. "워싱턴에 있는 사람들이 그걸 변명 삼아 저 불쌍한 사람들에게 폭격을 할 거야."

"무슨 사람들이요?" 나는 어깨 위로 침낭을 닫으며 물었다. 겁낼 상황이라는 걸 나도 안다. 하지만 나는 겁나지 않았다. 그냥 갑자기 추워졌다. 오늘은 아무도 내게 중학교에 대해 묻지 않아서 짜증도 났다. 그리고 저녁을 못 먹어서 배가 고팠다.

"책임을 씌울 사람이 필요하거든." 엄마가 텔레비전에서 눈을 떼지 않은 채로 대답했다. 2층 서재가 이렇게 추운데도 부모님은 눈치채지 못했다. 나는 나일론 침낭 속으로 더 깊이 파고들었다.

"우리는 어떻게 해요?" 내가 조용히 물었다. 여동생은 이상하게도 신난 것처럼 보였다.

"항의해야지. 호프." 부모님이 대답했다. 희망이라는 뜻의 호프는 내 이름이기도 하다. "우리나라가 부디 그러지 말라고 기도……" 아빠는 잠이 들었다. 나는 일어나서 침낭을 끌어 지하실에 있는 내 침실로 가져갔다. 그리고 침대 밑에 자리를 잡고 그 안으로 쏙 들어갔다. 축축하고 어두운 내 방에서, 따뜻하고 건조한 침낭 안에서, 새로운 세상은 아직 나를 범할 수 없었다.

작가 소개 : 호프 레악 Hope Rehak은 시카고에 사는 시인이자 극작가, 코미디언, 에세이 작가이다. 그녀는 파시 재단 Posse Foundation의 장학생으로 오벌린 칼리지 Oberlin College에 다녔으며 영어와 문예창작 학위를 받았다.

118

매직

·

로버트 조지프 레비

1994년 2월 14일. 매사추세츠 캠브리지 하버드 대학. 식당은 밸런타인데이를 맞아 준비를 끝낸 상태였다. 머리 위에는 핑크색과 흰색의 주름종이들이 늘어져 있었고 발밑에는 장미 꽃잎들이 흩어져 있었다. 긴 식탁 위에는 컵케이크 피라미드, 레드벨벳 케이크, 사탕으로 만든 나무, 하트 모양 캔디가 가득 든 바구니들이 약속과 헌신이라는 이 기념일의 의미를 표현하고 있었다.

"내 사람이 되어 줘." "나와 결혼해 줘." "사랑해." "내 사랑은 너야."

물론 나로서는 이토록 외로웠던 적도 없었다. 행복하지 않다는 생각에 열이 오른 나는 손바닥이 땀으로 축축해졌고, 어색한 미소는 무슨 가면이라도 쓴 것처럼 내 얼굴 위에 계속 고정되어 있었다. 사방에서 웃음소리가 끊이지 않았다. 내 룸메이트도, 그의 여자친구도, 방 안의 모든 사람이 웃고 있었다. 하지만 여기 내가 서 있는 곳은 아니었다. 적어도 내 속은.

나는 딴생각을 하려고 비닐로 포장된 사탕에 손을 뻗었다. 표면에는 '매직'이라는 한 단어가 씌어 있었다. 그런데 포장이 벗겨지질 않았다. 이로 물어뜯어도 벗겨지지 않기에 나는 케이크 접시 옆에 있던 부엌칼을 집어 들고 절망적으로 캔디 껍질을 강하고 빠르게 공략했다. 칼이 미끄러지면서 내 손가락 사이의 부드러운 피부를 관통했다. 밝은 진홍색이 스프레이처럼 뿜어져 나왔다. 나는 끈적한 사탕들이 가득한 테이블 위로 엄청난 양의 피를 흘리기 시작했다. 30분 동안 종이타월 한 롤을 다 쓰고서야 출혈이 잦아들었다.

일주일 후 나는 첫 애인을 만났다. 그리고 그 역시 나의 가슴을 찢어 놓았다.

작가 소개 : 로버트 조지프 레비Robert Joseph Levy는 브루클린에서 사랑의 마법을 실현하며 살고 있다.

119

페르세포네*

.

미카투브

그녀는 내 쭉 뻗은 다리 곁에 무릎을 꿇고 앉아 앞으로 몸을 숙이고 있었다. 마치 기도하는 것처럼. 사실 그녀는 기도하고 있었다. 그리고 그녀는 잔해처럼 널브러진 내 몸 위에 엎드려 흐느끼고도 있었다. 그녀는 검은 머리카락을 길게 길렀고 살결은 올리브색이었으며 하이힐을 신고 허벅지가 보이는 꼭 맞는 블랙드레스를 입고 있었다. 그녀는 내가 이제껏 본, 이제까지 나를 만진 여자들 중에 가장 놀랍도록 섹시한 여성이었다.

나중에 나는 그녀의 눈물이 단지 나를 위한 것만은 아니었다는 것을 깨닫게 되었다. 그것은 그녀가 그 훔친 차를 타고 그로부터 도망치고 있던 모든 것을 위해 흘린 눈물이기도 했다. 그러나 멍한 호기심에 우릴 지켜보고 있는 사람들에 둘러싸인 채 인도 위에 쓰러져 있던 내게 그것은 아무 문제도 아니었다. 그녀의 절망에 도리어 차분해진 나는 숨을 내쉬

---

* Persephone : 그리스신화에 나오는 지하세계의 여왕이자 하데스의 아내(옮긴이)

고 심지어는 구름 없는 화창한 하늘을 바라보며 미소까지 지었다. 그녀는 뺨이 눈물로 젖은 채 내게로 고개를 돌려 내가 괜찮은지 묻고 미안하다고 말했지만, 솔직히 말해 나는 내 생애를 통틀어 내가 살아있다는 느낌을 그렇게 강렬히 느껴본 적이 없었다.

작가 소개 : 미카 투브 Micah Toub는 『융 카우기: 정신과 의사 부부의 아들 성인이 되다 Growing Up Jung: Coming of Age as the Son of Two Shrinks』를 쓴 저자다.

120

내일의 땅

•

레베카 울프

"데이지, F3." 주차장으로 들어서자 아들 아처가 이렇게 말한다. 디즈니랜드는 아직 채 문을 열지 않았지만 우리는 벌써 도착했다. 학기가 시작되기 전 마지막으로 우리 둘이서 신 나게 놀러 온 것이었다.

'알람이 울리기 시작하고 나는 베개로 머리를 꼭 감싼다. 남편 할은 내가 좀 더 뒹굴 수 있도록 자기가 아이들을 깨우겠다고 한다. 다시 잠에 빠졌는데 아처의 목소리가 나를 깨운다. 이번에는 일어나야 한다. "안녕, 엄마. 유치원 가는 날이야.'"

놀이기구를 타러 가기 전에 아처는 급류타기를 구경하고 싶다고 한다. "1분이면 돼요." 아처가 말한다. 하지만 1시간이 지났는데도 우리는 아직 구경 중이다. 아처는 손가락으로 가리키고 연구하고 머리를 갸우뚱한다. 그리고 왜 뗏목 하나는 이쪽에 있고 다른 하나는 저쪽에 있는지 이해해 보려고 애쓴다. 손가락으로 시간을 재면서 거리를 계산해 보고 수백 명의 사람들이 폭포 아래서 소리 지르는 것을 지켜본다. 몇 분마다 나는 아처에게 놀이기구를 타러 갈 준비가 되었는지 물어본다.

"아직." 아들의 대답에도 나는 점점 더 못 참을 지경이 된다. 지루하다. 나는 다리를 꼬고 앉아 아들을 지켜보며 손톱을 물어뜯고 기다린다.

그리고 마침내……

"엄마. 나랑 놀이기구 타러 갈까?"

……그래.

아처가 먼저 뗏목에 오르고 내가 뒤따른다. 우리 주변에는 옷이 젖을 세라 비닐을 덮고 단단히 준비를 한 낯선 이들이 가득하다. 아처는 나를 흘끗 보고 나는 지갑에 비닐이 없다고 말해 준다.

아처는 괜찮다며 햇빛에 마를 거라고 얘기한다. 몇 초간 나는 아이가 된 기분이다.

급류타기가 끝나자 우리는 머리도 옷도 흠뻑 젖고 신발에는 물이 가득 차 있다. 우리는 오리처럼 화장실로 걸어가서 핸드 드라이어에 신발을 말린다. 그리고 축축한 지도를 꺼내서 다음에는 어디로 갈지 가리켜 본다.

'나는 아처의 옷깃을 만져 주고 셔츠의 단추 세 개를 채운 다음 스웨터 입는 것을 도와주고 신발 끈을 묶어 준다. 아처가 머리를 계속 앞뒤로 움직여서 마지막 단추를 잠그기가 어렵다. 그만하라고 말하고 싶지만 아처가 너무 신이 나 있어서 나는 그냥 아무 말도 하지 않는다. 아처가 뛰고 움직이고 흔드는 대로 따라 움직이면서 단추를 단추 구멍에 끼우려고 애를 쓰다가 마침내…….'

"끼웠다."

'지금은 7시 12분이고 나는 18분 안에 문밖을 나서고 싶다. 남편과 나

는 아직 파자마 차림이지만 그래도 아처는 옷을 입혔으니까.'

"우리 아들 잘생겼는데." 내가 말한다.

아처는 얼굴을 찌푸린다. "아냐, 안 잘생겼어."

아처는 잘생겼다.

우리는 범퍼카를 세 번째 타는 중이다. 아처는 운전대를 잡고 있으면서도 내가 가속 페달을 누르고 있는지는 모른다. 아처는 혼자서 차를 움직이게 만드느라 여념이 없다. 아처는 이제 난간에 부딪히지 않고 핸들을 조작하는 기술에 통달했다. 아처가 그걸 알아내는 데는 두 번밖에 걸리지 않았다. 두 번의 운전과 40분의 구경이면 충분했다.

"엄마, 나 운전 정말 잘해요." 아처가 말한다.

"맞아. 정말 그러네."

'이제 차 안이다. 아처는 제일 좋아하는 노래를 틀어 달라고 하고 나는 볼륨을 높이고 남편은 후진하여 진입로를 벗어난다.

정지신호에서 나는 음악을 끈다. 그리고 아처에게 내가 유치원에 처음 갔던 이야기를 들려준다. 나는 파란 줄무늬의 흰색 원피스를 입고 있었고 우리 선생님 이름은 미즈 파리쉬였다. 남편은 아처에게 자신의 유치원 첫날 얘기를 들려주고 아처는 고개를 끄덕인다. 듣고 있다고도 할 수 있지만 실은 집에서 학교로 가는 새로운 길을 익히는 데 정신이 팔려 있다.'

"파란불이에요. 아빠. 이제 가도 돼요."

나는 아처를 소인국에 데려간다. 내가 가장 좋아하는 놀이기구다. 아처는 차라리 잠수정을 타고 싶다고 하지만 나는 아처에게 엄마는 막힌 장소가 무서워서 잠수정 안에 들어가면 아플 거라고 말해 준다.

"그러면 소인국으로 가요." 아처가 동의한다.

우리는 솜사탕을 나눠 먹으며 나무로 된 개구리를 보고 웃음을 터뜨린다.

'운동장에는 부모들이 모여 있다. 지친 눈빛을 한 사람, 초조하게 지켜보는 사람, 슬픈 사람, 겁먹은 사람, 신이 난 사람, 감당 못하는 얼굴인 사람도 있다. 몇몇 아이들은 부모에게 매달려 있거나 아니더라도 부모 가까이에 서 있다. 하지만 아처는 그렇지 않다. 아처는 차 안에서 후딱 작별 인사를 하고는 혼자 교실까지 걸어갔다. 나는 아처가 설레어 하는 것이 기쁘면서도 마음 한구석으로는 나한테 매달렸으면, 아니 최소한 손이라도 잡았으면 하는 마음도 든다. 손 대신에 나는 아처의 가방을 든다.'

아처의 스웨터를 차에 두고 와서 신경이 쓰인다. 이 시각까지 여기 있으리라고는 생각지 못했었다. 낮 동안 놀다가 저녁은 집에 가서 먹겠지 하고 생각했던 것이다. 이제 날은 어둡고 점점 추워져서 나는 내 카디건을 아처에게 내준다. 아처는 카디건을 입더니 끝자락이 자기 신발까지 내려오자 마구 웃는다.

"좀 커." 아처가 말한다.

아처는 나를 '내일의 땅' 쪽으로 끌고 간다. 남자 한 명이 부스에서 야광봉과 섬광이 나오는 물건을 팔고 있다. 나는 아처에게 돈이 되면 사주겠다고 한다. 지갑에는 10달러밖에 없다. 아처는 신이 나서 폴짝폴짝 뛴다. 그리고 어떤 걸 살지 결정을 못하다가……

"저거!" 하고 소리를 지른다.

"야광봉은 얼마인가요?" 내가 남자에게 묻는다.

"10달러예요." 그가 대답한다.

아처가 나를 보며 미소를 짓는다.

불꽃놀이가 시작되려 해서 나는 아처를 업고 유모차와 커다란 미키 마우스 인형을 손에 든 가족들을 피해 달려간다. 아처는 자기를 내려주기를 원한다. 직접 걷겠다고 한다. 하지만 나는 아처가 이걸 놓치지 않았으면 싶다.

"거의 다 왔어." 내가 말한다.

그때 불꽃놀이가 시작된다. 우리는 함께 불꽃이 터지는 것을 구경한다. 아처는 내 목에 팔을 두른 채로 불꽃놀이를 보며 미소를 짓고 있다. 아처가 머리를 내 어깨에 올려놓자 불빛들이 아처의 얼굴에서 춤을 춘다. 음악 소리가 커진다. 나의 유년기, 과거의 땅에서 울리던 노래들이다. 아처는 이 노래들을 들어본 적이 없지만 불꽃놀이가 하늘에 하트를 만들어 내자 좋아한다. 나는 꼬마 때 이후로 디즈니랜드에서 불꽃놀이를 본 적이 없기 때문에 불꽃놀이가 이토록 멋졌는지 기억이 없다. 나는 불꽃놀이가 계속되기를 기도한다.

그리고 그때……

"집에 가자."

"정말? 좀 더 있고 싶지 않아?"

"아냐, 엄마. 이제 가도 돼."

아처는 야광봉으로 입구를 가리키고 우리는 사람들을 뚫고 돌아간다.

우리는 아처를 교실까지 데려다 주려고 하지만 아처는 내 손에서 가방을 받아들더니 휑하니 뛰어가 양탄자 위에 있는 친구들에게 합세한다. 나는 아처의 뒤통수에 대고 손을 흔든다.

"잘 가." 내가 말한다.

차로 돌아오면서 아처는 걸어가겠다고 고집을 피운다. 아처는 야광봉을 지팡이처럼 두드리며 걸어간다. "쫙, 쫙, 쫘아아악." 두드리고 질질 끌면서 우리는 자동차 앞에 도착한다.

그러자 마법처럼 야광봉의 깜박임이 멈춘다. 아마 아처가 너무 많이 두드려서 부서졌거나 배터리가 다 되었거나 수명이 다 된 것일 수도 있다. 부서진 야광봉을 쥐고 아처는 눈물을 터뜨린다. 나는 아처가 잠이 들기를 기다렸다가 나도 똑같이 한다. 나는 울음을 멈출 수가 없다. 오늘이 끝났기 때문이다. 불이 꺼졌기 때문이다. 우리의 순간이 지나갔기 때문이다.

모든 순간이 지나가기 때문이다.

작가 소개 : 레베카 울프Rebecca Woolf는 엄마가 됨으로써 삶이 어떻게 바뀌었는가에 관한 회고록 『자장자장 Rockabye: From Wild to Child』을 쓴 작가이다. 이 책은 그녀의 인기 있는 개인 블로그 〈Girl's Gone Child〉에 실린 글들을 바탕으로 했다.

더 많은 순간들

www.smithmag.net/themoment에서 더 많은 순간들을 찾을 수 있습니다.

나와 형은 또 한 번 싸우고 있었다. 예상했던 일이었다. 형은 주먹으로 나를 때렸고 나는 칼을 꺼내 들 뻔했다.

—아드리아노 모레이Adriano Morae

남편과 나는 최근 이혼하기로 결심했다. 나는 마르가리타를 마시며 친한 친구에게 내가 마지막으로 키스를 받은 지 얼마나 오래되었는지 얘기하고 있었다.

—몰리 메이어Molly Meyer

©Lara Swimmer

내가 파리를 떠날 때 남자 친구는 파리 동역의 기차 위에 앉아 있는 내 모습을 사진으로 찍어 주었다.

—라라 스위머Lara Swimmer

시어머니는 병에 관한 철학이 있었다. 아스피린을 두 개 먹고 자면 아침이면 낫는다는 생각이었다.

—메리 엘른 마크스Mary Ellen Marks

텍사스 주의 법으로 사형이 예정된 청년과 전날부터 그날 아침까지를 함께 보냈다.

—파멜라 스콜스빅Pamela Skjolsvik

나는 둘째 딸 개브리엘을 잃었다. 개브리엘은 스물일곱의 나이로 백혈병으로 세상을 떠났다.

—드니스 리치Denise Rich

세상을 사는 법은 딱 두 가지뿐이다. 문학을 위해 살거나, 문학이 되어 살거나.

—조슈아 코언Joshua Coen

나는 페이스북 상태를 '약혼했음'으로 바꾸고 나서야 내가 얼마나 결혼하고 싶은지 알게 되었다.

—멜린다 힐Melinda Hill

출산 예정일을 3일이나 넘기고, 엄마와 시어머니가 110제곱미터짜리 콘도에서 안절부절못하며 이것저것 민간요법을 시도해도 실패하자, 우리는 다급하게 조산사를 불렀다.

—쇼나 그린Shauna Green

열 살이 될 때까지 나는 사람들이 자연사한다는 것을 알지 못했다.

—포로키스타 칵푸어Porochista Khakpour

감사의 글

    모든 책은 공동 작업의 산물이다. 작가가 100명 이상 되는 책은 말할 나위도 없다.

    『어느 날 당신도 깨닫게 될 이야기』는 〈스미스 매거진〉에서 전국적으로 주최한 스토리텔링 대회에서 탄생했다. 많은 사람들이 내게 와서 "정말 놀라운 이야기를 갖고 있어요. 이 한순간이 내 인생을 바꿨죠"라고 했다. SMITHmag.net 사이트에 인생을 바꾼 순간에 관한 프로젝트를 진행한다는 공지가 뜨자, 스미스 커뮤니티 회원들은 언제나처럼 열정적으로 참여해 주었다. 회원들은 놀라운 이야기들을 솔직하고 열정적이고 진실하게 털어놓았다. 스미스 커뮤니티 회원들은 매일 이 사이트에 북적댔을 뿐만 아니라 우리가 론칭한 2006년 1월 6일부터 지금까지 계속해서 태그를 달아 주었다. 누구나 한두 가지씩은 이야기를 갖고 있기 때문이다. 지난 6년간 스미스 커뮤니티는 계속 확대되었다. 스토리 이벤트에서 내가 직접 만난 사람들도 많았고, 서점이나 도서관, 시 경연대회를 하는 클럽, 좋은 이야기가 터져 나올 만한 온갖 장소를 운영하는 사람들도 있었다.

    이 책에 나오는 작가들에게 깊이 감사하는 바이다. 친한 친구 또는 가족에게나 할 법한 개인적 이야기들을 공유한다는 것은 겁나는 일일 수도 있다. 이 책에 미처 다 싣지 못한 멋진 출품작도 많았고 어떤 작품을 포함시킬지 결정하는 일도 어려웠다. 그래서 우리는 스미스 사이트에 특별 섹션을 하나 만들었다(smithmag.net/themoment). 지면상의 제약 때문에 책에는 다 싣지 못한 많은 글들을 여기서 볼 수 있다.

이 책 자체는 케이트 하밀Kate Hamill과의 많은 대화를 나눈 후 구체화되었다. 케이트는 〈스미스 매거진〉의 첫 번째 온라인 프로젝트인 『여섯 단어 회고록Six-Word Memoirs』을 처음으로 도입했던 창의적 편집자이다. 편집자 줄리아 체이페츠Julia Cheiffetz와 케이티 살리스버리Katie Salisbury는 작업을 더 구체화하는 데 도움을 주었다. 하퍼스의 마이클 시그노렐리Michael Signorelli도 마지막까지 수완을 발휘해 주었다. 하퍼콜린스의 모든 직원에게도 고맙고 ICM의 케이트 리Kate Lee에게도 고맙다. 케이트는 에이전트이자 문장가, 친구의 1인 3역을 해 주었다.

편집기자인 비비안 첨Vivian Chum에게는 아주 모호한 과제를 제시했었다. 재미있는 사람들을 찾아내서 그들의 '순간'을 공유하게끔 해 보라는 주문이었다. 비비안의 눈썰미와 설득 능력이라는 귀중한 자산 덕분에 매우 바쁜 석학들의 글을 실을 수 있었다. 편집장 메러디스 사이어스Meredith Sires는 『어느 날 당신도 깨닫게 될 이야기』가 출판되게끔 모든 측면에서 귀중한 활약을 보여 주었다. 나의 스승 조너선 레서Jonathan Lesser와 메건 밀램Meghan Milam, 리즈 크라우더Liz Crowder에게도 감사한다. 여러 개의 이야기를 엮어 놓은 산문집의 편집자라면 (우리 경우에는 120개였지만) 팀원 중에 패트릭 프라이스Patrick Price 같은 편집자가 있다는 것은 행운이다. 프라이스는 진정 자기 분야에 관한 한 장인이다. 그 외 많은 이들 중에서도 팀 바코우Tim Barkow, 레이첼 퍼슈리저Rachel

Fershleiser, 제프 뉴엘트Jeff Newelt, 존 하우스John House, 데이비드 보이어David Boyer, 제프 크랜머Jeff Cranmer, 쉐릴 델라 피에타Cheryl Della Pieta, 게리 벨스키Gary Belsky, 메리 엘리자베스 윌리엄스Mary Elizabeth Williams, 로잘리 사플라Rosally Sapla, 애비 엘린Abby Ellin, 짐 글래드스톤Jim Gladstone, 돈 헤이즌Don Hazen, 마이클 칼라한Michael Callahan, 대니얼 클라로Danielle Claro, 리사 추Lisa Qiu, 롭 맥케이Rob McKay에게 깊이 감사한다. 이들 모두가 이 프로젝트를 비롯해 많은 스미스 프로젝트를 적극 도와주었다.

나의 아내 파이퍼 커먼Piper Kerman에게는 감사하다는 말로는 부족하다. 책 제작이라는 서커스에서 아내는 제일 앞좌석에 앉아 있었고 아내의 지원 덕분에 나는 그 많은 작업을 하는 동안 정신을 똑바로 차릴 수 있었다. 마지막으로 매일 생애 최고의 순간을 맞고 있는, 새로 얻은 아들 루카스Lukas에게도 감사한다.

래리 스미스

어느 날 당신도 깨닫게 될 이야기

초판 1쇄 발행 2013년 1월 18일
초판 2쇄 발행 2014년 1월 28일

지은이 | 엘리자베스 길버트, A. J. 제이콥스, 제니퍼 이건 등저
엮은이 | 래리 스미스
옮긴이 | 박지니, 이지연
펴낸이 | 정상우

기획편집 | 정상우
디자인 | 이석운, 최윤선
출력 | KPR
인쇄·제본 | 두성 P&L
용지 | 진영지업사(주)

펴낸곳 | 라이팅하우스
출판신고 | 제2013-000042호(2012년 5월 23일)
주소 | 서울시 용산구 백범로 329, 신관 512호(140-846)
주문전화 | 070-7542-8070 팩스 0505-116-8965
이메일 | book@writinghouse.co.kr
홈페이지 | www.writinghouse.co.kr
페이스북 | www.facebook.com/writinghouse

ISBN 978-89-98075-00-2 03840